帰去来

1

　夕方までかすかにあった風は、八時を過ぎるとぴたりとやんだ。それに呼応したかのように湿度だけがただただあがっている。空気にはこれ以上はないというくらい水分が充満し、いずれ土砂降りの雨がくる予感をはらんでいた。

　だが今は、じっとしているだけでもふきでる汗をぬぐい、待ちつづける他はない。

　不思議だ、と志麻由子（しまゆうこ）は思った。これほど湿度が高いなら、汗など意味がないのに。発汗は気化することで体温を下げる調節機能だ。だがこんなに湿気が多いと、汗は蒸発せずただ滴るだけだ。体温を下げる役目をまるで果たさず、シャツをべたつかせてより不快さを増す以外の効果は何もない。

　それでもまだ、自分がいるのが土と緑のある公園なだけ、ましといえる。今夜、都内に散った特別捜査班の他のチームは、昼の熱をたっぷり吸いこんだコンクリートのジャングルで車の排気管やエアコンディショナーの室外機から吐きだされる熱風に炙（あぶ）られ、喘いでいることだろう。

周囲にビル群がそびえているとはいえ、この公園には車もエアコンディショナーの室外機もない。おそらく二、三度は気温が低い筈だ。

ただかわりに——。

耳もとで唸りをたてる蚊を思わずふり払った。この蚊の多さだけはたまらない。年々自然が失われ、野生の生きものが減っているというのに、なぜこの都会のどまん中に、こうも虫が生息しているのだ。先週もこの公園で張りこみをしていた由子は、足もとを動くカブト虫のような生きものを見つけ、それが巨大なゴキブリだとわかって思わず悲鳴をあげかけた。ゴキブリにしてはあまりに大きく、そしてそのせいなのか、らしくないのろのろとした動きだった。

喉の奥で押し殺した筈の悲鳴だが、公園内に張りこむ同僚のイヤフォンには、手首につけたピンマイクを通して流れこんでいた。

「どうした」

右耳にさしこんだイヤフォンから山上の声が流れでた。

「すみません、なんでもありません」

由子はいった。

「ゴキブリだろ」

ベンチで隣にすわる中井がいった。左手を口もとにもっていく。

「えー、ただ今、巨大ゴキブリが志麻巡査部長の足もとを通過しました。以外、異状なし」

イヤフォンにいっせいにくすくす笑いが流れこんだ。

「確かにでけえな、こいつ」

中井がいって、ようやく由子の爪先から二十センチほどのところを遠ざかりつつあるゴキブリを眺めた。

「潰すとかやめてよ」

由子がいうと、中井はふりかえり、首をふった。

「しないよ。反撃されたら大変だ。あいつら顔に向かって飛んでくるんだぜ。俺も嫌いなんだ」

もともと青白い顔が、夜目にも白っぽく見えたのは、暑さで参りかけていたからかもしれない。

先週の張りこみのあと、体調不良を訴え、班長の津本は中井を今夜は外していた。その結果、先週はカップルを装っての張りこみが、今週は由子ひとりになった。

女がひとりで、夜、公園のベンチにいる姿は、冷静に考えたら奇妙な図だろう。幸いにこの公園には酔っぱらいや浮浪者があまり現われないので、もし由子に近寄る者がいるとすれば、それは犯人である確率が高く、連続殺人犯で尚かつ二十年前の事件の模倣犯である犯人には、由子が囮の女刑事だと見抜けるほどの冷静さはないだろう、と行動心理分析官は判断したのだ。模倣犯はある種の強迫観念にとらわれて犯行に至るため、今やらなければとりかえしのつかないことになる、という衝動につきうごかされている。結果、被害者にふさわしい人物が、ふさわしい状況にいても、それが警察による罠だと気づかない。

右手の空が光った。黒々とした空にそそりたつ高層ビルのすぐ上に稲光が走ったのだ。雷鳴はない。が、夕立の来襲は刻々と近づきつつある。

いっそ降ってくれればいい、と願い、それでは今夜が無駄になる、と由子は思い直した。

二十年前の七月九日、この公園で、「ナイトハンター」は初の犯行に及んだ。被害者は近くのビルに勤務先がある二十二歳の女性会社員だった。同僚との飲み会のあと、帰宅したと思われていたのが、公園のベンチの陰に倒れて死亡しているのが翌朝、発見された。

死因は絞殺だった。肋骨などの骨折状況から、犯人は被害者を仰向けにして馬乗りになり、両手で喉を絞めて殺害したと判明した。

六日後、同様の犯行手段で女子高校生が殺害された。場所は人通りの少なくない原宿の商店街だった。ブティックの入ったビルとビルのすきまにすわりこんでいる制服姿の少女の前を、人々は死体とは気づかずいきかっていたのだ。

「ナイトハンター」を名乗る犯人の犯行声明がテレビ局の女子アナウンサーあてに届いた。

声明には、これからも「狩り」をつづけていくと記されていた。動機には触れておらず、ただ「狩りは、たのしい。たのしい時間は永遠につづく」と印刷された文字が並んでいた。

一週間後、特別警戒にあたっていた警察官が深夜の青山通りを無灯火で走る自転車に乗った若者を職務質問した。若者は制止する警官をふり切り、逃走した。遺留品のリュックの中に小型のワードプロセッサがあり、書体が犯行声明と一致したことから、警察は静かに捜査の輪を絞り始めた。

一ヵ月後、江戸川区の河川敷で、ジョギング中の主婦が絞殺され、これが「ナイトハンター」の最後の事件になった。警察は目撃者の話などから近くに住む十六歳の少年を容疑者として特定した。未成年者であるため、慎重に裏づけ捜査をおこない、任意同行を求める直前までいったとき少年は首吊り自殺した。遺書らしきメモにはただ一行、

「ナイトハンターは、ぼくです」

と書かれていた。

動機はいっさい解明されず、少年の環境にも連続殺人と結びつく要素はなく、はたして本当の「ナイトハンター」だったのかという疑問は長いあいだ残った。が、現実にはその後、通り魔による絞殺事件は発生せず、十六歳のこの少年が「ナイトハンター」だったのだと、マスコミも結論づけざるをえなくなった。

それから十年後、今から十年前に、再び連続絞殺事件が発生した。現場は渋谷区と荒川区だった。被害者はいずれも女性で、帰宅途中の飲食店従業員を狙ったものだった。凶器には金属製の鎖らしき品が使われ、犯行声明はなかった。

由子の父は、当時、警視庁刑事部捜査一課の刑事だった。

あの夜のことははっきり覚えている。夕方一度帰宅して、母と由子の三人で食事をした父は、携帯電話の呼びだしをうけ、外出した。それが午後八時過ぎだった。

城東署の管内に、結城(ゆうき)というチンピラがいた。どこかの組に属するわけでもなく、デートクラブの運転手や改造ロムパチンコ台の打ち子をやったり、闇金融の取り立ての使い走りをしていた。結城は、以前恐喝で父に逮捕されたことがあり、それが縁でなついていたと、後に父の同僚から聞かされた。

父を呼びだしたのはその結城だった。荒川区で絞殺されたスナックホステスは自分の知り合いで、殺される二日前、そのホステスを車で自宅まで送った際に、見慣れない男がいたと父に知らせてきたのだ。

結城の目的は小遣い稼ぎだったが、作り話ではないようだと判断した父は、結城の話をもとにその男の人台を捜査本部に報告し、帰宅した。

十一時過ぎだった。受験勉強をしていた由子の部屋を父が訪れた。父がそんなことをするのは初めてで、由子は驚いた。

「由子、いいか」

中学三年くらいから、父とは話す機会が減っていた。反発めいたものがさほどあったわけではないが、父親という存在がわずらわしく、また警察官というその職業にも馴染めないものを感じていた。だが父は特に厳格というわけでもなかったし、母や自分に頭ごなしで何かを命じることもなかった。

何となく、父と話さない、目を合わさない、という状態にあっただけだ。

二十八歳になった今ならわかる。それはただの〝時期〟だっただけだ。過ぎれば、昔のように父と話したり笑ったりできた。

なぜならひとりっ子の由子は、父のことが本当は大好きだったからだ。

「正ぎのみかた」と題した、父の制服姿のクレヨン画は、由子が小学一年生のときに描いたものだ。

それが殉職後、署の父の机からでてきた。父の宝だった、と部下の課員に教えられた。

父が話したかったのは進路だった。

「大学、どこ受けるんだ」

「受かるところ」

「何にも考えてないよ。卒業したらどうする」

由子がいうと、父は苦笑いを浮かべた。でも警察には入んない」

「そうか」

「それを知りたかったの？」

つきはなすように由子は訊ねた。父は一瞬黙り、

「いや、そういうわけじゃない」

とだけ答えた。

「それだけ？」

「お前が何か考えてる職業があるのなら、聞きたいと思ったんだ」

「ない」

怒られるか、と思った。なんだ、十八にもなってそんなことも考えていないのか、と。

だが父は怒らなかった。

「わかった、また話そう」

とだけいって、部屋をでていった。

それから一時間後、再び携帯が鳴り、応えた父は、母に、

「でかける」

と告げて外出した。

その後のことは、当時の部下から聞いた。

かけてきたのは結城だった。駅前のゲームセンターにいたところ、問題の男を見た、と知らせてきたのだ。

男はひとりで何かを物色するように階段に腰かけていたという。

父は二名の部下を呼びだした。いわゆる「ヤサづけ」をするのが狙いだった。男を尾行し、住居か馴染みの店をつきとめ、その正体を割る。

だが呼びだされた部下のうちひとりは、子供が高熱を発し、車で病院に連れていく途中で、すぐには駆けつけられない状況だった。もうひとりは、翌日が非番のため、地方の実家に帰る電車の車中にいた。

他の刑事課員に連絡しなかったのは、その二名以外は別件の捜査に駆りだされていたためだった。一週間前に管内で発生した強盗事件の捜査本部に組みこまれていたのだ。

父はひとりで駅前に向かった。結城から男を教えられ、そして尾行を始め、連絡が絶えた。

翌日、荒川に浮かんでいる父が発見された。死因は絞殺だった。

結城は、父とは駅前で別れたきりだといい、そのアリバイは違法深夜営業の麻雀荘で確認された。

報告のあった人台をもとに捜査本部は、結城が見た謎の男を追った。

人台は、二十代、長髪で、黒の革パンツに銀色のチェーンを巻いた優男(やさおとこ)風、というものだった。

2

男は発見されず、鎖を使った絞殺事件も二件で止まった。

十年の間に由子は大学を卒業し、「入んない」と父に宣言していた警察に就職した。

本庁捜査一課に配属されたのは今年のことだ。由子をひっぱったのは、捜一の山岡(やまおか)理事官だった。父と警察学校の同期生だ。

「捜一にはもっと女が必要だ」というのが、山岡の考え方だった。一課長や刑事部長にかけあい、三人の女性刑事を捜査一課へと引いた。

だが「強行犯」に組みこまれたのは由子だけだ。あとの二名は「継続捜査」と「ハイテク犯罪捜査」に配属された。

由子だけが強行犯に配属されたのは、その足の速さを買われたからだ、と聞かされた。

中学、高校と陸上部の短距離走者で、インターハイにもでている。

山岡は、十年前に父を殺した犯人を警察がアゲられないでいるのを気にしていた。継続捜査係では、父を絞殺した犯人の行方を追っている。

警察官になって六年、刑事になってからでも三年がたつ由子にはわかる。十年間の捜査で被疑者を逮捕できなかった犯罪が解決される見込みはほとんどない。

もし解決される可能性があるとすれば、犯人が同じような犯罪で逮捕され、余罪を追及され自白した場合のみだ。現場で遺留指紋やＤＮＡ検体などが採取されていれば、別件で逮捕された被疑者と一致し、急転直下の解決、という幸運もあるだろう。だが十年前の事件では、犯人の特定につながる遺留物は何もなかった。

六月二十八日、文京区で帰宅途中の女性会社員が絞殺された。深夜で人通りの少ない時間帯、場所だった。馬乗りになり、首を絞めて殺害するという手段が、二十年前の「ナイトハンター」と一致した。

七月五日、原宿で女子中学生が絞殺され、犯行声明が被害者の携帯電話を使って携帯電話サイトに送られた。

「帰ってきました。ナイトハンター」

マスコミは色めきたった。二十年前に自殺した少年は真犯人ではなく、警察の内偵に追いつめられたのが自殺の原因だという評論家まで現われた。

だが二十年前も捜査一課にいた山岡は、「竹河は本ぼしだ」といいきっている。

竹河隼人（たけかわはやと）というのが、自殺した少年の名だった。当時は「少年A」として、本名がマスコミに流れなかった。

二十年前、十六歳といえば、今は三十六だ。

竹河の同級生や近所の住民は、警察が内偵を進めていたことを忘れてはいないのだった。

竹河の遺族は母親だけだったが転居をくり返し、所在をつかむことすら難しくなっていた。

警察は、文京区と原宿での殺人を、「ナイトハンター」の模倣犯による犯行と断定した。「ナイトハンター」は二十年前に死亡し、すでに書類送検されている。したがって模倣犯以外ありえない。

特別捜査本部が設置され、そこに由子も組みこまれた。特捜本部の方針はおおまかに分けてふたつ、ひとつはすでに起こった殺人の地取り、鑑取りをもとにした被疑者特定である。

もうひとつが、模倣犯であることを踏まえ、過去に発生した「ナイトハンター」、あるいは類似した通り魔絞殺事件の犯行現場を張りこむ、というものだ。

今、由子がいる公園、江戸川区の河川敷、そして父の死につながった渋谷区と荒川区の二件の「チェーン殺人」の現場に張りこみ班が配置された。

事件は、土、日曜の週末に起こっていて、それも二十年前の「ナイトハンター」を模倣していた。したがって過去の犯行現場を週末に張りこむというのは、効果的であるように思われた。

由子が渋谷と荒川の犯行現場の張りこみ班に入れられなかったのは、山岡の配慮だ。解明されたわけではないが、父親の事件との関連が濃厚だったからだ。

吸った汗で重くなったミニタオルで由子は首すじをぬぐった。

十年前の「チェーン殺人」と「ナイトハンター模倣犯」のあいだには何らかの関連があるだろうか。

「チェーン殺人」は凶器を用い、二十年前の「ナイトハンター」は素手だ。まず殺害手段がちがう。

二十年前とは異なり、現在は皮膚からでも指紋採取が可能になっている。竹河隼人の指紋が二十年前、被害者から採取されていたら、「えん罪説」は生まれなかったろう。

警察の現場にいる者として、由子は竹河が本ぼしであるという、山岡の説を信じたかった。

模倣犯は、素手では犯行に及んでいない。といって分厚い手袋を使っているわけでもなかった。薄手の、防菌などに使われるような樹脂製の手袋をはめているようだ。快楽殺人に分類されるこうした連続殺人犯は、銃よりは刃物、刃物よりは鈍器、鈍器よりは素手と、より直接的な殺害方法を好む。

被害者の死と自身の距離を近づけたい、という願望があるからだという。ライフルなどによる遠距離からの狙撃を楽しむような連続殺人犯が少ないことも、この説を裏付けている。

だが絞殺は失敗の可能性が高い殺害方法だ。被害者の抵抗にあい、犯人が怪我をしたり、騒ぎで周囲の人間に気づかれやすい。

連続通り魔事件では、犯行件数の中に失敗、つまり未遂がかなりの数で含まれている。犯行に及びかけたところで被害者に察知され、逃げられたり、騒がれたのであきらめた、といったものだ。

しかし〝未遂〟に終わった絞殺魔の報告はこれまでのところ、ない。それは二十年前の「ナイトハンター」、十年前の「チェーン殺人」でも同様で、共通点と考えることができる。

イヤフォンが鳴った。

「今、公園入口を男性一名が通過。グレイのスーツ、ネクタイ。から手だ」

班長の津本の声だった。

再び稲光が走った。今度は低い雷鳴も伴っていた。由子は首を曲げ、顎を胸にひきつけた。そうすると眠っているかのように見える。

「三班、スーツを確認。一班方向へ移動中」

由子は左手を口もとによせた。

「一班、了解」

一班は由子ひとりだ。緊張はない。張りこみのあいだ、公園に人が入ってくるたびに、こうして眠りこんだふりをしている。

うなじに冷たいものを感じ、一瞬どきりとした。それが雨粒であると、すぐにわかったのは、手や頭にもぽつぽつと大粒の水滴があたり始めたからだった。

ついに降り始めた。由子はそっと息を吐いた。

「こちら二班、視認できません」

山上の声が耳で響いた。妙だ。公園の入口からこのベンチがおかれた中心部まではほぼ一本道だ。由子の同僚たちが潜む植えこみにでも入らない限り、三班に見られたら次は二班の目の届くところを通る筈だ。

ポツポツ、ポツポツ、という音が大きくなった。雨足が急速に速まっている。まずい、雨は一気に激しくなりそうだ。

あたりが不意に明るくなった。同時にこれまでとは比べものにならないほどの大きさで雷鳴が轟き、由子はびくっとした。

「まずいな」

津本の声にガリガリという雑音がかぶった。

これで眠っているふりをするのは不自然だ。

由子は顔をあげた。いきなり雨が土砂降りになった。視界が白くかすむ。

閃光が走る。頭上をカラカラという音が駆け抜け、そして体が浮くような轟音があたりを揺るがした。

雨粒が弾けていた。白く太い糸が天から地につき刺さり、跳ねかえっている。土の表面がみるみる黒く染まり、あっという間に水たまりができた。表面が沸騰する。

「っしゅうしますか」

山上の声が雨音にかき消されかけている。由子は左手を口もとにもっていき、右手でイヤフォンの入った右耳をおさえた。

「一班です、どうしますか。撤収ですか」

そのとき、何かが頭上をよぎった。

喉に巻きつき、恐しい勢いで食いこむ。叫びを発する暇もなかった。背中がのび、仰向けにのけぞるように由子はベンチに体を押しつけた。

喉に巻きついたものは容赦なく絞りこまれ、大きく開いた口は息を吸うことも吐くこともかなわない。

雨音すらかき消す轟音が耳の奥で鳴っていた。手を喉にやった。巻きついたものに指は届かない。

上着を脱いでいたので、拳銃は足首に留めてある。だがそこに手をのばすのは不可能だった。体を折れば、さらに喉は絞めつけられる。

視界の両端が黒ずんだ。

一瞬、喉を絞っていた輪がゆるんだ。由子は必死に息を吸いこんだ。ひゅうっという音が首の中を通過する。

「びっくりしたか」

耳もとでしわがれ声がして、次の瞬間、再び喉に輪がくいこんだ。両足が勝手に跳ね、泥水をとばす。

こいつは楽しんでる。

そう気づいた瞬間、とてつもない恐怖がこみあげた。

この豪雨の中、植えこみの中を移動し、ベンチにひとりですわる〝獲物〟の背後に立つと、すばやく喉を絞めあげた。

素手じゃない。喉にくいこんでいるのは、明らかに固い感触のある輪だ。

一気に絞めあげ、失神する直前で輪をゆるめたのは、このまま殺したのではつまらないと思ったからだ。

「知らないのか、ナイトハンターが帰ってきたのを」

耳もとで声はつづいた。輪は、声はだせないが完全に息が止まらないていどの深さで喉にくいこんでいる。どれだけ絞めれば死に至るのかを熟知しているのだ。

手は銃に届かない。

由子はけんめいにもがいた。イヤフォンが飛んだ。

「いいねえ。暴れるんだ。うんと暴れてよ」

声は落ちついている。この場を支配しているという余裕があるのだ。それがさらに恐怖をかきたてる。

落ちつくんだ、落ちつかなければ。

瞬(まばた)きした。うしろから絞められているせいで、上体は大きくのけぞっている。顔は真上を向いているせいで、雨が顔を激しく叩き、目がかすんだ。雨にまじり、あたたかいものが目尻を伝う。涙が自然にこぼれていた。

「そろそろ終わりにしようか」

由子は必死に体を下にずらした。ベンチの背ごしに絞めている輪が、わずかだが上にずれる。それにあわせて男の体がのびあがり、由子の顔の上にきた。

顔にあたる雨が止まった。男の頭が雨をさえぎっているのだ。

暗闇に男の顔の輪郭が浮かぶ。

「さようなら」

男がいって、輪を絞めあげた。その瞬間、あたりがまっ白く光った。男の顔が見えたと思った瞬間、視界が暗転し、すべてが闇に沈んだ。

3

びくん、と体が跳ねた。自分でもコントロールできない、筋肉の痙攣だった。つづいて、まるでフイゴのような音をたてて、喉が息を吸いこむ。

頭が痛い。割れそうに痛む。苦しい。誰か、助けて。お母さん、お父さん。

はっと体を起こした。

「けいし」

目の前に制服姿の男が立ち、目をみひらいていた。

「里貴」

かすれた声がでた。男は半年前に別れた里貴だった。二歳下の、大学の後輩。大学をでて三年後に再会し、つきあい始めた。だが半年前、里貴はつとめる会社の転勤で上海に旅だった。

いっしょにきてほしい、という言葉に由子は首をふった。遠距離恋愛は嫌だ、が里貴のいいぶんだった。

結婚？　そんな気にまだ自分はなれない。一課に配属されたばかりなのに。父を殺した犯人を知る手がかりが何もないのに。

やっぱり由子さんはお父さんを殺した犯人をつかまえたいんだ。

殺人犯は誰だってつかまえたいわ。

それだけじゃないでしょう。警察に入ったのだって、お父さんを殺した奴をつかまえたかったからじゃないの。

全部よ。殺人犯は全部つかまえたい。その中に、お父さんを殺した奴も入ってる。

「里貴。何してるの」

いってから、自分が知らない場所にいることに由子は気づいた。

オフィスはオフィスだ。殺風景な色の壁に丸い時計がかかっている。木でできた棚があり、黒っぽく厚い本が並んでいた。背表紙には「刑法」「警察法」といった文字がある。

目の前は大きなデスクだった。厚紙の表紙をつけ、黒いより糸でとじられた書類が何冊もつみあげられている。ボタンのとびでた古めかしい形の電話器がそのかたわらにある。

「大丈夫ですか、けいし」

里貴がいって、一歩進みでた。着けている制服は、警察官のに似ているが少し黒っぽい。胸には階級章があって、それだけは見慣れた形をしている。金の葉の上に銀の葉でふちどられた旭日章がのり、その横に縦棒が一本入っていて――。

「なんで里貴が警部補なの」

由子はつぶやいた。

おかしい。これは夢なのだ。里貴が警官の格好をしていて、警部補の階級章をつけている。夢でしかありえない。里貴は警官でも何でもない。工作機械メーカーの営業マンなのだ。

「具合が悪いのですか」

里貴がまた一歩踏みだし、由子の顔をのぞきこんだ。真剣な表情で、心配そうだ。きれいな目鼻立ちをしている。色が白くて唇だけが赤く、まるで女のようなやさしい顔だ。大学でも、女子学生にめちゃくちゃ人気があった。

だが里貴は、自分のそういう顔を「女っぽくて嫌いだ」とよくいっていた。学生時代はまるで似合わないヒゲをのばしていた。

「頭、痛い」

由子は目を閉じ、呻(うめ)いた。夢は夢でいい。だけどこの頭の痛さは何とかならないものだろうか。吐きそうだ。

「薬、もってきます」

里貴はいって身をひるがえした。バタン、と戸の閉じる音がした。

また眠ろう。そう考え、今眠っているから夢を見ているのじゃないか、と気づいた。目を開く。同じ景色だ。目の前に里貴がいないだけで、妙に古めかしい、小学校の校長室のような部屋はそのままだった。

机の上を見た。陶製のペン皿に万年筆と鉛筆が並んでいる。インク壜、横長の蛍光灯スタンドは、いつの時代に作られたものだろう。

デスクも木製の頑丈な造りだった。朱肉と印鑑立てが並んでいる。

いったいここはどこだ。

一番上の引きだしを開けた。細々(こまごま)とした品の中に、柄のついた丸い手鏡があった。昔、母が鏡台に向かっていて、うしろの髪型をチェックするのに使っていたのと似ている。

手鏡をもちあげた。

自分の顔が映っている。髪型はうしろでひっつめたセミロング。顔色はあまりよくない。

喉もとを映した。左手で肌にふれた。公園で背後からくいこんだ輪の感触が、まだはっきりと残っている。

だが喉には何の跡もなかった。

あれが夢だったのか。そんなわけはない。

鏡が揺れ、首から下が映った。里貴と同じような制服を着ている。階級章があって――。

由子は鏡をおき、上着の胸をつかんだ。

里貴と同じ色の階級章だが縦棒の数が二本多い。つまり、警視だ。

おかしい。思わずひとりで笑い、頭痛に顔をしかめた。里貴が警部補で、自分が警視。

どう考えてもこれは夢でしかありえない。

部屋の中を見回した。賞状がいくつか額に飾られている。

「志麻由子警視殿」という文字が見えた。

何これ。表彰状だ。「東京市警察本部長」――。初めて見る言葉だった。

東京市警察本部。東京は〝都〟で、〝市〟ではない。各道府県に警察本部はあるが、東京都だけは、それを警視庁と呼ぶ。

扉がノックされた。水の入ったコップを手にした里貴が扉を開いた。

「警視、薬です」

コップと小さな紙包みをさしだした。

粉薬？　今どき？　だが無言で受けとった由子は、コップの水をひと口含み、上を向いて、ほどいた紙包みの中身を落としこんだ。

猛烈に苦い。あわてて残っているコップの水を口に流しこんだ。

「このところ忙しかったから」

里貴がいった。由子の体を気づかってくれているような口調だった。

由子は無言で空のコップをさしだした。里貴は受けとり、その場で由子を見つめている。

「変なこと、いっていい？」

ようやく由子は言葉を口にした。

「どうぞ」

何と訊こう。「ここはどこ？」「わたしは誰？」それとも、「あなたは誰？」

「今日、何日だっけ」

間の抜けた質問を口にしていた。里貴は怪訝な顔をせず、答えた。

「七月十一日、土曜日です。光和二十七年の」

「こ、こうわ？」

壁の時計が見るともなく、目に入った。九時四十分を示している。

七月十一日はあっている。土曜日だからこそ、張りこみをおこなっていたのだ。

だが「こうわ」とは何だ。

「『こうわ』の前は何？」

「承天です。承天五十二年に戦争が終結し、元号が光和にかわりました。私は承天最後の年に生まれました」

由子は黙った。里貴の口調はあくまで真面目だった。

「他に何か、お知りになりたいことはありますか」

「わたしは寝てたの？」

「はい。今日は土曜ですが、警視は、先日検挙した流星団グループのリーダー格である、バロン・ホシノの訊問をじきじきにおこないたいとおっしゃって、本部に午後からいらっしゃいました。私は警視の秘書官ですので、訊問にずっと同席しておりました。一時間ほど前、警視は少し疲れたので自室で休まれたいとおっしゃり、『九時半に起こして』と私に命じられました」

由子は息を吐いた。流星団、バロン・ホシノ、初めて聞く。まるでマンガの登場人物のような名前だ。

それに里貴が自分の秘書官とはどういうことだ。秘書官という職名は、警視庁にはない。いや、あるかもしれないが、それは警視総監につくくらいだろう。少なくとも警視に秘書官はおおげさだ。警視は、大企業でいうなら本社の課長レベルだ。いちいち秘書などつかない。

「ここはどこなの」

ついにその問いが口をついていた。

「東京市警本部、暴力犯罪捜査局、捜査第一部、特別捜査課、課長、志麻由子警視の執務室です」

「わたしの執務室」

由子はつぶやいて、里貴を見つめた。きっととんでもなく間抜けな顔をしているだろう。口を半開きにして、馬鹿みたいな表情を浮かべているにちがいない。

だが里貴はにこりともしなかった。

そういう奴だ。真面目が洋服を着ている、学生時代からいわれていた。

「相当、具合が悪いようですね」

里貴は心配げに由子を見返した。

「訊問はどうなったの」

意味はよくわからないが、自分がしていたという仕事のことが気になって訊ねた。

「警視はみごとにバロンを追いこまれました。バロンが現行政府に不満をもっていて、反政府分子の資金援助を強盗で得た稼ぎからおこなっているという自供をひきだされました。これで、バロンは強盗の罪だけでなく反国家行為幇助(ほうじょ)罪での訴追も免れられません」

由子は目を閉じ、眉根を押した。「反国家行為幇助罪」という言葉は初めて聞く。

いったいここはどこなのだ。

いや、それは聞いた。東京市警本部の志麻由子警視の部屋だ。

いったい、何が起こったのだろう。

これが夢でないのなら、自分はまるで知らない場所にいる。知らない場所だが、自分は自分だ。つまり志麻由子。しかも職業も同じ警察官。

ただ階級がまるでちがう。

巡査部長が警視になっている。殉職して二階級特進したとしても、警部どまりなのに。

殉職。その言葉を思いだしたとき、由子は息を詰めた。

日比谷公園のベンチで、自分は絞め殺された。ナイトハンターの模倣犯に襲われ、背後から首を凶器で絞めあげられたのだ。

はっと目をみひらいた。

見た。犯人の顔を。叩きつける雨をさえぎり、上下逆向きに由子の顔をのぞきこんでいた。

稲妻が光り、はっきりとその男の顔を見た。

なのに思いだせない。その瞬間に意識を失ったからだ。

「警視」

　宙を見つめる由子に、里貴がいった。

「医務室にいかれますか。医務官はいませんが、当直の看護官なら――」

「大丈夫」

　つぶやくように由子はいった。

「水は？　もう少し飲まれますか」

　里貴は不安げに訊ねた。

　こんな顔をしてわたしを見てくれるなんて、いったいいつ以来だろう。会社員になってからの里貴は、いつも疲れていて怒りっぽく、なのに由子と少しでもいっしょにいなければ、より不機嫌になった。

　公務員じゃないんだよ、俺は。ため息まじりに何度いわれたろう。

　結果をださなけりゃ、すぐに切られちまうんだ。そうしたら、残りの人生をずっと負け犬で生きていかなきゃならない。そんなのは、絶対に嫌だ。

　学生の頃の里貴は優しかった。年下なのに、いつも兄のように由子のことをケアしてくれた。

「お願い」

「紅茶より、水がいいですか」

「あったかいコーヒーがあれば、そっちがいい」

頭痛は少しやわらいでいた。さっきは吐きそうなほど痛んでいた。

里貴が風のように身をひるがえし、部屋をでていった。

由子は机に両手をつき、立ちあがった。まるで大昔のミッションスクールの制服のような、丈の長いフレアスカートをはいている。

見たことのない制服だ。

部屋はデスクと本棚、布ばりのひとりがけのソファがあるだけだった。

警視に個室。

考え、由子は首をふった。本当の警察ならありえない。秘書官同様、個室などあてがわれるような階級ではないのだ。あるとすれば、所轄署の署長くらいだ。だが今、警視庁管内で、警視署長は決して多くない。警視正署長が大半だ。

東京市警本部。つまり、東京市の警察本部ということで、東京都警視庁ではない。表彰状の文字を見て、さっき思ったことをもう一度考えた。

つまりここは、東京都ではない。自分は、どこかちがう世界にいる。

やはり夢なのか。こんなリアルな夢、ありえない。

制服の胸をつかんだ。死んで、あの世とやらにいるのか。あの世の警視？　その言葉に思わず笑った。あの世にまで警察があるなんて。

天国にも犯罪者がいて、それを取締っているのか。

ドアが開いた。陶製の白いカップを手にした里貴が入ってくる。

「コーヒーです。インスタントですが」

「ありがとう」

受けとった。ぬくもりが嬉しくて、両手の指をカップに巻きつけた。ミルクも砂糖も入っていないブラック。どこかなつかしいインスタントコーヒーの味は、受験勉強の夜、部屋で何杯も飲んだ記憶をよみがえらせる。

「おいしい。なつかしい味」

由子はつぶやいた。

「すわって下さい」

里貴がいい、いわれるままに腰をおろす。

「だいぶ顔色がよくなってきました。さっきはまっ白で、心配しました。働きすぎですよ」

「そうなんだ」

天井を見上げ、由子はつぶやいた。蛍光灯ではない、赤っぽい白熱球がふたつ、天井に埋めこまれている。どうりで部屋に古めかしい空気が漂っているわけだ。

「確かに、東京市の治安を預かる重責のある身としては、ご無理をなさる気持はわかります。でも、もう少しご自分をいたわっていただかないと。警視のかわりはいないのですから」

由子はくすっと笑った。

「いったい何人いるの？」

「何がです？」

「東京市警に警視が」

「八名です」

即座に答があった。

「たった？」

「その上の警視正が四人、警視長が二人。そして市警本部長の警視監となります」

「え？　じゃあ警視総監は？」

「国警本部長です」

「こっけい？」

「国家警察本部長。隣の建物におられます」

「隣」

「市警本部と国警本部は隣接しています」

しんぼう強い口調で里貴はいった。

「わたしたちは、市警本部の職員というわけね」

「ええ。国警本部にいるのは警官じゃない、役人だ、といわれています」

「なんか、聞いたことあるわね」

警察庁(サッチョウ)の人間をそういっている上司がいた。

「警視の口癖です」

「警視って、わたし?」

「そうです」

にこりともしない里貴。

ため息をつき、由子はカップをおろした。

「あのさ」

「はい?」

「何がどうなったのか、わかんない。いきなりここにいて、わたしは警視だって。だって巡査部長だったんだよ」

「それは何年も前です。私も知らない頃ですね」

「キャリアってこと? わたし」

「公務員I種採用」

「何ですか、それは」

「知らない？」

　里貴を見た。

「はい。警視は、通常の警察官採用試験をうけられて、八年で今の階級に到達されました。もちろん八年で警視というのは、過去例にない昇進速度です」

「八年？　わたし高卒で拝命したの？」

「公務員特別養成学院のご出身です。通常は十八歳で入学されるところを飛び級で、十五歳で進学され、人より三年早く卒院されました」

「すごいじゃない」

「もちろんです。女子生徒としては初めて、男女通じても、学院史上四人目の快挙です」

「なんか夢みたい」

「私も、警視の秘書官をつとめられるのは、夢のようだと思っています。毎日、毎日が、本当に勉強になっています」

「まるでちがうわ」

　由子は笑いだした。本当の自分は、駄目警官だった。大卒だが準キャリアというわけでもなく、刑事になれたのも一課に配属されたのも、すべては殉職した父のおかげだ。

父を知る人たちの引きで、かろうじて刑事でいられた。自分より優秀な女性警官はいっぱいいて、彼女らには目の敵にされていた。たいしてできもしないのに、父親が殉職したという理由だけでひっぱられている、運のいい女。

実際、由子には、一課に呼んでもらえるような実績などない。

それがここでは、秀才、エリート、出世頭だという。

「だけど、ここ、どこ？」

「アジア連邦、日本共和国、東京市です。住所は桜田区一丁目一番」

「わたしの知っている日本じゃない」

里貴は深々と息を吸いこんだ。

「かなりお疲れのごようすですね。官舎までお送りします」

「官舎？」

「はい。隣の新橋区にあります」

桜田区、新橋区。区名まで異なる。千代田区、港区ではない。

「官舎には誰かいるの？」

「おひとり暮らしです。ですが、下の階には、私がいます」

「里貴も同じところに住んでいるんだ」

「はい。私は、妻と子供がいっしょですが」

衝撃をうけた。

「奥さん……」

里貴は由子の驚きには気づいていない。

「警視にもかわいがっていただいてます。娘のカリンともども」

「お嬢さんなんだ」

「まだ半年足らずですが」

里貴の顔が笑みくずれ、由子は思わず、目をそらした。結婚していて、子供までいる里貴。

まちがいなく、ここは由子の知っている場所じゃない。

どうしたのだろう。里貴とは別れたのだ。その上、この里貴はあの里貴でもない。なのに、結婚していて子供がいると聞いて、なぜこんなに動揺しているのか。

里貴が執務室の扉を開いた。

「お車までご案内します」

板ばりの長い廊下がつづいている。暗い。天井の明りがひとつおきに消されているからだ。

「暗い」

警視庁の廊下はこうこうと明るい。

「電力制限がとけないと、資源省の役人どもはなんでもかんでも規制すればいいと思っているんです。大利根湖の水力発電所が完成すれば、少しは電力事情も改善されるでしょうが」

扉をおさえ、里貴はいった。

「水力発電所、原発じゃなくて？」

「何ですか、ゲンパツというのは」

自分には説明なんかできっこない。由子は首をふった。

長い廊下を歩き、石の階段を降りる。建物の中は静かだった。由子の執務室が三階にあったことを初めて知った。

一階に降りたとたん、喧騒に包まれた。怒鳴り声、金切り声、古めかしくけたたましい電話のベル。黒い制服とワイシャツ姿の男たち。さらに、場所がちがってもこれだけはかわりようのない、いかがわしい匂いをまとった男や女、つまりは犯罪者たちが木のベンチや天井と床をつなぐ柱に手錠でとめおかれている。が、その場に由子と里貴が現われた瞬間、異変が起きた。

「警視」「志麻警視」「課長」

そうした言葉がさざなみのように広がり、制服やワイシャツ姿の警官、刑事たちが、いっせいに気をつけの姿勢をとったのだ。敬礼をする者もいる。

「答礼を」

里貴がささやき、由子はまるで操り人形のように敬礼を返した。敬礼など、制服巡査の頃以来、していない。警視庁では、上司が近くを通っても気をつけをする者などいなかった。せいぜいが、「お疲れさまでした」と声をかけるくらいだ。ここはまるで軍隊のようだ。

正面出入口と思(おぼ)しい玄関をくぐろうとすると、

「こちらです」

里貴が呼んだ。反対側にある鉄の扉を押し開ける。黒塗りの乗用車が何十台と並んでいて、天井に赤い筒のようなランプがのっている。小さい頃見たパトロールカーに似ている。

里貴が一台の扉を開けた。

「どうぞ」

革ばりのシートに由子は体をおいた。硬い茶のシートからは、乗りもの酔いしそうな匂いがした。車は四角く、曲線がまるでない。

「代用ガソリンはかかりが悪い上に馬力もでません」

セルモーターを何度もキュルキュルと回し、里貴はぼやいた。ようやくエンジンがかかり、黒いパトカーは動きだした。車列を抜け、建物の出口へと向かう。

「出入路駐車厳禁」「緊急出動時以外サイレンヲ禁ズ」

手書きのポスターが柱のそこここに貼られていた。

夢じゃない。これはまぎれもなく現実だ。そのポスターを見るうちに、由子は思った。こんな世界は、映画でも本でも見たことがない。夢なら、何かヒントとなる映像や文字情報とどこかで触れている筈だ。

まるで知らない世界を、ここまで鮮明に夢で見ることなどありえない。

パトカーが建物をでた。

目にとびこんだのは路面電車だ。四輛編成の路面電車が灰色の道を走っている。道幅が広い、と感じるのは、走っている自動車の数が少ないからだと気づいた。

色がない。由子の知る東京なら、ネオンやビルの標識灯の色が夜空に溢れていた。赤い点滅、青や白、オレンジの発光が街のどこにいてもふと見あげれば、そこここにあった。

しかしこの東京にはない。モノトーンの街だ。灰色の路面は、雨あがりなのかじっとりと湿っている。

歩道をいく人々は黒いこうもり傘を手に、ただ前だけを見て進んでいた。

一瞬、光がさし、それが路面電車のパンタグラフが発したものだと気づいた。

「街が暗い」

由子はつぶやいた。

里貴は答えなかった。まっすぐ前を見つめ、運転に集中している。パトカーは路面電車の走る広い通りを直進した。皇居が遠ざかる。地形はどこか、由子の知る東京と似ている。

日比谷の交差点にさしかかった。正面には銀座がある。確かにその方向だけは少し明るい。

「銀座を通る？」

「通りますか」

いつもは通らないらしい。

由子はいった。この世界がどうなっているのか、自分の知る世界とどれだけちがうのか、少しでも情報が欲しい。

「そうして」

パトカーは数寄屋橋の交差点から銀座四丁目の交差点に向かって進んだ。

由子の知っている銀座ではなかった。並んでいるのは重厚な石造りの建物ばかりで、デパートやショッピングモールの華やかさが少しもない。唯一、銀座四丁目の角にたつビルの屋根に時計塔が立っている景色だけが共通した。

「デパートが――」

「もう閉まっています。六時閉店を義務づけられていますから」

「でもあんなに暗いの？」

銀座四丁目を右折するとき、確かに「百貨店」の文字が記された看板が外壁にあることに気づいた。

「制限時刻以降の点灯は、法令違反ですから。もちろんもぐりの営業はあとを絶たず、資源省の監視委員が摘発に回っています」

そのせいなのか、中央通りを歩く人の姿は少ない。赤っぽい街灯以外には光がなく、ときおりぽつんと点っているのは、飲食店らしい建物の入口だった。

「じゃあ、ああいうところは許可をうけているの？」

「どこです」

「今、右側にある穴倉みたいな建物。何かのお店みたいだけど」

「飲食店舗は、一組、二組に組合分けされ、交互の夜間営業が認められています。指定日以外の営業では、電灯ではなく、ロウソクを使って照明を確保するところもありますが、それによる火災が急増しています」

「電力の制限て、いつからだっけ」

由子は訊ねた。

「イスラム連合の内戦が始まった翌年からですから、もう二年になります。噂では、連合内の油田はほとんど爆破されていて、以前のように石油が生産されるようになるには、七、八年かかるそうです。アジア連邦の資源割りあて抽選に負けなければ、もう少し我が国も電力事情がよかったでしょうが」

「犯罪は増えた？」

「もちろんです。闇は、人に罪をそそのかしますから」

由子はくすりと笑った。

「どうしました。何か変なことをいったでしょうか」

「闇は人に罪をそそのかす、だって。里貴らしくない。文学的ね」

里貴は詰まった。

「でも、警視も警視らしくありません。今夜は」

「いつものわたしは、どうなの？」

「あまり喋られません。それに――」

黙った。

「それに何？」

パトカーは新橋の高架をくぐった。山手線は、この街にもあるようだ。新橋駅の周辺はさすがに賑やかだった。ランプを点した屋台がいくつも並び、食べものや雑誌を売っている。

「私を名前で呼ばれることはありません。木之内、と姓で呼ばれます。あ、名前で呼ばれるのは決して嫌ではありませんので、ご心配はいりません」

木之内。確かに木之内里貴という名だった。

虎ノ門の手前でパトカーは左折した。交番があった。赤い丸灯の下に制服警官が立っていて、パトカーに敬礼をする。

そこが官舎の前だった。住居というよりはビルにしか見えない、頑丈な建物だ。正面玄関の階段の前で、里貴はパトカーを止めた。

「お部屋までごいっしょしたほうがよろしいでしょうか」

由子は息を吸いこんだ。

「そうしてくれる？」

「あの、鍵はおもちですか？　警視はバッグをおもちにならなかったので」

「バッグ」

つぶやいた。そういえば、私物は何ひとつもたず、執務室をでてきてしまった。

「忘れたわ」

自分のバッグがどれかすら、由子にはわからなかった。

そのとき気づいた。自分はこの世界の自分じゃない。じゃあ、この世界の自分はどこにいってしまったのだろう。

元いた世界にいった？　入れかわった？　だが、元いた世界の自分は、たぶん死んでいる。

そう考えると不意に恐しさがこみあげた。知らない世界でひとりぼっちだ。景色だけではない。人も組織も、国家のありようもまるでちがう、この未知の世界に、自分は今ひとりぼっちでいる。元いた世界の自分が死んでいるのなら、もうここより他に、自分のいくところはない。

そんなのは嫌だ。帰りたい。元の世界に戻りたい。

「警視」

我にかえった。外からパトカーのドアを開けた里貴がのぞきこんでいる。

由子は無言で車を降りた。

「鍵はたぶん、管理員のところにもあると思います。借りてきます」

由子は頷いた。

玄関をくぐり、通路の正面にあるエレベータの前に立った。古い映画で見たような金属の格子を手で開いて乗るタイプだ。

「ここで待っていて下さい」

里貴がいって通路を戻り、やがて木札のついた鍵を手に戻ってきた。

エレベータに乗り、里貴が「5」と書かれた黒い大きなボタンを押した。ガタガタと揺れながら箱が上昇する。

「今日はゆっくりおやすみになって下さい。明日は日曜で休日です」

五階でエレベータを降りると、しんと静まりかえった廊下を歩きながら、里貴がいった。

廊下の中ほど「502」と記された扉の鍵穴に鍵をさしこむ。

「もし、ご気分がすぐれないようなことがあったら、いつでも内線で私を呼びだして下さってけっこうです」

扉を押し開き、入ってすぐの壁にあるスイッチに触れて、里貴はいった。

「ごめん、内線て、どう使うの」

あきれたように里貴は由子を見つめた。

「本当に、大丈夫ですか」

「頭が痛いせいだと思う」

里貴は小さく頷き、

「じゃあ、失礼して」

と、部屋に入った。段差のない三和土(たたき)で靴を脱ぎ、板ばりのリビングの中央におかれたテーブルの電話器を示した。番号ボタンの他に、白い丸ボタンがつきでている。

「これを押して、私の部屋番号、『405』を押して下さい。それでつながります」

由子は頷き、部屋を見回した。初めて足を踏み入れたのに、どこかなつかしい空気があった。

理由はすぐにわかった。

絵だ。額に入った小さな油絵がいくつも飾られている。その筆づかい、色のタッチ、まぎれもなく、母の絵だった。

油絵を描くのが母の趣味で、家のあちこちにも母の絵は飾られていた。母は緑が好きだ。どの絵も、緑色の絵具を基調に使って描かれている。それはこちら側の世界でも同じだ。

「それでは、失礼します」

里貴はいって、無言のまま部屋の中央に立つ由子を残し、でていった。

扉が閉まった。とたんに、狂おしいほどの孤独感に由子は襲われた。声をだして泣きだしたい。

が、それをせず、由子は動いた。

部屋は二間だ。机やテーブル、書棚のおかれたリビングと、金属製のパイプベッドのある寝室。どちらも本で溢れている。ベッドの上には、白い木綿のパジャマが畳んでおかれていた。かたわらの鏡台には、申しわけていどの化粧品しかない。自宅で使っていた数に比べたら半分、いや三分の一もないだろう。

だ。

バスルームとトイレは腰までの高さの仕切りで隔てられ、まるで兵舎か刑務所のようだ。

リビングのテーブルのかたわらに、布ばりの椅子があった。四角いクッションがのっている。

由子はそれに腰をおろした。小さなキッチンが見え、炊飯器と冷蔵庫がある。冷蔵庫は、古めかしい2ドアタイプだ。

両手で顔をおおった。目を閉じ、祈る。

目を開けたら、元の世界に戻っていてほしい。お願いだ。これはきっと何かのまちがいだ。ありえないことだ。

両手をおろし、目を開いた。

かわらない、暗い部屋がそこにある。

「嘘だ、こんなの嘘だ」

思わず言葉が洩れた。もう一度両手で顔をおおった。

泣いた。泣くしか、由子にはできなかった。

4

どれくらいの時間がたっただろう。由子は目を開いた。泣き疲れ、寝入っていたようだ。

息を吐き、もたれかかっていた椅子の背から体を起こした。見るともなく、部屋を見回す。

壁にかけられた額のひとつに目がとまった。

何枚もある絵の一枚だと、気にとめなかったが、それは写真だった。

モノクロの写真。人物が三人、写っている。

ぼんやりと見ているうちに、由子ははっとした。

中央はまぎれもなく自分だ。初々しい、おそらくは十代のどこか。警察官と思しい制服を身につけている。両側に立つのは、母と、そして――。

目をみひらき、壁に走りよると、額を手にとった。

父だった。

茶色いスーツにネクタイをしめた父が写っている。

母は、今の母より若い。が、髪をひっつめ、妙におばさんくさい雰囲気だ。

自分は、十八、九だろうか。

ありえない。父が死んだのは、十八のときの夏だ。

里貴は何といった？

――十八歳で入学されるところを飛び級で、十五歳で進学され、人より三年早く卒院されました

――八年で警視というのは、過去例にない昇進速度です

写真の制服が学校ではなく、警察のものなら、警官になったとき、父は生きていた、ということになる。

由子は部屋を見回した。何か、家族のことがわかる何かはないのか。

小さな机の前に立った。辞書、報告書、地図。ひきだしを開ける。

いきなり小さな拳銃と弾丸の入った箱があり、手が止まった。手入れをするための道具類もある。

拳銃は、見たことのないタイプだ。

次のひきだしには新聞や雑誌のスクラップ帳が入っていた。

「大がかりな密輸団を摘発、市警本部特捜隊。

志麻由子警視を隊長とする市警本部暴力犯罪特捜隊が、東京港を舞台に進められていた禁止薬物の密輸を摘発した」

「市内で白昼の銃撃戦、銀行強盗と。犯人二名を射殺――市警暴犯特捜隊」

「女性刑事、囮捜査で大活躍。売春組織を摘発」

頭がくらくらした。どれも志麻由子という女性警察官の活躍の記事ばかりだ。

「二十六歳で異例の警視昇進へ。市警本部、志麻由子刑事」

スクラップ帳を閉じた。

気づくと全身が汗ばんでいた。部屋の中には、じっとりと湿った空気が淀んでいる。エアコンディショナーはないのだ。

立ちあがり、窓に歩みよった。暗い街並みの向こうに光がかたまっているのは、新橋駅だろう。

たて長の窓を引き上げ、空気を入れた。

ひとつだけ、はっきりした。この世界の志麻由子と自分は、まったく別の人間だ。

現実とは思えない現実を受けいれる覚悟が生まれると、由子は少し落ちつきをとり戻した。

どうしようもないことが自分の身に起こった。それがなぜ、どのようにして起こったのかは、まったくわからない。もしかすると長い長い夢を見ているのかもしれないが、この状況が夢だとはとうてい思えない。

夢ならば、自分は今、眠りの中にある。だとすれば眠りを抜けだせば、この世界から逃れられるのではないか。

部屋の中とさほどかわらない、湿った重い空気を吸いこみながら由子は考えた。

眠りを抜けるには目を覚ますしかない。通常の夢なら、これが夢だとわかった時点で目覚めはすぐ近くにある。

が、この眠りはそうではない。つまり、夢ではないのだ。

ではどうすればいいのだ。元の世界に帰るために何をすべきなのか。

木の窓枠に手をつき、夜空に目を向けながら考えをめぐらせた。

始まった場所に戻る、というのはどうだろう。漠然と思いついた。日比谷の公園だ。あそこで張りこみ中に自分は、ナイトハンターの模倣犯に襲われ、死んだか、気を失った。そして気づくと、〝市警本部の執務室〟にいたのだ。だから、日比谷の現場に戻れば、何かが起こるのではないだろうか。

そう思うと、矢も盾もたまらなくなった。部屋の扉に向かいかけ、制服姿のままであったことに気づいた。

せめて着替えていくべきだ。軍服のようなこの格好で、人通りの少ない街をうろついたら、目立ってしまう。

本当の自分の部屋よりはるかに殺風景な寝室に入った。備えつけの洋服ダンスがあって観音開きの扉がついている。それを開いた。

今着ているのと同じ制服が二着と、いかにも重くて頑丈そうな革のコートがぶらさがっている。

私服といえるようなものは数えるほどしかない。その中から由子は木綿のパンツとごわごわとしたシャツを選んだ。パンツはグレイで、とうていお洒落とはいえない、頑丈そのものの作業着のような作りで、シャツも着心地が決していいとはいえない代物だ。この世界の自分には、お洒落をしたいという欲望はなかったのだろうか、といぶかしくなる。

なかったのだろう。きっと仕事ひと筋で、他のことには目もくれないタイプだったにちがいない。だからこそ数々の功績を打ちたて、異例の昇進をとげたのだ。自分とはほど遠い。

着替えた由子は里貴が借りてきた鍵を手に外へでた。エレベータを使って一階に下りる。

外に立ったとき、自分が鍵の他は何ひとつもたずにでてきたことに気づいた。お金も身分証もない。が、それが部屋のどこにあるのかすら知らないのだ。

地名こそ異なるが、地形は、この東京市と由子の知る東京にさほどのちがいはないようだ。とすれば、虎ノ門に近いこの官舎から、現場となった日比谷公園まで歩いてもさほどの距離ではない。

交番のかたわらを歩きすぎたとき、立ち番の巡査がちらりと目を向けたような気がした。が、由子は知らぬふりをして歩きつづけた。

五分ほどで、東京都でいうところの日比谷通りにつきあたった。この道に沿って歩いていけば、やがて左手に公園が見えてくる筈だ。

習性で、左の手首に目をやった。はっとした。見覚えのある腕時計の文字盤が、午前零時に近い時刻を示している。だが、それは由子の腕時計ではない。

思わず立ち止まった。あたりはまっ暗なビル街だ。東京都のような高層ビルではなく、がっしりとした重厚な石造りの建物が並び、どの窓も明りは消えている。階段に非常灯もついていないらしい。

この腕時計は父のものだ。確かめるべく、街灯の赤っぽい光の下に立った。まちがいない。白い文字盤に入っているアルファベットは、それでしか見たことのないスイスのメーカー名を示している。珍しいメーカーで、高級というわけではないが日本に輸入されている数は限られている、という話だった。この腕時計を、父は、母の兄から贈られたのだ。母の兄、由子にとっての伯父は、外務省の下級官僚でヨーロッパ駐在が長かった。

父はこの腕時計をひどく気に入り、愛用していた。荒川で発見された遺体の左腕にもこの時計がはまっていた。

形見として母がもっている。

その腕時計を、今、自分がしている。ということはつまり、この世界でも、父はもう亡くなっているのだろうか。

今はそんなことを考えているときではない。由子は首をふった。日比谷公園まではあと少しだ。そこにいけば、現実の世界に戻れるかもしれないのだ。車も、人も、まったく通らない日比谷通りを由子は歩きつづけた。内幸町の交差点を越え、日比谷公園の入口に到着した。ようやく一台の車が、湿った路面をかむタイヤの響きをたてて由子の背後を通過していった。

公園は暗かった。

街灯の数も少なく、その光も弱い。足を踏み入れようとして、暗闇に恐怖を感じた。あいつがいるかもしれない。由子の足はすくんだ。

部屋にあった拳銃をもってくればよかった、と後悔する。

だが今さらとりに戻るのも億劫だった。それに何より、現場のベンチは、ここから少しのところにある。

公園の中に足を踏み入れた。人の姿はまったくないだろう、と想像していたが、二十メートルほど進んだところで、自分の考えがまちがっていたことに気づいた。

カップルがいる。それもひと組ふた組ではない。

赤く弱々しい光の下のベンチには、それこそベンチの数だけといってよいくらいのカップルがいて、身を寄せあっていた。

由子は息を吐いた。なぜこんなにカップルだらけなのだろう。

そして気がついた。この街は、由子の知る東京より、はるかにカップルのいられる場所に乏しいのだ。電力制限のせいで、営業する飲食店も限られていて、気楽に身を寄せあえるようなカフェや居酒屋の数が少ない。となれば、自然にこうした公園のようなところで寄り添うことになる。他にも同じようなカップルがいれば、心強くもあるだろう。

そういえば、二、三十年前まで日比谷公園はカップルのメッカだったとベテランの刑事がいっていたのを聞いた気がする。

まさにその状況にあるようだ。

ほっとすると同時に、別の不安がこみあげ、由子は足を早めた。公園をよこぎって、奥へと進む。

不安は適中した。由子が襲われたベンチにも、カップルがすわっていたのだ。男はジーンズに薄いシャツを着け、女は膝丈のワンピース姿で、ぴったりと体をくっつけあっている。女の下半身に、男物らしい上着がかけられ、その内側に男の手が入っていた。

由子は思わず目をそらした。同時に強い失望に足がなえるのを感じた。ここにくれば何かが起こると考えたのは、ただの願望でしかなかった。

あたりを見渡した。公園の雰囲気は、街灯の光を除けば、由子の知る東京と似通っている。街のたたずまいの差に比べれば、むしろそっくりといってよい。

ここには、ナイトハンターは現われないだろう。あまりにカップルが多い。

いや、そうともいい切れない。ナイトハンターもその模倣犯も、人通りのある場所で犯行に及んでいる。

とはいえ、ここにいる理由を由子は失っていた。あのカップルが立ち去るのを待ってベンチに腰をおろしても、とうてい何かが起きる、とは思えない。

何もかもが知っている東京と異なるこの街で、奇妙なようだが、カップルが集まった公園だけが、ひどく日常的でありふれた光景に由子には思えていた。つまりここでこそ、何も起こりようがない、という気がしていたのだ。

それでもしばらくたたずみ、ベンチのカップルから奇異の視線を向けられるようになってようやく、由子は踵（きびす）を返した。

この先どうすればよいのかが、またわからなくなった。

何をすれば元の世界に戻れるのか。再び不安と恐怖がこみあげ、泣きだしそうになる。気づくと公園を抜けでていた。そのまま、あてどもなく由子は歩いた。もはや街の景色のちがいなど、どうでもよかった。どのみちここから自分は抜けだせない。とすれば、嫌でも見慣れることになる。

どうしたって合理的な説明など不可能だ。誰に話そうと理解される筈もなく、主張しつづければ、いずれは医師のもとに連れていかれる羽目になるだろう。働きすぎで心を壊したと思われるのが関の山だ。

いや、実際にそうなのではないか。ここそが正しい場所で、ただ妄想にとらわれているだけではないのか。

ちがう、断じてちがう。

半泣きになり、由子は歩きつづけた。人や車の多い場所にでても、歩みを止めることはなかった。人目を惹いたかもしれないが、誰からも呼び止められることはなく、救いの手など、どこからもさしのべられない。

角を曲がれば、いつもの東京に戻っているのではないか。官舎で、顔を両手でおおったときと同じように思い、少しでも明るい交差点が前方にあると足を早めた。が、いく度くり返しても同じだった。どこか陰うつでモノトーンの東京しか由子の目前にはなかった。

歩いて歩いて、歩き疲れ、もうこれ以上は無理だと思い、由子は立ち止まった。そこは官舎のある虎ノ門の近くだった。歩き回っているうちに戻ってきてしまったようだ。

交番のかたわらを、足をひきずるように歩き過ぎた。

建物が見えた。その玄関に、男がひとり立っていた。

里貴だった。カーディガンにジーンズをはいている。その眉根には心配げな皺が寄っていた。

「里貴……」

　顔を見た瞬間、由子は全身から力がぬけるのを感じた。倒れこむように崩れる由子を、駆けよった里貴が支えた。

5

「信じられる？　信じられないわよね」

　しわがれた声で由子はいった。五階の、由子の部屋だった。抱えられるようにして部屋に連れてこられた由子は、里貴にすべてを話した。

　里貴は市警本部から由子を送ったあとも心配をしていたらしい。そして部屋に電話を入れ、返事がないのを不安に感じ外から窓の明りを確かめようとして、交番の巡査からでかけるのを見たとの報告をうけたのだ。それからずっと、帰りを待っていたのだという。

「――つまり、警視が、警視ではない、というお話ですか」

「そう」

　ベッドに横たわったまま由子はいった。

「ここにいた志麻由子と、この志麻由子は別人なの。あなたの知っている志麻由子は、わたしより優秀で強い警察官。向こうの世界では、わたしは巡査部長でしかなく、それもやっと刑事になれたようなみそっかすだった」

里貴は無言だった。

「わたしが外へでたのは、日比谷公園の、襲われた現場にいくため。そこへいけば、もしかしたら元の世界に戻れるかもしれないと思った。でも、駄目だった。公園のベンチは、カップルばかりで、まるでわたしは不審者だった」

「ひとつ、うかがってよろしいですか」

里貴が口を開いた。

「もし、ここにおられるあなたが、私の存じあげている警視でないとするなら、本当の警視はどこにいってしまわれたのでしょう」

しばらく由子は答えなかった。

「わからない。もしかすると――」

「あなたの世界にいかれた?」

「そうなるわね」

「向こうの世界での私は、警視のお役に立てるのですか」

由子は里貴を見た。

「たぶん無理。向こうの世界にいる里貴は警官じゃないもの」

里貴はショックをうけたように目をみひらいた。

「あなたは向こうでは営業マンよ」

「営業マン?」

「機械メーカーにつとめてるの。ふつうのサラリーマン」

里貴は瞬きした。

「ではなぜ警視は私の名前をご存じだったのです?」

鋭い質問だ。こっちの里貴は、こっちのわたしと同じように、向こうの里貴より頭がいい。

「それは、わたしとあなたが大学の先輩と後輩だったから」

「大学の、ですか」

由子は通った大学の名を口にした。里貴は首をふった。

「聞いたことがありません」

「そう」

つきあっていたことを話すのはよそう、と決めた。里貴はきっと自分の話を信じられない。なのに恋人だったなどといおうものなら、よけい妄想にとりつかれていると思うだろう。

「後輩だから名前でお呼びになられたのですね」

「ええ」

　里貴は再び黙った。やがていった。

「外見はまったくいっしょなのですか。向こうの私とこちらの私は」

「そうね。こっちのあなたのほうが少しがっちりしているかも」

「警視はどうです？　ご自分の姿を見て、どう思われました？」

　由子はベッドから上体を起こした。足もとにおかれた鏡台に映る自分の顔を見た。

「別よ」

「別？」

「向こうのわたしは髪をもう少し短くしていたし、日に焼けている。それにこれより太っていた」

　里貴をふりかえり、苦笑した。

「痩せたかったの、ずっと。痩せてるけど嬉しくない」

　里貴は笑わなかった。

「警視は、私の知っている警視とまったくかわりがありません。少なくとも外見は」

「たぶん、入れかわったのは心だけなのね。そうでなけりゃ、あんな格好じゃなかったろうから」

　ハンガーにかけた制服を見やっていった。

「精神だけが、こちらの警視と向こうの巡査部長とで入れかわったというのですか」

「そう。向こうの話なら、わたしはいくらでもできる。妄想だと思われるかもしれないけれど。でもこちらのことはまったくわからない」

「だから先ほど市警について訊ねられたのですね」

由子は頷いた。

「だってまるで知らないことばかりなのだもの」

里貴は唇をかみしめた。真剣な表情で考えこんでいる。

「もしお話が真実なら、一刻も早く、元の世界にお帰りになりたいでしょうね」

「帰りたい」

里貴の言葉からは、由子の話を信じているともいないとも、うかがえない。

「私としても、本物の警視に戻ってきていただきたい」

「でしょうね。でも、どうすればいいかがわからない。何より、なぜこんなことになったのかがまるでわからない」

一瞬、涙声になり、由子は片手で目をおおった。

里貴がいった。

「わかりました」

由子は手をおろした。

「わかった？」

「あなたが私の存じあげている警視でないことは確かなようだ」

「本当に？」

里貴の顔は険しかった。

「警視は人前で涙をお見せになるような方ではありません」

由子はほっと息を吐いた。

「そう。そうでしょうね。わたしは警視殿に比べたら、まるで駄目人間よ」

「しかし」

里貴が言葉をさえぎった。

「この世界に、志麻由子警視はあなたしかおられない」

「でもちがうのよ」

「わかっています。ですがちがうとして、あなたはどうされるのです？」

「え？」

里貴は子供に何かをいい聞かせるような表情を浮かべていた。

「あなたが本物の志麻由子警視でないとしましょう。外見は警視そのものだが、心はそっくり他の人と入れかわってしまった。ではあなたは何をされるのです。この世界のあなたには知っている人はいない。私を含め、あなたを知るのは、志麻由子警視とかかわりがある者だけであって、本物のあなた、巡査部長の志麻由子を知る者はひとりもいないのですよ」

その通りだ。

「あなたはひとりぼっちだ。もしここをでていったら、住む場所も職場もない。何よりこの世界のことを何も知らずに暮らしていけるのですか」

由子は首をふった。

「無理」

里貴は由子を見つめた。

「あなたの一番の願いは、元の世界に帰ることだ。それは私にもわかります。しかし、なぜあなたがここにきたのか、いいかえれば、本当の警視とあなたの心がどうして入れかわってしまったのかがわからない以上、その願いが容易にかなうとは思えない」

由子は頷いた。

「わたしがおかしいとは思わない？　その、心が壊れてしまったとは」

「そうかもしれない、と思います。ですが、そうだとしても答は同じです。あなたの心の中に、ふたりの志麻由子がいて、ひとりが警視、ひとりが巡査部長だとしましょう。今ここにいるのは巡査部長のほうで、どうすれば警視に戻れるのかがわからない。病院にいき、医者にみせる？　それはいい考えではない」

「どうしてなの」

「この世界にいる、あなたの敵を喜ばせるからです」

「わたしの敵?」

「先ほど、東京市警には八人の警視がいる、と申しあげた。志麻由子警視の他に七人、警視がいらっしゃいます。その七人は、すべて敵、とお考え下さい」

　由子は目をみひらいた。

「なぜ」

「なぜでもです。その方たちは、あなたが医師の診察をうけたと知れば、必ずあなたをひきずりおろす材料に使おうとする。そしてそれは結果として、東京市にこれまで以上に悪をはびこらせることになる。もちろん敵はそれだけではありません。警視を目の敵にする犯罪者たちもいる。医師の診察をうけるのは、彼ら敵に利をもたらすだけです。そうなれば、本物の警視が戻ってきたとき、私は申しひらきができません」

　由子は視線をさまよわせた。

「敵がそんなに?」

「はい。警視は、この東京市の治安の要(かなめ)です。市警察にとって唯一の、正しき法の執行者です。おられなければ、東京市は犯罪者どもにいいように乗っとられます」

「だって他にも警官はいるのでしょ。皆が皆、駄目警官なの」

「いえ。そうではありません。法の正義を信じる者もたくさんおります。しかし彼らを束ね、犯罪に立ち向かう決意と気概をおもちなのは、警視おひとりです」

「他の警視は？」

里貴は首をふった。

「無気力か、さもなければ腐敗しているか。どちらかです」

「ジャンヌ・ダルク？」

思わずいっていた。

「わたしが？」

「あなたではありません。志麻由子警視が、です」

由子は目を閉じた。

「そうだった。で、わたしはどうすればいいと思うの？」

「あなたがこの世界でできることはひとつです。それをしない限り、あなたは生きのびられない」

「生きのびられない？」

目を開けた。里貴は深々と頷いた。

「そうです。もしあなたが警察をお辞めになったとする。これまで警視に痛めつけられてきた犯罪者たちには、あなたが本物の警視ではないという話などまったく通じない。

大喜びで、あなたに復讐をする。警察官でなくなった志麻由子は、格好の的でしょう。警察官でなくなって一時間としないうちに、殺されます」

「そんな……」

「あなたのおられた世界にも犯罪者はいた。そのうちのひとりがあなたの首を絞めたのと同じです。銃をかまえ、あなたに狙いをつけ引き金をひきたい奴らは、いくらでもいる」

「わたしが襲われたのは偶然よ」

「ここでは偶然ではない。必然です」

由子は言葉を失った。奈落に落とされたような気分だった。

こんなのない。こんなことってひどすぎる、言葉にならない思いがうず巻いている。

「あなたにできるのは、いや、やらなければならないのは、志麻由子警視でありつづけることです。それだけが唯一、生きのびる方法であり、いつか本物の警視と入れかわるための手段です」

6

里貴が部屋をでていったのは、午前五時近くだった。窓の外は白くなっていた。

シャワーも浴びず、ごわごわのシャツとズボンのまま、由子はベッドにもぐりこんだ。疲れはてていた。人生でこれほど疲れたことなどなかったような気がする。目を閉じ、眠った。すぐに目覚め、同じ場所、官舎にいることに絶望し、再び目を閉じると眠った。

それが何度もくり返され、午前十時、ノックの音に体を起こした。

「はい」

「木之内です」

里貴だ。由子はベッドを降り、部屋をよこぎって、ドアを開けた。金属のトレイを手にした里貴が立っていた。

「ですぎたこととは思いましたが、スープとパンをおもちしました。家内が作ったものです」

トレイの上に深皿とロールパンがのっている。里貴は無表情に告げた。

「パンも今朝焼いたものです」

「ありがとう」

「のちほど、皿を下げにうかがいます」

里貴はいって、くるりと背を向けた。まるできのうのやりとりがなかったかのような態度だ。

里貴の奥さんが作ったスープとパン。

トレイをテーブルにおき、由子は息を吐いた。それを自分が食べるなんて、これもまた悪夢のようだ。

しかし空腹なのも確かだった。由子は部屋の洗面台で身仕度を整えた。おかれている歯ブラシを手にとり、一瞬逡巡した。が、意を決し歯磨き粉をつけ、口に入れた。甘ったるく、妙に薬くさい香りが広がる。子供の頃を思いだす味だ。

顔を洗い、タオルでぬぐった。肌がぱりぱりに張っている。鏡台に並ぶ壜の中から化粧水と乳液らしきものを見つけ、顔に塗った。ありがたいことに無香料で、塗った感じもそれほどべとつかず、悪くなかった。

テーブルに向かい、スプーンを手にした。刻んだ野菜とベーコンを煮こんだスープだ。味つけはあっさりで、おいしかった。ふたつあるロールパンもまだあたたかく、嚙んでいるうちに甘みがでてくる。バターやマーガリンを使わなくとも、パンだけの味で食べられた。

小さな冷蔵庫の中に牛乳のパックがあった。腐っていないのを確かめ、コップに中身を注いだ。

牛乳は由子の好物だった。小さい頃からよく飲んだ。まわりには牛乳を飲むとお腹を壊すという子供が多かったが、由子は平気だった。給食の時間、苦手な友だちのぶんも飲んでやっていた。

冷蔵庫にあった牛乳は、濃くておいしかった。パックには「北東京農場」とだけ、そっけなく印刷されている。

この世界の自分も牛乳好きなのだろうか。冷蔵庫には、食料品といえるようなものは、チーズくらいしか入っておらず、あとは牛乳と何かのジュースらしいガラス容器だけだ。

十一時を過ぎたとき、扉がまたノックされた。里貴だった。由子はキッチンで洗った食器をトレイに重ね、手渡した。

「ありがとう、とてもおいしかった。奥さんは料理上手なのね」

一瞬、里貴の頬がゆるみ、由子は胸の奥に痛みを感じた。

「一番の趣味です。のちほどおうかがいしてもよろしいですか」

由子は頷いた。

「今日は——休みだったわね」

「ええ。ですがお話ししなければならないことがあると思いますので」

「わかったわ。待ってる」

「おでかけにはならないで下さい、ひとりでは」

「ええ」

里貴は腕時計を見た。

「二時頃、うかがいます」

扉が閉まり、由子は部屋を見回した。ここであと三時間、何をすればいいのだろうか。

まずは机だ。

ひきだしの中にあるスクラップ帳をとりだす。昨夜もぱらぱらとめくったが、今日はじっくりと目を通そう。

この世界の志麻由子が、どれほど優秀な警察官だったのかを調べるのだ。

スクラップ帳や他のひきだしにあった報告書などのすべてに目を通し終わったのは、二時過ぎだった。

新たな牛乳をコップに注ぎ、窓べに立つ。

曇っている。今にも雨が降りそうというのではないが、空は白い雲におおわれていた。季節は、向こうの世界とかわらない梅雨どきのようだ。

志麻由子の活躍は驚くばかりだった。密輸、売春、銀行強盗、賭博場、あらゆる犯罪を対象に摘発の功績をあげている。ときには自らを囮にし、銃撃戦も怯(ひる)まず、実際に犯人を射殺すらしている。

犯罪者たちの恨みを買っているという里貴の言葉に嘘はなかったのだ。そして、東京市には組織暴力がはびこっているのも事実のようだ。武装し、ほとんどの非合法ビジネスに関与しているらしい組織が、スクラップからでも、ふたつはあると知れた。

ドアがノックされた。由子は里貴を部屋に迎え入れた。里貴は朝と同じ私服姿だった。手に紙袋をさげている。

「食料品が届いたのでついでにもってきました。公務員配給分です」

「配給？」

由子は首を傾げた。里貴は頷き、キッチンにいくと、紙袋の中身をだした。小麦粉、牛乳、缶詰類だ。

「牛乳は冷蔵庫に入れておきます」

飲んでいた「北東京農場」製品だ。

「その牛乳、すごくおいしい」

由子はいった。冷蔵庫の扉を開いた里貴がふりかえった。由子が手にしているコップを見た。

「牛乳は、警視の大好物です」

由子は思わず微笑んだ。

「わたしも大好き。ひとつくらい似ているところはあるのね」

里貴は答えず牛乳をしまうと、リビングに戻ってきた。由子が机の上に広げたスクラップ帳に気づいた。問うように由子を見る。

「この世界のわたしって、すごい警官ね」

「妥協を知らない人です。それだけに敵も多い」

里貴は答え、失礼しますといってリビングの椅子に腰をおろした。

「話さなければならないことって何？」

里貴は沈黙した。膝の上で組んだ手を見つめている。

「いや、それはまた次にしましょう」

低い声でいった。珍しい、と由子は思った。この世界の里貴は、いつもてきぱきとしていて迷いがないように見える。向こうの里貴もそういうところがあったが、子供っぽさと背中合わせで、ときに自己中心的すぎた。つまり、あっちの世界では、由子も里貴も駄目人間で、こっちの世界ではどちらも立派な大人というわけだ。

由子は思わず苦笑していた。里貴が顔を上げた。

「変ですか」

由子は首をふった。

「別に変じゃない」

里貴は由子から視線をそらした。部屋の書棚を見つめる。

「向こうの私は、どんな人間です？　警視の大学の後輩、なのですよね」

口ごもるように訊ねた。由子は息を吸いこんだ。

「いい奴よ。向こうの木之内里貴は、あなたと同じでハンサムで、すごく女子学生に人た」

気があった。でも自分の顔が女っぽくて嫌だって、学生時代は似合わないヒゲをのばしてた」

里貴はわずかに息を吸いこんだ。

「同じことを公務員学院時代、私も思いました。三年になっても、よく一年生とまちがわれて。ヒゲこそのばしませんでしたが」

「じゃああなたも女子学生に人気があったんだ」

里貴は首をふった。

「まるで逆です。なよなよしてる、頼りにならなそうといわれました」

「実際は逆なのに」

由子がいうと、目をみひらいた。

「だって、こっちの里貴のほうが向こうの里貴より、ずっと頼りになる。向こうの里貴はいい奴だけど、子供っぽいところがあった。皆に大事にされていたからかもしれないけれど、何でも思い通りになる、と思ってた」

「警視は、親しくされていたのですか」

「学生時代はね。お互い社会にでてからは、仕事がちがうから……」

それ以上は説明しづらかった。

「そうですか」

里貴は頷いた。残念そうに見えた。

「ねえ」

話題をかえようと、由子はいった。

「このスクラップを見てて思ったの。こっちの世界って、すごく犯罪組織が幅をきかしてる。向こうの世界にもそりゃ暴力団とかはあるけど、これほどじゃない。なぜなの」

里貴は面くらったような表情になった。

「なぜ、といわれても、自分はこの世界しか知りません。ですから比べて答えることはできません」

いわれて気づいた。

「そうか、その通りだよね」

由子は息を吐いた。

「しかし、ひとつ理由は考えられます」

「何？」

「向こうの世界で戦争はいつ終わりましたか」

「戦争？　国と国が戦う？」

「はい」

「ええと、今から六十年、いや、もっと前か。七十年前」

「すると承天十年より前ということですね」

「ごめん。それは元号なのだろうけど、あっちは平成というの。その前が昭和で、昭和は六十四年までつづいた。戦争が終わったのは、昭和二十年」

里貴は昭和、とつぶやき、数字を計算していた。

「戦争が終わってまだこちらは二十六年しかたっていません。アジア連邦は勝利しましたが、長い戦いに経済はひどく疲弊しました。むしろ敗戦した太平洋連合のほうが、現在は復興して経済状況がよいくらいです」

「太平洋連合というのは？」

「オーストラリアを中心とした国々です」

「アメリカはどっちなの？」

「アメリカ？　メキシコ合衆国のことですか」

「アメリカ合衆国よ」

「その名前はもうありません。アジア連邦と太平洋連合が戦争をしている最中、アメリカ大陸では、南北の戦いが起こって、メキシコ合衆国が勝利しました。アメリカはメキシコに吸収され、国の名も消えました」

「すごい。まるでちがう」

由子はつぶやいた。世界最強の国が、こちら側では敗戦で消滅したというのだ。

「話を戻しますと、戦争によって経済が疲弊し、尚かつエネルギー資源にも乏しい我が国では、終戦以降ずっと食料や一部物資の統制がつづいています。先ほどおもちした配給品もそれです。結果、闇経済が活発化し、食料品や酒、医薬品、貴金属などが統制を逃れて売買される事態をひき起こし、犯罪組織をはびこらせる原因となっています」

「警官の汚職が多いのもそれが理由？」

スクラップには、こちらの志麻由子が多くの汚職警官を摘発した、という記事もあった。

「その通りです。警察官も人の子ですから、たまには贅沢をしたい、家族にはいい目を見させてやりたいと思います。犯罪組織はそこにつけこみます。警視はそうした誘惑をすべてはねつけ、厳しく犯罪組織を取締りました。その過程で、多くの汚職警官も摘発され、職を失いました。つまり――」

「恨みを買っている？」

里貴は頷いた。

「しかし警視がされているのは決してまちがったことではありません。警官が堕落し、金品のために法を歪める世の中では、決して真の復興はとげられません。警視は我が国の将来のため、心を鬼にされているのだと私は信じています」

「つまり犯罪者にも同じ警官にも、情け容赦ない人だということね」

里貴は答えなかった。その目に怒りがある。

「どうしたの。怒ったの」

由子は思わず訊いた。

「あなたはまだ我が国の現状をわかっていないようです。あなたのおられた世界とこの世界では、きっと大きなへだたりがあるのでしょう」

どこかつき離すような口調だった。由子は深々と息を吸いこんだ。

「そうね。たぶん、そう。向こうの世界では、日本は世界でも有数の経済大国よ。細かいことを説明できるほどの知識はないけれど、科学技術、特に自動車や家電製品の分野では、最先端の技術がある。ものも豊富で電力の制限なんてない。ひと晩中開いているお店はいくらでもあって、食事をしたり買物ができる。犯罪組織は存在していて、取締るのが大変なのは同じ。ただ警官の汚職はほとんどないわ」

里貴は目をみひらいた。

「では国民すべてが豊かなのですか」

「そうとはいえない。貧富の差はすごくあって、大金持もいるけれど、職に就けずその日の食事もままならないという人もいる。でも表面的には、困っている人なんていないように見える」

「よくわかりません」

里貴は首を傾げた。

「うまく説明できないけれど、向こうではお金さえあればどんなものでも買える。配給なんてないし、たぶん里貴が向こうの世界を見たらすごく豊かに見えると思うの。だからといっていいことばかりかといえば、そうでもない。理由のわからない犯罪とかもすごく多いし」

「理由のわからない犯罪？」

「そう。たとえば自分が家族や会社の中で疎外されていると感じた人が、自分と何のかかわりもない人たちをいきなり殺傷する。『誰でもいいから傷つけてやりたかった』とか『人を殺したかった』と」

里貴は信じられないような顔をした。

「そんな真似をしていったい何の得があるんです？」

「得なんかない。お金のためとかじゃない。社会そのものに不満やいらだちがあって、誰かを傷つけることで、晴らしたいと考えるわけ。結果、死刑になったとしても、それはそれでしかたないと思っている」

「馬鹿な。無意味な行動じゃないですか。そんな腹いせのような犯罪で殺された人はたまったものじゃない」

里貴は声を荒らげた。

「その通りよ。でも何年かに一度は、そういう犯罪が日本では起こっていて、亡くなる人もあとを絶たない。わたしが襲われた『ナイトハンター』の模倣犯もそういう奴かもしれない」

里貴は横を向き、息を吐いた。しばらくそうして考えていたが、いった。

「この国の犯罪の根底にあるのは貧困です。少しでも豊かになりたいという欲望が、犯罪をひき起こす。警視はいつもそれを悩んでおられました。この国が豊かになれば、犯罪は少なくなる。汚職する警官も減り、犯罪組織も淘汰されていくだろう、と」

由子は里貴を見つめた。なぜかはわからないが、自分の話が里貴を傷つけてしまったような気がした。

「それは……わからない。あちらとこちらとではちがうから、こっちの世界では、豊かになったら犯罪は少なくなるかもしれない」

里貴が不意に由子をふりむいた。

「でかけましょう」

決心したようにいった。

「え、どこへ？」

「あなたに今のこの世界の現状をお見せしなければならない」

「制服に着替えるの？」

「いえ、服装は今のままでけっこうです。制服を着ていたら逃げだす奴らもいますから。私も私服でお供します。ただ、拳銃はおもちになって下さい」

「拳銃」

「警視は職務用とは別に、護身用の拳銃を部屋におもちだった筈です」

思いだした。由子は立ちあがり、机のひきだしを開いた。箱に入っている拳銃をとりだした。

「これのこと?」

里貴は頷いた。そしてうかがうように由子を見た。

「拳銃の扱いかたは知っていますよね」

由子は頷いた。

「それは、もちろん。向こうでも警官は拳銃をもつから。ただ、訓練以外で撃ったことはないけど」

里貴はあきれたように目をみひらいた。そんな警官がいるとは信じられないという表情だ。

首をふり、いった。

「とにかくおもちになって下さい。万一の場合は、ご自分の身はご自分で守らないと」

「危ない場所にいくの?」

訊ねてから愚問だと気づいた。この世界の志麻由子は、犯罪との激しい戦いに身を投じていたのだ。里貴が「この世界の現状」を見せる、といったら、それは犯罪との戦いの最前線に他ならない。

「馬鹿なことを訊いたわ。忘れて」

急いで由子はいった。いくらちがう世界の住人だからといって、軽蔑されるような人間でいたくはない。

7

部屋に戻って仕度を整えた里貴と、由子は十分後に官舎の一階で合流した。里貴は、パトカーではなく、ふつうの乗用車を一台、用意していた。

里貴はジーンズに革のジャンパーという服装だ。左わきがふくらんでいるのは、拳銃をもっているからだと由子は気づいた。

「申しわけありませんが、助手席にお乗りいただけますか。乗員が前後に分かれていると、かえって人目を惹くので」

里貴の言葉にしたがい、由子は助手席に乗った。

すべてが大ぶりな車だった。ハンドルも大きく、スイッチ類もひとつひとつが無骨な造りをしている。カーナビゲーションはおろか、ステレオすらついていない。何だかクラシックカーに乗っているようだ。

由子はシャツの上に、洋服ダンスにあったカーディガンを着た。拳銃はパンツのポケットに入れてある。

「まずどこにいくの」

里貴が車を発進させると由子は訊ねた。

「闇市にいきます。警視の顔を知っている者もいるでしょうが、我々二人だけなら混乱は生じないと思います」

闇市という言葉を聞いたことはある。太平洋戦争が終わった直後、物資の少ない東京に洋服や食料品、医薬品を売る露店が並んだという話だ。そこでは盗難品や違法な武器、薬品も売られていたらしい。つまり法による規制がまるで及んでいなかったというわけだ。

闇市の存在が許されたのは、それを取締る力が警察になかった証明でもある。

里貴の運転は巧みだった。しばらく走ると前方に大きな緑のかたまりが見えてきた。巨大な森が街の中にある。由子の知る東京とちがい、視野をさえぎるビル群がないので遠くまで見渡せるのだ。

「あの森は何？」

路面電車と並行して車を走らせている里貴に訊ねた。この東京では路面電車が主要な交通手段のようだ。車道の中央にある停留所には常に多くの人が並んでいる。

「御苑公園です。市内では最も大きい公園で、野生の動物もたくさん生息しています」

「御苑……、もしかして新宿なの？」

「新宿をご存じなのですか」

里貴は驚いたようにふりむいた。

「新宿は、都内最大規模の盛り場よ。不法滞在外国人も多いし、暴力団事務所もたくさんある」

「不法滞在外国人？」

「中国やベトナムなどの、主にアジア圏から観光ビザで入国してそのまま日本に住みついている外国人よ。出稼ぎ目的で」

里貴は首をふった。

「信じられない。中国に労働目的で渡航したがっている日本人がこちらにはたくさんいます。しかし日中両政府ともなかなか許可をだしません」

「中国に出稼ぎにいく？」

「そうですね。中国は日本より物価が高いですから」

「そうなの。こっちでも新宿は盛り場なの？」

話が難しくなりそうで、由子は質問をかえた。

「最大規模の闇市がふたつあります。露店ではなく、堂々と建物の中で営業しています。連中は四谷区長の庇護をうけていて、警察も無許可では摘発にのりだせません」

「四谷区？」

「新宿町のある区です。区長は町村（まちむら）という人物で、闇市を支配する犯罪組織とはもちつもたれつの関係です。闇市のある建物は実質的には町村の所有物です。もっともその土地じたい、戦後の混乱期に町村が不法占拠したのだという噂がありますが。新宿町は、東と西に分かれていて、双方に大きな闇市があって常に多くの人間が訪れています。闇市では、ひと晩中開いている店も少なくないですし、売っていないものはないといわれています。もちろんその中には非合法品もあるし、安物を法外な値で売りつける店もあとを絶ちません。警視は闇市の根絶を大きな目標のひとつにしています」

大きな森、御苑公園の右手を車は走っている。

その公園が切れるあたりから、由子は露店が増え始めていることに気づいた。路上に粗末な店を広げ、衣服や雑貨を売っている。

「屋台だわ」

「もう少しいくと闇市の建物があります。そこに向かう人を狙って屋台が店をだしているんです。もちろん彼らもショバ代をツルギ会に払っています」

「ツルギ会？」

「東新宿の闇市を仕切っている犯罪組織です。会長の糸井ツルギという女は、昔四谷区長の町村の愛人だったといわれています。西新宿の闇市を仕切っているのは羽黒組です。組長は羽黒浩次。軍人あがりで、手下にも多くの元兵士がいます。ツルギ会の闇市は主に食料品や衣服などを扱っていて、羽黒組のほうは雑貨や医薬品が中心です。羽黒組には軍からの横流しが相当入っていて、武器やガソリンも裏で売っているという情報があります」

「住みわけができているのね、商品の」

「でなければ仕入れ先や客の奪い合いで抗争になっています。十年以上前まではそういう騒ぎもあったようですが、区長の町村が介入することで、大きくなるのを回避したようです」

「じゃあその町村という人が一番のワルじゃない」

　里貴は由子を見た。

「その通り、さすがです。しかし町村にはなかなか手をだせないのです。区長を任命した東京市長すら、町村の顔色をうかがっている始末で」

　通りの左右に露店がぎっしりと並び、車道まで溢れそうなほど人がいきかっている。由子はこの世界で初めてこれほど多くの人を見た。

「今日は休日ですから尚さらです。あの交番の前に車を止めましょう」

里貴はいってハンドルを切った。コンクリート製の頑丈そうな交番が交差点の一角にあって、赤い電灯が壁からつきでている。

「我々警察の力が及ぶのはこの角まで、といわれています。ここから先、新宿通りの終わる四谷区の区境まで、交番も警察署もありませんから」

交番の中には四人の制服巡査がいた。目の前に止まった車に怪訝そうな視線を向けてきたが、降りたった由子の顔に気づくと大あわてで敬礼した。

「直れ。目立つだろう」

里貴が小声で叱った。

「申しわけありません。まさか志麻警視とは思わず……」

「内偵に入る。車を見ていてくれ」

「お二人だけで⁉」

巡査が目を丸くした。

「同行しなくてよいのですか」

「内偵といった筈だ。制服をひき連れて内偵する刑事がどこにいる」

巡査はうなだれた。

「すごい人出だわ」

「我々のことはどこにも連絡するな。四谷署にも、だ」

　里貴は厳しい声音でいうと、由子をうながした。

「いきましょう」

　新宿通りは、人だけでなく車の往来も激しい。幌をかぶせたトラックがいきかい、クラクションを響かせてまっ赤なオープンカーが走っていく。サングラスをかけた運転手の横には、濃い化粧をした女の姿があった。

「新宿通りという地名はいっしょよ。向こうでもこの道は新宿通りというの」

　並んで歩道を歩きだすと由子はいった。露店の呼びこみの声がかまびすしい。安いよ、安いよ、ここだけにしかないんだから、買わなきゃ損するって……。

「商品の多くに密輸入品が混じっています。両闇市とも、海外の密輸団と取引を通じて深くかかわっていますから」

　百メートルほど進むと、正面に横長の建物が出現した。高さは四階建てくらいだが、横幅が異様にある。二百メートルはあるだろう。こんな奇妙な建物を、由子は初めて見た。まるで列車のようだ。

　建物の入口はアーケードになった吹き抜けで、「ツルギマーケット」と看板がでている。一階の通路は人で埋まっていて、左右には店舗がぎっしりと連らなっていた。

「ここはもともと線路の走っていた高架でした。それが戦争で破壊され、ツルギ会が占だ。

いわれて気づいた。ツルギマーケットがあるのは、新宿通りのつきあたり、大ガード

「じゃ線路はどうなったの？」

「マーケットの向こうを迂回するように新たに作られました。それも町村の力だといわれています。新宿駅はこのマーケットと羽黒組の『ハグロセンター』のちょうど中間にあります」

「駅から買物にいくには便利ね」

由子はいったが、里貴はにこりともしなかった。

「無法地帯のまん中に駅があるんです」

二人はアーケードをくぐった。人いきれに包まれ、由子は喘いだ。ずっとモノトーンに感じていたこの街に、これほどの色があったのかと目をみひらいた。

所狭しと店内に吊るされたカラフルな宣伝ビラの下に商品がぎっしりと陳列されている。目につくのは食料品だった。むきだしの肉が、魚が、野菜が並べられ、缶詰や乾物が積みあげられている。

香ばしい匂いが鼻にさしこんだ。アーケードの一角でもうもうと煙をあげながら、串焼きのようなものを売っている。別の店では土台に板を渡しただけの簡素なテーブルの

前で、丼を手にする人の姿があった。

呼びこみの声、商品の連呼が耳を打ち、品物を積んだ荷車が走っていく。

革コートやジャンパーを吊るした店の前に人が群らがっていた。テキ屋を思わせる店員が威勢のいいタンカ売(ばい)をしている。

「さあ、きのう天津(てんしん)から船で届いたばかりの最新のファッションだ。まだ日本のどこでも売ってない、お洒落で粋な品が揃ってる。早い者勝ちだよ、姐さん、そこの美人の姐さん、あんたにはこんな革のコートがお似合だ」

人波に押され、まるでトンネルの中を移動するように動いていく。チョコレートとキャンディが山のように積まれた店先にはぷんと甘い匂いが漂っている。

そこにはあらゆる匂いがあった。由子は忘れていた感覚がよみがえるのを感じた。生きるものの匂い、確かに人の営みが存在すると実感させる匂いが闇市には充満していた。

「これが全部、非合法ということ?」

由子は思わずつぶやいた。

「その通りです。この闇市で儲けた金でツルギ会は縄張りを増やし、配下の者に武器を与え、警官を買収しています」

里貴の口調には強い憤りがあった。

「でも、でも、ここにきているのは皆、ふつうの人たちでしょう」

「ええ。一般の市民です。しかし闇市に金を落とした時点で犯罪に加担している」

由子は首をふった。それはあまりに厳しすぎないか、そういおうとしたとき、里貴が立ち止まった。

二人の前に、人波をさえぎるようにして立つ男たちの姿があった。どの男も大昔のファッションのようなピンストライプのスリーピースを着こみ、白黒のコンビの革靴をはいている。髪を油でべったりとなでつけていた。

「これはこれは」

男たちは三人いて、色が白く、雰囲気が似ていた。

「まさかの方がおいでだ」

右端の男がいうと、左端の男があとをひきとった。声や喋りかたまで似ていて、どこか薄気味悪い。

「ようこそ、ツルギマーケットに」

「今日のお買物は何でしょう」

「素敵なファッション?」

「甘ーい、甘ーいお菓子?」

「それとも頬っぺたが落ちるような、おいしいご飯かな」

まん中の男だけは口を開かない。ただじっと目をみひらき由子を見つめている。

「邪魔だ」

里貴が低い声でいった。

「そんなにつれなくしないでぇ」

「俺たちゃ警視を歓迎してるぅ」

奇妙な節回しをつけ、声色で両端の男が喋った。由子は緊張に体がこわばった。三人組は由子を知っている。

向かいあった五人を人々が迂回していく。これほどの人混みだというのに、五人の周囲には空間ができていた。それはつまりこの三人組がマーケットの〝顔役〟であることを意味している。人々はかかわりになるのを恐れ、遠巻きに眺めている。

「ママが会いたいって」

右端の男がいった。

「どうしてもお話がしたいって」

左端の男が身をくねらせた。

「ママ？」

思わず由子は訊き返していた。

「糸井ツルギですよ。こいつらはツルギの息子です」

里貴がいった。その右手がいつのまにか革ジャンの内側にさしこまれている。

「よしなよぅ」

里貴を見やり右端がいった。

「あんたが抜けば」

「俺たちも抜く」

「そうなりゃここは――」

まん中の男が初めて口を開いた。

「血の海だ」

両側の兄弟とは似ても似つかない、しわがれ声だった。

里貴は深呼吸した。

「ここで人が死んだら」

「あんたのせいだ」

「我々をどうするつもりだ」

「それはママに訊いておくれ」

里貴が訊ねた。

「ママが殺せというのなら」

「俺たちは殺すし」

「ママが愛せというのなら」

「俺たちは愛する」

里貴は由子を見た。

「どうやら私の見通しが甘かったようです。申しわけありません」

「買物にきている一般市民を撃ちあいに巻きこむわけにはいかないわ」

由子はいった。緊張に恐怖が加わっている。腹話術の人形のようなこの兄弟たちには、滑稽さを通りこした無気味さがあった。

「こい」

しわがれ声のまん中がいって、くるりと背を向けた。両端の男たちが由子と里貴のうしろに回った。

囲まれて歩きだした。何ごともなかったかのように人波もまた流れだす。

「こっちだ」

先頭の男が左側の店舗と店舗の切れ目にある扉を押した。「立入禁止」と書かれている。

扉が開くと、暗く急な階段が上にのびていた。

「登れ」

いわれるまま階段をあがった。扉が閉まり、マーケットの喧騒が嘘のように遠ざかった。

階段をしばらく登ると天井に裸電球がひとつ点ったきりの踊り場があった。階段はそこで向きをかえる。由子たちは無言のまま登りつづけた。三人組は、階段をあがりだしたとたん、ぴたりと口を閉ざした。ひとことも言葉を発さず、ただ無言で、由子と里貴のあとをついてくる。

踊り場はいくつもあり、そのたびに階段は向きをかえ、由子は息が切れ始めた。いったいどこまで登りつづけるのだ。永遠に階段はつづいているようだ。

だが不意にそれが途切れ、通路が目の前に出現した。踊り場をはさんで左右に通路がのびている。アーケードの天井裏にあたる場所だ、と由子は気づいた。

「右だ」

しわがれ声のまん中が背後からいった。由子は薄暗い通路を歩きだしたが、すぐ立ち止まった。扉が前方を塞(ふさ)いでいる。

三人組のひとりが由子を追いこし、扉の前に立った。

コンコンコン、コンコン、コン、奇妙なリズムで扉をノックする。

ガチャッという金属音が扉の向こうでした。扉が開かれた。ワイシャツにネクタイ姿の男が内側に立っていた。古くさいショルダーホルスターで拳銃を吊るしている。上着を脱いでいるので、銃が丸見えだ。かたわらに上着を背にかけた木の椅子があった。どうやらこの椅子にすわって扉の番をしていたようだ。

男は小さく頷いた。

「いきな」

ノックをした三人組のひとりが由子をふりかえった。ここからは先頭をいけ、という意味らしい。

由子は無言で歩きだした。が、二十メートルも進むと、また扉につきあたった。

さっきとは別の三人組のひとりが進みでてドアをノックした。

コン、コンコン、コンコンコン。

ドアが開かれる。ショットガンを手にしたスーツの男が立っていた。

由子は歩きだした。やがてみっつめの扉につきあたった。

コンコン、コンコン、コン。

扉の内側にはやはり見張りがいた。がこれまでとちがっていたのは、そこから先の通路に畳がしきつめられていることだった。

「靴を脱げ」

最後のノックをしたしわがれ声がいった。由子と里貴は言葉にしたがった。

畳の通路の先に、大きな屛風がおかれていた。その先はどうなっているか、わからない。

しわがれ声が先頭を進んだ。屛風の手前で立ち止まる。

「ママ、連れてきたよ」

「お入り」

しわがれ声が由子をふりかえった。いけ、と首を倒した。由子が足を踏みだそうとすると、里貴が止めた。

「警視、私が――」

「お前は駄目だ」

「ここから先は」

「ママと警視の」

「二人きり」

「ふざけるな。警視をひとりでいかせられるか」

「じゃあここで」

「死んでもらう」

三人がいっせいに銃を抜いた。まるで手品のような早業で、三つの銃口が里貴に向けられた。里貴が目をみひらき、立ちすくんだ。

「大丈夫」

大急ぎで由子はいった。

「撃たないで。わたしひとりでいく」

里貴の目を見つめ、小さく頷いた。恐しいのは恐しいが、いきなり殺されることもないだろう。

「警視」

「任せて」

そういうしかなかった。

「お気をつけて」

「カッコいい」

「素敵！」

「痺れちゃう」

由子は屏風を回りこんだ。

大きなコタツがあった。正面に日本髪のような丸髷（まるまげ）を結った女がひとり入っている。七月だというのにコタツの上には、ミカンの山と大きな双眼鏡がおかれていた。

「こっちへきな」

女はにこりともせず、いった。色白で彫りの深い顔立ちをしている。年齢は六十前後だろう。両手の指に巨大な石のはまった指輪をいくつもはめていた。

由子が近づくと、

「おコタにお入り」

といった。女の周囲に、いくつもののぞき窓がある。通路の壁だけでなく、床にもそれは作られていて、マーケットの外や中を見られる仕組みなのだった。双眼鏡がコタツの上におかれている理由がわかった。

由子は無言でコタツに入った。形だけ、膝の先を入れたにすぎない。

女は高価そうな和服を着ていた。それも振り袖で、紅白歌合戦で昔見た演歌歌手のようだ。とうてい振り袖を着る年齢ではない。

「食べるかい」

女はミカンを目で示した。

「けっこうです」

由子はいった。女の目は鋭く、じっと由子に視線を注いでいる。

勇気を奮いおこし、由子は女を見返した。

「何でしょう?」

女の表情に変化はなかった。裏暗い通路の先に拵(こしら)えられた奇妙な日本間でコタツにすわる振り袖姿の女は、近くで見るとひどく厚化粧をしていた。白塗りの顔はぼんやりと光を放っているように見える。

「いいたいことがあるのはあんただ。ちがうかい?」

女の声は低かったが、よく通った。

「わたしが？」

「そうさ。約束はいつ守る？」

動悸が速まった。

「忘れたとはいわせない。それともまだ足りない、とあんたはいうのかい」

何のことだ。

「どうした。だんまりかい」

「待って」

由子はようやくいった。約束とは、この世界の志麻由子が交したものだろう。

「そりゃ待つさ。あたしは何年もこんなありさまを我慢してきたんだ。あと少しくらい待つのはどうってことじゃない。あんたが約束さえ守ってくれるのならね」

いったい何を約束したのだ。まだ足りない、とは何のことだ。まさかお金？　この世界の志麻由子は汚職をしていたのか。あんなに悪徳警官を摘発していたのに。

ありえない。そんな筈はない。

由子は深々と息を吸いこんだ。

「約束は守ります」

「当然だ。守らないというなら、ここからあんたは生きてでられない。じゃあ、あとどれくらい待てばいいんだい」

落ちつけ。この世界の志麻由子は、もっと堂々としている。犯罪組織のボスを相手にしても、一歩もひかない強さをもっている。

「妙だね」

不意に女が首を傾げた。

「あんたらしくない。体の調子でも悪いのかい」

由子はいった。きっとこの世界の志麻由子ならそういう、と思ったからだ。

「そんなことはあなたに関係ない」

女は怒るかもしれない。だが、志麻由子警視は気にかけない筈だ。

案の定だった。女はにやりと笑った。

「そうそう、ようやくあんたらしくなった」

心の中ではほっとし、しかしそれを顔にださずに由子はいった。

「まだ、足りない。もっと提供してもらわないと」

賭けだった。この世界の由子がこの女から何を得ていたのか確かめるにはそういう他ない。

女は顔をしかめた。

「欲の深い女だね」

そうして考えていた。

「今度は何が欲しいんだい」

何といえばよいのだ。由子はめまぐるしく頭を回転させた。

「前にもらったのは——」

「港で荒稼ぎしてた連中の話だ。モルヒネの取引を教えた。羽黒にゃ相当痛手になった筈だよ」

由子は頷いた。ひきだしの中にあったスクラップ帳の記事を思いだした。市警本部特捜隊が、東京港で密輸団を摘発したという内容だ。禁止薬物としか書いてなかったが、モルヒネのことだったのだ。

モルヒネは阿片を原料にした麻薬だ。

「もうああいう話はないの？」

「港の連中は、あれ以来めっきり口が固くなった。羽黒が怒り狂って、どこから話が洩れたって、若い者を痛めつけたようだよ」

女はまっ赤に塗った唇を開けて、笑った。

「薬以外だったら？」

由子は訊ねた。おぼろげながらわかってきた。この世界の由子は、この女から犯罪者の情報を得ていたのだ。

だが約束とは何なのだ。情報とひきかえに何を渡す約束をしていたのだろう。

この女の組織、ツルギ会の犯罪を見逃すという内容ではないようだ。もしそうなら、「待つ」とはいわない。何らかの期限が設けられた約束を二人は交していたのだ。

「武器庫の噂を聞いたことがある」

女がいった。

「武器庫?」

「でいりに備えて、機関銃だの爆弾だのを、どこかにまとめて隠してあるっていうんだ。調べてみるかい?」

「いい話ね」

「それをやったら、約束を果たしてもらうよ」

「努力する」

「努力だって。そんな言葉じゃごまかされないよ。やるんだよ、きっちり!」

女が金切り声をあげた。いきなりミカンをつかみ、由子めがけて投げつける。ミカンは由子の肩にあたって畳の上を転がった。

「約束を守れないときは、あんたの体で責任をとらせるからね」

「情報を待ってる」

由子はいって立ちあがった。震えだしそうだった。それをけんめいにこらえ、女を見おろした。

「用はそれだけ？」

女は目をみひらき、にらみつけていた。肩で息をしている。

「他にも何かいい話があったら、いっしょにもってきて。そうすれば、約束は早まる」

背を向け、歩きだした。

8

帰りも三人組に見張られながら階段を降りた。扉をくぐってマーケットの喧噪の中に戻ったときは、思わずすわりこみたくなった。

だが由子は気力をふりしぼって、

「いきましょう」

と里貴をうながした。

マーケットを歩き抜け、外にでた。空気を新鮮に感じ、由子は思わず深呼吸した。露店が並ぶ道路を少し歩くと、イスとベニヤ板を渡したテーブルの並ぶ食堂があった。三人組はアーケードの外にでたところで消えていた。

「すわりたい」

由子は小声でいった。限界だった。膝から力が抜け、前につんのめった。

「警視！」

里貴があわてて支えた。

「大きな声をだしちゃ駄目」

肩を支えられながら由子はいった。

里貴がひきよせたイスに腰を落ちつける。

「いらっしゃい、何にします」

タオルで鉢巻きをした男が寄ってきた。ベニヤのテーブルの上に品書きが直接書かれている。

「ソーダ水」

「ふたつ」

里貴がつづけた。

「へい。ソーダ水二ちょう」

男が遠ざかった。エプロンをかけた少女がガラスのコップをふたつ手にやってきた。

「二百円です」

里貴が払った。由子はコップを手にした。いかにも合成着色料といった緑色の泡だつ液体が入っている。口にすると猛烈に甘い。

だが、それで少し落ちついた。

由子は大きく息を吐いた。

「わたしたちの話は聞こえた？」

里貴を見やって訊ねた。里貴は首をふった。

「いいえ。ツルギが大声をだしたときだけです」

「そう」

「いったい何を話しあわれていたんです？」

由子はあたりを見た。ツルギマーケットのアーケードから五十メートルほど離れている。二人の周辺には、話を聞いていそうな人間はいない。

「前にも、二人であそこにいったことはある？」

「二人？　つまり警視と、という意味ですか」

「ええ」

「近くまで車でお送りしたことが一度だけあります。危険だからとついていこうとしたのですが、内緒の買物がある、と断わられました」

由子はソーダ水を飲んだ。氷が入っていないので、すぐぬるくなりそうだ。

「あそこにいた女の顔は見た？」

「いえ。屏風で仕切られてましたから」

「六十くらいで厚化粧。振り袖を着ていた」

「糸井ツルギです。何十年も振り袖しか着ていないといわれています」

由子は頷いた。

「わたしと、つまり、警視のほうの志麻由子と、前にも会ったことがある」

「ツルギが？」

信じられないように里貴が訊き返した。

「ええ」

「こっそり会っていた、という意味ですか」

「そうなるわね。その上で、二人は約束を交していた」

「約束?!」

里貴は目をみひらいた。

「何を約束していたというんです」

「それはわからない。ただ、ツルギは情報を提供していた。その情報をもとに、市警本部は、東京港でモルヒネを押収した」

「特捜隊の、あの摘発ですか」

「知ってる？」

「もちろん。自分も同行しましたから。そういえば、あのときのガサ入れは、警視の直接指揮でした。日時も場所も、警視がお決めになった」

「ツルギが教えたのよ。取引がある、と」

「なぜ……」

　里貴はつぶやいた。

「わからない。でも引きかえに警視は、ツルギに何かをする約束をしている。お金とかじゃない。期限があることなの」

「警視がツルギに金を払うわけはありません。もちろん、もらうことはもっとありえませんが」

　里貴はきっぱりといった。

「わかってる。でもいったい何を約束したのかがわからない。ツルギが大声をだしたのは、それを守れ、といったときよ」

　里貴はまじまじと由子を見つめた。

「それで、何と答えたのですか」

「情報を待ってる。つまり、もっと密告しろ、といったの」

　里貴はぽかんと口を開いた。この世界の里貴が初めて見せる表情だ。だが由子には妙になつかしかった。学生時代、里貴はよくこんな顔をした。

　思わず笑いだした。

「何を笑っているんです」

口を閉じた里貴が訊ねた。

「何だかなつかしかったの、今の顔。わたしが知っている里貴を思いだして」

里貴は首をふり、手をつけていなかったソーダ水を口に含んだ。とたんに顔をしかめた。

「何だ、こりゃ。砂糖水だ」

文句をいいたげに鉢巻きの男のほうをふりかえる。由子はその腕に手をかけて注意をひき戻した。

里貴ははっとしたように由子を見た。

「ツルギは密告とひきかえに、彼女に何かを要求していた。それがいつ果たされるかを知りたくて、わたしたちを迎えにこさせたのよ」

「あの三人組に？」

由子は頷いた。

「いったいどうなるかと思いました。無事でよかった」

「でもこのままではすまない。ツルギは次は武器庫の情報を渡すといった」

「武器庫……」

「でいりに備えて、機関銃や爆弾を隠してある場所を教える、と」

「ツルギ会の？　いや、そんな筈はない。すると——」

　里貴は顔を上げ、由子を見た。

「羽黒組の、ですか」

「たぶんそうだと思う。東京港の一件で羽黒は相当怒ったと嬉しそうに話していたから」

「つまり、羽黒組の情報を警視に流すかわりに、何かをよこせといっているのですね」

「ええ」

　里貴は首をふった。

「まさかそんな取引がおこなわれていたなんて……」

「ありえないと思う？」

　里貴は考えていたが、

「いや。警視なら、したかもしれません。答を得るためなら、どんな手段もためらわない方ですから」

　とつぶやいた。

「となると……」

　由子はいって、マーケットとは反対側の道に目を向けた。

「何です？」

「羽黒組の闇市のようすを見ておく必要もあるわね」

里貴は目を丸くした。

「本気ですか」

「わたしを案内してくれようとしたのでしょう？　両方の闇市に」

「それはそうですが。予想外のことがあったので」

残り少なくなったソーダ水を飲み干し、由子は立ちあがった。

「いきましょう」

里貴の混乱とは裏腹に、妙に勇気がわいてくる。

この世界の志麻由子が何をしようとしていたのか、それを知らなければ生き抜くことはできない。

そんなひらきなおりのような気持が、由子の中に生まれていた。

9

羽黒組の闇市は、露店の並んだ歩道を三百メートルほど歩いたところにあった。ふたつの闇市は、本当に目と鼻の先にあるのだ。闇市と闇市をつなぐ道沿いには、雑貨を売る露店や食堂が並び、大きな商圏を形成している。この一帯が東京市でも最大の盛り場だと、歩きながら里貴は説明した。

やがて見えてきたのは、広大な野外市場だった。

アーケードの形をしていたツルギマーケットとは異なり、不法に道路を占拠した無数の露店が縦横に広がっている。ベニヤ板やテント地の〝屋根〟がはり渡され、雨よけの役目を果たしていて、そこがここまでの道に並んだ露店とはちがうところだ。

重なった屋根は通路の上にも及んでいて、太陽の光もさえぎっている。ひとつひとつは小さな露店が集合することで、巨大なマーケットゾーンを作りだしているのだ。おそらく上空からは、何万平方メートルにも及ぶ、平らな建造物のように見えるだろう。

闇市の内部は細い通路が走っている。その幅は人がすれちがうのがやっとだ。一歩足を踏み入れたとたん、その暗さと人の多さに由子は驚いた。

「ここはかなり通い慣れた人間でも道に迷います。通路の幅がどれも同じくらいなので、歩いているうちに、自分がどのあたりにいるかわからなくなってしまうんです」

里貴がいった。

「道に迷ったあげく行方不明になる人間もあとを絶たない、という噂があるほどです」

「確かにそうなってもおかしくない。暗いし」

「マーケットの向こう側には、駅とのあいだに飲み屋街があります。どの店も女を多数抱えていて、いかがわしいサービスを売り物にしています。ぼったくりや美人局（つつもたせ）が横行しているのですが、警察は立ち入れません」

「そこも羽黒組の縄張り？」

「もちろんです。飲み屋街のアガリは、この闇市のアガリに勝るとも劣らないでしょうね」

「まるで天国ね、犯罪者にとっては」

工具類が並んでいる店の隣に、子供用のオモチャが積みあげられた店がある。その隣は電器店だ。乾電池や電球、ラジオやテレビが売られている。どれもが、妙に古めかしく、由子が昔の映画で見たような形をしていた。

「見て下さい」

里貴が電器店の軒先に並べられた、大きな受話器のような機械をさした。アンテナがつきでている。

「無線器？」

片手ではもちきれないほどの大きさがあり、ダイヤルがいくつもついている。

「軍や警察が使っているのと同じ型です。つまりあれさえもっていれば、警察の動きは筒抜けというわけです」

由子は頷いた。軍用と思しいのは機械類だけでなく、作業衣やヘルメット、ブーツなどもある。

「ここでしか買えないような品がたくさんあって、コネさえつけられれば、店に並べていない商品も売るそうです」

「それが武器や燃料なのね」

「ガソリンは配給制ですが、連中にとっちゃおかまいなしです。おそらくこのマーケットの地下に貯蔵タンクがあると思われます」

「危険じゃない、そんな」

「ええ。もしこのマーケットで火災が発生したら、とんでもないことになります」

通路を進むと、医薬品を売る店が多くなった。

「ここでは一般の薬局で売られるような薬だけでなく、病院向けの薬品も売られています。ただ一部には模造品が混じっていて、そうと知らずに使った病人が命を落としたケースもあります」

由子は首をふった。

「ひどい」

「国家経済が疲弊するとは、こういうことなのです。物資が充分にいき渡らず、希少品に付加価値がつく。それを目あてに闇で売る連中が現われ、さらに悪い奴らが偽ものを流す」

怒りを含んだ口調で里貴はいった。怒号のような売り手と買い手の激しいやりとりが飛びかっていて、人の耳を警戒する必要はまるでなかった。

「あれを見て下さい」

里貴が指さしたのは、カラフルな絵が描かれた四角い缶の山だ。

「子供用の栄養補助薬品です。キャンディのように甘くて、小さな子には喜ばれる。去年、毒性の含有物が入った模造品がでまわり、何十人もの子供が命を落としました。中国製の正規品を水増ししたのです」

「それはこの国で水増しされたの」

「そうです。中国製品には厳しい品質管理が義務づけられています」

通路を進んでいくと、正面に白い建物が見えてきた。その建物の周辺だけ店舗がない。かわりに、ベンチや椅子がおかれ、男たちがたむろしている。どの男もカーキ色や迷彩色の戦闘服を着け、あたりを睥睨(へいげい)するような視線をとばしている。

建物は四階建てくらいで、下の二階部分にはまるで窓がなく、三、四階部の窓には鉄格子がはまっていて、要塞のようだ。壁面に「羽黒」という金文字が入っている。

「あれが羽黒組の事務所です。マーケットのほぼ中心にあって、用心棒たちがああやってにらみをきかせています」

「これはいかにも、という感じね」

事務所を中心に、放射状に通路がのび、その先に店舗が並んでいた。

「ツルギ会とちがって、羽黒組の連中は荒くれ者ぞろいで、見た通り、薄ぎたない」

里貴がいったとたん、近くにいた白いTシャツに迷彩パンツの男が二人をふりむいた。

「何だと、おい。今、何ていった」

ヒゲをのばし、頭を剃り上げている。たむろしている十人近い男たちの視線が集まった。

「どうした」

カーキ色の上下を着け、髪を刈り上げた大男がいった。逆三角形の体つきをしていて、背すじがのびている。

「この野郎が今、俺たち羽黒組は薄ぎたないっていったんです」

カーキ色の男は里貴に目を向けた。細くて白眼がやけに多い、不気味な目つきだった。頰に火傷(やけど)のような引きつれがある。

「いったのか」

「いった」

里貴は答えた。緊張で顔が白くなっている。

「いい度胸じゃねえか。それとも女連れで格好つけたのか」

カーキ色の視線が由子に向けられた。その目が細められた。

「どっかで見たことのある顔だ」

由子は息を吸いこんだ。

「羽黒はいる?」

「何だ、こいつ?! 親分を呼び捨てにしやがって」

男たちがいっせいに立ちあがった。二人の周囲から通行人がさっといなくなった。

「手前(てめえ)、女だからって見逃してもらえると思ってんじゃねえだろうな」

「羽黒はいるの、いないの?」

「この野郎!」

今にもつかみかかりそうな男を制し、カーキ色がいった。

「あんた、何者だ」

「市警本部の志麻由子」

男たちの表情が一変した。

「しま……」

「け、警視の志麻だ」

「特捜隊の――」

自分の声が震えているような気がした。だが腹に力を入れ、由子はいった。

「羽黒に話があってきた。いるなら、案内して」

「何を」

「親分をつかまえる気か、この女」

「あわてるな！」

　里貴が大声でいった。

「今日ここへきたのは、誰かを逮捕するためじゃない。ただ話しあうのが目的だ」

　その目は、いったい何のつもりだ、といっていた。とりあえず由子に合わせて、こういったが、由子の真意がまるでわからないようだ。

　自分にだってわからない。だが糸井ツルギと話し、由子にはある確信のようなものが生まれていた。

　志麻由子警視は、羽黒組の組長とも接触があったのではないだろうか。それを確かめるには、直接会う他ない。

「うるさいよ、あんたたち！」

　声が降ってきた。男たちが頭上を仰いだ。

　白い建物の格子窓の向こうに、女の顔が浮かんでいた。

　どこかで見た顔だ、由子は考え、思いだした。さっき新宿通りを走り抜けていったまっ赤なオープンカーの助手席にいた女だ。

「姉(あね)さん」

　カーキ色がいった。

「何をぎゃーすか騒いでるんだい。お客さんが逃げちまうだろうが」

女が怒鳴った。

「すいません。こいつらが親分に会わせろっていいやがって。サツなんです」

「サツぅ？」

女の姿が窓の向こうから消えた。数分後、羽黒組事務所の観音扉の片方が開いた。

花柄のブラウスにパラシュートのように広がったスカートを着けた、三十歳くらいの女だった。派手な顔立ちの上にさらに濃い化粧をしている。そのせいで、美人ではあるが近寄りがたい雰囲気があった。

女は腰に手をあて、つかつかと歩みよってくると、由子の頭から爪先までを見た。十五センチはありそうなハイヒールをはいている。

「珍しいね。メスポリかい」

「こいつ、志麻です」

カーキ色がいった。女はカーキ色に視線を向けた。

「志麻？」

「例の特捜隊を指揮してやがった警視です」

女の表情が一変した。まるで鬼のような形相だ。

「何だって！　何しにきやがった」

「羽黒に会いにきた」

由子はいった。急いでつづけた。

「勘ちがいしないで。逮捕が目的なら、こんな少人数ではこない。羽黒と話をしたいだけ」

「ふざけんじゃないよ」

女がいった。

「あんたらサツとうちら羽黒組は、戦争のまっ最中だ。話なんてできるかい」

「あなたはそうでも、羽黒はどうかしら」

「あんた、誰に向かってモノいってる。あたしは羽黒の女房だよ。あたしの言葉は羽黒の言葉だ。今日のところは二人きりで乗りこんできた度胸に免じて、何もなしで帰してやる。さっさと消えな」

由子は黙った。この世界の志麻由子が、羽黒とも何らかの〝密約〟を交していなかったかを確かめるつもりだったが、それはどうやら無理なようだ。

「羽黒がいるなら、訊いてみたらどうだ。もしかするとちがうことをいうかもしれない」

里貴が進みでていった。女は里貴に目を移した。

「かわいい顔して、威勢のいい坊やだね。お守り役かい」

里貴は無視した。

女は息を吸いこんだ。

「いいだろう。訊いてきてやる。ただし、もし羽黒があたしと同じ考えだったら、あたしの顔に泥を塗った落とし前はつけてもらうよ」

「何をいいたいの」

由子は女をにらみつけた。迫力負けをしてはならない。

「あたしの言葉を疑った詫びを入れてもらうってことよ。坊やの腕を一本、頂くからね」

「馬鹿なことといわないで！」

「何が馬鹿なことだい。ここは羽黒組のショバだ。他ならどうかは知らないが、ここじゃうちらの決めが法律なんだ。あんたらを生かすも殺すのも、あたしらの勝手だ。嫌ならでておいき」

女はせせら笑うようにいった。

由子はあたりを見回した。二人は、羽黒組の構成員と思しい男たちにとり囲まれていた。たとえ銃を見せても、怯む連中ではなさそうだ。

「いいだろう」

里貴がいった。由子は思わずふりかえった。

「もし羽黒が我々に会う気がないというなら、この腕をもっていけ」

「何いってるの」

由子は里貴の肩をつかんだ。

「私は警視を信じています。警視の判断なら、何があってもうけいれる覚悟です」

「わたしは――」

本物の志麻由子じゃない、といいかけ、言葉を呑みこんだ。こんな状況でいい合いをしてみても始まらない。

里貴は、この世界における志麻由子の名誉を守りたいのだ。暴力団に囲まれ、威されて、尻尾を巻いて帰ったとなれば、噂が広がり、これまで積みあげてきた志麻由子警視の名声が地に落ちる。体を張ってでも、それを食い止めようとしている。

自分の軽率な行動を由子は悔いた。調子に乗って、本物の真似をしたばかりに、抜きさしならないところに入りこんでしまった。

「かわいいことをいうじゃないか」

女が赤い唇の端を吊り上げ、笑った。由子は唇をかんだ。女に向き直り、いった。

「さっさと羽黒に訊いてきなさい」

女の顔から笑みが消えた。ふんと鼻を鳴らすと、くるりと踵を返し、事務所の中に戻っていく。

由子は覚悟を決めた。万一、羽黒が女と同じ答をだしたら、この場で拳銃を抜き、ありったけの弾を撃って脱出を試みよう。里貴の片腕が落とされるのを、黙って見ているわけにはいかない。

女が消えると、あたりは不気味な沈黙に支配された。期待と興味のこもった視線が周囲から注がれるのを由子は感じた。

こいつらは、里貴が片腕を奪われるのを見たがっている。それほど警察を憎んでいるのだ。

こんな経験はしたことがなかった。警察は、犯罪者に嫌われたり、恐れられたりするものであっても、憎まれる存在ではなかった。

向こうの世界との一番のちがいはそこだ。

こちら側の警察官は、犯罪者に憎まれ、すきあらば傷つけてやりたいと思われている。

もし自分がこの世界で生まれ育っていたら、警察官という職業を決して選ばなかっただろう。

たとえ父親が、犯罪者に殺されたとしても。

羽黒組の扉が開いた。ハイヒールを鳴らして女がでてくる。その場にいる者すべてが息を呑んだ。

女は由子と向かいあうと、胸をそらした。

「親分が気まぐれを起こしたよ。そこまで度胸のいい、メスポリに会ってみたいとさ」

由子は内心、ほっとした。が、それを気づかれないよう、冷たくいった。

「そう。じゃ、案内してもらおうかしら」

「いいけど、こいつをしてもらおうよ」

うしろに回していた手をだした。黒い鉢巻のような布を握っていた。

「何」

「目かくしさ。あんたらサツを、羽黒組の城に引き入れるんだ。見せるわけにはいかないものがある」

「わかったわ。好きになさい」

「それと、懐ろのものを預かっとく。まさか丸腰じゃこないだろうから」

里貴をふりかえった。こちらを見ている。由子は小さく頷いた。二人はそれぞれの拳銃を、羽黒組の男たちに手渡した。

由子が渡した拳銃を見て、女は笑い声をたてた。

「かわいいパチンコだね。そんなんじゃ野良猫一匹、殺せやしないだろうに」

だがその笑いは、自分の言葉が外れた屈辱をごまかすためのものだと由子は気づいた。

「さっさと目かくししなさい」

布が目もとをおおい、後頭部でしっかりと縛られた。

「おいき」

女が由子の肩を押した。由子は暗闇の中を歩きだした。

羽黒組の事務所に入ったとき、空気が冷んやりとするのを感じた。同時に、革と機械油の匂いが鼻にさしこんできた。

何歩か進み、足が段差にあたって、由子はよろけた。

「おっと、階段だった。登りだよ。気をつけてあがんな」

女が耳もとで楽しげにいった。

階段をあがった。踊り場にでて、また由子はよろけた。

「ほら、しっかりして。こっちだよ」

扉を開く音がした。どこかの部屋に足を踏み入れたようだ。

とたんに甘く、なつかしい匂いをかいだ。ロウソクの燃える匂いだ。

「止まんな」

女がいって、由子は足を止めた。里貴もいっしょなのだろうか。うしろにいる筈だが、気配を感じなかった。

カシャンという音が正面でして、由子の注意はひき戻された。誰かが前にいる。

「もう目かくしをとっていい？」

「ああ、いいぜ」

太い声が正面からした。由子は目かくしをむしりとった。

革ばりの大きなソファに、男がひとり寝そべっていた。白いシャツの袖をまくりあげ、左腕の上膊部(じようはくぶ)にゴムチューブを巻きつけている。

ソファの前のテーブルに小さなロウソクを立てた金属盆と注射器があった。かたわらには焦げたスプーンが転がっている。

男は四十代のどこかに見えた。削いだような頬に、目がぎらぎらと光っている。髪は一本もない。彫りが深く、かなりハンサムな顔立ちだが、ひどく気怠(けだる)げな表情だ。

その理由は、手もとの注射器だとすぐにわかった。男はたった今、静脈にクスリを流しこんだばかりなのだ。

男はゴムチューブを外し、テーブルに投げだした。

由子は男を見ていった。

「モルヒネ?」

覚せい剤は容易に水に溶ける。わざわざスプーンで加熱して溶かしたとすれば、モルヒネの可能性が高い。

「古傷がときどき痛むんだよ」

男は気負いのない口調で答えた。

「砲弾の破片が背中にみっつばかり入ってる。とりだそうとすると脊髄(せきずい)を傷つけちまうかもしれねえって医者がいうんだ。そうなると一生車椅子だそうだ」

「それはたいへんね」

由子はいって、あたりを見回した。里貴の姿はなく、すぐうしろの扉のところに女が寄りかかっている。

「わたしの部下はどこ?」

女に訊ねた。

「あんたは羽黒と話がしたかったんだろ。だったら話しなよ」

女はいって、パラシュートスカートのポケットから金色のシガレットケースをだした。中から煙草を一本抜きとり、これも金の小さなライターで火をつけると、煙を吹きあげた。

不安が胸のうちでふくらんだ。里貴の身が心配な上に、ひとりぼっちにされてしまった。

だがここは、あくまでこの世界の志麻由子としてふるまう他ない。

由子は羽黒に目を戻した。

「港でうちの者をずいぶん痛めつけてくれたっていうから、どんな鬼ババみたいなメスポリかと思ったが、こんなお嬢ちゃんだったとはな」

羽黒が首をふった。

「で、俺に話って何だ」

由子はうしろの女を気にするそぶりをした。

「彼女がいるところで話してもいいの？」

「どういう意味だい」

女がとがった声をだした。由子は無視し、羽黒を見つめた。

心臓がばくばくと音を立てている。もしかすると膝も震えているかもしれない。

そのとき、落ちくぼんだ羽黒の目の中で、小さな反応が起こったことに由子は気づいた。

「みつえ、ちょっと表にいろ」

「あんた！」

「いいから表いってろ」

声を荒らげることなく、羽黒はくり返した。

女が荒々しく息を吐くのを由子は聞いた。一瞬後、バタンと扉が閉じる音に、びくりとした。

「あいつを怒らせちまった」

羽黒は低い声でいった。

「厄介だ」

ひとり言のようにつぶやく。

「悪かったわね」

由子はいった。

「俺はいい。だがあんたは用心しな。あいつはガラガラ蛇みたいな女だ。怒らすと、相手がくたばるまで容赦しない」

由子は小さく頷いた。

「わたしが話したいといった理由はわかっているわね」

羽黒はソファによりかかり、空(くう)を見つめた。モルヒネのせいか、ぼんやりとした口調になっている。

「ああ。伝言は聞いた。港であんたがパクったひとりからな。本気かどうかわからなかったが、ここに乗りこんで返事を知りたがるくらいだから本気だったわけだ」

やはりそうだったのだ、と由子は思った。警視の志麻由子は、ツルギと同じく、この羽黒にも〝取引〟をもちかけていた。

「そう。乗る気はある？」

羽黒は無言だった。やがていった。

「俺は銭で買える信用しかしねえ。百万で買える奴は、五十万じゃ転ばねえ。だが二百万だす奴には転ぶだろう。百万は百万の信用でしかないが、そこに意味があるって思うわけだ」

「金が欲しいの？」

羽黒はにやりと笑った。

「こりゃ傑作だ。銭を欲しがるお巡りにはごまんと会ったが、くれようってお巡りは初めてだ」

「〝取引〟に応じれば、こちらが金を払わなくても、羽黒組の儲けは増える」

「確かにそうかもしれん。だがあんたが同じ〝取引〟をあの婆あにもちかけてないって保証はどこにもない」

由子の背筋が冷たくなった。だが強気でいった。

「確かに」

「そうなりゃ、俺んとことツルギ会は、互いを密告りあって、結局儲けるのはあんたってわけだ」

「かもしれない」

何といえばいいのだ。羽黒がそのことに気づく可能性を、この世界の志麻由子が考えていなかった筈はない。それでも説得できる材料をもっていたからこそ、彼女は両方に〝取引〟をもちかけたのだ。

それはいったい何だ。

必死に考えてもわからなかった。ツルギは知っていた。だから「約束はいつ守る」と訊いたのだ。だが、羽黒には伝わっていない。

「でもこう考えたら？」

由子はいった。

「もしわたしがツルギ会に同じ〝取引〟を申しでていて、あちらがそれを呑んだら、痛めつけられるのは羽黒組ばかりになる。そちらも呑むなら、勝負は五分よ」

「そうかもしれん。だがそれで儲けるのは誰だ？　あんただ。うまいこと出世するだろう。ひきかえ俺たちはどんどん痩せ細っていく」

「生き残りゲームね。どちらかが生き残れば、復活できる」

「どうかな。敵は二人よりひとりのほうが叩き潰しやすい」

由子は深々と息を吸いこんだ。

「じゃあ〝取引〟はなし？」

「そうはいってねえ」

羽黒はものうげにいった。床に目をやっている。

「調べてもらいたいことがある」

「何？」

由子は緊張した。

「港のあの一件。あんたがお手柄を立てた、モルヒネの取引だ。あれはうちの人間でも、ごく限られたのしか知らなかった。なんでそれをつきとめられたか」

羽黒は目を上げた。不意に恐しいほど鋭い目になっていた。

「答は聞かなくともわかっている。あの婆あだろう。あの婆あが密告(チク)った。だが問題は、だ。どうやってあの婆あが取引のことを知ったか、だ」

由子は無言だった。羽黒が何をいおうとしているのかがわからない。

いきなり羽黒が目の前にある金属盆を手で払った。ガシャン、という音がして、由子は身を硬くした。

「スパイだ。わかるか。あの婆あのスパイがこの羽黒組にいやがる。さっきいったろう。俺より、婆あからもらう銭のほうが多い奴がいるんだ」

「なるほど」

冷静を装って由子はいった。

「そのスパイをつきとめろ。それが俺の〝取引〟の条件だ」

「それをわたしが呑んだら、あなたはツルギ会の犯罪の証拠をこちらに渡すのね」

「そうだな」

「つまり、あなたのスパイも、ツルギ会の中にいる」

羽黒が目をあげ、由子をにらんだ。

「そいつをよそでいったら、あんたは終(しま)いだ」

由子は首をふった。

「こんな〝取引〟の話、いったい誰にできるの。同じ警官にだっていえない。市警本部に伝わったら、わたしは終わりよ」

ふん、と羽黒は笑った。

「確かにそうだ。うちゃツルギ会から銭をもらってるお巡りは、いっぱいいる」

「いずれその連中の名簿ももらうわ」

羽黒は首をふった。

「あんた、本当にいい度胸だな。それとも恐いもん知らずの、ただのお嬢さまか。そんな真似をしたら、正面より背中から飛んでくる弾丸のほうが多くなる」

由子は深々と息を吸いこんだ。

「この国では、警官は、あなたたち犯罪者に憎まれている」

「それがどうした。あたり前だろう」

「そうではない国もある。犯罪者は、警官を嫌ったり、恐がったりはするけど、憎みはしない」

「ほう？　そりゃまた、なんでだ」

「犯罪者から金を受けとらないから。この国では、よごれた真似をしても、警官は立場に守られる。犯罪者はそうはいかない。だから憎まれる。警官が金を受けとらず、あらゆる犯罪に目をつぶらなければ、犯罪者は警官を恐れるしかない」

「そんな国があんのか。見てみたいもんだな」

あきれたような口調で羽黒はいった。

「この国もいつかそうなるのがわたしの願いよ」

「おもしれえ。そうなりゃ、俺たちは正々堂々と戦えるってわけだ」

由子は首をふった。不思議な高揚感が心を満たしていた。

「そうなったとき、あなたたち犯罪者は、警察と戦うことなんてできない。ネズミのように逃げ回る。物陰にかくれ、息をひそめて、警官の目につかないように生きるしかない」

何をいっているのだ。羽黒を怒らせてしまう。

そう思ったのもつかのま、

「こいつはおもしれえや！」

羽黒は爆笑した。

「そんな風にこの国がなったらな、俺は喜んで羽黒組を解散してやらあ」

由子は目を閉じた。安堵に思わず、息を吐いていた。

「帰んな」

笑いやむと羽黒がいった。

「あんたがスパイの名をよこしたら、一発で婆あをぶっ潰せるネタをあんたの膝に投げこんでやらあ」

「わかった」

由子はいって踵を返した。扉のノブに手をかけると、羽黒が止めた。

「おっと。帰り道には気をつけな。〝取引〟をする前に、みつえに殺されねえようにするんだ」

安堵が消えうせる言葉が投げかけられた。

部屋をでると、みつえの姿はなかった。かわりにカーキ色が立っていた。

由子は言葉にしたがった。カーキ色が由子の腕をつかみ、階段を下った。

「目かくしだ」

「もういいぞ」

いわれて目かくしをとったのは、羽黒組の事務所をでたところだった。由子はあたりを見回した。里貴がいない。

「わたしの部下はどこ」

「さっきまで親分の部屋の外にいたがな。姉(あね)さんが連れてった」

カーキ色の返事を聞いて、由子の背中は冷たくなった。腹いせに、みつえは里貴を傷つけるつもりなのか。

「おっと、こいつを返しとかなきゃな」

カーキ色がジャンパーをたくしあげ、腰につっこんでいた二挺の拳銃をひき抜いた。里貴は丸腰のまま連れていかれたのだ。

受けとり、由子は訊ねた。

「姉さんはどこへいったの」

「知らねえよ」

由子はカーキ色の目を見つめた。

「わたしとお宅の親分が話しているあいだに、わたしの部下に何かあったら、親分もただじゃすまない」

「何だとぅ」

カーキ色は顎をつきだした。由子は閃いた。

「姉さんはさっき、すごいスポーツカーに乗っていたわね。あれは彼女の車なの」

「トシさんのだ。姉さんの弟だ」

「トシさんはどこ？」

カーキ色は瞬きし、周囲を見回した。見つからなかったらしく、近くにいた男の腕をつかんだ。

「おい、トシさん、どこだ」

「さっき、姉さんと駅のほうにいったぜ」

訊かれた男が答えた。

「その駅はどこなの」

由子が訊ねると、男はあっけにとられたように、カーキ色の顔を見つめた。

「いいから教えてやれ」

カーキ色がいった。

男は入り組んだマーケットの先を示した。由子たちが入ってきたのとは反対の方角だ。

「駅前にトシさんの車が止めてあるのをさっき見たんだ」

由子はその方角に向かって歩きだした。十メートルも進まないうちに買物客の人ごみに前をさえぎられた。

呼びこみや商品を売りこむ声がひっきりなしに左右の店からかけられる。人ごみの歩みは、まるでただ見物にきたかのようにのろい。だが押し分けて前へでるのも難しく、じりじりする思いで由子は進んだ。

百メートルほど進んで、ようやくマーケットの出口が見えてきた。人の数が少し減り、通路にすきまができると、由子は小走りになった。

マーケットの外にでた。正面に鉄道の高架があった。ツルギマーケットと異なり、まだ新しい。高架の下に飲食店が入っている。「バー」「サロン」「レストラン」と看板をだしているが、どれも小さくいかにも怪しげなたたずまいだ。昼間からまっ赤なネオンを点している店もあった。

マーケットの向こう側には駅とのあいだに飲み屋街があるといった、里貴の言葉を思いだした。

高架に沿って進んでいけば、駅につきあたる筈だ。

由子は高架の前を右に折れた。駅はふたつの闇市の中間にある、と里貴はいっていた。方向としては、右がツルギマーケットだ。

長屋のような二階建ての建物が、細い道をはさんで、高架と平行するように連らなっている。

その前に老婆や若い女がすわったり立ったりしている姿が目についた。

由子は不意に、あたりを歩いているのが男ばかりであることに気づいた。意味するものはひとつだ。

風俗店の集中する一角に足を踏み入れている。おそらくは、この長屋風の建物は、すべて売春宿なのだ。

老婆や女たちの視線が自分につき刺さるのを由子は感じた。素知らぬ風を装って、急ぎ足を進める。

あからさまな舌打ちや、唾を吐く音が聞こえる。ひっぱりこもうと客の首に両手を回しながら、嫌な流し目をくれてくる女もいた。

正面に人だかりが見えた。長屋ではなく、高架のある左側だ。由子は胸騒ぎを覚えた。だが走ったり声をだすのは得策ではないと思い、早足で近づいた。人だかりの輪の外に立つと、叫び声が聞こえた。

「手前(てめえ)、ここがどこだかわかってんのか、この野郎。このままぶっ殺したって、誰からも文句はでねえんだよ」

今度は人ごみを押し分けた。やがて赤い車の横腹が見えた。さらに進むと、オープンカーの後部、トランクに腰をかけ煙草を吹かすみつえの姿が目に入った。

里貴がいた。目かくしをされ、うしろ手に縛られたまま、地面にうずくまっている。三人のチンピラが里貴を囲んでいた。ひとりは、さっきオープンカーを運転していた、サングラスの男だ。細くて華奢(きゃしゃ)な体から甲高(かんだか)い声をだしてすごんでいる。

「よう、何をのこのこやってきたのか、理由をいえや」

「お前らなんかに話すことはない」

くぐもった声で里貴がいった。すでにあちこちを殴られたり、蹴られたりしたのか、苦しそうだ。

みつえは気分よさげにそれを見おろしている。

「いいねえ、根性がある坊やは大好きだよ。トシ坊、もっとかわいがってやんな」

遠巻きに囲む野次馬は、みつえの正体に勘づいているようだ。誰も止めには入らず、ただなりゆきを見守っている。

「おう。姉ちゃん、任しとけ」

サングラスの男が里貴の背中を蹴った。里貴の体が揺れた。

どうしよう。

羽黒に救いを求めるか。無駄に決まっている。〝取引〟と里貴の身には何の関係もないとつっぱねられるだろう。

羽黒組の事務所から駅前まで里貴を連れてきたのは、羽黒に横槍を入れさせないためだ、と由子は気づいた。事務所の前でやったのでは、羽黒の指示だと誰もが思う。ここまで離れていれば、よくある喧嘩の類だと人は思うし、その上で里貴に屈辱を味わわすことができる。そしてそれが由子に対する腹いせというわけだ。

由子は人ごみの中にあとじさりした。

里貴を助けられるのは自分しかいない。警察の応援を求めるためには、新宿通りにあった派出所まで戻らなければならず、遠すぎる上に、せっかくの〝隠密行動〟が無駄になる。

深呼吸し、覚悟を決めた。ガラガラ蛇のようだと、亭主自らがいうような悪女を相手にするのに、ためらいは禁物だと自分にいい聞かせる。

いったん人ごみの外にでて、みつえの背後にあたる位置まで移動した。そこからもう一度、人ごみの奥へと入りこむ。

みつえのブラウスの背中が見えた。

由子はポケットから拳銃をとりだした。空に向け、引き金をひく。

パン、という音が響いた。次の瞬間、野次馬がちりぢりになった。この街では銃声が鳴るのは珍しいことではなく、そうなったら即座に身をかくさなければならないと、人々は知っているようだ。

「そこまでよ！」

由子は叫んだ。みつえがふりかえり、目を丸くした。

「あんた――」

「わたしの部下を自由にしなさい。さもないとあなたを撃つ」

銃口をみつえの顔に向け、由子はいった。

みつえの顔が歪んだ。

「撃てるものなら撃ってごらんよ。ここがどこだかわかっていってるんだろうね」

「どこだろうと関係ない。あなたこそ、わたしが誰だかわかっていっている？」

「何だ、手前(てめえ)」

サングラス姿のトシ坊がすごんだ。

「市警本部の志麻由子」

「えっ」

トシ坊のかたわらにいたチンピラが声をあげた。

「志麻って、特捜隊の——」

「おたおたすんじゃないよ！」

みつえが金切り声で叫んだ。

「たったひとりだろうが、相手は」

遠巻きにしていた群集がさらに自分たちから離れていく。志麻由子の名は、犯罪者だけでなく、一般の市民にも浸透しているようだ。

「わたしのことがまだわかってないようね」

知恵をふり絞り、由子はいった。

「羽黒組には二人だけでいったけど、何かあったときのために、特捜隊を近くで待機させてる」

「だから何なのさ」

みつえは立ちあがり、オープンカーを降りた。両腕を胸の前で組み、背中をそらして由子をにらみつけた。

「お巡りが恐くて、羽黒組の嫁ができるかい」

「あなたはそうやって意気がっていればすむけど、ここに特捜隊が突入して困るのは、羽黒よ。そこの若い衆もただじゃすまない」

トシ坊の横にいるチンピラの顔に怯えが走った。

羽黒は危険な麻薬中毒者だが、暴力だけに頼る愚か者ではない、と会った由子は感じていた。

「港であんな目にあって、この上また組員をもっていかれたら、さぞ喜ぶでしょうね」

「姉ちゃん――」

トシ坊がみつえをふりかえる。

「何をびびってんだよ。こんなのハッタリに決まってる」

「ハッタリかどうか、もう少ししたらわかる。お宅の本部をでたときに、無線で連絡したから」

「ここは引き揚げようぜ」

トシ坊がみつえに小声でいった。みつえはトシ坊をにらんだ。

「腰抜け。いきたきゃいきな」

「勘弁して下さい。姉(あね)さんがつかまったら、俺らがヤキ入れられるんですから」

チンピラのひとりがいう。

「知ったことかい。この女をぶち殺さなけりゃ、あたしの腹がおさまらない」

「そんなにわたしを殺したかったら、いつでも相手になってあげる。市警本部に会いにきなさい」

「ふざけたこといってんじゃないよ。のこのこいったら、あんたの思うツボだろうが」

「わたしはここまできた。あなただってこられるでしょう。兵隊を連れてきたいなら、くればいい」

トシ坊がみつえの腕をつかんだ。

「姉ちゃん、いこう」

「うるさいね」

みつえは腕をふりはらった。

「わかったよ。覚えとけ。この借りは必ず返すからね」

トシ坊がオープンカーの運転席に乗りこむと、みつえは助手席にすわった。残るチンピラ二人が、後部席に乗る。

オープンカーは発進した。クラクションをけたたましく鳴らしながら、猛スピードでその場を走り去る。

それを見送り、由子は腰が砕けそうになった。だがけんめいにこらえ、里貴に歩みよると、目隠しをとり、縛(いまし)めを解いた。

「大丈夫？」

里貴が由子を見上げた。

「ありがとうございました」

涙ぐんでいる。

「どうしたの」

「いえ」

里貴は首をふった。腕に肩を貸し、由子は立ちあがらせた。

「怪我はひどい？」

「大丈夫です、これくらい」

「だったら早くここを離れましょう」

電車に乗るのが一番だ、と気づいた。

「電車がいいわね」

里貴は頷いた。

高架に沿って歩くと、新宿駅にぶつかった。由子の知る新宿駅とは似ても似つかない。改札口と券売所があるだけの小さな建物だ。

ただし周辺にはぎっしりと露店が並んでいる。

古めかしい自動販売機で、里貴が切符を買った。三十円だった。

改札は自動ではなく、青い制服を着た駅員が切符にハサミを入れる。階段を登ってホームにあがると、人がぎっしりと立ち並んでいた。

由子はホームを見回した。木製のベンチがあり、若い男たちがだらしなくすわってしゃべっている。

歩みよると、いった。

「ごめんなさい、怪我人なんです。すわらせてあげて」

「はぁ?」

鼻にかかった声をあげ、男は由子を見上げた。リーゼントで革ジャンを着ている。

「そんなの知ったこっちゃねえよ」

「大丈夫です」

里貴がいったそのとき、

「馬鹿者!」

大声が浴びせられた。思わず身をすくめ、背後をふりかえった。

白髪をなでつけ、着流しに雪駄(せった)姿の男がステッキを手に立っている。

「貴様ら、それでも日本男児か!」

怒鳴られたリーゼントは目を丸くした。

「な、何だよ」

「さっさとどかんか。さもないと叩き斬るぞ」

男はステッキをふりあげた。リーゼントはあわてて立ちあがった。仲間とともに人ごみに逃げこむ。

里貴をすわらせ、由子は男をふりかえった。

「ありがとうございます」

「いや。気にすることはない。先ほどからあんたのことを見ておった。さすがは志麻大佐のお嬢さんだ」

思わず男を見直した。

「失礼。私は、陸軍参謀本部で、大佐のお世話になった小此木と申す者です。しばらくお会いしておらんが、大佐はお元気ですかな」

10

由子は返す言葉を思いつかず、立ちすくんだ。小此木と名乗った男の年齢は六十くらいだろうか。格好こそ和装だが、自ら軍人だったと明かしたように、背筋がぴんとのびている。ステッキは体を支えるためというよりは、〝武器〟としてもっているように見えた。

「父、ですか」

「ええ。ふた月ほど前に、在郷軍人会の集まりでお会いしました。そのとき少し風邪気味でおられたようだが」

　ふた月前に会った。

　頭の中がまっ白になった。

　由子の父親は十年前、何者かに絞殺され、犯人はつかまっていない。

　この世界の父親は、元軍人で、今も生きている、というのか。

「どうしました？　お父上はどこか体を悪くされているのですか」

「いえ」

　由子は首をふった。

「このところ、仕事が忙しくて会っていなかったものですから」

「そうですか。ならばよいのだが。お嬢さんも責任あるお立場ですから、なかなか大佐に会う時間が作れないのは、しかたありませんな」

　小此木は乾いた笑い声をたてた。

「しかし、大佐にとられても、自慢のお嬢さんになられた」

「とんでもありません。あのう」

「何ですかな」

「小此木さんは、父と親しくしておられたのでしょうか」

　つい過去形を使って訊ねてしまった。が、小此木は不審がることなく、姿勢を正し、いった。

「自分は、大佐の副官をしておりました。戦地にも二度、同行させていただいております」

「そうなんですか。それはお世話になりました」

「とんでもない。志麻大佐は武人の鑑のような方です。大佐の副官をつとめたことは、自分の誇りであります」

気をつけをしたまま、小此木は答えた。

里貴の視線を感じた。心配げに由子を見つめている。

「父は、家庭ではあまり仕事の話をしたことがないので……」

「でしょうな。大佐は自分のことはいつも二の次という方ですから。ご家庭でも、さもありなんと思われます。ですが、お嬢さんのことは、本心からかわいがっておいでだ」

いってから、小此木は声をひそめた。

「大佐には内緒です。実はお嬢さんが警察に入られたときは、ひどく気をもんでおられました」

「気をもむ？」

「心配しておられたんです。犯罪者どもと渡りあって怪我でもしたらどうするか、と。まあ大佐のことですから、万一、お嬢さんを傷つけるような輩がいたら、自ら成敗に向かわれるでしょうが」

　ホームに電車が入ってきた。小此木がそれをふりかえるのを見て、由子はいった。

「あ、どうぞお乗りになって下さい」

「手助けは必要ないですかな」

「大丈夫です。ありがとうございました」

「それならば、失礼いたします」

　小此木は一礼して、電車に乗りこんだ。電車はカーキ色に塗られた、箱型の古めかしい車輛だった。「山手線」と二両目の窓に札がさがっている。

　電車がホームをでていくと、由子は息を吐き、ベンチにすわった。この世界と自分の世界とのあいだに、大きなちがいがあることはだいぶわかってきたが、まさか父親が生きているとは思わなかった。

「どうしました」

　里貴が訊ねた。

「ごめんなさい。大丈夫。あなたこそ動ける?」

「もう、五分くらい休ませていただければ」

「そうしましょう」

　由子はいって、両手で頬をはさんだ。吹きぬけのプラットホームからは、新宿の闇市と集まる人々の姿が見おろせる。

それをぼんやりと眺めていると、不意に里貴が口を開いた。

「警視は、こちらの世界の志麻由子警視は、お父さまとの関係に苦しんでおられました」

由子はふりかえった。里貴はわき腹をおさえ、痛みに耐えている口調でつづけた。

「警視はひとりっ子でした。警視のお母さまは、病弱で、警視が十八のときに亡くなられました。警視がおっしゃるには、職業軍人の父は、男の子を望んでいた。なのに女の子が生まれ、本当はすごくがっかりした筈だ、と。警視がどんなにがんばっていい成績をとり、飛び級で学校を卒業したところで、父親から見れば、しょせん女だ、というのです」

「そんなことを」

「女である限り、軍隊に入ったところで将来は知れている。それで警察に入られることを決心したのだそうです。軍隊ではないけれど、警察でがんばれば、いつか認めてもらえるかもしれない、と」

由子は里貴を見た。

「そこまであなたに話したの」

里貴はあわてたような表情になって、目をそらした。

「それに近いことをいわれたんです。私は不思議でした。警視ほどの人でも、誰かに認められたい、と思うことがあるのか、と」

「人は誰だって、認められたいと思う相手がいるものよ。もしそういう人がいなければ、それはすごく寂しいでしょうね」

「確かにそうかもしれません。でも、そこまで思っていながら、警視はお父さまを避けていました。公休の日でも、ご自宅に帰られるということは、まずありませんでした」

「父の自宅はどこなの？」

「市ヶ谷です。陸軍省のすぐ近くに住んでいらっしゃると聞きました」

陸軍省。こちらの世界では、防衛省ではなく、陸軍省なのだ。ならば、海軍省も空軍省もあるのだろうか。

「あなたの、向こうの世界の警視のお父さまは、何をしていらっしゃるのですか」

里貴が訊き、我にかえった。

「父は、十年前に亡くなった。警官だった。刑事をしていて、ある晩、情報を提供するというチンピラに呼びだされ、殺されて、川に浮かんでいるのが見つかった」

里貴は無言で目をみひらいた。

「犯人は今もつかまってない。呼びだしたチンピラは、アリバイが確認され、自分と別れたあと、父親がどこにいったのかわからないといった」

「そうだったんですか」

由子は息を吸いこんだ。

「わたしが日比谷公園でナイトハンターの模倣犯に襲われ、気がついたらこちらの世界にいたことは話したわね。ナイトハンターは、二十年前に起こった連続絞殺魔で、父親は、ずっとナイトハンターや、それとの関連が疑われていた『チェーン殺人』の犯人も追っていたの」

「お父さまはおいくつだったのですか」

「死んだときが四十七。生きていれば五十七ね」

「警視のお父さまの、志麻大佐は、六十四です。先ほど申しあげた通り、お母さまが病弱で、警視は、四十近くなってようやく授かったお子さんだそうです」

「ずいぶん年がちがう」

由子も里貴も、向こうの世界と年齢はいっしょだった。だが、こちらの父親は、七つも年齢が上で、今も生きている。

「お父さまに会われてはいかがです」

不意に里貴がいった。

「えっ」

「十年前に亡くなられたきり、お父さまとは会ってはおられないのでしょう。会ったらいかがですか」

「それは駄目。だってわたしは、その人の本当の娘じゃない」

「でも姿形は同じです」

「ええ、警視の部屋に写真が飾ってあって、それは見た」

「なつかしかったですか」

由子は頷いた。

「向こうでは、母親は元気で、逆なのにね」

「会うべきです」

「でも偽者とわかったら大変なことになる」

「あなたは偽者じゃない」

由子は里貴の顔を見直した。

「あなたは偽者じゃありません」

里貴はくり返した。

「確かにこの世界の志麻由子とは別人かもしれないが、向こうの世界では、本物の志麻由子だ。それにあなたの中にある勇気と知恵は、こちらの志麻由子と何ひとつかわらない」

「何をいっているの」

「さっき思ったんです。目隠しをされ、殴る蹴るをうけていて、ああ、自分はもう助からないと思った。ところがそこにあなたが現われた。とった行動、とっさの機転、何よりその胆力は、志麻由子警視そのものでした。私は泣きそうになった。いなくなったと思っていた警視がいる、と」

それで涙ぐんでいたのだ。

由子は首をふった。

「あれはたまたま。ほっておくことができなくて、無我夢中だったのよ」

「それでも同じことができる人はいない」

「わたしは、この世界の志麻由子とは似ても似つかない。あんなに強くないし、頭もよくない。努力家でもない」

「だからこそお父さまに会ってみるべきなんです」

「どうして」

「あなたたち二人は、外見だけでなく、本質もまったくいっしょだと思います。それが、ちがっていったのは、それぞれにとってのお父さまの存在が異なっていたからではありませんか。あなたは、早くにお父さまを亡くした。しかし、お父さまと同じ職業についた。こちらの志麻由子は、お父さまに認められたいという気持と反発を両方かかえて苦しんで、それを警官という職業にぶつけていた」

「わたしも父に反発してた。理由なんてたいしてなかったけど、警官になんかならないっていってた」

「お父さまは何といいました」

「苦笑してた。本当は寂しかったと思う」

「であるなら、尚さらこちらのお父さまに会うべきだと思いませんか」

由子は黙った。

向こうでできなかった親孝行をこちらでしろというのか。

いや、そうではない。志麻由子という人間の本質を知る機会だ、と里貴はいっているのだ。

自分が、あの切り抜きにあったような英雄的な警察官になれたとは、とうてい思えない。

警視の志麻由子は、勇敢で妥協をせず、この世界では数少ない、汚れのない、まっとうな警察官だった。

もし自分がこの世界に生まれていたら、あんな警察官でいられただろうか。いや、そもそも警察官という職業を選んだとは思えない。

父親に認められない、しかし認められたいと思ったからこそ、彼女は警察官になったのだ。

じゃあ、なぜ自分はなったのだ。

父親が何者かに殺害されたことと、無関係だといい切ることはできるのか。できない。

父親が殺されず、今も警察官でいたら、おそらく警察には入らなかった。

そのことは、捜査一課に配属されてから、特に強く思っていた。

由子は女性警察官として、抜きんでて優秀だったわけではない。駄目警官だったとは思わないが、警視庁には、自分より優れた女性警察官は、他に何人もいた、と思う。

それが捜査一課に抜擢されたのは、父の死とその犯人がいまだに逮捕されていないことが関係している。

警視庁は、ある種の負い目を由子にもっていて、それを捜査一課への抜擢によって償おうとしたのではないか。

僻(ひが)みではなく、そのことを捜査一課の同僚から感じさせられることがあった。蔑(さげす)まれていたとまではいわないが、由子が実力でここにきたと感じていた人間はひとりもいなかったのではないか。

そうした空気に反発を抱かなかったといえば、嘘になる。しかし、一気に逆転する功績をあげる力は、自分にはない。

何年か捜査一課におかれ、やがてまた別の部署に異動させられるだろう。〝期間限定の捜査一課勤務〟が、由子に対する警視庁の負い目解消なのだ。

そう考えると、少しおかしかった。向こうの世界の自分は、たぶん殉職している。志麻家は親子二代で、殉職警官をだしたのだ。

警視庁はその負い目をどう解消するのか。

同時に、母親をかわいそうだと思った。夫につづいて、娘まで犯罪者に命を奪われたのだ。

自殺まではしないだろうが、きっと抜け殻のような日々を送っている。

とはいえ、向こうに帰る方法がわからない今は、どうすることもできない。今の由子は、こちらの志麻由子のフリをするので精いっぱいなのだ。

「そうね」

由子はいった。

「会ってみるのもいいかもしれない」

偽者だとバレたときは、真実を話す他ない。ただ、里貴のように信じてくれるかどうかはわからなかった。だが小此木の話から想像できるこちらの父親も、向こうの父親と同じで、寡黙で責任感の強い人のようだ。ならば、いたずらに騒ぐようなことはないだろうと思った。

「もしかすると、何か手がかりがあるかもしれません」

里貴はいった。

「手がかり？」

「ええ。あなたが向こうの世界に帰るための手がかり。同時に志麻警視がこちらに戻ってこられるための手がかりでもあります」

その言葉を聞いた瞬間、由子の胸にちくっとした痛みが走った。

里貴はやはり、本物が帰ってくるのを待ち望んでいる。

ここに必要なのは、この志麻由子ではない。

当然だ。自分でもそう思い、いいつづけてきた。

なのに、なぜか痛みを感じる。

それを無視し、由子はいった。

「でもどうすればいいのかしら。彼女はどうしていたの。お父さんに会うとき」

「たぶん電話をかけ、帰る、とおっしゃっていたのだと思います。帰られたときは、たいてい陸軍省の中にあるレストランで二人で食事をされていました」

「そう」

「今夜か、明日の晩にでも、そうされてはどうです。明日、明後日と、警視に午前中早い予定は入っていません」

由子は頷き、腕時計を見た。六時を少し回っていた。これからではいくらなんでも遅いだろう。変則的な行動、といえるかどうかはわからないが、とりあえず最初はふだん通りに父親と接触したほうがよいような気がする。

それに由子自身がくたくただ。

里貴が動けるようになるのを待って、二人は電車に乗りこんだ。山手線ではなく、中央線と書かれている車輌だ。千駄ヶ谷で降りると、そこはうっそうとした森が広がっている。

向こうの世界では明治神宮外苑と国立競技場があったあたりだ。

承天(しょうてん)神宮外苑です、と里貴はいった。承天という元号は、執務室で気がついたときに最初に聞いていた。

今の元号が光和(こうわ)。光和二十七年。里貴は、光和に改元された年、承天五十二年に生まれた、と確かいっていた。

日が暮れ、森の中はまっ暗だ。

「この森を抜ければ、車を止めた御苑公園の先にでます。暗いですが、近道なのでいきましょう」

「歩ける？」

「だいぶよくなりました」

「タクシーはいないの」

「燃料統制が始まってから、タクシーはほとんどいなくなりました。営業しても、高額料金のせいで、利用客がいないのです」

「それにしても、いかにも引ったくりや痴漢がでそうな道ね」

舗装路ではなく、固められた土の道だった。雨が降ればぬかるむだろう。

先をゆっくり歩いていた里貴がふりかえった。暗黒ではない。遠くの街の灯や、月明りでおぼろげに顔の輪郭はわかる。

「恐いですか」

首をふり、見えなかったかもしれないと考え、

「いいえ」

と由子は答えた。

「お化けを恐がる年じゃないし、恐いといったら、ツルギや羽黒と会っているときのほうがよほど恐かった。今はあなたもいるし」

白い歯が暗がりに浮かんだ。

「私はまるであなたの頼りになっていません」

「そんなことない。こちらの世界で気がついたとき、最初に会ったのがあなたでよかった。そうでなければ、きっとパニックを起こし、病院に連れていかれたでしょう」

「もし、志麻由子警視が入れかわりに向こうの世界にいかれたのだとしたら、今はどう

されているでしょう」

由子は足を止めた。

「どうしました」

少し先をいき、足音が止まったことに気づいた里貴が訊ねた。

入れかわったのだろうか。もしそうなら、こちらの志麻由子は死んでいる。

「何でもない」

いった語尾がわずかに震えた。

向こうにいった志麻由子が生きているなら、いつか元に戻ることもあるかもしれない。

だが、死んでいるとしたら。

自分はずっとこの世界にとどまるのだろうか。

それはひどく不公平だという気がした。

こちらの世界の志麻由子は、自分のかわりに殺されたことになる。

本来、日比谷公園で死ぬ筈だったのは、この志麻由子なのだ。なのに、こちら側の志麻由子が死に、自分がこの世界に飛ばされてきた。

なぜ、そんなことになったのだろう。

「大丈夫ですか」

里貴が戻ってきた。

「わからなくなった」

「何が、です?」

「なぜわたしがこの世界にきて、こちらにいた彼女と入れかわったのか」

里貴は黙っていた。

「きっと何か理由があると思う。でもそれが何なのか、わたしにもわからない。できるなら、元に戻りたい。あなたのいう通り、この世界には、本物の志麻由子が必要よ」

「向こうにも、あなたを必要としている人がいます」

「わたし? わたしはそう、母親くらいかしら」

「恋人や大切に思ってくれる友人もいるでしょう」

「恋人はいない。友人は、何人かいるけれど、わたしがいなくなっても、すごく悲しむ人は、いるかな……」

「向こうの世界の私はどうです? あなたのことを大切に思っていませんでしたか」

「あなたとは」

つぶやき、由子は息を吐いた。この暗闇の中なら、いえる気がした。

「昔、つきあっていたの。でも、お互い社会人になってから、自然に別れてしまった」

里貴は無言になった。

「驚いたでしょう。ごめんなさい。大丈夫よ、だからって、あなたにそのかわりを期待していわけじゃないから」

わざと明るく、由子はいった。

「いこう」

歩きだした。不意に腕をとられ、由子は立ち止まった。

「聞いて下さい」

里貴がいった。

「何？」

「真実をいいます。あなたが市警本部で話をされたとき、初め、私はまるで信じられませんでした。激務による過労で、心を病んでしまい、妄想を起こしているのだと思ったんです。だからといって病院に連れていったら、この東京市の治安を守れる人はいなくなってしまう。そこで妄想につきあうフリをして、警視の心が戻るのを待つことにしたですが、今はちがいます。妄想でも何でもなく、本当に入れかわってしまったのだと思っています。もちろん私にも、なぜそんなことになったのかはわからない。ただひとつ、いえることがある。あなたはこちらの世界の志麻由子より、うんと優しい。警視は、私には厳しかった」

由子ははっとした。最後の厳しい、という言葉が何を意味するかわかったからだ。こちらの里貴は、志麻由子に報われない思いを抱いていたのだ。

でもあなたは結婚して家族もいる、その言葉が由子の胸につかえた。それをいってしまうと、二人のあいだにある薄い壁のようなものを壊してしまうのではないか。壊した結果、自分と里貴の関係が、今までとは大きくかわってしまう、そんな不安があった。

里貴は、この世界での、自分の唯一の理解者であり協力者だ。失うのはもちろん困る。できれば今のままの関係をつづけていきたい。

由子はわからなくなった。さっき感じた胸の痛みは何だったのか。本物が帰ってくるのを里貴が待ち望んでいる、と思ったときに胸に走った痛み。

里貴とこのままの関係でいたいのなら、そんな痛みを感じる筈はない。

「申しわけありません」

里貴がいった。

「え、何?」

「個人的な感情を、つい口にしてしまいました。あなたにいうべきじゃなかった」

そのとき、不意にわかった。痛みを感じたのは、この世界にとって志麻由子が必要とされているのに、自分がいた世界では自分は決してそんな人間ではなかったからだ。

誰からも必要とされていないとまでは思わないが、この世界の志麻由子に比べたら、ほんのわずかだ。

この世界の志麻由子は、法の執行者として、自分とは比べものにならないほど努力をし、重圧と戦っていた。犯罪者に憎まれ、命を狙われる危険と背中合わせの日々を過していたのだ。

由子はほっとため息を吐いた。

「そんなこと、気にしなくていい」

がんばっていたからこそ、この世界は志麻由子を必要としていて、がんばっていたとはいえない自分は、本来の世界から必要とされていない。

当然のことではないか。

「わたしは本当なら、死んでいたと思う。ナイトハンターに襲われて。それが死なずに、気がついたらこっちの世界にきていた。不公平だよね」

「不公平とは？」

「もしわたしたちが入れかわったのだとしたら、がんばっていたこっちの志麻由子さんがナイトハンターに殺されちゃっているかもしれない」

「警視！」

里貴が悲痛な声をあげた。

「もちろんわからない。あっちの世界でもわたしは死んでないかもしれないし」

由子は急いでいった。里貴は無言だった。やがていった。

「できれば、そうあってほしいと思います」

由子は大きく息を吸いこんだ。

「あなたの知っている志麻由子よりわたしのほうが優しいとすれば、それはわたしが弱い人間だからだと思う。自分が弱いから、人に厳しくされたくないから、他人に優しくする」

「それはちがいます。弱い人間は人に優しくなどできない。自分のことで精いっぱいで、優しくする余裕などありません」

「この世界では、そうかもしれない。でも、向こうではちがう」

「どうしてですか」

「前も話したけれど、向こうの世界にはモノがいっぱいあって、物質的にはここより豊かなの。だから何かをどうしてもしたいとか、どうしても欲しいって、あまり皆思わない。その結果、表面的に人とつきあうことが多くなる。だから上辺（うわべ）の優しさとか、見せかけのつきあいがうまい」

うまくいえない。だが言葉をつづけた。

「こっちにきてわかったのは、こちらの世界では、モノが豊富にないぶん、誰もが少しでもよくなりたいとがんばっていて、それだけに上辺のことなんかかまっていられないということ。あなたの知っている志麻由子があなたに厳しかったのは、やっぱり仕事が大変で、あなたに優しくする余裕がなかったからだと思う」

「大変なのは、あなたも同じだ。いや、それ以上かもしれない。ちがいますか。いきなり今までとはちがう世界にきてしまったのですから」

「そう。でも、わたしはまだ向こうにいたときの癖が抜けない」

「ちがいます」

　里貴はいった。

「見せかけの優しさや上辺のつきあいでは、私を助けられない。たったひとりで愚連隊どもと渡りあうことなどできない」

「あれは優しいからじゃない。あなたがいなくなったら、自分がすごく困るから必死だったの」

「もし、あの場にいたのがこちらの志麻由子警視だったら、私は見殺しにされたかもしれません。つかまってしまうような愚を犯したのは自分です。自業自得といわれたでしょう。もし私が殺されれば、それを口実に羽黒組を壊滅すべく、捜査にのりだせる」

「そんな」

　由子は息を呑んだ。

「いくらなんでも、そんな血も涙もないことをする？」

　里貴は重い息を吐いた。

「わかりません。そんな人ではないかもしれない。ただあなたを見ていると、もっと厳しい、非情な警視の姿が思い浮かんでしまうのです」

由子は暗い夜空を見上げた。

「だからこそ、この世界に必要とされているのじゃない?」

自分はやはり代役などつとまらない。今日一日でつくづくわかった。不気味なツルギ会の女ボスや、凶暴な羽黒組の連中と対等に渡りあうことなど、自分には不可能だ。

「あなたでも大丈夫です」

由子は黙った。あなたでもと里貴はいった。やはり力不足はわかっているのだ。苦い笑いがこみあげた。

だからどうだというのだ。志麻由子の代役をこなせるのは、志麻由子しかいない。力不足だろうが何だろうが、それをする以外、自分に居場所はないのだ。

11

翌朝、由子は里貴に訊ねた。

「わたしは父のことを何て呼んでいた。お父さん、それともお父さま?」

「電話では、お父さま、とおっしゃっておられました。面と向かって何と呼ばれていたのかは、わかりません」

由子は頷いた。目の前にある、黒い電話機を見つめる。

父親と会う、というのが、想像もつかなかった。会ったことのない他人に会うより、想像がつかない。

なぜなら、とうに亡くなっている人なのだ。

それが最後に会ったときより二十歳近くも年をとって、生きている。

「お父さまの連絡先は、ここに書いてある筈です」

里貴は、由子の執務室の机の上にある備忘録を示した。黒い革表紙の大きなノートで、中は二冊に分かれており、スケジュール表と住所録だった。

サ行のページを開くと、

「志麻順造（じゅんぞう）」

という名前のかたわらに、「市ケ谷区加賀町」と書かれた住所と電話番号が書きこまれている。手書きの字は、自分と似ているが、もっと角ばっている。

志麻順造は、父の名だ。電話番号は六桁。由子の知る東京の、市外局番を外した番号よりさらに二桁少ない。つまりそれだけ、この世界では、電話は普及していないのだろう。

「かけてみて下さい」

　里貴がいった。

「何か、少し恐い」

　由子は里貴を見た。里貴が微笑んだ。

「どうして笑うの」

「同じだからです。私の知っている警視も、お父さまと話されるときだけは、少し緊張しておられるように見えました」

　由子も思わず微笑んだ。

「そうなんだ」

「さあ」

　里貴がうながした。

　由子は受話器をとって、記された番号をダイヤルした。

　ジー、カチカチ、という音が受話器から聞こえ、やがて、呼びだし音にかわった。

　三度ほど呼びだしたあと、

「はい、志麻です」

という男の声が応えた。聞き覚えがある、と感じた。

「由子です」

いった。男は一瞬、何もいわなかった。由子は不安になった。

「元気そうだ」

やがて男が答えた。

「はい、元気です。お父さまは？」

訊ねてから、芝居をしているような、妙な気分になった。父親を「お父さま」と呼んだことなどなかった。小さな頃は「パパ」、小学校にあがってからは「お父さん」だ。

「かわらん」

父の声は答えた。

「あの――」

「久しぶりに、食事でもするか」

父がいった。ほっとした。

「はい」

「いつもと同じでいいか。陸軍省の食堂で」

「はい」

「今夜は大丈夫なのか」

「大丈夫です」

「では六時でどうだ？」

「うかがいます」

「うん。では、あとで」

電話は切れた。由子は受話器を戻すと、長いため息を吐いた。

「ああ、緊張した」

「会われるのですか」

里貴が訊ねた。

「六時に陸軍省の食堂で、といわれた」

「お連れします」

里貴は頷いた。

「それと、今日の午後は、市警本部で警視会議があり、それに出席されなければなりません」

「警視会議？　無理よ」

由子は目をみひらいた。

「大丈夫です。前に申しあげましたが、あなたも含めて全部で八名いる、市警本部の警視は、全員仲が悪い。ですから互いに本音は決していいません。会議には秘書官も同席しますので、何かあれば私がメモを回します」

「欠席はできない？」

里貴は首をふった。

「警視会議の欠席は、経歴にとって大きなマイナスとなりますし、知らないうちに不利な決定を下されかねない。そんなことになったら――」

「本物の警視に合わせる顔がない、でしょ？」

由子が先回りすると、里貴は苦笑いした。

会議が始まるまで、里貴が市警本部の仕組について、由子にレクチャーすることになった。

まず、市警本部にはふたつの捜査局がある。

政治犯罪捜査局と暴力犯罪捜査局だ。政治犯罪捜査局には国内課と国際課のふたつの課があり、それぞれに課長、すなわち二人の警視がいる。

暴力犯罪捜査局に属する課は六つ。殺人課、組織犯罪課、知能犯罪課、捜査一課、二課、そして由子が課長をつとめる特別捜査課だ。

由子の知る警視庁では、捜査一課が殺人や強盗などの凶悪犯罪を担当していたが、ここではそれは殺人課が担当し、捜査一課は傷害や窃盗犯の捜査、捜査二課が風俗犯罪や少年犯罪の捜査を担当しているという。

「このうち、組織犯罪課長の高遠（たかとお）警視には注意して下さい。汚職の噂が絶えない人で、志麻由子警視を目の敵（かたき）にしています。押収した武器や麻薬類を、暴力団に裏で流しているという情報もあって、志麻警視はそれを内偵しようとしていました」

「内偵？」

由子は里貴の顔を見つめた。

「はい。ただ非常に危険を伴う捜査なので、部下も使わず、ご自分ひとりでされていたようです」

同じ階級にある警視を告発しようという捜査が危険を伴うのは、由子にも理解できた。部下を使わなかったのは、情報洩れを警戒したからにちがいない。麻薬や武器を横流しするような汚職警官なら、保身のために何をするかわからない。

「高遠警視は、志麻警視が先日、羽黒組のモルヒネ取引を摘発したことをひどく根にもっています。本来なら組織犯罪課の仕事であるのに勝手なことをした、というわけです。しかしもし組織犯罪課に任せていたら、捜査情報が伝わって、取引の摘発は不可能だったでしょう。高遠警視は、市警本部内と羽黒組の両方に対しメンツを潰されたと感じている筈です」

「汚職警官なのに逆恨みもいいところね」

「誰もがそう思っていますが、面と向かってはいいません。証拠がありませんから。ちなみに高遠警視と四谷区長の町村は親友です」

新宿の闇市を庇護している四谷区長と、本来なら闇市を取締るべき警察の担当課長が親友というのでは、何をかいわんやだ。

暴力団や闇市を市警本部が壊滅に追いこめなくて当然だ、と由子は思った。上がそんな状況では、下も当然、腐敗する。

多くの警察官が犯罪者となあなあの関係にある、と里貴はいった。

現場経験が長い警官ほど、犯罪者とのしがらみができやすい。警視にまで到達する警官の多くが、そうした犯罪者や犯罪組織とのしがらみを背負っている。

異例のスピード出世をとげた志麻由子だけが、例外というわけだ。

「高遠警視ほど露骨ではなくても、他の課長たちも、志麻由子警視に敵愾心をもっています。異例に早い昇進をされたことや、功績をあげられるたびに新聞などで騒がれるのがおもしろくないのです」

由子は首をふった。それに比べたら、せいぜい「捜査一課のお荷物」だった自分など、なんと気楽な立場だったろう。

「志麻由子警視は、自分が矢面に立っても、市警本部の体質を改善なさろうと考えておられました」

由子は里貴を見つめた。

「きのう、ツルギ会の糸井ツルギと会って、彼女が何かの約束を交していたらしい、という話はしたわね」

里貴は頷いた。

「同じように、羽黒とも約束をしていたらしいの」

「どういうことです？　まさか警視が――」

目をみひらいた里貴に、由子は急いで首をふった。

「ちがう。汚職じゃない。彼女が欲しがっていたのは情報よ。モルヒネの取引の情報を入手したのは、糸井ツルギからで、羽黒にも、ツルギ会に関する情報を提供するようにもちかけていた」

「そんな危ない真似をしていたのですか」

由子は頷いた。

「いわば〝密告合戦〟をするよう、仕向けていたわけ。お互いを密告しあわせ、それをもとに摘発する。どちらかが倒れるまで、つづけさせるつもりだったのかも」

「両方にバレたら、まちがいなく殺されます」

「羽黒は、すでに疑っている」

「よくきのう、殺されませんでしたね」

「それは羽黒から取引をもちかけられたから。羽黒は、モルヒネ取引の情報が、どこから洩れたのかを知りたがっている。その情報がツルギ会から警察に伝わったことには気づいているのだけれど、誰がツルギ会にそれを教えたのかがわからない。羽黒組の中にいる、ツルギ会のスパイの正体を教えてくれたら、わたしに協力する、といった」

「協力というのは、ツルギ会の情報を流すことですか。それとも――」

「汚職警官の摘発だと思う」

「高遠警視」

　由子は頷いた。

　――正面より背中から飛んでくる弾丸のほうが多くなる
　そういった羽黒の言葉を覚えていた。

　里貴は深々と息を吸いこんだ。

「何という大胆なことを……」

「羽黒は高遠警視とつながっているかもしれないけれど、スパイの正体を知るまでは、彼女の企みを話さないと思うの。高遠警視が身の危険を感じて彼女を殺せば、スパイの正体はわからなくなってしまう」

「綱渡りです」

「その通り。でもそれをしてでも、市警本部を浄化しようとしていた」

　里貴は腕を組み、考えこんだ。やがて由子に訊ねた。

「それで、どうするのです？」

「どうする、とは？」

「志麻警視の計画です。ほうっておいては、ツルギ会にも羽黒組にも裏切ったと思われる。といって、計画を押し進めたら、危険は増す一方です」

由子は首をふった。

「わからない。でも、いつわたしと彼女が元通りになるのかわからない以上、何もしないわけにはいかない」

「羽黒組内部にいるツルギ会のスパイを暴くのですか」

「ツルギは、わたしが約束を守れば羽黒組の武器庫のありかを教える、といった。年をとっているぶん、ツルギのほうが焦っている」

里貴は唇をかみしめ、頷いた。

「武器庫の情報が本当なら、それはかなり組長の羽黒に近い人間から提供されたことになります」

由子は思いついた。

「それをうまく使って、スパイを暴く、というのはどう?」

「どうやって?」

「警視会議を使うの」

由子は答えた。

警視会議は、市警本部の最上階にある会議室で始まった。八人の警視に、それぞれの秘書官、市警本部長、さらにオブザーバーとして、国警本部から二名の警視監が出席している。

そのすべての人間が、由子より年長者だった。

組織犯罪課長の高遠は、制服をはちきれそうなほどふくらませた巨漢だった。頭には髪が一本もなく、たるんだ瞼の下に、糸のような目が光っている。

会議はまず、それぞれの課が手がけた、最新の事案の報告から始まった。

由子は、里貴から渡された書類をもとに、羽黒組のモルヒネ取引の摘発を報告した。

「その件については、抗議を申し入れたい」

報告を終えた由子が着席したとたん、高遠がいった。体格に合わない、どこか金属質の声だ。

「どのような抗議でしょう」

由子はいって出席者の顔を見回した。

無関心げな者、おもしろいことになったと目を輝かせている者、いずれにしても里貴がいった通り、この場に自分の味方はいないようだ。

「暴力団、愚連隊の取締は本来、組織犯罪課の任務であって、特別捜査課の仕事ではない。いってみれば、おたくはよその庭を荒したことになる」

「確かにそうかもしれませんが、優先されるべきは、犯罪の取締であって、どの課がどの事案を担当するべきかというような問題ではないのではありませんか」

由子は冷静にいい返した。高遠は動じなかった。

「そんなことはわかっている。私が縄張り主義でいっているのだと思っているなら、それはまちがいだ」

「では何でしょう」

里貴が緊張した表情で由子と高遠を見比べていた。

「その前に志麻課長にお訊ねしたい。その取引が東京港でおこなわれるという情報を、どこで入手したのかな」

「それはお答えできません。情報提供者の生命にかかわることですから」

高遠は首をふった。

「ここにいるのは、市警本部と国警本部の幹部ばかりだ。それでも答えられないのかね」

「どこから羽黒組に情報提供者のことが洩れるかわかりません」

「我々を信用できないのか」

「そうはいっていません」

「いっているのと同じだろう」

由子は高遠とにらみあった。そのとき、里貴がメモを回してきた。メモには、

『高遠の理由?』

と記されていた。由子は息を吸い、いった。

「なぜそれほど知りたがるのですか」

よほど、羽黒に知らせるためですか、といってやろうかと思ったが、我慢した。

「理由かね。理由はある。おそらく志麻課長は、羽黒組内部から取引の情報を入手したのだと思うが、我々もその情報は得ていた」

「それならばなぜ、摘発しなかったのですか」

「ふたつある」

高遠は、太くて丸まっちい指を二本立てた。

「ひとつは、取引現場そのものをおさえても、小物ばかりで、羽黒本人まで捜査を広げるのが難しい、と判断したことだ。その後のモルヒネの動きを監視していけば、いずれ羽黒にまで捜査の輪を広げられるかもしれん」

全員がなるほど、という表情になった。由子はかっとなった。

「確かにもっともな理由です。しかし、捜査の輪を羽黒にまで広げられなかったら、どうなります。押収できないモルヒネは散逸し、さらに中毒者を増やします。たとえ羽黒逮捕までいきつけなくとも、羽黒組の資金源を叩くことで、組織の弱体化にもちこめる

のではないでしょうか」

由子はメンバーの顔を見回した。やるな、という表情を浮かべている人間が何人かいた。少し得意になった。

「馬鹿なことをいっては困る」

由子は高遠に目を戻した。

「羽黒組の最大の資金源は、マーケットのあがりだ。それに比べれば、モルヒネの売り上げなど、タカが知れている」

「だったらなぜ、そのマーケットを摘発しないのでしょうか」

今度は全員の目が自分に対し、冷ややかになるのを感じた。

高遠は、おおげさに息を吐いた。

「それはいささか世間知らずな発言といわざるをえんな。志麻課長はご存じないかもしれないが、『ツルギマーケット』も『ハグロセンター』も、物資不足に喘(あえ)いでいる東京市民にとっては必要悪だ。もしこのふたつの闇市を閉鎖したら、市民の怒りは、我々警察に向かうだろう」

「それがふたつ目の理由ですか」

高遠の意見にほとんどのメンバーが賛同していることは、見回さなくてもわかった。

「いや、ちがう」

高遠はいって、もったいをつけるように間をおいた。

「摘発をしなかったもうひとつの理由は、我々もまた、スパイを羽黒組に潜入させているからだ。モルヒネ取引の情報は、羽黒組でもごく限られた人間しか知らなかった。そこに踏みこめば、当然、警察のスパイ探しが始まる。つまりスパイの命が危険にさらされる。そこで我々は、あえて取引現場には踏みこまず、モルヒネの流れを監視する方法をとることにしたのだ」

由子は里貴を見た。里貴は信じられないような表情を浮かべている。

「それは本当ですか」

「本当だ。もちろん、そのスパイが誰かをここで明かすことはできん。理由は、いうまでもないだろう。志麻課長と同じだ。つまり、特別捜査課がおこなった摘発は、我々の捜査妨害なのだ」

全員の目が由子に注がれていた。顔が熱くなる。

高遠が細い目を得意げにさらに細めた。

由子は深々と息を吸いこんだ。

「わかりました。組織犯罪課の捜査を妨害したといわれるなら、それに関してはお詫びをします。その上でお訊きしたいのですが、そちらが羽黒組内部に潜入させているスパイは、今回の件で実際、命の危険にさらされたのでしょうか」

「それを教えるわけにはいかんな。教えれば、スパイが誰であるか、特定しやすくなる」

「ではわたしが、情報提供者の正体を明かしたら、スパイの正体を教えていただけますか」

高遠が目をみひらいた。会議がざわついた。

「本気でいっておるのかね」

「もちろん、本気です。その情報提供者からは、近々、羽黒組を摘発する別の情報も得られることになっています」

「別の情報？」

「そうです」

「それは何だ⁈」

「そちらのスパイの正体を明かしていただけるなら、お話しします」

高遠の表情が険しくなった。

里貴からメモがきた。

『やりましたね。でも本当にそんなネタが？』

と記されている。由子は里貴を見やり、頷いてみせた。

会議のざわつきはつづいていた。それを高遠が咳ばらいで静めた。

「今の、志麻課長からの質問に答えるのには、少し時間をいただきたい」

「どれくらいですか」

「そうだな。数日間」

「ではこの会議中にはできない、ということですね」

「そうなる。回答は、直接、志麻課長に届ける。そののち、志麻課長も、そちらの情報提供者を知らせていただく、というのはどうだろう」

「かまいません」

由子はいった。これで罠をかけやすくなる。

「よろしい。それでは、次の報告をお願いします」

市警本部長がいって、会議の空気がゆるんだ。

会議はそれから一時間ほどで終了した。メンバーが会議室をぞろぞろとでていく。その中のひとりが、由子の前で立ち止まった。

「志麻課長」

里貴がぴんと直立し、由子もあわててならった。

「山岡警視監」

里貴がいった。由子に教えるためだとわかった。だが由子にも、この国警本部の警視監はなつかしい顔だった。

父と警察学校同期で、由子を捜一にひっぱった、警視庁の山岡理事官と同じ顔をしている。

山岡理事官の向こうでの階級は警視正だった。したがってこちらでは二階級上、ということになる。

「ご苦労だった。いろいろという者もいるようだが、あなたの活躍には、私は期待している。何より、市民の多くが、あなたに喝采を送っている。これまでそうした警察官を、我々はもてなかった。そういう意味でも、妙なこだわりはもたず、今後も任務に邁進してほしい」

「ありがとうございます」

会議場の出口近くから、高遠がいまいましげにこちらをにらんでいる。

山岡は頷くと、里貴に目を向けた。

「志麻課長を、しっかり補佐したまえ」

「はっ」

里貴は敬礼した。

12

「食堂は、ロビー正面の階段を登ったところです。その前に受付によられて、来訪録に記帳されて下さい」

車を止めた里貴がいった。

陸軍省は、周囲を有刺鉄線で囲まれた、石造りの、まさに要塞のような建物だった。入口となるゲートには、銃剣をつけた小銃を手にした衛兵が二名立っていた。里貴の運転する車で、そのゲートをくぐりぬけ、建物の前まできたのだ。

衛兵に身分証を提示したのは由子だった。

「八時に、またお迎えに参ります」

「そんな必要ないのに」

「いえ。いつもそうさせていただいてました。ちがう行動は避けられたほうがいい」

由子は後部席を降りた。陸軍省の建物は八階建てで、入口にも衛兵が立っている。由子に対し、二人は敬礼をした。

「わかった」

由子は制服を着ていた。里貴から、父親と会うときはいつも制服だったと教えられたからだ。

答礼を返すべきかわからず、由子は迷った。自分は軍人ではない。衛兵は、陸軍省への来訪者すべてに、敬礼を義務づけられているだけかもしれない。

結局、小さく頭を下げ、入口をくぐった。

階段を三段ほど登ると、磨きこまれた大理石の床が目に入った。右手に木製のカウンターがあり、軍服姿の女性が四名、すわっている。彼女らの背後にも、銃を手にした衛兵が立っていた。

建物の中は、暗く冷んやりとしていた。いかにも軍隊という、厳めしさが漂っている。

「あの――」

受付に歩みよると、四十代と思しい軍服姿の女性が微笑みかけた。

「志麻警視、こんにちは。今日もお父さまとのお食事ですか」

由子はほっとした。

「はい」

頷くと、

「お父さまはまだおみえではありません。どうぞこちらにご記帳下さい」

ペンとノートを由子におしやった。氏名、所属、訪問先といった欄がある。

志麻由子、と書き入れ、次に「警視庁」と書いてしまって思わず、

「いけない」

とつぶやいた。この世界に警視庁は存在しない。線を引いて消し、「市警本部」と書き直す。

「訪問先は――」

「二階ですね。こちらで食堂と書いておきます」

「ありがとうございます」

自分の勤務先を書きちがえる人間などいないだろうに、女性はにこやかだった。

頭を下げ、由子は受付を離れた。正面に階段があった。階段の上は吹きぬけになっていて、黒い鉄製のシャンデリヤが下がっている。シャンデリヤなのに豪華ではなく、むしろ質実な雰囲気だった。いかにも軍隊の役所といった感じがする。

食堂もやはり、軍人でいっぱいなのだろうか。階段を登りながら由子は、新宿駅のホームで会った男を思いだした。格式ばった喋り方で、今にも敬礼しそうだった。

そんな人間ばかりに囲まれての食事など、およそ楽しくなさそうだ。いや、これから会う〝父〟が、そういう人物のひとりであっておかしくない。

――志麻大佐は武人の鑑（かがみ）のような方です

小此木と名乗った男の言葉を思いだした。

「陸軍省第一食堂」

階段を登りきった正面に、すりガラスをはめこんだ観音開きの扉があった。あたりに人の姿はなく、夕方の食堂だというのに、ざわめきはおろか、談笑の声ひとつ聞こえない。

やはり息の詰まる食事になりそうだ。由子は後悔しながら、扉を押した。白いジャケットを着け、髪をオールバックにした男が中に立っていた。白いクロスをかけられたテーブルが整然と並べられている。

客はひとりもいない。

「いらっしゃいませ」

男は深々と頭を下げた。

「あの、志麻と申しますが——」

「大佐からご予約を承っております。こちらへどうぞ」

男は頷くと、先に立って歩きだした。テーブルとテーブルのあいだをまっすぐ抜けていく。途中、紺の制服にエプロンをつけたウェイトレスが何人か立っていて、

「いらっしゃいませ」

と次々に頭を下げた。

「今日は、静かなんですね」

不安をまぎらわすために、由子は男に話しかけた。

「はい。本日は地下の第二食堂で会合が開かれておりまして、その関係で」

男は答え、正面の窓ぎわのテーブルで立ち止まった。椅子を引き、

「どうぞ」

と由子をうながした。

「ありがとうございます」

由子が答え腰をおろすと、椅子を前に押しやってくれた。

「大佐がおみえになるまで、食前酒でも何かおもちいたしましょうか」

固い表情のまま、訊ねた。由子は首をふった。

「では、お水を今、おもちします」

ウェイトレスが、水の入ったコップを運んできた。

白いテーブルクロスの上には、銀製のフォークやナイフが並んでいた。テーブルの中央に、白い花の活けられた一輪差しがある。

食堂にいる全員が自分のようすをうかがっているようで、由子は落ちつかなかった。窓に目を向けると、下は陸軍省の前庭で、カーキ色に塗られた軍用のトラックやジープが止まり、食事にふさわしいとはとうてい思えない景色が広がっている。

「いらっしゃいませ」

声にふりかえった。入口の扉を、背広姿がくぐってくるのが見えた。オールバックの男が、こちらに案内してくる。

由子は思わず立ちあがった。〝父〟に会うのは十年ぶりだ。

まっすぐに〝父〟はこちらに向かってきた。その顔を正面から見たとき、由子は違和感を覚えた。

ちがう。写真では気づかなかったが、記憶にある父とは微妙にちがう。

亡くなったとき、父は四十七だった。里貴の話では、こちらの父は六十四だという。十七離れている。

だが父の面影に十七歳を加えたとしても、今こちらに歩いてくる男とはちがっていた。確かに、顔の雰囲気は似ていた。全体的な骨格は、父に近い。だが目がまずちがう。

父はもう少し目が大きかった。歩みよってくる男は目が細く、父より瞳の色が薄い。鼻すじも異なっている。父の鼻は、もっと高く筋が通っていた。立ち止まり、由子を見すえた男の唇は、父より厚く、そのぶん無口そうだ。

「久しぶりだな」

〝父〟がいった。

この違和感は何だろう。

由子は混乱していた。里貴も山岡も、向こうとこちらの世界の両方に存在する人間は、外見はそっくりだった。

なのに父親だけはちがう。加齢による変化ですませるには、あまりに異なる、「別人」だ。

「はい」

〝父〟の目が由子を上から下まで見た。まるで検査をしているかのような視線だった。

〝父〟は、褐色のスーツに白いシャツを着け、ネクタイを締めている。軍服でないのは、引退しているからだろうか。

「おかけ下さい」

オールバックの男が、〝父〟に椅子を勧めた。

「まず、お飲物をうかがいます」

二人が着席すると、男はテーブルのかたわらに立った。

「シェリーをもらおう」

〝父〟はいった。

シェリー酒。存在は知っているが、飲んだことはない。父親が飲んでいるのを見たこともなかった。

「わたしはビールを」

ん？　というように〝父〟は由子を見た。

「珍しいな。今日は帰ってから仕事じゃないのか」

この世界の由子は、ここでは酒を飲まなかったのだ、と気づいた。だが今さら訂正するのも妙だ。

「はい」

「ではシェリー酒とビールをおもちします」

オールバックの男はいって、立ち去った。気づくとテーブルの上に厚紙でできたメニューがおかれていた。〝父〟がそれを広げた。

「いつもと同じだ。オードブルにスープ、メインディッシュは魚か肉だ。私は魚にする」

老眼鏡を使うこともせず、メニューに目を走らせると、〝父〟はいった。

「わたしは肉をいただきます」

〝父〟は頷き、メニューをおろした。窓から外を見やる。

何を話そう。由子は迷った。が、外見に抱いた違和感のせいで、言葉が浮かばなくなっていた。これがなつかしい父そのものだったら、きっと溢れるほど、言葉がでてきたかもしれない。

オールバックの男が、シェリー酒と思しい褐色の液体が入ったグラスと、ビールを運んできた。ビール壜には「承天ビール」のラベルが貼られている。

男は由子の手もとのグラスにビールを注いだ。〝父〟はシェリーのグラスを手に、それを待っていた。

「乾杯」

父が低い声でいって、グラスを掲げた。由子も合わせた。

ビールはあまり冷たくなく、苦味が強かった。ひと口飲み、グラスをおいた。

「小此木さんという方にお会いしました。電車のホームで話しかけられました」

とりあえず、由子はいった。

「小此木？　小此木大尉か」

「副官をしていらしたといっていました」

「では大尉だな。元気だったか」

「はい。お父さまによろしくと」

〝父〟は頷いた。それで会話は終わってしまった。

かたわらに立っていたオールバックの男が咳ばらいをした。

「ご注文を」

〝父〟は、今気づいたように、男を見た。

「私には魚。娘には肉だ」

「承知いたしました」

男はさがった。

由子はほっと息を吐いた。この先、食事が終わるまで、何を話してよいのか、途方に暮れていた。

「仕事はどうだ？」

〝父〟が訊ねた。何と答えればいいのだろう。

「難しいです」

素直な気持を口にする他なかった。

「何が難しい」

咎める口調ではなく、どこか優しい響きを伴っている。思わず由子は〝父〟を見た。

「何もかも、が。周りはすべて敵ばかりのような気がして」

思わず本音をいってから後悔した。甘えるな、と叱られるのではないだろうか。

〝父〟の目が鋭くなった。瞳の奥底までのぞきこんでくるようで、恐しくなる。

「そうだな」

だが叱ることなく、〝父〟はいった。そして視線を再び、窓の外に向けた。

「警察も軍隊と同じだ。階級がすべてに優先される機構では、独創的な考えをもつ人間は異端視される。独創性を放棄した者にとっては暮らしやすいが」

由子は〝父〟の横顔を見つめた。思いもよらなかった言葉だ。この世界の志麻由子の孤独を、〝父〟は理解している。

「わたしは――」

いいかけ、由子は黙った。不用意な言葉は、その父娘関係を壊してしまうかもしれない。

「苦労している。慣れない場所で」

〝父〟がつぶやき、由子は息を呑んだ。

そこにスープが運ばれてきた。ポタージュスープだった。

「食べなさい」

〝父〟がいい、由子はスプーンを手にした。手が震えていた。聞きちがいでなければ、〝父〟は、「慣れない場所で」といった。

スープは、コーンクリームではなく、ジャガイモを材料にしていた。塩が少しきつかったが、おいしい。

無言のまま、二人はスープを飲み終えた。

「初めてかね」

〝父〟が訊ねた。

由子はただ無言で見つめた。問いの意味するものが、自分の考えていることと同じなのか、判断がつかない。

「何のことですか」

ようやく訊ねた。声がかすれていた。

スープの皿が下げられるのを待って、〝父〟がいった。

「君は、私の娘ではない」

頭も体も動かなくなった。ただ〝父〟を見つめた。

「苦労しているだろう。君が今までいた世界とは、まるで異なっていて」

「どうしてそれを」

ようやく言葉がでた。

〝父〟はしばらく答えなかった。サラダが運ばれてきた。

「先ほど、下で来訪録を見た。君は所属先を書きまちがえていた。そこにあった『警視庁』という言葉を、私は以前聞いたことがある」

「誰から⁉」

思わず声が高くなり、由子は口もとをおさえた。

〝父〟は冷静だった。

「落ちつきなさい」

「申しわけありません。でも、まさか、ご存じとは思わなくて」

「誰かに話したかね」

「ひとり、だけには」

「君の秘書官か。確か木之内とかいう」

由子は頷いた。つい早口になった。

「教えて下さい。いったいわたしはどうしてしまったんでしょうか」

〝父〟はじっと由子の目を見つめた。

「私は、それには答えられない。君と同じ経験をしたわけではない」

「でも、わたしが他の場所からきたと、すぐにわかった」

「自分の娘がわからない父親はいない。姿形はそっくりだが、私の娘の由子は、君とはちがう」

その通りだ。由子が感じたように、〝父〟もまた違和感をもって当然だった。

由子はうつむいた。

「君がここにこうしている、ということは、私の娘の由子は、どこか別の場所にいる、と考えるのが妥当だ。もしかすると、そこが、君のいた場所ではないのかな」

「どうなのでしょうか。わたしにはわかりません」

由子は答え、〝父〟を見た。

「あの、わたしと同じ経験をした人をご存じなのですか」

〝父〟は答えなかった。サラダをかみしめるように食べ、やがていった。

「戦地ではいろいろなことが起きる。極限まで追いつめられた人間は、平時には思いもよらないような行動をとる。私は、さまざまなものを見てきた。思いだしたくないものもたくさんある。が、そういうものほど、忘れることは難しい」

その声には苦渋がこもっていた。

「わたしが他の場所からきた、というのをわかってくれた人は初めてです」

「秘書官はちがうのか」

「今は信じてくれているようです。最初は、わたしの心が壊れてしまったと疑っていました」

「だろうな。同じ姿形をした人間のいる、まるで別の世界がある、というのは、なかなか信じられるものではない」

「何が起こったのか。今でも、もしかしたら、わたしの心が壊れてしまっているのではないかと恐くなります」

「そうか。無理もないな」

「もう二度と元の世界に戻れないのだろうかと思うと、どうしていいかわからなくなります」

「いつから、だね？」

「七月十一日です」

「ではまだ、ほんの何日か、だ」

〝父〟はつぶやいた。

「はい。向こうの世界でのわたしも警察官でした。でも、警視なんて階級ではなくて、巡査部長です」

「巡査部長？　曹長のようなものか」

「軍隊の階級のことはわかりませんが、下から二番目です」

〝父〟は頷いた。

「わたしは刑事でした。張りこみをしていて――」

〝父〟が手をあげた。メインディッシュが運ばれてきたのだ。由子は口を閉じた。

〝父〟の前に、白身魚のソテーが、由子の前にはステーキがおかれた。小さな皿にご飯が盛られている。

「そのとき、君の身に何かがあり、入れかわった、そういうことかね」

「はい」

食欲はとうに失われていた。が、〝父〟はナイフとフォークを手にすると、

「食べなさい」

とうながした。

肉は固く、味もなかった。が、目の前にいる人を失望させたくなくて、由子は手と口を動かした。

「生と死の境い目でそれが起こるのだと聞かされたことがある」

〝父〟はいった。由子は頷いた。

「すると私の娘は、君のかわりに向こうの世界にいったのだな」

「わからないのですが、たぶん」

〝父〟は一瞬、手を止めた。

「とまどっているだろうが、あの子なら対応するだろう」

はっとした。その言葉には、父親の想いがあった。心配しつつも、我が子に対し強い信頼を抱いているのを感じた。

「わたしも、本物の由子さんの功績をだいなしにするようなことだけはしてはいけないと思っています」

「君も本物だ。偽者ではない」

〝父〟がいった。由子は思わず手で口もとをおさえた。涙が溢れだした。

「ごめんなさい」

ナフキンであわてて目頭を押さえた。別の世界からきたことを、こんなにもちゃんと認められたのが嬉しかった。この世界にいる限り、自分は偽者なのだという思いにつきまとわれていた。それを本物だ、といってくれた。

「わたし、あの——初めてで——」

「気にしなくていい。君は君で、私の娘のために、この世界でがんばってくれている。娘にかわって、礼をいう」

もう駄目だった。嗚咽(おえつ)をこらえられなくなり、ナフキンを顔全部に押しつけた。

ようやく落ちつき、ナフキンをおろすと、〝父〟はわずかに困ったような表情を浮かべていた。

従業員が、自分たちをどんな目で見ているのか、恐くて見られない。

「本当に申しわけありません。とり乱してしまって。わたしは、いつも、本物の由子さんならどうしただろう、ということばかりを考えていました。だから、わたしを本物だっていってもらえたときに――」

また泣きそうになった。

「大丈夫だ。落ちつきなさい」

〝父〟がいい、由子は頷いた。深呼吸する。

「嬉しかったんです」

〝父〟が瞬きした。

「不思議だ。娘の由子と私は、こんな風に話すことがなかった。私もあの子も他人行儀で、固苦しい会話しかしていなかった」

頬がわずかだが赤らんでいた。

「わたしの父は、十年前に亡くなりました」

驚いたように〝父〟は由子を見た。

「亡くなった？　戦死かね」

「いえ。父も刑事でした。捜査中に行方不明になり、死んでいるのが見つかったのです。犯人はまだつかまっていません」

〝父〟は眉をひそめた。

「なんということだ」

由子は腕時計を示した。

「こちらにきてびっくりしたのは、この時計を自分がはめていたことでした。この時計は、父が愛用していたもので、亡くなったときもはめていました。今は形見として、母がもっています」

〝父〟の目がわずかに開かれた。

「お母さまはお元気なのか」

「はい」

〝父〟は目をそらした。その横顔に寂しさがあった。

が、それをふりきるように、

「見せてくれるかね」

と手をさしだした。由子はベルトを外すと、〝父〟の掌の上にのせた。

「高級というわけではないのですが、少ししか日本に入ってきていない、スイスのメーカーの時計だそうです」

「知っている」

〝父〟はいった。

なぜ、と訊きかけ、あたり前のことだと気づいた。この世界ではもともと、腕時計は由子のもちものだったのだ。

「あの子のおじが与えたものだ」

「はい。父は、母の兄からプレゼントされたんです」

〝父〟の表情がわずかに動いた。

「お母さんのお兄さんから？」

由子は頷いた。

「そうか。家内に兄はいなかった。微妙に異なることもあるのだな」

「はい。秘書官をしている木之内さんは、向こうでは警官ではなく、会社に勤めています」

「なるほど。では君とはどんな関係だったのかな」

「どんな関係とは？」

「まるで接点がなければ、現在の職業など知らない筈だ。友人とか、そういう交際をしていたのではないかね」

「あの……。つきあっていました、学生時代」

「つきあっていた。恋人だった、ということか」

「はい」

答えてから妙に気恥ずかしくなった。

「もう、つきあいは終わっていますが。向こうの木之内さんは独身ですが、こちらの木之内さんは結婚されています」

「由子から話は聞いている。献身的に秘書官をつとめているようだな」

「ええ。木之内さんがいなかったら、わたしはとっくに病人扱いされていたと思います」

〝父〟は息を吐いた。

「そういう点ではよかった」

「とにかくわたしは、もう一度入れかわるまでは、こちらの世界の由子さんの名前をけがすことのないようにがんばろうと思っています」

「ありがとう。たぶん、私の娘も、きっと同じことをしてくれていると信じている」

恐かった。日比谷公園で襲われ、本当の自分は死んでいる可能性がある。ということは、こちらの世界の志麻由子は、もうどこにもいないかもしれない。

だがそれを、〝父〟にはいえない。

「あのう」

気づくと、メインディッシュをあらかた平らげていた。

「教えていただきたいことがあります」

〝父〟が目配せをした。オールバックの男がかたわらに立った。

「デザートをおもちしますが、その際、コーヒーか紅茶はいかがでしょう」

「コーヒーを」

由子がいうと、男は意外そうな顔をした。

「コーヒー、でございますか」

「娘も最近、コーヒーの味を覚えたようだ」

〝父〟がいった。つまり、ここでコーヒーを頼むことがなかったのだ。

「私もコーヒーを頼む」

〝父〟がいい、男は、

「承りました。コーヒーふたつをおもちいたします」

と答えてさがった。

由子は〝父〟にいった。

「コーヒーは飲まなかったのですね」

「紅茶を好んでいた。母親が紅茶をいれるのが上手でね」

由子は首をふった。自分の母親が、ティーバッグ以外で紅茶をいれている姿を見たことがなかった。

「で、何を知りたい？」

〝父〟がうながした。

「先ほどお話しされた、向こうの世界を知っている人のことを教えて下さい」

〝父〟は息を吐いた。

「当然だな」

〝父〟にとっては好ましい話題ではないようだ。それがなぜかはわからない。戦争のつらい記憶につながっているようだ。

「その人は、向こうの世界からきたのでしょうか」

〝父〟は無言だった。

「警視庁の名を知っていたというのは、そういうことですよね」

「かもしれないな」

〝父〟はようやくつぶやいた。

「で、その人は、また帰ったのでしょうか。元いた世界に」

それこそが由子が最も知りたいことだった。

「わからない」

が、〝父〟はそう答えた。

「もう長いこと会っていない」

「そうなんですか」

由子は落胆した。

「でも、わたし以外にもそういう人がいたというのがわかって、ほっとしました」

「ほっとした？」

由子は頷いた。

「本当は、わたしはわたしでしかなくて、妄想をもっているのじゃないかと思っていたからです。多重人格症のように」

「私は医師ではないから、詳しいことはわからん。だが、君が多重人格なら、子供の頃からそういう傾向があった筈だ。しかし知る限り、私の娘がそういう症状を示したことはない。それに多重人格であろうとなかろうと、君が私の娘と同じなら、はっきりそうわかる。君は、ちがう」

由子はほっと息を吐いた。

「確かに、にわかには信じられないような話だが、ふたつの世界があって、見た目も名前もまったく同じ人間が暮らしている。そのふたつの世界は、互いの存在を知らない。いききした者のみが知っている」

「いきき？」

由子は〝父〟を見た。いききというのは、いって帰ってくることだ。だが〝父〟は、由子が訊ねた人間が向こうに戻ったかどうかは知らない、といった。

「君が戻り、娘が帰れば、それはいききだ。ちがうかね」

「そういうことでおっしゃったのですね」

コーヒーが運ばれてきた。

コーヒーは濃く、おいしかった。

「向こうの世界とこちらでは、いろいろとちがうところがあるのではないかね」

「ええ」

由子は頷いた。

〝父〟はいった。

「話してくれないか」

「向こうの世界とこちらのちがいを」

「はい。でも、どこから話していいのか……」

「戦争のことを聞こう。向こうの世界の戦争は、どうなった?」

てっきり個人的な話を訊くのだろうと考えていた由子は、そこなのかという驚きを感じた。が、骨の髄から軍人である〝父〟にとって、第一の関心事は戦争だったようだ。

「向こうの世界では、もう戦争が終わって六十、いえ七十年たっています」

〝父〟は驚いたように目をみひらいた。

「七十年。その間、一度も戦争は起こっていないのかね」

「あ、いえ。日本が戦った、という意味です。世界の他の国では、戦争は起きています」

世界史も国際情勢も、決して得意ではない。だが由子はけんめいに記憶を掘り起こし、知っている限りのことを話した。

太平洋戦争が、アメリカを中心とした連合国との戦いで、日本がそれに敗れたと聞いたとき、〝父〟は信じられないようすだった。

「では、国民は皆苦しんだろう。占領は今でもつづいているのか」

由子は首をふった。

「とっくに終わっています。その後いろいろありましたが、今の日本はとても便利な国です」

「便利?」

〝父〟は怪訝そうにいった。

「それは豊かだということかね」

「はい。あの、うまく説明できないかもしれませんが、インターネットというものがあるんです。コンピュータを使って、世界中とつながっていて……」

思いつく限りのことを話した。敗戦から現在までの日本の変化を、順序だてて説明できるほどの知識はない。だからバラバラで要領を得ないのを承知で、今の日本の状況を話した。どこまで理解してもらえたかはわからない。が、少なくともこの世界よりは経済が発展していて、物資が豊かであることだけは伝わったようだ。

「驚いた」

〝父〟はいった。

「人は似ていても、世の中がそんなに異なっているとは。だが根本的なことは同じのようだ。エネルギー源が、国家間の主導権を争う鍵となっている、という点で」

「だと思います。わたしには詳しいことはわかりませんが、資源をもつ国と、それを欲しがる国が、いつも争いの中心にいるような気がします」

〝父〟は息を吐いた。

「戦争は、国を疲弊させる。軍人だった私がこういうことをいっては問題だろうが、戦争などないほうがよい。ただ、平和がつづいたらつづいたで、それに乗じてよからぬ考えをもつ者が増えてくる。向こうでも、警察は決して暇ではないのだろうな」

由子は頷いた。こちらとあちらでは、犯罪の種類や質が大きく異なる。この世界における多くの犯罪は、その動機が金銭目的という点で理解しやすい。官僚の腐敗もそこにつながっている。

が、あちらの世界では、動機の理解に苦しむ犯罪が多い。たとえばナイトハンターだ。快楽のために連続殺人を犯した者がいて、さらにそれを模倣する者が現われる社会など、闇市やそこに巣食うギャング団が幅をきかせるこちら側とは、あまりにちがっている。

もちろんどちらの犯罪も根絶は難しい。だが、犯人の〝顔〟が見えているこちら側のほうが、まだとりくみやすいような気がする。〝父〟は無言で聞き入っていたが、いった。

「となると、娘が、こちらより低い階級の君と入れかわったのは、よかった」

「よかった？　どうしてですか」

「娘は、組織の中で孤立していた。それは娘がやろうとしていることを考えれば、当然だ。そこで娘は、新聞などを味方につけ、自分の身を守ろうとしていた。目立っていれば、娘に反発する勢力も簡単には、自分を排除できないだろうと考えていたのだ。それは、つらく厳しい戦い方だが、選んだ以上は退くことを許されない。その娘が、君と入れかわっていったのは、こちらでの経験がさほど役に立たない世界だ。もし娘が向こうでも、こちら側と同じように注目される立場だったら、そのやり方が通じないことで能力を疑われる結果を招いたろう。君の階級が、士官ではなく兵士であることで、そういう事態を避けられる」

由子は目をみひらいた。やはり父親なのだ。娘の身を心配し、苦境におちいる可能性を考えている。

「そう、かもしれません。でもこちらの由子さんはわたしよりはるかに優秀ですから、すごい功績をたてているのではないでしょうか」

自分と入れかわった志麻由子が、絞殺されている可能性のことは考えないようにして、答えた。それを口にするのは、あまりに残酷だし、不確かだ。

〝父〟は深々と息を吸いこんだ。何かを口にしようとして、ためらっているようにも見える。

やはり、娘の死の可能性に気づいているのだろうか。

「君のお父さんのことを話してもらえないか。殉職されたと、先ほど聞いたが」

由子は頷いた。

「亡くなったときはおいくつだったのだ?」

「四十七です」

「何年前といったかな」

「十年前です」

由子の声は、自然低くなった。向こうの世界についてのやりとりは、周囲の従業員の耳には外国の話のように聞こえるだろうが、本当の父親に関する話は別だ。これまで親子だと信じられていた二人が交す会話ではない。

「私は今、六十四だ。すると、七つ下、ということになるな」

「はい」

「似ているかね？」

由子はためらった。似ていないといったら、傷つけはしないだろうか。

「いえ」

「あまり似ていない」

「はい。全体の雰囲気は似ているのですけど」

「どこがちがう？」

「目とか口もとが。父は、もっと目が大きかったです。唇が逆に薄くて」

〝父〟は静かに息を吐いた。

「なるほど」

しばらく無言でいたが、

「命日を覚えているかね」

と訊ねた。

「九月十二日です。遺体が発見されたのは十三日」

年号は異なるが、こちらとあちらでの月日にちがいはない。

「向こうの十年前の九月十二日だな」

由子は頷いた。

「わかった」

「何がわかったんです?」

由子は訊ねた。何か本当の父について知っているのだろうか。由子がさらに問いかけようとすると、〝父〟は無言だった。険しい表情で由子を見つめている。

が、その気配を察したように、〝父〟はいった。

「また、今夜のように食事をしよう。そのときは、君にとっても役に立つ話をできるかもしれん」

「役に立つ話?」

「ふたつの世界をいききしている者のことだ」

「それはわたしではない人で、という意味ですか」

〝父〟は頷いた。

「私にできる範囲で調べておこう」

「お願いします!」

由子の声は高くなった。

〝父〟は表情をかえず、ナフキンを膝の上から外し、いった。

「では、いこうか」

13

食事代は〝父〟が支払った。といっても現金ではなく、レストランのマネージャーらしき男に、

「いつものように頼む」

と伝えただけだ。

一階に降りると〝父〟は訊ねた。

「秘書官が迎えにくるのかな」

「はい」

由子は腕時計を見た。八時十五分になっていた。

「では、ここで別れよう」

「あの、お送りしましょうか」

僭越(せんえつ)かもしれないと思いながらも由子は訊いた。

「いや、必要はない。住居は近い。いつも腹ごなしに歩いて帰ることにしている」

〝父〟はいって、受付の女性兵士たちに軽く手を上げ、建物をでていった。

あとを追うように由子が玄関をくぐると、里貴がハンドルを握る車がその前に止まった。〝父〟がゲートをくぐるうしろ姿が見えた。衛兵がぴたりと踵をつけ、敬礼する。〝父〟は軽く答礼すると、街を包んだ闇の中に消えていった。

「大丈夫ですか」

里貴の声に我にかえった。いつのまにか運転席を降り、由子のために後部席の扉を開けて待っていたのだ。

「大丈夫、ありがとう」

由子はいって、シートにすわった。里貴は扉を閉め、車を発進させた。

走りだしてから、由子はしばらく無言だった。里貴も何も訊かない。

やがて由子はいった。

「父親のことを調べてほしいってお願いしたら、変かしら」

ルームミラーの中で里貴と目が合った。

「ちがっておられたのですか。あちらの本当のお父さまと」

「ちがってた。もともと、向こうのわたしの父より七歳上だけど、顔立ちがちがう。ただ年をとっているというのではなくて、別の人だった」

「それは――」

里貴は困惑したように口ごもった。

「奇妙ですね」

「別人ではあるけれど、雰囲気は似ている。だから兄弟だといわれたら納得したかもしれない」

「警視のお父さまにご兄弟はいらっしゃるのですか」

「姉がひとりいたけど、わたしが三歳のときに病死したらしい」

「お兄さんはおられないのですね」

「いない」

由子は息を吸いこんだ。

「あの人は、わたしが別の世界からきたということを、すぐに見抜いた」

「見抜いた？　どういうことです」

「『君は、私の娘ではない』。『苦労しているだろう。君が今までいた世界とは、まるで異なっていて』。そういわれた」

「どうしてそれを？」

里貴は由子とまったく同じ言葉を発した。

「わたしといっしょ。同じことを訊いた。そうしたら、来訪録にわたしが書きまちがえた『警視庁』という所属先を見て、わかったって」

「向こうの市警本部のことですね」

「ええ。あの人は、『警視庁』という言葉を前にも聞いたことがある、といった」

「誰からです⁉」

由子は笑い声をたてた。またも同じ言葉を里貴は発している。

「教えてくれなかった。戦地での経験だ、としか」

「戦地、ですか」

「極限まで追いつめられた人間は、平時には思いもよらないような行動をとるって。でも正直いうと、はぐらかされたような気がした。あの人は、名前と見た目がまったく同じ人が暮らす、別々の世界がある、というのを、わたしに会う前から知っていた。そして、ふたつの世界をいききする人間がいる、というようなことをいった。それはわたしではない誰かの話なのだけれど、そのことを訊こうとすると話をそらしてきた」

「なぜでしょう。お父さまが実際に経験されたからでしょうか。それを口にしては、軍人として経歴に傷がつくと思って隠しておられたとか」

「そうじゃないと思う。あの人は向こうの世界の話を知りたがった。聞いて驚いていたし」

「驚いていた？」

「ちがうところに。たとえば戦争の歴史や、国と国との関係とか」

「なるほど。ご自分がいかれたのなら、当然知っておいでしょうからね」

車は市警本部に到着した。二人は由子の執務室で向かいあった。由子とちがい夕食をとっていない里貴は空腹な筈だが、それをおくびにもださなかった。

「あの人は、向こうとこちらをいききした人を知っている。それもたぶん身近な人間だと思う。また今夜のように食事をしよう、といわれた。そのときは、わたしに役に立つ話をできるだろうって」

「つまりその人物に会って、どうやったらいききできるのかを訊く、ということですか」

「そうかもしれない。でもその前に、あの人のことを知っておきたい。駄目かな」

由子は里貴を見つめた。里貴は考えていたが、いった。

「高校の同期の者が、陸軍省の人事局にいます。その者に頼めば、お父さまの軍歴などがわかると思います」

「もちろん、あの人には秘密で。あの人はわたしの立場を理解してくれているし、その上で、本当の由子さんを心配している」

里貴は頷いた。

「わかります。傍目（はため）には、警視とお父さまは、よそよそしい親子のように見えましたが、心の底ではつながっておられた」

「『娘は組織の中で孤立していた。それは娘がやろうとしていることを考えれば当然だ』

って。だから新聞などを味方につけて、自分の身を守ろうとしたんだ、と」

「そこまでご存じだったとは」

　里貴は息を吐いた。

「警視がお父さまにそれを話していたとは思えません。たぶん、会っているだけで見抜かれたのでしょう」

「わたしもそうだと思う。すごく娘思いだけど、面と向かってはそれを決して口にしないという感じだった」

　里貴が微笑んだ。

「そうですね。あなたのおかげです」

「どういう意味？」

「前に私も申しあげましたが、警視とあなたのちがいは、人に対する心の開きかたにあると思うんです。警視は、他人にも自分にも厳しい方で、そのぶん、人に心を許さないところがありました。それに比べるとあなたは、私に対してもそうですが、自分を隠さない、その結果、相手もあなたに心を許す。あなたがいらしたおかげで、私もお父さまも、警視に対する気持を、素直に口にすることができたのだと思います」

「それはわたしが弱い人間だから。さっきも苦労しているといわれただけで、思わず泣きだしてしまって」

「それだけではないでしょう。お父さまはあなたの努力を認めて下さったのではありませんか」

由子は目をみひらいた。

「どうして？　どうしてわかるの」

「あなたが考えておられる以上に、あなたはこちらの世界でがんばっている。それがお父さまにわからない筈はありません」

由子はほっと息を吐いた。

「そういえば、わたしが泣いて、慰めてくれたとき、『不思議だ』っていってた。こんな風に由子さんと話したことはないって。もっと他人行儀だった、と」

「それが、あなたの優れているところです」

「優れているなんて、そんなことない。見ていられないから、助けてくれる」

「何をおっしゃるんです。あなたこそわたしを助けたじゃありませんか。新宿駅で」

「やめて、恥ずかしくなるから。あれは本当に必死で、夢中でやったことなの」

里貴は笑みを浮かべたまま首をふった。

そのとき、机の上の電話器が大きなベルを鳴らした。由子は思わず身をちぢめた。

里貴がさっと受話器をとりあげた。

「志麻警視執務室。木之内秘書官だ」

その顔から笑みが消えた。

「場所はどこだ?」

事件にちがいない。由子は里貴を見つめた。

「わかった。ただちに警視をお連れする」

「どうしたの」

受話器をおろした里貴が答えた。

「東京港の倉庫で、男の死体が発見されました。どうやらツルギ会の幹部のようです。現場は、ツルギ会、羽黒組双方の闇物資が保管されている倉庫街で、両構成員が集結し、抗争が起こりかねない状況だとのことです。武装部隊の出動も要請されました」

「いきましょう」

「拳銃を携行して下さい」

由子は頷いた。制服の革ベルトに、拳銃のホルスターを固定する。

二人は執務室をでると、車に乗りこんだ。里貴は赤いパトランプを車の屋根にのせた。回転はしない。ただ赤く光るだけだ。磁石で固定されるようになっている。

走りだすと同時に、サイレンも鳴らした。消防自動車と同じ、ウーウーというサイレンだ。

「連絡をよこしたのは誰?」

「殺人課の係長です。現場には殺人課と組織犯罪課の両方の捜査員が向かっているようです。殺人課は、組織犯罪課とは考え方がちがいます。それで念のためにと、知らせてくれたのです」

「考え方がちがうというのは、汚職警官が少ないという意味？」

訊ねてから由子は気づいた。組織犯罪とは異なり、殺人の捜査は犯人による買収が成立しにくい。殺人犯と判明してから、警官に金を払っても意味はないからだ。買収が成立するのはもっと小さな罪だ。麻薬の密売や売春などに目こぼしをしてやるかわり、こづかいを受けとる。その関係が常態化すると、より大きな犯罪に対しても目をつむる関係に発展するのだ。

殺人事件の捜査は、犯人に対して一度限りだ。逮捕すれば、その後何年も、ことによれば二度と、次の犯行には及べない。犯人と警官のあいだで、買収がおこなわれるような関係は成立しない。

「そうです。ですが、被害者がツルギ会の人間なら、捜査はわれわれ特別捜査課だけでなく組織犯罪課も担当する可能性は高いと思われます」

由子のいた警視庁でもそれは同じだった。明らかに暴力団の抗争が原因と思われる殺人事件が発生した場合、捜査は一課ではなく、組織犯罪対策課が担当した。被害者の人間関係や、所属する暴力団の状況などの知識をもつ捜査員のほうが効率よく捜査を進められるからだ。

「高遠警視ね」

由子はつぶやいた。

「現場には当然こられるでしょう。会議ででたスパイの件を、またむしかえしてくるでしょうね」

「まだ時間はある。向こうが羽黒組内部のスパイを教えてくるまでは、こちらも教えられないといったのだから」

「そうですね。ですが最初からスパイなどいない、と私は思っています。高遠警視が羽黒組内部の情報を得られるのは、警視自身が羽黒組とつながりがあるからに他ありません」

「つまりはこういうことね。スパイはスパイでも、羽黒組のスパイが、警察に入りこんでいる。羽黒組のスパイなのだから、羽黒組について詳しいのは当然だと」

里貴は笑い声をたてた。

「その通りです。しかし高遠警視にそんなことはいわないで下さい」

もともと通行量の少ない東京市の道を、サイレンを鳴らして走る覆面パトカーは、気持よいほど速く進んだ。

東京都でいえば、港区芝浦のあたりになるであろう現場に、十分足らずで到着したほどだ。

白黒のパトカーが何台も止まり、制服警官がロープで周囲を封鎖している。

車を止め降り立った二人に、制服警官は敬礼した。手袋をはめた手で奥の道を示す。

「現場はこの先です。どうぞお進み下さい」

野次馬とは思えない剣呑(けんのん)な空気を漂わせた男たちが、あたりには群らがっていた。背広姿の者もいれば、法被(はっぴ)にゲートル巻という作業衣姿の者もいた。だがそれがみごとにふたつのグループに分かれている。

「倉庫番が組から応援を呼んだのでしょう」

あたりを見回した由子に、里貴がささやいた。

志麻だぜ、例のメスポリだ、自分を見て男たちが小声で交すのが聞こえた。恐怖と緊張がこみあげた。あの男たちの恨みを自分は買っている。今この瞬間、それを晴らそうと襲いかかってくるかもしれない。

拳銃をもっていけ、と里貴がいった意味がわかった。が、由子は聞こえないフリをした。新宿の、ふたつの組の本山に乗りこんだことを思えば、あたりにこれだけの数の警官がいるのに恐がってなどいられない。

警官のさし示した先は、古めかしいレンガ造りの倉庫がたち並んでいた。ぽつりぽつりと立った街灯から黄色っぽい光が投げかけられている。

倉庫はどれも同じような造りで、高さが十メートルくらいで窓のない建物だった。通路に面した側に大きな木の扉がはめこまれ、荷さばき用の石段が付属している。トラックの荷台との高低差をなくし、上げおろしの手間を省くためのものだ。

進んでいくと、右手にある三棟めの倉庫の前に人が集まっているのが見えた。トラックが止まり、石段の向こうの扉が開いている。

「ご苦労さまです。志麻警視、到着されました！」

里貴が大きな声をだした。人の集団がさっと動き、由子の前がひらけた。

ドアの開いた、トラックの運転席が見えた。半分ずり落ちるような姿で、男が息絶えている。

由子は制服のポケットから手袋をとりだした。向こうの現場検証ではもう使わなくなった布の手袋だ。

「ご苦労さまです。殺人課はひきあげることにしましたので、あとはよろしくお願いします」

背広姿の男が由子をふりかえっていった。

「津本班長」

思わず、由子は口にしていた。なつかしい顔だ。捜査一課、津本班に自分は所属していた。

「殺人課の津本係長です。連絡をくれました」

　小声で里貴がいった。

「ご連絡ありがとうございます」

「いや、現場をひき渡す前に、お知らせだけしておこうと思って。組織犯罪課だけに任せるのも、どうかと思ったんで——」

「何？　何かいったか」

　津本の声をさえぎって、トラックの向こう側から高遠が姿を現わした。制服ではなく、背広を着ている。

「いえ。ではこれで殺人課はひきあげます」

　津本は敬礼した。高遠のかたわらには、ひどく目つきの悪い、痩せて坊主頭の男が立っている。

「警視の横にいるのは、工藤(くどう)係長です。切れ者です。気をつけて」

　里貴がささやく。

「高遠警視、ご苦労さまです」

　由子はいった。高遠はフンと鼻を鳴らし、現場を離れていく、津本たち殺人課の人間を見送った。由子のことは無視する気のようだ。

　それならそれでけっこう。

由子は石段をあがり、死体の周囲を調べている、白衣の男に歩みよった。「鑑識」という腕章をはめている。

向こうの鑑識に比べると、作業はひどく大ざっぱな印象だ。警視庁では、事件性が高いと認識される死体が発見されたとき、現場をまず仕切るのは鑑識だ。殺人であった場合に備え、犯人につながる証拠を見落としたり、消失させたりしないため、徹底的に現場検証がおこなわれる。

指紋や足跡はもとより、毛髪や血痕、唾液等、DNAが採取できそうな遺留物、靴から落ちる土や草の切れ端に至るまで、鑑識の検証の終了を、他の捜査員は待たなければならない。

それがこちらの世界では、死体にこそ触れていないが、周辺は捜査員に荒らされ放題だった。中には煙草を吸っている者までいて、由子はあきれた。灰や吸い殻をあたりに捨てたら、犯人のものと区別できなくなる。

案の定、その刑事は吸いさしを地面に落とし、踏みにじった。

「あなた!」

由子は思わず指さした。

革ジャンを着て、ハンチング帽をかぶった、三十代の刑事だった。

「そんなところに吸い殻を捨てたら、証拠と区別がつかなくなるでしょう」

険しい声で由子がいうと、男は一瞬きょとんとしたが、あわてて吸い殻をひろった。

どうやらその男の上司らしい坊主頭の工藤が嫌な目つきで由子をにらみ、いった。

「申しわけありません。ま、でも犯人は誰だかわかってますんで、勘弁してやって下さい」

「現行犯逮捕したの？　それとも自首？」

由子は訊ねた。工藤は首をふった。

「いや、どっちでもありませんが、羽黒のとこに決まっているんで」

由子は工藤をちらりと見やり、死体に歩み寄った。

死体は下着の上に「ツルギ」と入った法被をまとい、ねじり鉢巻を額に巻いていた。胸のあたりが血で赤く染まっている。右手を運転席のドアにかけたままだ。

由子は死体のかたわらから背後をふりかえった。半ば開いた、木の扉があった。上下にスライドさせる構造で、二メートルほどあがっている。奥に、木箱や段ボールが積まれているのが見えた。

「検視の結果は？」

由子は白衣の男に訊ねた。白髪をオールバックにし、黒縁の眼鏡をかけている。

「見た通り、ドアを開けて降りようとしたところを撃たれたんですな。服を脱がさなけりゃわからんが、二発か三発くらっとるでしょう。即死ですわ」

男は答えた。工藤がいった。

「倉庫荒らしにしちゃやり口が荒っぽい。羽黒のとこの者がしかけたってことですよ」

由子は石段の上からあたりを見渡した。

「志麻警視様がおでましになるような事件とちがいますわ。ありきたりなでいい、いりって奴で」

関西弁のようなイントネーションでいい、工藤はにやりと笑った。

「トラックに荷物は？」

白衣の男に訊ねた。

「砂糖がごっそり。荷台いっぱいです」

由子は工藤を見おろした。

「被害者はこの倉庫にトラックを乗りつけ、ドアを開けたとたんに、倉庫の中にいた犯人に撃たれた。倉庫の扉があがっていることからも、犯人は荷受けをするフリをして、被害者を待ちうけていたことになります。羽黒組の人間が、ツルギ会の倉庫の中に入って待ち伏せたというのですか」

工藤の顔から笑みが消えた。

「この倉庫の責任者と話したい」

由子は里貴にいった。里貴はあたりを見回し、ロープの向こうに立っている男に歩みよった。運転席で死んでいる男と同じ「ツルギ」の法被を着ている。

話しかけられた男が別の男をふりかえった。上半身は背広だが、脚にゲートルを巻き、髪を角刈りにしている。

里貴がこちらを見たので由子は近づいた。高遠と工藤の視線を感じる。

「あなたがこの倉庫の責任者？」

角刈りの男は尖った視線を向けた。

「そうだけどよ」

「氏名を」

里貴がうながした。

「川辺（かわべ）だよ」

「川辺さんね。この倉庫に荷を入れる予定はあったの？」

「ねえ。あったら俺がいるから、高木（たかぎ）さんは殺（や）られねえ」

「高木というのが、あの運転手の名ね」

川辺は頷いた。

「トラックには砂糖が積まれているけど、あれはこの倉庫に運びこむ予定じゃなかったの」

川辺はそっぽを向いた。

「砂糖のことを今とやかくいうつもりはない。あれが闇物資かどうかはどうでもいい」

由子が告げると、川辺は驚いたようにふりむいた。

「重要なのは誰が高木を撃ったかよ」

由子は川辺の顔を見つめた。川辺は息を吐いた。

「わかったよ。高木さんの運んでくる砂糖をしまう予定になってた」

「それはいつ？」

「夜中の十二時だ。俺と舎弟で受けとるという段取りだった」

川辺は最初に里貴が話しかけた法被姿の男を見た。由子は時計を見た。九時五十分を過ぎたところだ。

「あなたと舎弟は今までどこにいたの」

「事務所だよ」

川辺は倉庫群の奥を目で示した。

里貴が由子に耳打ちした。

「高木というのは、ツルギ会の幹部のひとりです」

由子は川辺に訊ねた。

「高木の仕事はトラックの運転手なの？」

川辺は首をふった。

「高木さんは運転手頭だ。あのトラックはコウジのだけど、何か具合が悪いとかで、高木さんが転がしてきたんだ」

「予定よりもずいぶん早く？」

川辺は頷いた。

「倉庫の鍵はいつも開いてるの？」

「まさか。掛けてある」

「鍵はあなたがもっているの？」

「事務所だ」

「あの倉庫を開けたのはあなた？」

川辺は首をふった。

「ハジキの音がしたんで俺らが駆けつけたらもう開いてた」

「高木は鍵をもっていたの？」

「倉庫の鍵は、事務所と組の本部の両方にある。だから高木さんがもってこようと思ったら、もってこられる」

由子は高木の死体に歩みよった。法被とズボンを調べる。

「何かわかったのかね」

高遠がおおように訊ねた。

法被のポケットに、拳銃と木札のついた鍵があった。「ホ―三」と赤い字で書かれている。高遠には答えず、由子は川辺のもとに戻った。

「これがそう？」

「ホ―三がその倉庫だ」

川辺はいった。

「事務所にある鍵を見せなさい。警部補、彼に同行して」

由子は里貴に目配せした。里貴と川辺が事務所に向かうのを見ていると、工藤が歩みよってきた。

「そんな面倒なヤマとは思えないんですが、何を調べているんです？」

由子は工藤を見つめた。

「でいりだとまだ思っているのですか」

「いやいや、倉庫荒らしでしょう。ツルギの誰かが勝手にこの倉庫の荷を流していて、そいつを高木に見つかったんでぶっぱなした」

「被害者を知っているのですね」

「ツルギのいい顔です。元は運転手だったが、婆さんにうまくとり入って、のしあがった。今じゃ下に八人の運転手がいる」

「このトラックはもともとコウジという男が運転して、十二時に着く筈だったようです」

「志麻警視」

聞いていた高遠がいった。

「ここはうちとお宅の合同捜査ということにするかね」

由子は高遠を見た。嫌らしい笑みを浮かべている。うまく犯人を逮捕できればその功績を横どりし、失敗したら責任を押しつけるつもりなのだろう。

だが提案を拒否すれば、この現場から追いだされる可能性もある。

ツルギ会と羽黒組の情報をさらに得るためには、この殺人の捜査に加わるべきだ。何より、高遠の率いる組織犯罪課に捜査を任せたら、とうてい犯人を逮捕できるとは思えない。

「わかりました」

由子は頷いた。

「ご協力させて下さい」

高遠の笑みが大きくなった。それを見て、工藤が大声をあげた。

「お前ら下がれ。志麻警視の捜査になる」

あたりにいる自分の部下たちに命じたのだ。

お手並拝見、といった顔で由子を見る。

里貴と川辺が戻ってきた。

「鍵は？」

里貴が首をふった。

「おかしい。なくなる筈はねえんだ。ずっと事務所の壁にぶらさがってたんだからよ」

川辺が呟きこむような口調でいった。

「最後に見たのはいつ？」

由子は川辺を見つめた。川辺は不審と怒りの混じった表情を浮かべている。

「今日の昼間だよ。高木さんから電話があって、夜、荷をもってくからといわれたときにゃ、確かにあったんだ」

「電話があったのは何時？」

「三時ぐれえだよ」

「そのあと、事務所から人がいなくなったことはあった？」

川辺が言葉に詰まった。

「どうした」

里貴がうながした。川辺は唇をなめた。

「八時くらいにちっと空けた」

「何のために？」

「飯だよ」

「二人そろって空けたの？」

川辺は頷いた。

「八時からどれくらいの時間？」

「一時間くらいだ」

「夕食にしちゃ遅いわね」

由子はいって川辺の顔を見つめた。川辺はうつむいた。

由子は里貴に命じた。

「警部補、この男と手下を逮捕しなさい」

「ちょ、ちょっと待ってくれ。いうよ」

川辺はあわてたようにいって、小声になった。

「女だよ」

「どういうこと？」

「女を世話するって奴がいて、それでちっと遊んでたんだ」

早口で答えた。

「どこで？」

「あっちの倉庫の向こうだ」

事務所とは反対側の方角を指でさした。

「向こうは羽黒組の縄張りじゃないのか」

里貴がいった。川辺は小さく頷いた。

「女を車で連れてきて、車の中で抱かせる知り合いがいるんだ。このところお茶っぴきで安くしとくからっていわれてよ」

「知り合い」

里貴がつぶやき、川辺の目を見つめた。

「組の連中には秘密にしといてくれ。羽黒の盃もらってる野郎なんだよ」

川辺の声がさらに低まった。

「羽黒組のポン引きってことね」

由子は念を押した。川辺は頷いた。

「そのポン引きからはいつ連絡があったの？」

「七時過ぎだ。本当は飯だって交代で食いにいくことになってるんだが、高木さんがくるのは十二時だし、二人いる筈の女がひとりになっちまって、時間かかったんだよ」

「ポン引きの名前は？」

「トシ」

小さな声で川辺は答えた。由子ははっとした。羽黒の妻、みつえの弟がトシ坊と呼ばれていた。

「羽黒みつえの弟？」

川辺はぎょっとしたように由子を見た。

「知ってんのか」

里貴と目を見交わした。

「ここにいなさい。警部補、懐中電灯を」

里貴がパトカーからだした懐中電灯をうけとり、由子は扉の開いた倉庫に踏みこんだ。ぷん、と甘い匂いが鼻にさしこんだ。砂糖ではなく、蜜のような香りだ。奥に積まれている木箱から漂ってくる。近づくと茶色い壜が板のすきまから見えた。酒のようだ。

由子は床にしゃがんだ。倉庫の広さは百平方メートルくらいで、奥にやや細長い。左右の壁ぎわに段ボール箱、正面に木箱が積みあげられている。段ボールと段ボールのすきまに左の段ボール箱の中身は砂糖で、右が缶詰類だった。

細い通路がある。

そのひとつに煙草の吸い殻が数本落ちていた。茶色のフィルターに金の輪が入っている。

由子は一本をつまみ、電灯で照らした。

「皇華」という文字が入っている。倉庫の入口に立った里貴を手招きした。

「知っている?」

吸い殻をかざして訊ねた。受けとった里貴は見つめ、答えた。

「中国産の高級煙草です。そこいらでは買えない輸入品です」

「集めて」

里貴は頷き、制服からだした封筒に吸い殻をおさめた。

これが向こうの世界なら、フィルターについた唾液から容易にDNAを採取し、吸った人物の手がかりを得られる。だがこちらの世界では不可能だ。

由子は立ちあがり、倉庫の中を見回した。

誰かがここに隠れて、煙草を吸っていた。おそらく高木を撃った犯人だろう。川辺と手下が女にうつつを抜かしているあいだに事務所から鍵を盗みだし、扉を開け中に潜んだのだ。

「警視」

里貴の声に我にかえった。里貴は奥の木箱のすきまに手をさし入れ、何かをつまみあげた。

高木がもっていたのと同じ鍵だった。木札に「ホ―三」と書かれている。

「保存して。指紋がついているかもしれない」

　里貴はそれも封筒にしまった。

　由子は倉庫をでた。川辺に近づく。

「銃声がしたのは何時頃？」

「九時半かそこらだ。俺らが事務所に戻ってきてたいしてたっちゃいなかったからよ」

「あなたたちがいないあいだに、高木の到着が早まったということは考えられない？」

「そりゃねえ。サツがうるせえから夜十一時前はトラックを走らせねえんだ。お巡りは十一時を過ぎたら、積荷検査をしねえことになってるんだ」

「な、な、なってる？」

　里貴が語尾をとらえた。

「なってるというのはどういうことだ」

「知らねえ。そういう決まりなんだ。検問は十一時まで。それ以降はやらねえ。やる日とやらねえ日もあるって話だが、それは俺らには入ってこねえ」

「高木は知っていた？」

　由子は訊ねた。

「そりゃ、トラック頭だから知ってたろうさ」

「話を戻すけど、銃声がして、あなたたちはどうしたの。すぐに駆けつけた？　それともようすを見た？」

川辺は手下のほうを見やった。

「すぐにはでなかった。事務所にはハジキはねえし、誰が誰にぶっぱなしたかもわかんねえからよ」

「何発聞こえたの」

「二、三発かな」

「しばらく待ってようすを見にきた。そうしたら高木が死んでいた」

川辺は頷いた。

「誰かを見たか。あるいは走りさる車とか」

里貴が訊ねた。

川辺は首をふった。

「誰もいなかった。車の音はわからねえ。こっからじゃ事務所には聞こえない」

「死体をそろそろ片づけさせたいんですが、いいですかね」

工藤が声をかけてきた。

「待って下さい。その前に確かめたいことがあります」

由子はいって、工藤と高遠に歩みよった。

「道路検問と積荷検査は、組織犯罪課の担当ですか」

「そうだが？」

高遠は尊大な口調で訊き返した。

「道路検問をおこなう日とおこなわれない日がある、と聞きましたが、今日はどちらです？」

高遠は眉根を寄せ、工藤をふりかえった。

「どっちだ」

「今日はやっておりません」

工藤が答えた。

「それが事件と何の関係がある？　志麻警視」

高遠は由子を見つめた。

由子はトラックを示した。

「闇物資を積んだツルギ会のトラックは、検問と積荷検査を避けるため、十一時前には走らせない決まりでした。十一時を過ぎると積荷検査をされないと知っているからです」

「そんな話は知らんな。知っておるか」

高遠は工藤に訊いた。

「いや、まったく聞いたことがありませんな。十一時以降でも検査はやっておる筈です」

工藤はしらじらしい顔で答えた。

「そうですか。いずれにしても、今日は検問がおこなわれないというのをわかっていて、高木は予定の十二時より二時間以上も早い九時半に、ここにトラックを乗りつけました」

「待ちたまえ。わかっていて、とはどういうことかね」

高遠が由子をにらんだ。

「検問の情報が伝わっておったといいたいのか」

「そうでなければ、闇物資である砂糖を満載したトラックを走らせられません」

「聞き捨てなりませんな」

工藤が肩をそびやかした。

「問題はそこではありません」

由子は冷ややかにいった。

「じゃ、何だっていうんです」

「高木は、この倉庫でこっそり待ちあわせをしていた」

「誰とだ？」

「犯人です」

「なぜわかる」

　不快そうに高遠が訊いた。

「犯人は、この先にあるツルギ会の倉庫事務所から倉庫の鍵を盗みだし、中に潜んでいました。高木が早めにここにきたのは、倉庫の中で犯人と会うためです」

「ただ殺しにきただけじゃねえってどうしてわかるんですか。倉庫の中に隠れていて、高木が倉庫の扉を開けたとたんにズドンとやったのかもしれない」

　工藤がいった。

「もしそうなら、死体は運転席ではなく、そこに倒れていた筈です」

　由子は石段をさした。

「開けようとトラックを降りかけたところを中から撃たれたのかもしれん」

　高遠がいった。

「降りかけたところを撃たれたのは事実ですが、そのときにはもう倉庫の扉は開いていた。もし高木が犯人と待ちあわせていたのでなかったら、扉が開いている状況に対し、不審を感じた筈です」

「そんな間もなく撃たれたのだろう」

「高木はポケットに拳銃をもっていました。もし倉庫の扉が開いていたら、まず倉庫荒らしを疑い、事務所に知らせるか、拳銃を手にしていたでしょう。どちらでもなく、トラックから降りかけたところを正面から撃たれています。つまり犯人がいるのを知っていて、警戒をしなかったのです」

「なるほど。すると殺ったのはツルギ会の人間というのだな」

高遠はいって、川辺と手下を見た。

「冗談じゃねえ」

川辺が叫んだ。

「俺らが殺るわけねえだろう」

「どうかな。事務所にあった鍵を盗まれたことにすれば、疑いがかからないと思ったのじゃないか」

工藤がいった。

「その可能性は完全には否定できません。しかし彼らが犯人なら、高木が早くにくるという情報を知っていなければならない」

「こいつらが十二時といってるだけだろう。時間通りにきたところを殺したんだ」

高遠は断言した。

「わざわざ倉庫の中に煙草の吸い殻までおいて、ですか」

由子はいって、里貴を見た。里貴が吸い殻の入った封筒をだした。

中身を掌にあけ、見つめていた工藤が川辺と手下に歩みよった。

「お前ら、もってる煙草をだせ」

二人は言葉にしたがった。二人とも「皇華」ではない銘柄だ。

「まあ、証拠にはなりませんがね。自分とはちがう煙草をバラまいたのかもしれんし」

工藤はいった。

「だいたい、わざわざ倉庫になど隠れて会わなけりゃならん、どんな理由が犯人にあるんだ？」

高遠があきれたように吐きだした。

「犯人は、ツルギ会の人間ではないからです」

「じゃ羽黒組か。やっぱりでいいりってことじゃないですか」

工藤が口先を歪めた。

「でいいりじゃない。高木はここで羽黒組の人間と待ちあわせていた」

「何のために？」

「これ以上は、今はいえません。捜査をつづけた上でお知らせします」

「何ですと」

「何？」

工藤と高遠が同時にいった。

「もちろん合同捜査ですので、判明したことは必ずお知らせします。今の段階では仮定の話になってしまいますので。では、これで失礼します。現場の処理はお任せします」

由子はいって里貴をふりかえった。

「いきましょう」

14

「いや、おみごとでした。高遠警視と工藤係長のあぜんとした顔は、本当に痛快でした」

由子を乗せ、覆面パトカーを発進させた里貴は笑い声をたてた。

こちらの世界の里貴がこんなに笑うのを初めて見た。

「それにすばらしい検証能力です。あんな短時間で、犯人のとった行動を見抜くなんて。あなたは本物の志麻警視に勝るとも劣らない」

「そんなことじゃない。たまたま、トシ坊の話を聞いたから気づいた」

「トシ坊というのは、新宿駅の前で私を痛めつけたチンピラですね」

笑いを消して里貴はいった。

「そう。羽黒の妻の弟よ」

「あいつと高木にどんな関係があるんです」

「それを知るにはまず、トシ坊が吸っている煙草を確かめないと」

「『皇華』だったら、犯人はトシ坊ということですか。しかしなぜトシ坊が高木を撃つんです？」

　それを由子も考えていた。ある〝仮説〟はあった。が、確かめるには倉庫に潜んでいたのがトシ坊であったと、つきとめなければならない。

「それをトシ坊に訊く」

　由子が答えると、里貴の顔がひきしまった。

「新宿に向かいますか」

「ええ。でもこの前のような危険はおかせない」

「特捜隊を招集しますか」

　里貴の言葉を聞いて、由子は顔をあげた。〝志麻警視が率いる特捜隊〟が密輸や暴力団を摘発したという新聞記事を見てはいたが、実際に特捜隊のメンバーとはまったく会っていない。市警本部でも、里貴以外の自分の部下を見たことがなかった。

「特捜隊はどこにいるの？　市警本部では見ていないけど」

　由子が訊くと里貴は一瞬黙った。

「市警本部でも、わたしはあなた以外の部下に会ってない」

「警視には、私以外の部下はおられませんでした」

「え？」

「特別捜査課の人員は、課長の志麻警視と私の二人だけです」

驚きで由子は言葉を失った。まじまじと里貴を見つめる。

「どういう、こと」

「今なら申しあげられます。志麻警部は、市警本部内で孤立しておられました。数々の功績をたて、異例の速さで警視に昇進されたものの、志麻警視をうけいれる部署が、市警本部にはなかったのです」

「なぜ」

「それはまず、警視が妥協を嫌われたこと、さらに、申しあげにくいのですが女性であることが理由です」

由子は息を吐いた。要するにこちらの志麻由子は、「嫌われ者」だったのだ。

向こうでは「お荷物」、こちらでは「嫌われ者」。何だかおかしくなった。完璧で、自分とはちがい過ぎると思っていた志麻由子警視を、少しだけ身近に感じた。

「警視への昇進も、市民の人気、評判にかんがみた結果でした。それまで警察官の評判はとても悪かった。汚職が多く、暴力団や愚連隊を取締る能力がない、と思われていたんです。志麻由子を警視にすれば、市民の協力をもっと得られるようになる、と市警本部は考えたのです。ところが、その志麻警視をうけいれる部署がないため、本部は新たな課を作らざるをえなくなった。それが特別捜査課でした」

「するとあなたは――」

「私はもと政治犯罪捜査局の国内課におりました。課長と衝突し孤立していたところを、特別捜査課に異動になったのです」

由子は小さく首をふった。こちらの自分と里貴も長いつきあいだとばかり思っていた。だがちがっていた。

「志麻警視の下につき、私はその理想の高さに感銘をうけました。ですが特別捜査課長となられたあとの警視は苦しんでおられた。部下がいない。かつてのように暴犯特捜隊を率いての捜査ができなくなったからです」

「話を聞いていると、市警本部は彼女を出世させるかわりに手足を奪ったとしか思えない」

「おっしゃる通りです。志麻警視の特別捜査課長就任に伴い、暴犯特捜隊は解散されました。隊員はそれぞれ、ばらばらの部署にとばされた。それを不服として警察官の職を辞した人間もいます」

「そんな――」

由子は目をみひらいた。

「本当です。特捜隊員は、買収を拒否し、法の執行に命を賭けた者ばかりでした。その彼らからすれば、交番の立ち番などに降格されるのは我慢できなかったのでしょう」

由子は唇をかんだ。

「その人たちからすれば、わたしは裏切り者ね。自分だけが昇進し、かつての部下を切り捨てた」

「そう考えている者がいることは否定しません。一方今でも、警視の招集を待っている人間がいます。警官、元警官を問わず、私はそういう者たちと連絡をとりあってきました。彼らはいつでも、特捜隊を再結成する覚悟です」

「本当に？　そんなことができるの」

里貫は頷き、パトカーを路肩に寄せ、止めた。箱型の電話ボックスがある。

「お待ち下さい」

運転席を降り、電話ボックスに入った。大型公衆電話に硬貨を入れ、ダイヤルを回している。

それを車内から見つめ、由子は大きく息を吐いた。自分とはまるで立場は異なるが、こちらの志麻由子も仕事に対して悩みを抱えていた。

昇進は必ずしも彼女の望みではなかったのだ。お飾りにすることで、市警本部はできすぎる女刑事を厄介払いしようとした。

自分には想像できない苦しみだ。能力を認められたがゆえに、それを発揮できない境遇に追いやられる。

〝父〟の言葉を思いだした。

——娘は、組織の中で孤立していた
そういう意味だったのだ。

電話を終えた里貴が戻ってきた。

「急だったので、三名しか集められませんでしたが、一時間後に新宿駅前にきます」

「武装は？」

「その点は大丈夫です。民間人になった者の拳銃は、私が準備します」

由子は頷いた。

「わかった。用意して新宿に向かいましょう」

新宿駅前で三人の男が待っていた。三人とも年は若い。二人は由子よりも若く、ひとりが十くらい上だ。

車を降りる前に里貴がいった。

「野球帽をかぶっている若い男が桜井(さくらい)、隣にいるのは同じ年の松田(まつだ)。二人は巡査です。もうひとり、少し年上で開襟シャツを着ているのが林(はやし)といって、今はタクシーの運転手をしています。三人とも元特捜隊員で、警視のことを知っています」

由子は頷いた。

由子が車を降りると、三人はなつかしげに歩みよってきた。

「警部！」

声をあげた桜井に、

「馬鹿、もう警視様だぞ」

松田がいう。

「そうか。失礼しました」

敬礼しそうになる桜井を由子はあわてて制した。

「ここでそんな話はしないで」

深夜だが、新宿駅前は、以前きたときより人通りが多い。特に派手な服装の女が数多くいきかっている。里貴に露骨な流し目を送る、ハイヒール姿の娼婦もいた。

「隊長、覚えておられますか」

林がいった。三十七、八だろう。浅黒く、悲しげな目つきをしている。

「もちろん。林さん」

「さ、さんづけはやめて下さい。たとえ民間人になっても、私は隊員です」

「わかった」

「全員、車に乗れ」

里貴の指示にしたがい、三人は覆面パトカーの後部席に乗りこんだ。

「これを」

里貴がダッシュボードからだした拳銃を林にさしだした。

「あとの二人はもってきたな」

桜井と松田は頷いた。

「どこかにガサ入れですか」

弾倉を確かめ、ベルトに拳銃をつっこんだ林が訊ねた。

「羽黒の妻の弟で、トシ坊というチンピラを知っている？」

由子はうしろをふりかえり、訊ねた。

「服部敏夫（はっとりとしお）ですね。姉が羽黒の女房になったおかげで大きな顔をしていますが、本当はケチなポン引きです。自分より弱い奴には強くでるが、そうでない相手だとからきし意気地のない野郎です。前に、飼っている女をあんまり痛めつけるんでひっぱったことがあります。署じゃしゅんとしていたくせに、姉のみつえがひきとりにきたら急に居丈高になって怒鳴り散らしてでていったのを覚えています」

林がいった。

「ひっぱったのに送検しなかったの？」

「できなかったんです。奴に殴られていた女たちが後難を恐れて、訴えをとり下げたんで。その後ひとりはひどく痛めつけられ体を痣だらけにして、それでも商売していたのを覚えています。女を平気でいたぶるような、最低の野郎です」

林の口調には怒りがこもっていた。

「その女は、今でもいる？」

「いますよ。三日前に客を乗せて通りかかったら、道に立っているのを見ましたから」

「捜しましょう」

由子がいうと、里貴は、

「どこらあたりだ」

と林に訊ねた。

「マーケットの近くです。車で入れるぎりぎりのところまでいって下さい」

林は答え、里貴は覆面パトカーを発進させた。

「このあたりです」

林がいって車が止まったのは、駅とマーケットの中間にある飲み屋街だった。里貴を捜して歩き回ったのを由子は思いだした。

高架と平行して連なる、長屋のような細長い二階建てがあり、その前に椅子やベンチが並べられ、老婆や派手な衣裳をつけた女がすわっている。その数は、ざっと二十人はいそうだ。

車中からじっとそれを見つめていた林が指さした。

「あの女です。黒いレースのスカートをはいている」

長い髪を肩の片側に垂らした女だった。白地に黒いレースを重ねたスカートをはき、黒のブラウスの胸を大きく開いている。目鼻立ちはきれいなのだが、暗い顔つきをしていた。

年齢は三十に手が届くかどうかだろう。

「林さん、わたしといっしょにきて。あとの人は残って、何かあったら援護して下さい」

由子は制服の上着を脱ぎ、拳銃のベルトを外して、助手席のドアを開いた。林がつづいた。

「彼女の名は?」

女めがけて歩きながら、由子は小声で訊ねた。上着を脱いでいれば、警官とはバレない。

「ユキ子です」

「話を聞きたいといって連れだして。お礼はする」

「やってみます」

女から五メートルほど離れた場所で由子は立ち止まった。林だけが歩みよっていく。

女は最初客と見たのか、林に誘うような目を向けた。が、林が、

「よう。元気そうだな」

と声をかけると、顔をこわばらせた。

「何よ」

「そう冷たくするなよ。ちょっと話がしたいんだ。いいだろう」

「あっちいって。かかわりたくないのよ」

「心配すんな。お前に迷惑はかけない。あそこに立っている女の人がいるだろう」

林はいって、由子を示した。

「俺の知り合いだ。お前から話を聞きたいそうだ。お礼はする」

「誰なの」

「誰でもいい。心配するな」

林は女の肩に腕を回した。

「よしてよ」

女が外そうとすると、

「おいおい、ここは俺を客に見せたほうがいいんじゃないのか」

林はいった。女は顔をそむけ、林にひきずられるようにして歩きだした。

「ごめんなさいね」

女が前に立つと、由子はいった。そして林に、

「わたしと彼女の二人で歩くから、あとからついてきて」

と告げた。林はあたりに目を配りながら頷いた。

「立ち話も変だから歩きましょう」

由子はいって、駅に戻る道を歩きだした。女はしかたなくといったようすで、肩を並べた。香水の強い匂いが鼻にさしこんだ。

「誰なの、あんた」

「由子って呼んで下さい。あなたはユキ子さんね」

「サツなの？」

「ええ。でもあなたをつかまえる気はない」

「そりゃそうよ。あたしは何もしていないもの」

ユキ子は肩をそびやかした。近くで見ると化粧が濃く、年は三十半ばに達していそうだ。

「トシ坊をパクリたいの」

「誰それ。知らないよ」

ユキ子が逃げだそうとした。由子はその腕をおさえた。

「大丈夫。今度はあなたたちに関係なくつかまえるし、二度とシャバにでられなくするから」

「冗談じゃないよ。サツのいうことなんかあてになるかい」

ユキ子は腕をふりほどこうとした。

「信じて。わたしはトシ坊とみつえに恨みがある。みつえはわたしをぶち殺してやるといった。それがまちがいだってことを思い知らせてやりたいの」

ユキ子の目を見ていった。精いっぱいのハッタリだった。この女の中に、トシ坊に対する憎しみがあれば、それが恐怖を上回る可能性に賭けたのだ。

ユキ子の動きが止まった。

「何なの、それ」

「とにかくみつえはわたしを大嫌いで、わたしも同じ。みつえのスカートに隠れて威張るトシ坊のことも叩き潰したい」

「本気でいってるの」

由子は目を見つめたまま頷いた。

「本気。材料はある。あなたの話を少し聞けば、それで潰せる」

「あたしは何も知らないよ」

「トシ坊の吸っている煙草が何かくらいは知っているでしょう」

ユキ子は瞬きした。

「『皇華』だろ。見せびらかしていて、そのくせ、ねだってもくれたことがない」

由子は微笑んだ。

「歩こう」

とユキ子を促した。うしろから林と、少し距離をあけて、覆面パトカーがついてくる。

「今日の夕方、トシ坊が女の子を車に乗せて商売にでたのだけど、知ってる?」

ユキ子は頷いた。

「本当はあたしもいく筈だった。でも具合が悪いんで勘弁してもらった。叩かれたよ」

「どこかが悪いの?」

「あたしじゃない。子供が熱をだしていたんだ」

由子はほっと息を吐いた。スカートに入れてあった財布から紙幣をつかみだし、ユキ子に押しつけた。

「これでお子さんに何か買ってあげて」

「いいよ。サツから金なんかもらえない」

「あなたじゃない。お子さんのため」

ユキ子は目をみひらき、由子を見つめた。やがて、小さく、

「ありがとう」

とつぶやいて、金をスカートのポケットにつっこんだ。

「あなたがいけなくて、トシ坊は誰を連れていったの」

「ミユキだよ。珍しいと思った」

「なぜ珍しいと思ったの」

「ミユキは、ここらじゃ一番若くて売れっ子なんだ。いい日だったら五人は客がつく。なのに帰ってきたら、今日はもういいぞって、アガリにしたから」

「何時頃、帰ってきた?」

「九時半くらいかな」

「どこにいっていたのか知ってる?」

ユキ子は首をふった。

「トシ坊が女の子を連れて商売にいくことはよくあるの」

「ないよ、めったに。縄張りの外で商売したら喧嘩になるから」

「縄張りというのはこのあたり?」

「そう。ツルギの縄張りとぶつからないところ」

「トシ坊が今どこにいるかわかる?」

ユキ子は怯えた表情を見せた。

「大丈夫。あなたから教わったとは絶対いわないから」

「たぶん駅裏の『ボンゴ』ってバー。そこに気に入っている女がいる」

「駅裏の『ボンゴ』ね。ありがとう。もういっていいわ」

「本当に？」

由子は頷いた。

「もしわたしのことを誰かに訊かれたら、友だちだっていって」

ユキ子は信じられないように由子の顔を見つめている。

「早くいきなさい」

ハグロセンターの入口が、すぐ前方に見えていた。明りがきらめき、多くの客がいきかっている。

「あたし、センターで子供に何か買ってく」

オモチャ屋が見えていた。

「じゃ、そうしてあげて」

由子はいって足を止めた。ユキ子は小さく頷くと、センターに入っていった。それを見送り、林に歩みよった。

「駅裏の『ボンゴ』というバー、わかる？」

「羽黒組のたまり場です。みつえがマダムをやっています」

林は由子のほうは見ずに答えた。

「そこにトシ坊がいる」

「ひっぱりますか」

「できる？」

林は考えていた。

「こっちは五人。たぶん店にはボーイなんかも含めて、十人近い羽黒組がいるでしょう。機先を制すれば何とかなりますが、タイミングを外したら難しい」

「じゃ応援を呼ぶべき？」

「応援を呼んだら、必ず羽黒組に伝わります。応援がくる前に逃げちまうでしょう」

どうすればいいのだ。恐怖がこみあげてくるのを由子は感じた。

高木と密会し、撃ち殺したのはトシ坊だ。その理由の見当もついていた。

羽黒は、ツルギのスパイが羽黒組にいる、といっていた。それがおそらくトシ坊なのだ。

トシ坊は、ツルギ会の高木に情報を流していたか、スパイであるのを知られて威(おど)されたか、その両方かで、自分の身を守るために高木を殺したのだ。

羽黒に知らせたら、トシ坊の命はない。が、それでは結果は得られない。トシ坊の身柄をおさえ、羽黒組とツルギ会がもっと争うように仕向けたい。

この世界の志麻由子はきっとそれを狙っていた筈だ。

「車に戻りましょう」

由子は低い声でいって歩きだした。覆面パトカーに由子と林の二人が乗りこむと、里貴はUターンさせた。

「駅裏の『ボンゴ』にトシ坊はいる。高木を殺したのはトシ坊よ」

「なぜ奴が？」

里貴が訊ねた。

「トシ坊はツルギ会に羽黒組の情報を流している。それをもとに、特捜隊は港の手入れをおこなった」

「高木はどんな関係があるんです」

「高木がツルギ会側の窓口だった。先日わたしたちが羽黒に会いにいったのをみつえから聞いて、トシ坊は自分の身が危ういことに気づいた。スパイとバレたら、いくらみつえの弟でもただではすまない。そこで高木の口を封じた」

里貴は息を吐いた。

「証拠はありますか」

「間接的なものしかない。でもトシ坊は『皇華』を吸っている。それに高木を撃ったピストルを、今ならもっている」

「『ボンゴ』に乗りこんでおさえろと？　危険過ぎます。『ボンゴ』は、羽黒組の巣です」

「わかっている。でもこれを本部に教えたらどうなると思う？」

「そんなの決まってます。必ず羽黒組に伝わって、トシ坊は消される。あげくに、犯人を逃したと、高遠警視に責められるでしょう」

「じゃあやっぱりわたしたちでトシ坊をおさえるしかないわね」

「わかりました」

里貴は低い声でいって、後部席の三人をふりかえった。

「状況はわかったな。覚悟はできているか」

「もちろんです」

「高遠の鼻を明かしてやりましょう」

力のこもった返事が返ってきた。

「みつえはトシ坊をかわいがっています。もし我々の目的がトシ坊だとわかったら、死にもの狂いで抵抗しますよ」

林がいった。

由子はいった。

「それは覚悟している」

手順を相談した。まず林がひとりで「ボンゴ」に入り、ようすをうかがう。その後、桜井と松田が入店し、最後に由子と里貴が入る。

覆面パトカーを里貴が止めると、林が入っていった。トシ坊がいなければすぐでてくることになっている。

　五分待った。林はでてこない。

「いってきます」

　桜井が松田に頷いてみせた。里貴はいった。

「いいか。中には武装している奴もいる。もし誰かが武器を抜いたら、ためらわず撃て」

「わかりました」

　緊張した表情で二人は頷き、車を降りていった。

「警視、銃の点検を願います」

　いわれて、由子はベルトのホルスターから拳銃をとりだした。弾倉を改め、ホルスターにしまう。

　里貴がもっているのは、由子のよりひと回り大きなリボルバーだった。口径が大きく、いかにも威力がありそうだ。

「いきましょう」

　腕時計をのぞき、里貴がいった。二人は制服姿だ。ひと目で警官だとわかる。

「ボンゴ」は、木造の平屋の建物だった。白く塗られ、いかにも南の島をイメージしたようなヤシの木の鉢植えが入口におかれている。

扉の前に立つと、にぎやかな音楽が聞こえてきた。聞いたことのない曲だが、アップテンポで、ダンスミュージックとわかる。

里貴が由子に頷いてみせると、扉を押した。

中央にある板ばりのステージが目にとびこんだ。四、五人の男女が踊っていた。ピアノとサックス、それにギターのバンドが演奏している。その前で、四、五人の男女が踊っていた。ひとりがトシ坊だ。

入って左手にカウンターがあり、そこに林がすわっていた。少し離れてみつえがカウンターの内側に立ち、煙草をくゆらしている。

右手にはボックスがあって、七、八人の男と女がすわっていた。その中に、桜井と松田がいた。

音楽が止んだ。制服姿の二人に、店の空気が凍りついた。

「そのまま全員動くな！」

里貴が鋭い声で命じた。右手を腰のホルスターにさした拳銃のグリップにかけている。

「なんだぁ⁉」

トシ坊が大声をだした。かたわらの女を押しやり、里貴と由子に歩みよってくる。由子は同じように拳銃のグリップに手をかけながら、店内を見回した。

松田と桜井は、さりげなくジャンパーの中に右手をさしこんでいる。

「手前(てめえ)ら、このあいだの――」

トシ坊はまっ赤なシャツの上に紺のジャケットを羽織っていた。

「服部敏夫ね。訊きたいことがあるから、本部まできてもらう」

由子はいった。トシ坊に歩みよる。

「何だと」

トシ坊は顎（あご）をつきだし、すごんだ表情を浮かべた。酒で顔が赤らみ、開いたシャツの胸もとで汗が光っている。

「高木を殺したのはあんたね」

トシ坊だけに聞こえる低い声で、由子はいった。

聞いたとたん、トシ坊の表情がかわった。ひきつった表情でカウンターをふり返り、

「姉ちゃん！」

と叫んだ。

「ちょっと、あんたたち、ここがどこだかわかってんのかい」

みつえが金切り声をあげた。それにかまわず、由子はトシ坊の腕をつかんだ。右手首をつかみ、逮捕術の要領でひねりあげた。

「痛えっ、何すんだ！」

周囲の客がいっせいに立ちあがった。

「動くなっ」

桜井と松田が懐ろから拳銃を抜き、かざした。

「抵抗する者は容赦なく撃て！」

里貴がいって、トシ坊の体を探った。

「何だ、これは⁉」

腰に差してあった拳銃を引き抜いた。

「ふざけんな！」

みつえがいって、カウンターの内側から大型拳銃を抜き、両手でかまえた。銃口はこちらを向いている。

「すぐにトシ坊を離せっ。離せっていってるだろう。じゃないとぶっぱなすよ」

林が動いた。拳銃をみつえの横顔に向ける。

「撃ったら、あんたの顔がふきとぶぞ」

みつえが固まった。林がその手から銃をもぎとった。

由子はベルトのケースから手錠をとりだし、トシ坊の両手首にかけた。向こうの手錠よりはるかに重たい、鋼鉄製だ。

「いくぞ」

里貴が桜井と松田に命じた。二人は立ちあがった。トシ坊をはさむように、店の入口に後退した。林がそれに加わった。全員が銃を店内に向けている。

由子はみつえを見た。怒りに目をぎらぎらと光らせている。

「市警本部に連絡をしろ、と羽黒に伝えなさい」

「ふざけるな！」

みつえは怒鳴った。

「こんな真似をして、ただじゃすまないよ」

「あなたこそ、トシ坊とグルだったら、ただじゃすまないのじゃない」

みつえはかっと目をみひらいた。由子は気づいた。トシ坊がスパイであることを、みつえは知っている。

「何の話だい⁉」

「とにかく羽黒に電話をするようにいうのよ」

告げて、店の扉を開いた。

覆面パトカーまでのほんの数メートルを、はるか遠くに感じた。

トシ坊を押しこめ、六人を乗せた覆面パトカーが発進すると、由子は大きく息を吐いた。

15

市警本部に到着すると、由子はトシ坊を取調室に入れた。桜井と松田を見張りにおく。そして里貴と林を連れ、執務室で待った。

「羽黒は連絡してくるでしょうか」

里貴がいった。

「みつえしだいね。さっきのようすでは、みつえはトシ坊がツルギ会のスパイだったことを知っている。どうぞ」

由子は紅茶をいれ、すわっている林と里貴の前にカップをおいた。林が目を丸くして由子を見た。

「警視」

「どうしたの」

「警視がお茶をいれて下さるなんて……。恐縮です」

本当に驚いているようだ。里貴が目配せをした。こちらの志麻由子は、部下に優しさを見せることが少なかったようだ。い、い、らしくない行動だ、というのが里貴の目配せの意味だろう。

「じゃあみつえの立場だったらどうすると思う？　トシ坊はとり返したい、だけど羽黒には知られたくない」

由子はカップを口にあて、いった。無事にトシ坊を連行できたことにほっとしていた。が、本当の勝負はこれからだ。

「警察を動かします」

林がぼそりといった。里貴はちらりと林を見やり、由子に目を移して頷いた。

「どうやって？」

「ツルギの婆さんに連絡をとる」

「ツルギは、高木を殺したのがトシ坊だとはまだ知らない。みつえはトシ坊に泣きつかれたら、息のかかった警察官に釈放するように圧力をかけるでしょう」

「息のかかった警察官？」

由子が訊き返すと、林はふっと笑った。

「いうまでもありませんよ」

その言葉が終わるか終わらないうちに執務室のドアがノックされ、返事を待たずに開かれた。高遠と工藤だった。

「お早いおでましだ」

里貴が低い声でいった。

「志麻警視！」

工藤が甲高い声で叫んだ。

「ご苦労様です。早くも容疑者を逮捕されたとうかがい、飛んで参りました」

かたわらの高遠は苦虫をかみ潰したような表情だ。

「何の話？」

由子が訊き返すと、工藤はさも意外そうな顔をした。

「高木殺害犯の容疑者を逮捕し、連行されたのではありませんか」

「どこからそんな話を聞いたの」

工藤は泡をくったように訊き返した。

「ち、ちがうのでありますか」

「だから、わたしが高木殺害犯の容疑者を逮捕したという話を、どこで訊いたの」

「どこでって、それは、容疑者を連行された警視のお姿を見た者が――」

「だからそれは誰？」

由子は語気を強めた。

「まあまあ、志麻警視、工藤君は警視の迅速な捜査に感服しているだけだ」

高遠がいった。じろりと林を見る。

「ときに市警の人間でない者がここにいるようだが」

「誰のこと」

「林、なぜお前がいる。依願退職した者が図々しく入りこむとは何ごとか」

工藤が居丈高にいった。林は直立不動になった。くやしげにうつむいている。

「志麻警視の管理責任を問われる行為だというのを、おわかりですか」

高遠は、さも問題であるかのように眉をひそめている。

「警視の執務室に部外者を入れては、捜査情報の漏洩も起こりかねない」

「残念でした。林は部外者ではありません」

由子はいった。

「何だと」

林も驚いたように顔を上げた。

「林が退職したのは、わたしの指示です。林に一度警察の制服を脱いでもらい、民間企業に潜入して捜査情報を収集するよう頼みました。つまり退職したのは上辺だけで、林は現在もわたしの部下です」

「そんな話は聞いておらん」

「ささいな工作ですので、わざわざ高遠警視のお耳をわずらわすほどのことではないと思いました。結果として事後承諾の形となったことはおわびいたします」

高遠はまっ赤になって由子をにらみつけた。

「そんなごまかしが――」

いいかけ、口を閉じる。

「何かおっしゃいました?」

「何でもない」

「ならばけっこうです。ところで工藤係長」

「はい」

工藤は緊張した顔になった。

「わたしたちが連行した人間はご存じですか」

「それは――」

「聞いていない」

高遠が工藤の言葉をさえぎり、いった。トシ坊だと知っていたら、なぜ知っていると由子に問い詰められるのを警戒したのだろう。

「そうですか。連行したのは、羽黒みつえの弟の敏夫です」

「なるほど。するとやはり、ツルギ会と羽黒組の抗争が原因ということだな」

「動機に関してはまだ不明です。取調べをおこなってから判断します」

「それは我々に任せていただきたい」

「了承しました」

由子が頷くと、里貴と林がはっとしたような顔になった。

「ただし、その前に羽黒の取調べをわたしに任せていただきたいのです。高木殺害を羽黒が命じたかどうか、本人に確認します」

「命じたとしても素直に認めるわけがありませんよ」

工藤がわけ知り顔でいった。

「わかっています。しかし実行犯を逮捕しても、命令者であるかもしれない羽黒組の組長を放置したとなれば、警察への信頼が低下します。少なくとも取調べをおこなったという事実は必要です」

高遠は唸り声をたてた。賭けだった。こちらの志麻由子は新聞を味方につけ、市警本部の腐敗と戦っていた。そのことを高遠に思いださせれば、簡単には捜査に横槍を入れられなくなる。

「しかし、敏夫が犯人だという証拠はあるのか」

「証拠は、所持していた拳銃です。高木殺害に使用された銃と同じであれば、起訴が可能です」

こちら側にも、弾丸の線条痕の鑑定くらいはある筈だ。線条痕はライフルマークとも呼ばれ、銃身を抜ける際に弾丸に残される傷で、銃の指紋ともいうべきものだ。

「その証拠の銃は？」

工藤がすかさず訊ねた。

「保管してあります。羽黒の取調べがすめば、お渡しします」

「するとこういうことか。敏夫の取調べは我々組織犯罪課に任せていただけるが、羽黒に関しては志麻警視のほうでおこないたい、と」

高遠がいった。

「はい。しかも情報の錯綜を避けるには、羽黒の取調べを先におこなうことが必要です。もし敏夫が、羽黒は無関係であると先にうたったのを知れば、羽黒は決して関与を認めません」

「確かに」

工藤が頷き、高遠ににらまれて、うつむいた。

「証拠品の銃に関しても、羽黒が渡したものであるかどうかは重要です。羽黒の指紋がついているかもしれません。もしついていれば、羽黒の関与の証拠になります」

工藤が高遠を見た。動揺していた。

「工藤係長、何か」

「いえ、別に……」

「では指紋検査は我々が――」

高遠がいった。

「大丈夫です。指紋の検出は、この木之内が熟練しておりますので」

里貴が無表情になった。

高遠は何かをいいたげに里貴を見つめた。が、結局何もいわず、不機嫌そうに唸り声をたてただけだ。

「で、志麻警視、いつ我々に敏夫の身柄を引き渡していただけるので？」

工藤がのぞきこむように由子を見た。

「羽黒の取調べが終わりしだい、お渡しします。よろしいですか、高遠警視」

「ご自由に」

高遠は吐き捨てるようにいい、由子の執務室をでていった。工藤があわてて追いかける。

「警視！」

里貴が声をあげた。

「いや、たいしたものです。感服しました！」

林が手を叩いている。

「指紋検出など、学校以来やったことがありません」

里貴はあせったようにいった。

「大丈夫。わたしができる」

一課に配属され、まずやらされたのは鑑識の手伝いだった。新米の仕事なのだ。指紋、掌紋、足跡の保存、検出は、由子にはお手のものだ。

「しかしおみごとでした。羽黒がこなければ高遠警視たちはトシ坊の取調べができない。嫌でも、みつえは羽黒に知らせなければならない」

林がつぶやいた。

「それを知ってツルギの婆さんは、どうでるでしょう」

「高木を殺したのがトシ坊だというのを知るかどうかで決まってくる。さっ、今のうちに動くわよ」

由子はいった。

取調室に入ると、里貴は松田に耳打ちした。指紋検出キットを用意するよう命じたのだ。

マジックミラーの向こうで、トシ坊がふてくされた表情を浮かべ、桜井と向かいあっている。

「いつまで待たせせんだよ、調べるなら早く調べりゃいいじゃねえか」

スピーカーを通し、いらだった声が聞こえてくる。それに対し桜井は冷静だった。

「静かにしろ」

由子はそれを見つめていた。やがて松田が検出キットをもって到着した。

向こう側では指紋の検出は、液体や気体、レーザー照射など多種だが、こちら側ではいまだに粉末法だけのようだ。粉末法は指紋採取の基本なので叩きこまれている。

由子は手袋をはめた手で、トシ坊から押収した拳銃をとりあげた。中型のオートマチックタイプだ。この形の拳銃で指紋がつきやすいのは、握りの部分と遊底（ゆうてい）、そして弾倉部だ。

本体から弾倉をひきだした。金色をした実弾が三発、縦に詰まっている。大きさからすると七・六五ミリ口径のようだ。弾丸も、一発一発弾倉に押しこむ過程で指紋が残りやすい。

「あなたの指紋は？」

由子は黒いカーボン粉を綿玉ではたきつけながら里貴にいった。

「カードを用意してあります」

トシ坊からとりあげたときに、里貴の指紋も拳銃に付着している筈だ。まずそれを除外しなければならない。向こうでは、全警察官の指紋がコンピュータに登録されているので、採取した指紋から弾くことができる。

里貴は指紋カードをさしだした。こちらでは警察官の指紋が、カードで保管されているのだ。指紋カードは、由子が警視庁に入った頃に見たことがあった。

「じゃあトシ坊の指紋をとって」

由子は林に命じた。

はたきつけたカーボン粉は、拳銃についた無数の指紋を浮かびあがらせていた。当然重なりあったものもある。これらの指紋から、トシ坊と里貴以外のものが見つかれば、この拳銃が誰の手を経てきたのかをつきとめる材料になる。

由子は検出キットの中にある透明シールを一枚ずつ、明確に浮かびあがった指紋に押しつけ、それを白い台紙に貼りつけた。黒いカーボン粉が転写した指紋がくっきりと見える。

弾倉と、中にあった弾丸からも指紋が採取できた。台紙の数は全部で十四枚になった。採取場所別に、遊底が五枚、握りが三枚、弾倉からが二枚、弾丸からが四枚だ。

遊底から採取した五枚のうち、一枚が里貴の右手親指のものだった。

林が採取してきたトシ坊の指紋を、残る十三枚と比べる作業が始まった。これは細かく根気のいる仕事で、ひとりだとミスを犯しやすい。松田が警察学校時代得意だったというので、由子は協力を頼んだ。ルーペで拡大した指紋の特徴点を比較し、同一であるか否かを判断する。

二時間近くかかってようやく比較が終わった。もう午前二時を回っている。マジックミラーの向こうでは、トシ坊がテーブルにつっぷし、眠っていた。向こうだったらこんな時間の取調べは人権問題になるところだ。

残る十三枚の台紙のうち、遊底の四枚と握りの三枚、弾倉の一枚、そして弾丸の四枚がすべて、トシ坊の指紋だった。合致しなかった指紋は、弾倉から採取された一枚だけだ。

「取調べを始める」

由子はいった。はっとしたように里貴と林が顔を上げた。

里貴を連れ、由子は取調室に入った。里貴がトシ坊の肩を揺すった。

「起きろ」

トシ坊は顔をあげた。眠ってはいなかったようだ。

「煙草、くれや」

里貴が由子を見た。由子は頷いた。

「お茶もだしてあげて」

「話がわかるじゃねえか。お茶じゃなくて酒だったらもっとご機嫌なのによ」

「いいわよ。でもここをでていったあと、酔っていたら羽黒の追っ手につかまっちゃうかも」

トシ坊はにやりと笑った。

「はあ？　何いってんだ。なんで俺がボスに追っかけられなきゃいけない」

「その理由はわかるでしょう」

トシ坊は瞬きした。

「わたしがこの前羽黒に会いにいったのを覚えているわね。あのとき羽黒は、わたしに頼みごとをした。港での手入れのもとになった情報を流したスパイを見つけてくれって」

「わけわかんねえな。おかしいんじゃねえのか」

顔を歪め、トシ坊は吐き捨てた。そこへお茶と灰皿を手にした里貴が戻ってきた。マッチと煙草をトシ坊に渡す。その煙草を見てトシ坊は舌打ちした。

「安物だな」

「あなたの吸っている『皇華』よりはね」

由子がいうと、驚いたようにトシ坊は目をみひらいた。

「あなたが高木を殺害した現場の倉庫には、『皇華』の吸い殻が落ちていた」

「何だ、そりゃ。『皇華』吸ってたら人殺しなのかよ」

由子は首をふった。

「他にも証拠はある。あなたが高木に会いに倉庫にいったことは、ツルギ会の人間も認めている。それも、邪魔されないためにわざわざ売れっ子のミユキを連れていった」

トシ坊は黙りこんだ。

「お互いにマズいわよね。羽黒組の女を、ツルギ会の男にあてがうなんて。でもそれはあなたにとっては口実でしかない。本当は高木に羽黒組の情報を流すのが目的だった」

「妙なアヤつけるんじゃねえよ」

「そうなの」

「あったり前だろう！　俺がスパイだなんて、ふざけんなっ」

トシ坊はテーブルを叩いた。

「わたしがまちがってる？」

由子は冷ややかに訊き返した。

「倉庫に商売しにいったことは認めてやるよ。けどなんで俺が組の情報を流さなけりゃならないんだ」

由子は微笑んだ。何もいわず、トシ坊を見つめる。

「何だよ、何、笑ってる」

「いいわ。否認するなら否認しても。これから羽黒の取調べをおこなうから」

「ボスの!?」

「羽黒に電話するよう、わたしがあなたの姉さんにいったのを聞いたでしょ。かかってこない。なぜかしら」

「知るかよ」

煙草を吹かし、トシ坊はうそぶいた。

「まだ伝えてないからでしょうね。姉さんは羽黒じゃなく別の人間に連絡した。その人物は警察に顔が利く。だからあなたはすぐ釈放されると思っている。けれど残念ながらそうはいかない。羽黒の取調べが終わるまであなたはどこへもいけない。羽黒をわたしが取調べれば、誰がツルギ会に情報を流していたか、彼も知る」

「冗談じゃねえぞ！」

トシ坊が立ちあがり、わめいた。今にもつかみかかられそうで由子はどきりとした。里貴がすぐに押さえこんだ。

「すわれっ」

「手前、俺を罠にかけようってのか」

「何のこと？　あなたは別の人間の取調べをうけたあと、きっと釈放される。釈放されたあとは、どうなるかわたしは知らない」

「だ、誰が調べるんだ」

「組織犯罪課。だから安心でしょう」

トシ坊は黙りこんだ。目がきょろきょろと動いている。

「ボスはいつ、くるんだ？」

「さあ。あなたのお姉さんしだいね。もしずっと連絡をとらなかったら、こないかもしれない。でもそうはいかないか。あの店には他にも羽黒の組員がいたから、いずれ耳に入る。となると、なぜ姉さんがわたしの伝言を羽黒にいわなかったのか、考えるでしょう」

トシ坊は唇をかんだ。由子は里貴を見た。

「今日のところはここまでにしましょう。留置して」

「ち、ちょっと待てよ」

トシ坊がうわずった声をだした。由子は無言で見つめた。

「電話を一本、かけさせてくれ」

「弁護士か」

里貴が訊くと、トシ坊は首をふった。

「ちがう」

「お姉さんでしょう。いいわ、かけさせて」

由子はいった。

「こい」

里貴がトシ坊をうながし、取調室をでていった。由子は大きく息を吐き、ぬるくなったお茶を飲んだ。

「だいぶ利いていますよ」

林がつぶやいた。

「そうね」

「ところで先ほどのお話ですが――」

「あなたが今もわたしの部下だという話？　木之内にいって、正式な書類を作らせる。でもまだしばらくは、タクシー会社を辞めないでいて」

林は怪訝な表情になった。

「警察の外にいる味方が欲しいの」

由子は告げた。林は合点したように頷いた。

「了解しました」

トシ坊を連れ里貴が戻ってくると、由子はいったん取調室をでた。

里貴を呼び、林の書類のことを命じた。

「わかりました」

「電話は？」

「泣きついていました。聞いたようすでは、みつえもどうしたものか困っているようでした」

「明日になれば羽黒に伝わる」

「それで留置することに？」

「あれはハッタリ。今夜のうちにトシ坊の自白をひきだす」

里貴は首をふった。

「すごい人だ。私の知っている警視以上ですよ」

「意地になっているだけ」

取調室に戻った由子は立ったまま腕を組んで、トシ坊を見おろした。

「さて、電話も終わったし、今日はここまでにしましょうか」

「すわってくれや」

小さな声でトシ坊がいった。

「まだ話したいことがあるの？　明日にしましょう」

「頼むよ」

トシ坊の顔は青ざめている。

「いったでしょう。あなたを調べるのはわたしたちじゃない。わたしはあなたと世間話をしただけ」

「俺を釈放させねえでくれ」

「えっ。今、何といったの？」

「高木を殺したことを認めるから、釈放しないでくれっ」

トシ坊は叫んだ。取調室の中が静かになった。

「殺した理由は？」

やがて由子は訊ねた。

「女の金を値切りやがった」

由子は首をふった。

「じゃ、組織犯罪課の刑事さんにそういって」

「本当だ」

「本当のわけないでしょう！」

由子は叩きつけるようにいった。

「あなたは前もって倉庫の中で高木がくるのを待っていた。煙草を吸いながらね。そして待ちあわせていた高木がくるのを待って、倉庫の中から撃った。倉庫荒らしと鉢合わせしたのだと思わせるつもりだったのだろうけれど、そうはいかない。高木が倉庫に着いたとき、扉に錠はかかっていなかった。あなたが事務所から盗みだした鍵で開けたの。連れていった女の子にツルギ会の倉庫番が夢中になっている間に」

トシ坊は蒼白になった。

「本当のことをいいなさい。なぜ高木を殺したの」

トシ坊はテーブルにおかれた煙草をとった。火をつけるその手が震えている。

「銭をよこせっていわれたんだ」

「なぜ？」

「俺のことをバラすって」

「何をバラすの？」

「だからあんたがいったことだ」

「羽黒の情報を流していた件？」

「そうだ。俺はいつも女を連れて倉庫にいき、高木と落ち合っていた。最近、俺の羽振りがいいのに奴が目をつけやがって」

「ツルギから金をもらっていたのでしょう」

トシ坊は頷いた。

「あのスポーツカーもそれで買ったのね」

「そうだよ。ボスに知れると疑われるから姉ちゃんが買ったことにしてた」

由子は里貴を見やった。

「高木を撃ったのを認める。だから俺をシャバにださないでくれ」

「じゃあ大事な質問をする。それにちゃんと答えてちょうだい」

「何だ」

「ツルギ会にも、羽黒のスパイがいるわね。誰？」

トシ坊は首をふった。

「それは俺も知らねえんだ。何度も調べろといわれたけど無理だった」

「いいのか、殺されても」

　里貴がいった。

「本当だ、信じてくれ。知ってたら、婆さんに教えている」

　由子は息を吐いた。確かにその通りかもしれない。

「あなたがもっていた拳銃はどこで手に入れた？　羽黒からもらったの？」

「あ、あれは……」

　トシ坊は黙りこんだ。

「いえっ」

　里貴が肩をつかんだ。

「かっぱらったんだ。うちの武器庫から」

「それはどこにあるんだ」

　里貴が畳みかけた。トシ坊の顔が歪んだ。

「『ボンゴ』だよ。『ボンゴ』の地下室だ」

16

　一時間後、由子は里貴や林、桜井や松田とともに警官隊を連れ、『ボンゴ』を急襲した。

夜が白みかけた時刻となり、『ボンゴ』は閉店していた。みつえもおらず、掃除のために残っていた店員を拘束し、地下室から大量の武器弾薬を押収した。拳銃、軽機関銃、手榴弾など、その数は五十点近くに及んだ。

執務室に帰ってきたときにはすっかり夜が明けていた。押収の成果を発表する記者会見を由子はせず、高遠に任せたい、といった。

くたくたで、一刻も早く眠りたかったのだ。

由子は執務室のソファで、里貴に起こされるまで眠りつづけた。

「警視、警視」

そっと肩を揺すられ、目を開いた。里貴がのぞきこんでいた。

体を起こした。朝食ののった盆が机にある。

「何時?」

「午後二時です。先ほど高遠警視の記者会見が終わりました。得意満面でしたよ。すっかり自分の手柄です」

「本物が戻ってきたら怒られちゃう。でも今はしかたがない」

由子が笑うと、里貴も笑い返した。

「感心されます。摩擦を起こすことなく欲しいものを手に入れるという点では、あなたはあの人以上です」

「恐がりなだけ」

由子はソファをでると、手早く洗面をすませた。

「トシ坊は？」

「留置しています。組織犯罪課は取調べをまだ始めていません。押収した武器の件で忙しいんでしょう」

頷き、机にすわった。お腹がぺこぺこだ。〝父〟と食事をしたのがはるか大昔に思える。

自分と同じで、向こう側を知る人間がこちら側にいる、と〝父〟はいっていた。それをふと思いだした。

食事を終え、コーヒーを飲んでいると机の電話が鳴った。里貴がでた。

「了解した。お伝えする」

里貴はいって受話器をおろした。

「羽黒が出頭しているそうです」

由子は深々と息を吸いこんだ。きっと怒り狂っているだろう。

「そういえばわたしが寝ている間、一度も電話が鳴らなかった」

「交換台にいって、私が止めさせました。おやすみの邪魔をさせたくなかったので」

　里貴がいった。

「ありがとう。あなたって本当に気配りができる人なのね」

　由子は微笑んだ。

「いいえ、とんでもありません。向こうの私はどうなんですか。もっとすぐれている人なのでしょうね」

　由子は首をふった。

「とんでもない。あなたのほうがはるかに上。もしあなただったら――」

　いいかけ、由子は口を閉じた。

「何でしょう」

「何でもない。とにかくあなたのほうがすべてにおいてすぐれている。それだけは断言できる」

　ついたての向こうで制服に着替えながら由子はいった。

「嬉しいです」

　里貴が答えた。

「自分と競争しているようで変なんですが、警視にそういっていただけると、とても嬉しい」

　ついたての陰から由子はでた。里貴に歩みよった。はっと顔をあげた里貴にキスをした。

したかったのだ。猛烈に。

不思議だった。初めてなのに初めてではない。緊張と安心の両方がある。やっとキスできた、久しぶりに。いや、本当は初めてだ。

心の中で言葉が争っていた。

里貴は無言で由子を見つめている。その目に怒りがないことを由子は確かめた。あるのは驚きと戸惑いだけだ。

里貴が瞬きした。驚きが消え、かわりにわずかだが喜びが浮かんだ。

「忘れて」

急いで由子はいった。

「警視」

由子は強く首をふった。一瞬の行為に強い後悔を感じていた。里貴とのパートナーシップを壊してしまいかねない、愚かな行動だ。

「──わかりました」

つかのまの沈黙のあと、里貴が答えた。由子は顔をそむけた。きっと里貴は傷ついている。その目を見たくない。

「羽黒に会いましょう」

取調室に羽黒がいた。羽黒はひとりではなかった。スリーピースを着た男といっしょだ。でっぷりと太り、黒縁の眼鏡をかけている。

「弁護士の長山(ながやま)です。ひと筋縄ではいかない相手です。警視とは何度もやり合っています」

里貴が耳打ちした。由子は頷き、取調室の扉を開いた。

「これはこれは、長山先生」

わざと明るい声でいった。

「ご苦労さまです」

長山は驚いたように由子を見た。羽黒はじっとにらんでいる。

「志麻警視こそ、大活躍ですな。ただし、誤解をされておられるようならまずいので申しあげておきます。今朝がたの捜索と、こちらにいる私の依頼人とは何の関係もない。武器、弾薬が押収されたバー『ボンゴ』は、羽黒社長とは一切かかわりのない店だ」

「経営者が羽黒さんの奥さんであっても？」

由子は椅子をひき、いった。

「それがちがうのです」

長山は両手を広げた。

「『ボンゴ』の経営者、本名、服部みつえと羽黒社長のあいだに婚姻関係はありません。羽黒みつえは通称で、二人は親しい友人ではありますが、羽黒社長は『ボンゴ』の経営にはかかわっていない」

「すると『ボンゴ』の地下室で発見された武器弾薬は羽黒さんとは関係がない、と？」

「もちろんです」

長山は頷いた。

「その件については、わたしではなく高遠警視と話しあって下さい。押収された武器弾薬に関する取調べは、組織犯罪課がおこなうことになっていますので」

由子が答えると、長山は眉をひそめた。

「ではなぜ、依頼人に出頭せよ、とおっしゃったのです？」

「その前に羽黒さんにお訊きしたいことがあります。わたしの出頭要請を、誰から聞きましたか」

「それが何か重要なことなのでしょうか」

長山が訊ねた。由子は頷き、羽黒を見た。羽黒はここまでひと言も言葉を発していない。ただ恐い顔で由子をにらんでいるだけだ。

長山が羽黒をふりかえった。

「覚えてない。誰かが俺に伝えた。お前が俺を呼んでいると」

羽黒は由子をにらみつけたままいった。

「みつえさんじゃなく？」

「みつえじゃない」

長山が咳ばらいをした。

「なぜそんなことを訊くのか、理由を教えていただけますか」

「羽黒さん、教えてもいいですか」

由子は羽黒の目を見返し、訊ねた。

「どういうことだ」

「この件は、あなたが以前、知りたがっていた情報に関係している」

羽黒の目がかわった。何かをいいかけ、やめると長山を見た。

「先生、悪いが席を外してくれないか」

長山は渋い表情になった。

「それは感心しませんな。私の同席のないところでの発言が、社長にとって不利な証拠となる可能性がありますぞ」

「かまわねえ。席を外してくれ」

そして壁ぎわに立っている里貴にも目を向けた。

「お前もだ」

由子は里貴をふりかえり、頷いた。里貴は羽黒を見つめ、いった。

「ここは市警本部だ。馬鹿な考えを起こすな」

長山と里貴がでていき、取調室の扉が閉まった。

「スパイをつきとめたのか」

羽黒がいった。

「つきとめた」

「トシ坊か」

「知っていたの？」

「疑っちゃいた」

羽黒の顔から生気が消えた。

「みつえも知っていたのだろう」

「おそらく。昨夜、トシ坊を高木殺しの容疑で拘束したとき、あなたに出頭してもらいたいとみつえさんに伝言を頼んだ。彼女から伝わった？」

「みつえはいない。きのうの夜からな」

「そう」

「なんでトシ坊は高木を殺したんだ？」

「高木はトシ坊がスパイだと知っていた。トシ坊がもたらす情報は、高木を通じてツルギ会に伝わっていたから。高木はそれを材料にトシ坊をゆすった。ツルギ会からはトシ坊にけっこうな金が流れていた」

「くそ」

羽黒は低い声でいった。

「あのアマ、姉弟で俺をコケにしやがった」

「弟をかばいたかったのかもしれない」

「そんなわけがねえ。ツルギに伝わった情報は、トシ坊じゃ知りようのないネタもあった。みつえがトシ坊に教えたんだ」

由子は息を吐いた。

「お気の毒ね」

「ふざけんな」

羽黒の目に再び怒りの火が点った。

「お前、うちばかり痛めつけやがって。このままですむと思うなよ」

「これからツルギ会にもとりかかる。ツルギ会にはあなたのスパイがいる。そうでしょう？」

羽黒は答えない。由子は身をのりだした。

「ツルギ会も必ず痛い目にあわせる。そのためにはあなたのスパイの情報が必要よ」

「わかってんのか。そんな真似をしたら、お前は両方の殺し屋から狙われる。その上、うちとツルギ会は戦争だ」

「ツルギはトシ坊がスパイだったとわかっているから、高木の仕返しはできない。戦争を起こさず待っていれば、ツルギ会もお宅と同じくらい痛い目にあう」

「そんなことが信用できるか。お前がツルギの味方じゃないと、どうしてわかる」

「ツルギの味方なら、トシ坊がスパイだとはあなたに教えない。トシ坊はスパイだったのを認め、自分を釈放しないでくれとわたしに頼んだ。されたら、あなたに殺されるとわかっているから」

「あたり前だ。八ツ裂きにしてやる」

由子は息を吸いこんだ。

「高遠警視にいって、トシ坊を釈放させる？『ボンゴ』の手入れが表沙汰になった以上、それは難しい」

由子はいって立ちあがった。取調室の片隅に湯呑みと急須をおいたテーブルがある。二つの湯呑みに茶を注ぎ、ひとつを羽黒の前においた。

「トシ坊は殺されないためなら、羽黒組について知っていることを洗いざらいうたうでしょう。功績をあげたい高遠警視がそれを使わない筈はない」

羽黒は怪訝な顔になった。

「お前は出世に興味がないみたいなことをいうじゃないか」

「わたしにはない。理由を話す気はないけど」

羽黒は由子を見つめ、湯呑みから茶をすすった。

「妙な女だな。何を考えてやがる」

「いったでしょう。警官が金をうけとらず、あらゆる犯罪に目をつぶらない。犯罪者が警官を恐れるようにしたいって」

由子は乾杯するように湯呑みをかかげた。自分が、前ほど羽黒を恐しいと感じなくなっていることに気づいていた。目の前にいるのは、内縁の妻とその弟に裏切られ傷ついている、孤独な男だ。

「わたしはフェアにやる。ツルギ会をひいきにはしない」

「トシ坊とひきかえでどうだ。奴を釈放したら、スパイのことを教えてやる」

「トシ坊の身柄は、組織犯罪課が握っている。わたしにはどうにもできない。それにトシ坊を殺したら、みつえさんに恨まれる」

「あのアマも殺す」

「殺せば次につかまるのはあなた」

羽黒は深々と息を吸いこんだ。

「スパイのことは考えておく」

急に落ちつきがなくなっていた。麻薬が切れたのだ。落ちくぼんだ眼窩の奥で目が絶え間なく動き、顔色が白っぽい。

「いいわ」

「帰る」

いって、羽黒は立ちあがった。取調室の扉を開くと、

「おい、先生！　帰るぞ」

と叫んだ。

里貴と待っていた長山が驚いたようにやってきた。

「社長――」

「もういい、用はすんだ」

羽黒はいって、大またで市警本部の廊下を歩き去っていった。

「警視」

取調室の中をのぞきこんだ里貴に、由子は羽黒が使った湯呑みを示した。

「羽黒の指紋がついている。トシ坊の拳銃から採取した指紋と比べましょう」

17

湯呑みから採取した指紋と、トシ坊が高木殺しに使った拳銃から採取された指紋の最後のひとつは一致した。これで「ボンゴ」の武器庫にあった銃とは無関係だという羽黒の主張をくつがえすことができる。

だがそれをすぐに使うつもりは由子にはなかった。理由はふたつある。

ひとつは、武器庫に関する捜査を高遠が率いる組織犯罪課に委ねていることだ。高遠が羽黒とつながっているという確証はないが、羽黒にとって不利な証拠は、なるべく手もとにおいておきたい。

もうひとつの理由は、ツルギ会にいる羽黒組のスパイだ。羽黒は、凶暴だが愚かではない。羽黒組がうけたのと同じような打撃をツルギ会にもたらすチャンスを、みすみす見逃しはしないだろう。

スパイについての情報を得る前に、羽黒を逮捕するのは得策ではなかった。

羽黒は、スパイからの情報さえあれば、由子がツルギ会にも打撃を与えるであろうことを、今回の件で知った筈だ。

「羽黒のスパイがツルギ会の情報を知らせてくる、というのですか」

取調室で自分の考えを話した由子に、里貴は訊ねた。

「あるいはスパイのほうから接触してくるかもしれない。いずれにしてもツルギに会いにいきましょう。彼女は羽黒を痛い目にあわせたわたしにお礼をいいたい筈よ」

里貴の顔が真剣になった。

「気をつけて下さい。羽黒とちがってツルギは、ひと筋縄ではいきません。陰険でしたたかな婆さんですから、何をしかけてくるかわからない」

由子は頷いた。

「わかってる。でもやるしかない。そうでしょう?」

「トシ坊の取調べが始まりますが、どうしますか」

「あなたに立ち会いを任せる。わたしはツルギに会いにいく」

「ひとりで?!」

「林さんと桜井、松田にきてもらう」

由子が答えると、里貴の顔が暗くなった。

「あの三人を取調べに立ちあわせるのは難しいでしょう。あなたに任せる」

里貴は息を吐き、つらそうに頷いた。

「わかっています」

由子は私服に着替え、桜井や松田とともに林の運転するタクシーに乗りこんだ。

「どうやってツルギに会うんです?」

松田が訊ねた。

「わたしがマーケットにいけば、向こうから接触してくる。前にいったときもそうだった」

「糸井兄弟ですね」

　ハンドルを握る林がいった。

「あの三人組は、ツルギの勢力を支えている。特に三男のソウシが危険です」

「ソウシというのは、しわがれ声の男？」

「そうです。長男がタカシ、次男がヒロシ、三男がソウシ。タカシとヒロシは年子で、母親と敵対する人間を、三人で数えきれないほど殺したといわれています。タカシとヒロシは、銃やナイフを使いますが、ソウシは素手で首を絞めたり、殴り殺すのが大好きなサディストだという噂です。あの三人に連れていかれてそれきり行方不明になった者はたくさんいます」

「ツルギの指示なのでしょう」

「そうだとは思いますが、証拠はありません。親子ですから、母親が殺したいと思えば、以心伝心で伝わるのかもしれない」

「三人の父親は？」

「戦争で亡くなったと聞いています。軍人だったようですが、糸井は、ツルギの姓で、父親の名はわかっていません」

　林は答えた。

万一のため、林を新宿通りに止めたタクシーに残し、桜井と松田を連れた由子はマーケットに入った。

マーケットには、前にきたときとかわらず、人と商品が溢れている。売り子が声を張りあげ、荷車が走り、ぞろぞろと買物客が動いていた。

「うまそうですね」

串焼きを売る露店の前で桜井がつぶやくと、

「馬鹿。何の肉だかわかったものじゃないぞ。糸井兄弟に殺された人間の肉も売ってるって話だ」

松田がいった。

「本当なの？」

「噂です。でも解体して料理にしてしまったら、人も牛も豚も見分けがつかない」

由子は吐きけを覚えた。

「もし本当なら、絶対に許せない」

三人は人の波に押されるようにしてアーケードの中を歩いていった。

前回はこうして歩いているうちに、三兄弟が立ち塞（ふさ）がった。アーケードの天井の下に部屋があり、ツルギ会の人間がマーケットを監視しているのだ。

だが今回は三兄弟は現われなかった。三人は人波に流されるまま、アーケードの端まできてしまった。

「現われませんね。どうします？」

　訊ねた松田に、由子は答えた。

「もう一回歩いてみましょう。それでも接触がないようなら、マーケットの人間にとりつぐよう頼んでみる」

「わかりました」

　三人はアーケードの中を戻り始めた。野菜や果物を山のように積んだ店の前にきたときだった。

　パン、という音がして、由子の前を歩いていた桜井が不意に膝を折った。

　悲鳴があがり、あれだけ混んでいたマーケットの通路から人波が消えた。

「桜井！　どうした?!」

　駆けよった松田のかたわらで、銃声とともにリンゴが砕け散った。

「伏せて！」

　由子は叫んだ。銃弾はさらに容赦なく襲い、逃げようとした店員がひとり、悲鳴をあげて転がった。

　由子は拳銃を抜いた。どこから弾が飛んできているのか、見当もつかない。果物の山に隠れ、ようすをうかがう。

松田が桜井をひきずって由子のかたわらにきた。ジャンパーの下のシャツが赤く染まっている。

「桜井！」

由子は声をあげた。桜井は苦しげに瞬きした。

「大、丈夫です」

手が震えていた。いったい誰が自分たちを狙撃しているのだ。撃たれるのも恐いが、撃っているのが誰で、どこにいるのかわからないのが、もっと恐い。

「警視、怪我は」

銃を手にした松田が積まれたミカン箱の陰から小声で訊ねた。

「わたしは大丈夫。どこから撃ってきているかわかる？」

松田が首をふった。直後、再び銃弾が目の前の大八車(だいはちぐるま)に命中し、木クズをとび散らせた。

「あそこだ！」

うずくまっていた桜井が苦しげに叫んだ。

「そこの菓子屋です。今、ちらっと姿が見えた」

斜め向かいに菓子店があった。缶入りのクッキーやチョコレート、キャンディの箱などが積まれている。その奥に狙撃者が隠れているようだ。

由子は歯をくいしばった。手にした拳銃のスライドを引いた。使ったことのない自動拳銃だが、撃ちかたの知識はある。

訓練以外で実弾を撃つのは初めてだった。だが撃たなければならない、と思った。桜井を一刻も早く病院に連れていくためには、いつまでもこうして隠れているわけにはいかない。

積まれたクッキーの缶めがけ、拳銃の引き金をしぼった。銃声とともに右手に激しい反動がきた。銃弾は狙っていた缶より下の台に命中した。が、そのせいで缶の山が崩れ、菓子店の通路にがらがらと散らばった。

通路の奥から人影がとびだした。両手で大型のリボルバーを握ったみつえだった。

「このメス犬っ」

みつえはリボルバーを撃ちまくった。由子は思わず床に身を伏せた。弾丸はあちこちに飛び、看板や果物、皿などを粉砕した。全身から血がひき、悲鳴が思わず喉の奥から洩れる。

はっと気づくと銃撃は止んでいた。みつえの銃が空になったのだ。カチン、カチンと空撃ちの音だけが聞こえる。

由子は勇気をふりしぼり、顔を上げた。

「捨てなさい!」

みつえに拳銃を向け、叫んだ。みつえは目を吊りあげ、由子をにらんだ。そしていきなり、手にしていたリボルバーを投げつけた。

「覚えてろっ」

体をひるがえし、マーケットの通路を走っていく。

「待てっ」

松田があとを追おうとした。

「駄目！」

由子は止めた。

「桜井を早く病院に連れていかないと」

実際は、とてもあとを追うことなどできないとわかっていた。腰から下にまったく力が入らない。

「救急車を呼んで」

それでもけんめいに立ちあがり、あたりを見回した。隠れていたマーケットの従業員や客が、そろそろとあたりをうかがい、動きだした。由子はがくがくする足を踏みしめ、撃たれた従業員に歩みよった。唸り声をたてながら、右膝をかかえている。命に別状はない。

松田が店の奥にある電話で、救急車の出動を要請していた。

桜井のもとに戻った。シャツの前を開け、ハンカチを傷に押しあてる。弾丸は、左の鎖骨のすぐ下に命中していた。もう少し低かったら、心臓にあたっていた。

「大丈夫、死ぬような場所じゃない」

桜井が目を開けたので、いった。桜井は苦しげに頷いた。

「犯人は?」

「逃げた。みつえだった」

「あの女……」

「わたしを狙ったの。ごめんなさい」

傷口に押しあてたハンカチは、すぐ血を吸って重くなった。

「救急車はまだ?!」

「今、向かってます」

松田がかたわらにきて、いった。

「警視のせいじゃありません」

桜井がいった。由子は首をふった。涙で桜井の顔がぼやけた。桜井は自分の身代わりになったのだ。

なぜみつえを撃たなかったのだ。今になって悔やまれた。

「必ずつかまえる」

自然に言葉がでた。

救急車が到着するまで、信じられないほど長い時間を待ったような気がした。

マーケットの人間たちは三人を遠巻きにして、誰も近づいてこない。

ようやく担架をもった白衣の救急隊員が駆けつけてきた。桜井と撃たれた従業員を担架にのせる。

「あなたもついていって」

由子は松田に告げた。

「しかし、警視ひとりでは危険です」

「わたしは大丈夫。これがある」

由子は手にした拳銃を見せた。またみつえが襲ってくるのでは、と思うと、恐くてしまえないでいた。

「命令よ。いきなさい。そして状況を木之内に知らせて」

「了解しました」

松田と桜井をのせた担架がマーケットの中を遠ざかった。由子は、八百屋の棚にもたれかかり、目を閉じた。

「さすが、志麻警視」

「部下思い」

「自分のことより、部下が心配」

　声色が聞こえ、目を開いた。

　糸井兄弟だった。マーケットの通路に三人並んで立ち、由子を見ている。

「やっときたわね。もっと早くきていれば、桜井は撃たれずにすんだ！」

　由子は思わず大声をだした。

「それはやつあたりってもんだ」

「デカを撃ったのは」

「俺らじゃない」

「それに俺らなら」

「生きて帰しはしない」

　最後のセリフを、まん中の男がぼそりといった。

　由子は首をふり、鼻をすすった。

「おや、泣いている」

「恐いもの知らずの警視でも」

「泣くことがあるのね」

　由子は深呼吸した。

「ごちゃごちゃいっていないで、早くツルギのところに連れていって！」

「恐い、恐い」

向かって右端の男が首をすくめた。

「警視とママと、どっちが恐い？」

左端の男がいった。

「ママに決まってる」

右端の男が答えた。

「ついてこい」

まん中の男がしわがれ声でいうと、三人はいっせいに回れ右をした。由子は拳銃を手にしたまま、あとにしたがった。

扉を開け、急な階段を登る。前と同じく、どこまでもつづくような長い階段だった。それが途切れると通路にでる。

「そいつを預かる」

扉の前にくると、まん中の男がいった。目は由子が手にした拳銃を見ている。

「しまう。渡せない。わかるでしょう。たった今、殺されかけた」

由子はいって、腰のホルスターにしまった。

男は無言で由子を見つめている。冷たい、死人のような目だ。

「あなたが糸井ソウシね」

由子はいった。右端の男を見る。

「糸井タカシ？」

「タカシは俺」

左端の男が答えた。

「俺はヒロシ」

右端の男がいった。

「名前を知ってるなんて」

「隅におけない」

そして扉をノックした。拳銃を手にした男が扉を開き、四人でそれをくぐった。通路を進み、二枚めの扉の前までいく。

コン、コンコン、コンコンコンコン。

ショットガンの男が扉を開いた。

さらに通路を進む。三枚めの扉を、また独特のリズムでタカシがノックした。

コンコン、コンコン、コン。

畳の通路に入った。靴を脱げ、といわれたのも前と同じだ。

「ここならいいだろう。銃を渡せ」

ソウシがいった。由子は一瞬ためらった。が、みつえがここに現われるなら、ツルギ会とぐるということだし、そうだったら拳銃一挺ではとても太刀打ちできない。

あきらめ、腰のホルスターから拳銃をとりだした。ソウシに手渡す。

受けとったソウシは、長くつづく畳の通路の先を目で示した。大きな屛風がある。

「ここから先はひとりでいきな」

由子は無言で足を踏みだした。通路を進み、屛風を回りこむと、コタツに着物をきたツルギがいた。今日は丸髷(まるまげ)ではなく、夜会巻きにしている。

ツルギは老眼鏡をかけ、新聞を読んでいた。

「おコタにお入り」

新聞をおくといった。

「食べるかい」

由子は頷き、コタツの上に積まれたミカンをひとつ手にとった。喉がからからだ。

「見ていたよ。なんでみつえを撃たなかったんだい」

ツルギが訊ねた。皮をむく手が止まった。

「撃てばよかったと、後悔してる」

答えて、ミカンを口に押しこんだ。甘い果汁が喉を潤し、ため息がでた。

「でもみつえのピストルは弾切れだった。丸腰と同じなのに撃てない」

「ああいう女は、庭に住む毒蛇といっしょだよ。殺しておかなけりゃ、また必ずあんたを狙ってくる」

残りのミカンを食べ終えるまで、由子は口をきかなかった。喉の渇きがようやくおさまり、

「ごちそうさま」

といって、ツルギを見た。

「みつえは、弟のトシ坊があなたのスパイだったことを知っていた。知っていてかばっていた。羽黒は怒ってる。二人とも殺す気でいる」

「そうかい」

ツルギは顔色ひとつかえずに答えた。

「羽黒はツルギ会に戦争をしかけるかもしれない」

「やってみればいい。あんたのおかげで、羽黒組は道具を失くしてる。やったら、奴らの負けさ」

由子は息を吸いこんだ。

「約束は果たした。でしょ?」

ツルギは黙っていた。前にここで会ったとき、ツルギは由子に約束を果たせ、と迫った。その中身が何なのか、わからない。が、羽黒組を弱体化させることだと想像していた。

「ちがうだろう」

やがてツルギが答えたので、由子ははっとした。

「羽黒の小僧なんか、どうだっていい。あたしがあんたに頼んだのは、あいつを捜すことだ」

「あいつ」

「同じことを何度もいわせるんじゃない。あたしの亭主を殺した男だよ。落とし前をつけさそうと思って、ずっと捜してる。あんたが協力するというから、羽黒組の情報を流してやったんじゃないか。羽黒を叩いたら、もう用はない、とでもいうつもりかい」

ツルギは淡々といいながら、由子を見つめている。

由子は混乱した。ツルギの夫を殺した男を捜す？　そんな約束だとは、まるで想像していなかった。

「そうじゃないけど、いろんなことがつづけて起こったから」

由子はいった。ツルギは目をそらそうとしない。

が、やがてコタツの上のミカンをひとつ手にとった。

「嘘をついてる顔じゃない。それに――」

ミカンの皮をむきながら言葉をつづけた。

「あんたは思ったより人のことを考えてやれる人間のようだ」

「何の話?」

「さっきだ。みつえを追いかけるより、自分の手下を助けるのを優先したろう。あたしはあんたが手下のことなどこれっぽっちもかまわない女だと思ってた。手下が何人死のうが、手柄をあげられればそれでいい。そんな女だと。でもちがったね。あんたにも血が通ってるってことだ」

由子はツルギを見直した。おさまっていた涙がまたこぼれそうになった。が、ほだされてはいけないと自分にいい聞かせる。

「光栄ね。ツルギ会のボスにほめられるとは」

あえて冷ややかにいった。ツルギはきれいに皮をむいたミカンを由子に押しやった。

「あたしはね、人の面倒をみるのが嫌いじゃないんだ。亭主を亡くした後も周りにいる人間が頼ってきたら、知らん顔はできなかった。そうこうしているうちに、こんなになったってわけさ。お食べ」

「ありがとう」

由子はふたつめとなるミカンに手をのばした。

「おさらいをしようか」

むいた皮をまとめ、指先をこすりあわせたツルギはいった。

「亭主を殺したのは、軍隊にいた部下で、関圭次(せきけいじ)という男だ。亭主と関は、兵器開発部に属し、新兵器の研究をしていた。戦争中からずっとだよ。あの晩、亭主は研究所に関と遅くまでいた。もうすぐ新兵器が完成しそうだと、あたしは亭主から聞いていた。亭主は結局帰ってこなくて、翌朝出勤した開発部員が、死んでいる亭主を見つけた。関はどこにもおらず、新兵器も設計図も消えていた」

「何年前？」

ツルギは静かに息を吸いこんだ。

「二十五年前だ。戦争は終わってたけれど、今度はメキシコ合衆国がアジア連邦に戦争をしかけてくると、皆が思っていた。だから軍は、新兵器の開発を亭主に急がせていたんだ」

由子は里貴の話を思いだした。二十六年前まで日本を含むアジア連邦と太平洋連合とのあいだで戦争があり、アジア連邦は勝ったが経済が疲弊した。むしろ敗北した太平洋連合のほうが今は復興し、繁栄している。

太平洋連合というのは、オーストラリアを中心とした国々で、アメリカはメキシコとの戦争に敗れ、吸収され、メキシコ合衆国の一部になったという。

「あたしはただの研究者の女房だった。だが生きていくために、闇市で店を始めた」

「それがツルギマーケットの前身というわけ？」

「そうさ」

「四谷区長と仲がよかったって聞いたけど？」

里貴の話では、ツルギは、新宿を含む四谷区の区長、町村の元愛人だった。

「大昔の話さね」

ツルギは頬をゆがめた。

「マーケットの敷地をもっと増やしてくれ、と商店会の代表であたしが陳情にいったことがあってね。そのときに『どうだ』と誘われた。否応はなかったよ。あたしが首をタテに振らなけりゃ、マーケットは潰される。亭主はいないし、今から考えれば、商店会はあたしを人身御供にしたんだ。まあ、そのおかげで、マーケットをあたしは手に入れたわけだけど」

「三人の息子さんがいたでしょう」

ツルギは横顔を由子に向けた。

「あの子らには、もうちょっとマトモに育ってもらいたかった。だけど女手ひとつで苦労しているあたしを見て育ったからね」

「今からでも遅くはないのじゃない？」

「馬鹿をおいいでないよ。あの三人がいなかったら、マーケットの連中はすぐに好き放題を始める」

由子は息を吸いこんだ。この糸井ツルギに、ごくふつうの主婦の時代があったというのが、にわかには信じられない気持だった。

「ご主人の名前は？」

「菊池英夫少佐」

メモをだし、菊池と関の名を書きとめた。

「二人の年齢を」

「生きていれば亭主は七十三、関は五十八だよ」

「十五、年が離れていたの？」

「関はもともと別の部署にいて、開発部にやってきたんだ」

「別の部署？」

「陸軍の情報部だったって本人から聞いたことがある。亭主はよく、関をうちに連れてきて、あたしの手料理を食べさせていた」

「ではあなたも会っているのね」

ツルギは下を向き、低い声で答えた。

「あるとも」

「どんな外見？」

「色が黒くて背の高い、いかにも軍人らしい男だった。ちょっと二枚目でね」

「当時の階級は？」

「それがね、秘密だった」

「秘密?」

「亭主の下にきたときは、まだ戦争中で、階級を秘密にしていた。関というのも本名じゃない」

「それはご主人が殺される何年前なの?」

「三年前だよ。関が三十歳で、あたしが三十三だった」

そのいいかたに由子はふと違和感をもった。男性の年齢と自分の年齢を比べあわせるとき、女はその男性に対し、特別な感情をもっている。

「関の性格を話して」

「謎めいてた。無口でね。でも気持の強い男だった。当時、次男のヒロシが六ヵ月かそこいらで、タカシも一歳半。てんてこまいだったあたしを気づかってくれた。研究ひと筋の亭主はまるきり、気がつかなかったけど」

「何かあったのね」

由子がいうと、ツルギは我にかえったように顔をあげた。じっと由子を見つめていたが、いった。

「あんたのことを、あたしは本当に思いちがいしてたようだ。そういう女の勘も働くんだね」

「警察と結婚した女だと思ってた？」

ツルギはふふん、と笑った。

「まあ、いいさ。捜せるかい、関圭次を」

軍にいたのであれば、こちらの世界の〝父〟なら、何か情報を与えてくれるかもしれない、と思った。

「落とし前をつけさせるって、関を殺すの？」

「それはあんたには関係ない。どうなんだい、ちゃんと捜すのか」

ツルギの表情が険しくなった。

「やれるだけのことはやる。ところで――」

由子は息を吸いこんだ。

「羽黒のスパイが、ツルギ会にいる、というのを知ってた？」

ツルギは目を細めた。

「それがどうした。スパイなんてどこにでもいるものさね」

「見つけたいとは思わないの？」

「あたしに恩を売ろうってのかい」

由子は首をふった。

「そうじゃない。気にならないかと思っただけよ」

ツルギは息を吐いた。

「トシ坊もそうだが、スパイなんてのは、心に弱いものがある人間がやることさね。みつえは、旦那よりも弟がかわいかっただけだろうけど」

「今はわたしを憎んでいる」

「ああいう女はね、世の中でうまくいかないことがあると、必ず誰かのせいにするのさ。その誰かをつけ狙うことで、自分はまちがってないといいはる」

「みつえの居どころを捜せる？」

「さあね。トシ坊とちがって、うちとのつきあいが直接あったわけじゃないからね」

ツルギは横を向き、象牙と思しいホルダーに煙草をさしこむと、マッチで火をつけた。

「わたしがみつえに殺されたら、あなたの役に立てない」

「二十五年間、捜しつづけて見つからなかったんだ。あんたがいなくなっても、そのときはそのときさ。だがあんたはあたしとした約束を果たさなきゃならない。それをとぼけるっていうなら、こっちにも考えがある」

「やらないなんてひと言もいってない。ただ集中できる環境が必要なだけ」

「面倒ないいかたをするもんだね。ソウシ！」

ツルギは声を張りあげた。

「はい、ママ。ここにいます」

屛風の向こうから返事があった。

「みつえを捜しな。手はださなくていい。見つけたら、この警視さまにご注進するんだ」

「わかりました、ママ」

ツルギは由子を見た。

「あんたに電話番号を教えておく」

目で部屋の隅におかれた電話器を示した。着物のたもとから紙きれをだし、由子の前においた。ふたつ折りにされたそれには、六桁の番号が記されている。

「ここの電話だ。関のことがわかったら電話をしておいで」

「わたしの電話番号は――」

いいながら、自分が知らないことに由子は気づいた。

だがツルギは、フンと鼻を鳴らした。

「そんなもの教えてもらわなくてもわかってる。みつえが見つかったら、知らせてやるよ」

「わかった。全力を尽くす」

由子は答えた。

18

林のタクシーで市警本部に戻った由子を、里貴と松田が待ちかまえていた。

「桜井は命をとりとめました」

「よかった」

由子は執務室の椅子にすわりこんだ。

「危なかったそうですね」

里貴が紅茶の入ったカップを机においた。

「みつえの行方はわかりません。羽黒の報復を恐れて、身を潜めているようです」

「あの女はまた警視を狙いますよ。まるで毒蛇みたいな奴だ」

松田がいった。由子は里貴を見た。

「トシ坊の取調べは?」

「すんなり吐きました。奴は女の商売で、もとからツルギ会の奴らとつきあいがあった。羽黒組の情報は、二年前から流していたそうです。羽振りがよくなったのを、ツルギ会とのツナギ役だった高木にねたまれ、半年くらい前からゆすられていた。羽黒組とツルギ会の緊張が高まったんで、今なら殺してもいいりだと思われると考えたようです」

「『ボンゴ』の地下室の件は？」

「あそこが武器庫になっているとトシ坊に教えたのはみつえでした。高木にゆすられているることを話したら、『口を塞いじまえばいい』といわれたそうです。道具は、店の地下にあるから、と。とんでもない女です」

「組織犯罪課は？」

「みつえを追っています。『ボンゴ』はみつえの店ですから、武器の不法所持はあくまでみつえの罪ということで」

「羽黒組はお咎めなし？」

「みつえが逮捕され、羽黒組との関係を自供したら別でしょうが」

　里貴はいって、首をふった。

「つまりみつえは生きてはつかまらない、ということです」

「それはみつえがつかまる前に、羽黒組が口を塞ぐという意味？」

「口を塞ぐのは羽黒組とは限りません」

「まさか」

　由子はつぶやいた。里貴は声を低くした。

「高遠は羽黒組とはべったりです。警視に痛めつけられるのを防げなかったことで、羽黒は高遠に厳しく当たっていると思います」

「組織犯罪課より先にみつえの身柄をおさえないと」

確かに毒蛇のような女だが、汚職警官に殺されるのを見過しにはできない。

「こちらには銃に付着した、羽黒の指紋という切り札があります。たとえみつえが殺されても、武器庫と羽黒の関係の証拠となります」

「だとしても、みつえを殺させるわけにはいかない」

「みつえの居どころを捜すことに関しては、羽黒組と組織犯罪課のほうが有利です」

里貴は暗い表情でいった。

「ツルギ会も捜している。見つけたら連絡がくる筈よ」

「ツルギ会が？」

「取引をした。二十五年前にツルギの夫だった菊池英夫少佐を殺した、関圭次という部下を捜す」

「ツルギの夫、ですか」

里貴は眉をひそめた。

「戦争で亡くなったのではないのですか」

松田が訊ねた。

「菊池少佐が殺されたのは二十五年前で、戦争は終わっていた。二人は、軍の兵器開発部にいて、新兵器の開発に携わっていたそうよ」

由子はツルギから聞いた話をした。聞き終えた松田がいった。

「もしツルギの亭主が、軍の研究所内で殺されたのであれば、捜査権は警察ではなく、憲兵隊にあります。当時の捜査資料もすべて軍が保管しているでしょう」

「そうですね。終戦後一年という時期を考えると、世の中はまだ戦時下に近かったでしょうから、軍の影響力はかなり強かったと思います。正直、私もまだ生まれたばかりなので……」

里貴は口ごもった。

「しかしなぜ、今になって捜しているのでしょうか」

「ずっと捜していたみたいね」

「新兵器を盗んで逃げたのなら、当然、軍もけんめいにあとを追った筈です。それでもつかまらなかったのでしょうか」

松田が首を傾げた。

「あるいは密かにつかまえ、新兵器をとり戻した上で抹殺した、という可能性もあります。軍にとっては、公になったら面目を失うような失態ですから」

「確かにそうだ。ツルギは夫の復讐を考えているのですか」

里貴の問いに、由子は首をふった。

「それが少しちがうような気がする。ツルギと、犯人である関のあいだに、何かがあったと、わたしは感じた」

「何か？」

由子は息を吸いこんだ。

「男と女の関係よ」

「えっ、あのツルギが、ですか」

松田が驚いたような声をだした。

「二人が出会ったのは、菊池少佐が殺される三年前、つまり二十八年前で、ツルギは当時三十三歳だった。その頃のツルギは妻であり、二児の母で、今とはまるでちがっていたと思う」

「二児の母。すると三男のソウシはまだ生まれていなかった？」

里貴の問いに頷いた。

「次男のヒロシが生後半年というから、そうなるわね」

「ツルギが、つまり亭主の部下と不貞を働いたということですか」

「あくまでもわたしの勘だけど」

「確かに若い頃のツルギは美人だったといわれています。四谷区長の町村の愛人だったこともあるほどですから」

望んでそうなったのではない、といういいかたをツルギはしていた。が、たとえそうであっても、それを足がかりにツルギマーケットを築きあげた。

「未練があって捜している、と？」

松田が訊ねた。由子は首をふった。

「二十五年前に関係が終わった男に未練をもつような女はいない。関を捜しているのは、もっと別の理由がある」

「何です？」

「あくまでわたしの想像だから、まだいえない。でも二人には、その事件のことを調べてもらいたい。わたしは――」

いって、息を吸いこんだ。

「父に連絡をする」

里貴と松田が執務室をでていき、由子は電話を見つめた。

陸軍省で夕食をともにしたとき、〝父〟は由子を本物ではない、と見抜いた。そして「向こうとこちら」をいききしている者がいる、といった。それは、この世界にきて初めて、由子が元の世界に戻るきっかけとなるかもしれない手がかりだった。

だが〝父〟はなぜか、そのことについて話すのをためらっていたような気がする。向こうの由子の父、つまり本物の父親の命日が十年前の九月十二日だと聞いたとき、

「わかった」

と頷いた。それが何を意味するのか、〝父〟は答えなかった。

由子は黒い電話器のダイヤルを回した。

前回と同じく、三度の呼びだしで、〝父〟はでた。

「はい、志麻です」

応答の言葉も同じだ。

「由子です」

「先ほど、テレビで警察の記者会見を見た。警察は、以前より成果をあげているようだ」

「ありがとうございます」

答えると、〝父〟の声に含み笑いが加わった。

「やはりな。君が礼をいったということは、あれも実は君の仕事だったのだな」

由子ははっとした。

「まあ、いい。どうしたのだ?」

「実は、お知恵をお借りしたいことができました」

「私の知恵?」

「はい。詳しいことは、会ってお話ししますが、よろしいでしょうか」

「娘と会うのに、理由など必要ない。前回と同じ場所に席を用意しておく。明日の晩、同じ時間でよいかね？」

「ありがとうございます」

里貴を別にすれば、本当の由子を知るただひとりの人物が〝父〟だった。嬉しさを感じるのは、その人と会うからだろうか。

本当の父ではない〝父〟に、由子は尊敬を抱いていた。敬意を払わずにはいられない存在感をあの人はもっている。

この世界の父親があの人でよかった、と電話を切った由子は思った。

翌日の午後六時、里貴に送られて、由子は陸軍省の玄関をくぐった。食堂には〝父〟がすでにいた。

〝父〟はカーディガンにスラックスという軽装だった。食前酒を選び、メインディッシュを注文する。由子も〝父〟も、今日は肉を選んだ。

食堂は前回とは異なり、賑わっていた。二人の席はほぼ中央で、多くの客が〝父〟に挨拶をする。

「私の知恵が必要だとは、珍しいことだ」

食前酒で乾杯すると、〝父〟がいった。

由子は周囲を見回した。隣りあうテーブルは、すべて客で埋まっている。ここで二十五年前の事件について話すのは、はばかられた。

「その話は、あとでうかがってよろしいですか」

〝父〟は小さく頷いた。

「なるほど、そういう内容の話なのだな」

「はい」

由子はうつむいた。過去の話ができないとなると、何を話したらよいのだろう。

「お母さんが亡くなって、じき十年になる」

不意に〝父〟がいい、由子ははっと顔をあげた。

「君に会ったあと、自宅で古い写真をひっぱりだした。お母さんに似てきたな」

「市警本部の部屋に、三人の写真が飾られていました」

「三人？」

〝父〟はナイフとフォークの手を止めた。

「はい。茶色いスーツを着たお父さまと、髪をまとめたお母さま、それに制服を着たわたしです。たぶん十八くらいの。あ、わたしではなく、お嬢さんですが」

〝父〟は無言で、肉を口に運んだ。すぐには何もいわなかった。

「その写真を見て気がつきました。この世界のお父さまはまだ生きているのだと。同じ年頃のとき、わたしは父を亡くしていました」

「かわりにお母さんが先に逝ったわけだ。たぶんその写真を撮って間もなく、亡くなった」

「死因は何ですか」

「自死だ」

じし、という言葉の響きに、一瞬意味をつかみそこねた。

「――まさか」

由子はつぶやいた。あの母が自殺するなどとは考えられない。

「長く思いわずらっていたことがあったようだ。その悩みを断ち切るために、お母さんは自死を選んだ」

「そのとき、お父さまは――」

「任務で海外にいた。腹立たしく、悲しかった。腹立たしさは自分に対してだが」

由子は息を吐いた。

「あの子は当時、警察の宿舎にいた。母親の死に混乱し、私に対し怒りも感じたようだ。自死の責任が私にある、と思ったのだろう」

由子は〝父〟を見つめた。そうなのですか、という問いが喉の奥にあり、しかし口にできずにいた。

「娘の考えは、正しくもあり、まちがってもいる。家内が死を選んだ理由は、何より家内の中にあった。しかしそれをとり除いてやらなかった私の責任でもある」

由子は小さく頷いた。

「私が軍に人生の多くを捧げたように、あの子も警察に対して、人生を捧げようとしていた。そしてそれは、私に対し、復讐のような意味があった」

「復讐？」

「家族をかまわなかった。家内は寂しかったろう。私と同じような生きかたを見せつけることで、娘は、家内の気持を私にわからせようとしていた」

「そんな……」

〝父〟の言葉には、苦く重い響きがあった。

「初めてここで会ったとき、いったね。あの子と私は、打ち解けて話すことがなかった。互いに他人行儀で、固苦しい会話しかしなかった」

「はい」

「家内のことが、ずっと、わだかまりとなってあったからだ。あの子に許しを乞うことが、私にはできなかった」

「でも――」

由子はいいかけ、言葉を呑みこんだ。

「でも、何だね」

「わたしがいってよいことかどうかはわからないのですが、お父さまとお母さまの関係は、あくまでお父さまとお母さまのものです。たとえ、どんなことがあったにしても、娘に許しを乞うようなものではないのでは？」

〝父〟は頬をゆるめた。

「君は大人だな」

「夫婦は男女です。親子とはちがいます。夫婦の問題には、子供でも立ち入れない部分があると思うんです。もちろん、それはずっとあとになってわかることですが」

〝父〟は由子を見つめ、ほっと息を吐いた。

「あの子に、君ほどの柔軟さがあればいいのに、と今思った。勤勉で責任感が強いが、あの子には、君のようなやわらかさがない。それは、私に似ている」

「立派なお父さまだと思います。尊敬できる方が、この世界の父でよかった、と今日も考えていました」

突然、〝父〟は顔をそむけた。感情をおさえこむように深呼吸している。

前は、自分がここで泣いた。今日は、〝父〟が泣きそうになっている。

「ありがとう」

やがて低い声で〝父〟はいった。

「あの子のかわりに君が、父親が聞いて一番嬉しいことをいってくれた」

「いつかは、この世界の由子さんも同じことをいうと思います」

〝父〟は息を吸いこんだ。

「あの子を誇りに思っている。君のこともだ。もしかすると、君はあの子以上の功績をあげているかもしれない」

「とんでもありません」

由子は首をふった。食事が終わり、二人は〝父〟の発案で、食堂のある階の上にある、バーラウンジへと移った。

壁ぎわに煖炉が切られ、低いテーブルとソファが並んでいて、そこに人は少ない。

〝父〟はブランデーをふたつ注文し、周囲に人のいないソファで向かいあった。

「では、用件を聞こうか」

〝父〟は葉巻を、とバーテンダーに告げ、火をつけさせて受けとった。

「めったに吸わないのだが、今日は特別な日だ」

微笑んで、由子に告げた。自分との会話が、〝父〟の重荷を少しでも軽くしたのだとすればよかった、と由子は微笑み返した。

「二十五年前に、陸軍の兵器開発部で起きた殺人事件について知りたいのです」

「二十五年前。それはまたかなり古い話だな」

濃い煙を吐き、掌(てのひら)であたためたグラスからブランデーを〝父〟はすすった。

「菊池英夫という少佐が、関圭次という部下と二人で、研究所で新兵器の開発をおこなっていました。新兵器は完成まぢかで、菊池少佐はそれを妻に告げています。ところがある晩、少佐は帰宅せず、翌日出勤した部下が、少佐の死体を発見しました。そして関圭次と新兵器が、研究所から消え、いまだに見つかっていないようです」

「関圭次の階級は？」

「不明です。当時三十三歳で、関は戦争中、情報部に所属していました。開発が始まったのも戦争中だったため、関の本名と階級は秘密にされていたそうです」

「情報部の人間が、開発部に出向していたということかな」

「おそらくそうだと思います」

「殺人が研究所で起こったのであれば、捜査は憲兵隊の管轄になるな」

「はい」

〝父〟は横を向いた。

「二十五年前、か。関が敵国のスパイで、新兵器を盗むために、菊池少佐を殺害したのだとしても、今となってはガラクタ同然だろう」

「ガラクタ？」

「二十五年前の新兵器など、現在では古くて使いものにならない」

いわれてみればその通りだ。

「でも、その新兵器が何であったかも、わからないのです」

「君が知りたいのは、その新兵器のことかね?」

由子は首をふった。

「いいえ。菊池少佐を殺害した、関圭次の行方です。もしかしたら軍は、とっくに新兵器をとり戻し、関を抹殺しているのではないかという者もいるのですが……」

「可能性はないとはいえない。が、今の話を聞いていて奇妙に思ったのは、情報部の人間が開発部にいた、ということだ。しかも偽名を使っていた」

「それは、素人のわたしも思いました」

「おそらく、関という人物が、その兵器の開発に不可欠な人材だったのだろうな。あるいは、別の国からその兵器に関する秘密を盗みだし、それをもとに開発が進められていた可能性もある」

〝父〟はいった。

「そうですか……。関圭次の居場所を知りたいと思っているのですが」

由子はいった。〝父〟の目が動いた。バーラウンジのカウンターにひとりですわっている男の背中を見ている。

「君は運がいい」

〝父〟がいった。立ちあがり、男に近づいていく。由子が見ていると、男の背中に軽く触れ、話しかけた。

男がふりむいた。白髪を頭頂部にわずかに残しただけで、目元が柔和だ。スーツにネクタイをしめている。男の前にはウイスキーと思しい壜とグラスがおかれていた。

〝父〟がふた言み言話しかけると、男は由子のほうを見た。由子は無言で頭を下げた。

男がカウンターの椅子を降り、由子に歩みよってきた。酔っているのか、わずかだが体がふらついていた。

「志麻警視」

男はいって、笑みを浮かべた。

「有名な女性警官に会えて光栄だ。私は――」

「大野中佐。元兵器開発部の責任者だった。いまは東州貿易の顧問をしておられる」

〝父〟がいった。由子は立ちあがり、頭を下げた。

「初めまして。志麻由子です」

「ご活躍はかねがね承っている。さすが志麻大佐のお嬢さんだと感心しておりました」

「おすわり下さい」

由子は椅子を示した。〝父〟が「運がいい」といったのは、兵器開発部にいたこの大野がここにいたことを意味したのだと気づいた。

「失礼」

大野はいって、椅子に腰をおろした。〝父〟がボーイに合図をした。カウンターにおかれた大野の酒を、ボーイがテーブルまで運んでくる。

「今、お父さまからうかがったのだが、警視は研究所にいた人間を捜しておられるとか」

「はい。関圭次という研究員です」

大野は目を細めた。

「関、圭次……」

「はて、そんな研究員がおったかな」

「二十五年前です。菊池英夫少佐の部下でした」

大野が目をみひらいた。

「あの菊池。おお、思いだした。痛恨の事件だった」

「ご存じなんですね」

大野は大きく息を吐き、掌で顔をなでた。

「酔いがさめたよ。大佐、あなたも人が悪い」

「すまない」

〝父〟がいうと、大野は首をふった。

「いやいや、あれは私にとっても忘れられんできごとだ。研究所に着任を命じられた翌年に起こったのだからな」

「菊池少佐や関圭次をご存じだったのですね」

大野は頷いた。

「まだあのとき私は少尉で、研究所でいったい何をさせられるのかと思っておった。数字のことはわかるが、科学となるとからきしだったからな」

〝父〟を見た。

「終戦に伴い、参謀本部から異動になったのです」

〝父〟は頷いた。

「参謀本部が縮小されていた時期だな」

「ええ。菊池少佐の研究は、当時極秘扱いで、何がおこなわれているのか、研究所内でも知らない人間のほうが多かった」

「大野さんは？」

「もちろん知らなかった。ただ、関という、菊池少佐の助手が、陸軍情報部からきた、ということだけは知っていた。経理だからね。給料の計算をしておったから」

「関圭次は本名ではなかった筈です」

由子はいった。大野は頷いた。

「本名ではない。だが経理処理の関係で、私は本名を知っていた」

「何という名です？」

「ちょっと待ってくれ。なにせ昔の話なので」

大野は額に手をあてた。

「しみず……確か清水といった筈だ」

「下の名は？」

大野はしばらく考えていたが首をふった。

「思いだせない。清水中尉、だったかな」

「陸軍情報部の清水中尉」

由子はいって、〝父〟を見た。〝父〟は無表情に大野を見ている。

「ああ。まちがいない。清水中尉だ。ただ清水中尉の経歴は、秘密になっていて、情報部でどんな活動をおこなっていたかは、あの事件の捜査にあたった憲兵隊にも知らされなかった」

「そのことが事件の解決を妨げたのですね」

大野は頷いた。

「清水中尉は、菊池少佐を殺害し、開発中の新兵器をもち去った。それだけはわかっている。正直にいって、軍は当時、あの事件の解決を望んでおらんのではないか、と私は思ったものだ」

「そうなんですか」

由子は〝父〟を見た。〝父〟は首をふった。

「私にはわからない。研究所とのつきあいはなかった」

由子はふと違和感をもった。ついさっきまでと、〝父〟の雰囲気が微妙に変化している。どこか、この会話をつづけるのを嫌がっているように見えた。

「陸軍情報部の清水中尉について、今なら、何らかの情報を得ることができるでしょうか」

「それは難しい」

大野が答える前に〝父〟がいった。

「軍の情報部は、たとえ何年たとうと、秘密を決して明かさない」

「でも先ほど、お父さまは、二十五年前の新兵器など、現在では古くて使いものにならないとおっしゃいました」

「それはあくまでも兵器についてであって、人間に関しては別だ」

〝父〟の口調は険しかった。大野が瞬きした。酔いがさめたような顔になっている。

「どうやらあまりお役に立てないようだ」

「そんなことはありません」

由子は首をふった。

「菊池少佐の研究について、少しでもご存じの方にお心当たりはありませんか。当時研究所にいた人で」

大野は息を吸いこんだ。

「何せ二十五年前のことだからな。情報を得られる地位にあったなら、それなりの年齢だったわけで、大半はもう亡くなっている」

「ご存命の方は？」

大野はしきりに瞬きをくり返した。

「研究所の副所長をやっておられた辻少将は確かご存命の筈だ」

由子は〝父〟を見た。

「辻さんか。確かにまだお元気だと聞いた」

〝父〟はいった。

「連絡先がわかるでしょうか」

「陸軍省で訊けばわかるだろう」

「私が訊いてこよう」

大野が立ちあがった。

「でも――」

「いやいや、ちょうど用を足したいと思っておったところだ」

大野はバーラウンジをでていった。

由子は〝父〟を見つめた。

「何か問題があるのですか」

「何のことかね」

〝父〟は首を傾げた。

由子は息を吸いこんだ。

「清水中尉の名前を聞いたときから、雰囲気が微妙にかわりました」

〝父〟は由子を見返し、しばらく何もいわなかった。やがてつぶやいた。

「警官を甘く見てはいかんな」

「心当たりがおありなんですか」

「ある」

〝父〟は短く答えた。

「清水という名も偽名だ。情報部に配属されてからは、一度も本名を使ってはいなかった」

「でもお父さまは本名をご存じなのですね」

〝父〟は小さく頷いた。

そこへ大野が戻ってきた。紙片を手にしている。

「辻少将の連絡先がわかりました。僭越とは思ったが、その場から電話をしておきました」

「えっ」

由子は大野を見つめた。

「同じ研究所におった私がひと言いっておいたほうが話が早いと思ってね」

「それは申しわけありません」

「いや。辻さんは八十を超えられてからは足が弱ってしまって外出はできないが、きてもらえるなら、いつでも会うとおっしゃっていた。今日でもかまわないそうだ」

「今日、ですか」

由子は驚いて訊き返した。

「辻さんは軍人ホームに入所されている」

「軍人ホーム――」

「傷病や高齢でひとり暮らしが難しくなった元将校をうけいれる施設だ」

〝父〟がいった。

「芝区の海軍基地内に建っている」

大野が補足した。

「こんな遅くにお邪魔しては迷惑です」

由子はいった。

「一日中、寝たり起きたりだから、自分が起きている時間なら、夜中でもかまわないといっておられた」

「そうですか」

大野は由子と〝父〟を見比べ、紙片をさしだした。二人のあいだに生じた変化に気づいたようだ。

「ありがとうございます。ご協力、感謝します」

いって、由子はうけとった。

「じゃ、そういうことなので、私はこれで失礼する。大佐、失礼いたします」

敬礼し、大野はカウンターに戻っていった。

由子はうけとったメモを広げた。軍人ホームの住所と部屋番号が記されている。

〝父〟は無言だ。

「ここをお訪ねしてみます」

由子はいった。自ら話そうと決めない限り、この〝父〟が清水中尉について口を開くことはないだろう。

「私もいこう」

〝父〟が低い声でいった。

「部外者の君がひとりで訪ねるとなると、手続きが面倒だ。基地と同じ敷地内にある建物だからね」

由子は〝父〟を見つめた。

「よろしいんですか」

〝父〟は頷いた。

「清水中尉の話は、辻さんに会ったあとで、する」

19

里貴がハンドルを握る車に、由子と〝父〟は乗りこんだ。

「父よ」

由子がいうと、里貴は緊張した顔でふりむいた。

「初めまして、木之内と申します。志麻警視の秘書官をしております」

「彼には本当のことを話しました。彼がいなかったら、今頃、わたしはどうなっていたかわかりません」

由子はいった。

「そうか。娘がたいへんお世話になりました」

〝父〟は頭を下げた。

「どうか、おやめ下さい、大佐。そんな、お世話をするなんて、とんでもありません。私こそ、警視には感謝しているのですから」

里貴はあわてた顔になった。

「君は、前の、志麻由子も知っているのだね」

〝父〟がいった。

「もちろんです。ずっとお仕えしておりました」

「そうか……」

「初めて警視から事情をうかがったときは驚きました。ですが今は、別人であるというお話を信じています。どちらも立派な方です」

「やめて、そんな話は。芝区の海軍基地、わかる？」

由子は急いでいった。

「はい」

「その敷地内にある軍人ホームにいきたい」

「承知しました」

里貴は車を発進させた。陸軍省の建物をでてほどなく、前方に大きな港湾施設が見えてきた。由子の知っている東京よりはるかに、海が都心部まで入りこんでいるようだ。

カーキ色に塗装された軍用艇らしき船が何隻も港には浮かび、大きな照明灯の光をうけている。築地から汐留にかけての一帯が広大な軍港になっているようだ。

やがて車は、衛兵の立つゲートの前で止まった。里貴が窓をおろし、告げた。

「東京市警志麻警視の専用車だ。御父君である志麻大佐も同乗しておられる」

「身分証を拝見します」

小銃を肩にかけた兵士はいった。父が背広から黒革のケースをだした。里貴は自分の身分証とあわせ、兵士に手渡した。

ふたつの身分証をあらためた兵士は敬礼した。身分証を返しながら訊ねる。

「どちらまでいかれますか」

「軍人ホームに知人を訪ねる」

「了解しました。お通り下さい」

ゲートがひきあげられた。

「軍人ホームは、最初の角を左に曲がられて、まっすぐいったつきあたりの建物です」

兵士は里貴に説明した。

「ありがとう」

里貴は答え、車を進めた。ゲートをくぐった先は、まっすぐ港に向かってのびている。最初の角を曲がると、兵舎らしき中層住宅が何棟も並んでいた。潮の香りが車内にも入りこんでくる。

やがて病院のような建物が正面に見えてきた。コンクリート製だが、どこか陰気な雰囲気が漂っている。

「ここですか」

「そうだ」

里貴は建物の正面で車を止めた。

「では、こちらでお待ちします」

「よろしく頼む」

由子と〝父〟は車を降りた。建物の中央にある入口をくぐると、無人の受付があった。カウンターにノートがおかれていて、来訪者はそこに氏名と訪問先を書きこむようにという指示が貼られている。

照明は点っているのだが、全体に薄暗い。

「私が書こう」

〝父〟はいって、ノートのかたわらの鉛筆を手にした。

キィキイという音に由子はふりかえった。入口の右手に談話室のような部屋がある。ソファやテーブルがおかれ、将棋盤らしき台が並んでいた。そこから車椅子に乗った男が近づいてくる。浴衣(ゆかた)を着て、片目に眼帯をはめていた。

「こんな時間にお客さんとは珍しい」

男はいった。男の両膝から下がないことに由子は気づいた。

「しかもうら若い女性ときた」

由子は男を見返した。五十前後だろうか。

「ここで看護婦以外の女を見るのは久しぶりだ」

「東京市警の志麻といいます。あなたは？」

「志麻――」

つぶやき、〝父〟を見た男の片目がみひらかれた。

「志麻大佐じゃないですか⁉　これは驚いた」

〝父〟は男に向き直った。

「お忘れですか⁉　あなたの無茶な作戦のせいで、両足を失くした、憐れな有吉(ありよし)大尉ですよ」

「有吉大尉」

〝父〟はつぶやいた。

「フィリピン戦線で第六機甲師団に所属しておったんです。あなたが指揮をとり、半分以上が戦死した第六機甲師団ですよ」

男は甲高い声でいった。

「敵襲ぅ！」

不意に大声が聞こえた。

「敵襲！　敵襲！」

どたどたと足音がする。

よれよれの軍服を着けた坊主頭の男が背後にある階段を駆け降りてきた。軍服の下は素肌で、足もとは軍靴ではなくサンダルばきだ。

「総員配置！　総員配置！」

男は叫びながら由子と〝父〟に走り寄ってくると、指をつきつけた。

「女！　何をしている⁉　ここは前線だぞ」

由子は思わず言葉を失い、男を見返した。男の目は吊りあがり、口の端に唾がたまっていた。

いきなり有吉と名乗った車椅子の男が笑いだした。

「何が前線だ。仮病を使って逃げだした野郎が」

「何をっ」

坊主頭の男は有吉に向きなおった。

「貴様は何だ⁉　所属を名乗れっ。その格好、さてはスパイだな」

「いこう」

〝父〟が由子にいった。

「辻さんの部屋は二階だ」

「ご存じなのですか」

由子は大野から渡されたメモを見直した。「軍人ホーム　210号室」と記されている。

〝父〟は小さく頷いた。二人が階段に向かうと、有吉がいった。

「大佐、あの作戦は失敗だった、でしょう？」

〝父〟の足が止まった。ゆっくりと有吉をふりかえった。

「いや、失敗ではない」

「あんなにたくさん死なせておいて、よく平気でそんなことがいえますね。それとも自分は無傷だったからそう思ってるのか」

「どちらでもない。あの戦闘に勝利した結果、我が軍は制空権をとり戻した。もし制空権をとり戻さなければアジア連邦は太平洋連合に敗北したろう。そのためには必要な犠牲だったと、今も私は思っている」

「それはあんたはいいさ。勝って勲章までもらったのだからな」

有吉は憎々しげにいった。

由子は息を呑んだ。〝父〟は有吉をじっと見ている。

「勲章などもらいたいと思ったことは一度もない。私は軍人だ。軍人の任務は、戦闘し、そして勝利すること以外にない。あの作戦が失敗であると指揮官の私が認めることは決してない。なぜなら、私がそれを認めるのは、死んだ者、そして君のように負傷した人間の価値を否定するのと同じだからだ。君らのとうとい犠牲のおかげで作戦は成功し、我が軍は勝利した。それ以外に何を求める？　戦争とはそういうものだ」

「反省はなしか」

「私が反省したら、死んだ者たちは喜ぶかね？」

有吉は大きく息を吸いこんだ。

「敵襲ぅ！」

再び坊主頭の男が叫び、右手の部屋に走りこんでいった。

有吉はもう何もいわなかった。どこか虚ろな目で宙を見つめている。

「いくぞ」

〝父〟はいって階段を登った。

２１０号室は階段をあがって、廊下を左のつきあたりまで進んだところにあった。廊下の左右に並んだ扉とはちがい、部屋もひと回り大きいようだ。

〝父〟が扉をノックした。

「どうぞ」

低いがよく通る声が応えた。

「失礼します」

〝父〟がいって扉を押し開いた。書斎兼応接間といった感じの部屋が目に入った。ベッドはなく、寝室は別にあるようだ。

中央に革ばりのソファがあり、正面に書棚、かたわらに小さな机がある。でっぷりと太り、頭の禿げあがったガウン姿の男がその机に向かっていた。老眼鏡をかけ、本を読んでいたようだ。

「辻少将」

〝父〟がいって、背筋をのばし敬礼した。

「久しぶりだな、志麻君。さっき大野君から君の娘さんといるという電話をもらったときはなつかしかったよ」

いって、辻は由子に目を移した。

「私は君に会ったことがある。君は二歳くらいだった」

由子は目をみひらいた。

「お父さんが研究所に君を連れてきたんだ」

由子は〝父〟をふりかえった。

「覚えていないだろうと思って、いわなかった」

〝父〟がいった。

「まあ、かけなさい。不便なところなんで何もだすことはできんが」

辻は立ちあがり、ソファを勧めた。

「こんな夜分に申しわけありません」

由子はいって、頭を下げた。

「いやいや。ここにおると、規則正しい生活など何の意味もない。起きたいときに起き、寝たいときに寝る。腹が減ったら飯を食えばいい。それで寿命が多少縮まろうが、どうということもない」

「どこかお悪いのですか?」

由子は訊ねた。

「マレル病だ。発作が起こると動けなくなる。家族がいないものだから、ここにいれば誰かが面倒をみてくれる。歳とともに発作の回数が増えるのだよ」

マレル病という言葉を聞くのは初めてだった。由子はただ頷く他なかった。

「関圭次について、この子は調べているようです」

〝父〟がいった。辻は瞬きした。

「関……」

「菊池少佐の研究の助手をつとめていた関です。少佐を殺害し、研究の成果である新兵器をもち去ったといわれている人物です」

　由子はいった。

　辻はあいまいに頷いた。

「あの関か」

「辻さんは、その人物に関する情報をおもちでしょうか」

「もっとるよ。だがなぜそんなことを知りたいのかね。あの事件は憲兵隊が捜査し、未解決のままだ」

「関圭次の居場所を知りたいのです」

「市警本部が今になって捜査をするのかね」

　由子は首をふった。

「そうではありません」

「ではなぜだ？」

「ある人物から、関圭次に関する情報を求められているのです。捜査に役立つ情報との交換条件です」

「ある人物」

　由子は頷いた。

「何者だ」

〝父〟が訊ねた。

「菊池少佐の妻だった女性です」

「菊池の妻」

辻がつぶやいた。

「何をしているのかね」

「現在は糸井ツルギと名乗っています。新宿の闇市、ツルギマーケットを支配するツルギ会の会長です」

「ツルギ会の名は聞いたことがある。菊池の妻がまさかそんな仕事をしているとはな」

辻は首をふった。

「今になって報復をしようというのか」

〝父〟がいった。

「わかりません。そういう単純な動機ではないような気がします。関圭次というのは本名ではなく、元の所属は陸軍情報部だとうかがいましたが、菊池少佐はいったいどんな新兵器を開発しておられたのでしょうか」

由子は訊ねた。辻は沈黙していたが、やがて答えた。

「それに答えることはできんな」

「しかし二十五年前の新兵器など、今は価値を失っているのではありませんか」

由子は〝父〟の言葉を受け売りしていった。

「いや、失ってはいない。なぜなら、あの新兵器に類するような兵器が開発されたという話は、今になっても尚、どこからも聞こえてこない。おそらく太平洋連合など、そうした兵器が存在することすら知らんだろう」

辻は首をふった。

「そんなに大変なものなのですか」

「そうなるな。あれの運用に成功すれば、アジア連邦、いや我が国は、世界最強の軍備を有することができた」

由子は目をみはった。それではまるでかつての核兵器のようなものではないか。

「核兵器ですか？」

「何だね、それは？」

辻は首を傾げた。

「原子爆弾のことをいっているのか」

〝父〟が訊ね、由子は頷いた。

「あんな机上の空論ではない」

腹立たしげに辻がいったので由子は驚いた。こちら側に核兵器は存在しないようだ。

「関圭次は、その新兵器の鍵を握る人物だった。それだけは教えてあげよう。関がいなければ、決して開発はできなかった」

辻はいった。

「しかし関は研究者ではなく、情報部に所属していたと聞きました」

「そうだ。偽名で、菊池少佐の研究に協力しておった。それは必ず守らなければならない秘密だった」

「軍は、菊池少佐殺害犯である関を逮捕し、新兵器をとり戻そうとはしなかったのですか」

「そんなことはない」

「しかし憲兵隊による捜査に、研究所は協力的ではなかったと聞いています」

辻は大きく息を吐いた。

「そうではない」

「では関圭次の居場所を知っていて、かくまったのでしょうか」

「馬鹿なことをいってはいかん。殺人犯をかくまうような真似をする筈がない」

辻は険しい口調になった。

「新兵器をとり戻したい、という意思はあったのでしょうか」

「それはあった。が、関圭次が行方をくらませた時点で、不可能になったのだ」

「不可能？　関は死亡したのですか」

辻は由子を見た。

「それはわからない。君は疑っているようだが、事件の後、関と接触した人間は、軍にはいない。そうだな、志麻大佐」

由子は〝父〟をふりかえった。〝父〟は重々しく頷いた。

「その通りです」

いったい〝父〟は何を知っているのだ。辻と会った後、関こと清水中尉について話す、と〝父〟はいっていたが、由子は今すぐ知りたくなった。

「お父さまは、関を知っているのですね」

〝父〟は一瞬咎めるような目で由子を見たが頷いた。

「知っている」

「君が幼い頃研究所にきたのは、お父さんが関に会うのに、いっしょに連れてこられたからだ」

「お父さまの部下だったのですか」

〝父〟は沈黙した。由子は辻を見た。

辻は〝父〟にいった。

「話していないのだな」

「軍の機密に触れることですので」

〝父〟が低い声で答えた。

「では私が話そう」

「少将」

〝父〟は驚いたようにいった。

「君の口からはいいづらい筈だ。それにこれくらいは、娘さんに話してやってもいいと思うぞ」

辻はいって、由子を見やると口調を改めた。

「志麻警視、関圭次は、清水という偽名も使っていたが、本名は志麻朝夫という。陸軍情報部所属の中尉で、君にとっては叔父にあたる人物だ」

「叔父⁉」

由子は思わず声をあげた。

「そうだ。志麻大佐の弟さんだ」

言葉がでなかった。由子には叔父などいない。向こうの父親に男の兄弟はいなかった。姉がひとりいたが、若い頃、由子が三歳のときに病死したと聞いている。

由子は〝父〟を見つめた。〝父〟は暗い顔で由子を見返し、いった。

「本当のことだ」

由子は深呼吸した。向こうには存在しなかった叔父がこの世界にはいて、しかも殺人の容疑者だという。

〝父〟に訊きたいことは山ほどあった。が、今は辻との会話に集中しなければならない。

由子は辻に視線を戻した。けんめいに考えをまとめる。

「関、いや志麻朝夫中尉は、どんな人物だったのでしょうか」

辻は深々と息を吸いこんだ。

「フィリピン戦線でたいへんな苦労をしたと聞いている」

フィリピン戦線とは、さっきの車椅子の大尉がいっていた戦闘のことではないだろうか。

〝第六機甲師団〟の半分以上が戦死した、という戦闘だ。

「志麻中尉は当時、まだ少尉だったが、我が軍の侵攻に先だって、現地に潜入し連合側の情報を収集していた。が、その過程で逮捕され、厳しい訊問にかけられた」

〝父〟がいった。辻があとをひきとった。

「連合側は、我が軍の攻撃を予測していた。問題は時期と上陸地点だった。その情報を得ようと、連合側の戦略情報部は志麻少尉に激しい拷問を加えたと聞いている」

「拷問」

由子はつぶやいた。

「そうだ。肉体的に痛めつけるだけでなく、精神をも崩壊直前まで追いこむような、残虐きわまりない拷問に志麻少尉はさらされた。が、それに屈することなく機密を守り通した」

〝父〟がつづけた。

「弟がつかまっていたのは、レイテ島の連合軍司令部だった。三昼夜にわたる激しい戦闘ののち、我が軍はレイテ島を掌握した。放棄された連合軍司令部の勾留施設に、弟は放置されていた。頭を撃たれ瀕死の状態で発見されたのだ。おそらく撤退直前に、戦略情報部の人間が処刑したのだろうが、奇跡的に一命をとりとめたのだ。回復には一年以上かかった」

「それはいつのことです?」

「承天(しょうてん)四十八年だ」

由子は計算した。この世界で現在は光和(こうわ)二十七年だ。承天はその前の年号で五十二年までつづいた。つまり三十年前ということになる。

「わたしの生まれる前ですね」

〝父〟は無言で頷いた。

「回復に一年以上かかったというのは、どういうことですか」

由子は訊ねた。辻と〝父〟がちらりと目を見交した。辻が答えた。

「発見されたとき志麻少尉は意識がなく、本国の陸軍病院に収容されたが、意識をとり戻したのが一年後だった」

「一年も意識不明だったのですか」

「そうだ。意識は戻らないかもしれないと、医者も考えていた」

〝父〟がいった。

「そのことと新兵器のあいだに何か関係があるのですか」

由子が訊ねると、辻は眉を吊りあげた。

「なぜそんなことを考えるのかね」

「先ほど辻少将は、関圭次がいなければ決して新兵器は開発できなかったとおっしゃいました。一年以上意識を失っていた志麻少尉が新兵器の開発に役立ったとすれば、原因となった大怪我と何らかの関係があると考えるのが自然です」

「なるほど」

辻は頷いて沈黙した。〝父〟がいった。

「それはちがう。弟はレイテ島で監禁されていたときに、連合側が実験中だった新兵器を見たのだ。その記憶が、開発に必要だった」

嘘だ。ついさっき、辻は、「あの新兵器に類するような兵器が開発されたという話は、今になっても尚、どこからも聞こえてこない。おそらく太平洋連合など、そうした兵器が存在することすら知らんだろう」といった。

連合側が実験中だったというのは、その言葉と明らかに矛盾している。が、あえてそれについては触れず、由子は質問した。

「志麻少尉は回復後、戦線に復帰したのでしょうか」

「いや、回復後は、参謀本部詰めとなった。中尉に昇進したのはそのときだ」

〝父〟が答えた。

「人となりについては、どうだったのでしょうか」

「人となり？」

「人間性。性格です。それだけ過酷な経験をしたとなれば、精神的な後遺症のようなものがあっても不思議ではありません」

「そのことについては、あとで私から話そう」

〝父〟がいった。が、由子はくいさがった。

「辻少将からごらんになった、志麻中尉の印象をお聞かせください。人を殺す可能性があるような人物だったのでしょうか。新兵器をもち去るというのは、国家に対する裏切りでもあります。そんなことをしそうな人間だったのですか」

辻の目を見て訊ねた。辻は低い唸り声をたてた。

「志麻中尉は……」

いいかけ、沈黙した。〝父〟がじっとその顔を見つめている。由子にはそれが圧力をかけているように感じられた。喋るな、と〝父〟は辻に目で訴えている。

「謎めいた人間だった。彼がたいへんな傷を負い、奇跡的に回復し、研究所にきたということは知っていた。それ以前の中尉について、私は何も知らない。だから彼が戦時中の経験で変化したかどうかについて話せることはない。人を殺す可能性の有無についていうなら、軍人である限り、必要ならばそうできたろう。もちろん、菊池少佐の殺害が任務であった筈はないが」

「もう、いいだろう」

〝父〟がいった。由子は〝父〟を見つめた。

その表情に険しさはなかった。むしろ痛みのような色が目に浮かんでいる。

「志麻警視」

辻がいった。

「あまり役に立てなかった。それどころか、君を混乱させてしまったかもしれない。ただひとつだけ忠告させてもらいたい。志麻中尉が現在どこで何をしているか、などということを調べるのは、君にとって何の利益ももたらさない。菊池少佐の妻にとってもな」

由子は息を吸いこんだ。

「糸井ツルギには三人の息子がいます。上から順に、タカシ、ヒロシ、ソウシといいます。それぞれ残虐で、母親のために人殺しをするのを何とも思っていません。中でも一番残虐なのが末っ子のソウシです。これはわたしの勘ですが、そのソウシの父親が、志麻中尉ではなかったかと、疑っています」

「馬鹿な……」

〝父〟がつぶやいた。

「愚連隊の女首領と――」

「そのときはちがいます。菊池少佐の妻で、少佐は志麻中尉をよく家に招いて手料理を食べさせていたんです」

由子はいった。

「糸井ツルギが関圭次について語るのを聞いたとき、わたしはふと違和感をもちました。夫を殺した人物といわれているにもかかわらず、怒りや憎しみを感じなかったんです。むしろ、なつかしんでいた」

「志麻中尉は元スパイだ。人の心につけいるのが不得意ではなかったろう。が、上司の妻とのあいだに子供を作るとは思えない」

辻がいった。

由子は〝父〟を見た。

「どう思いますか」

「ありえない。私は中尉を子供のときから知っている。弟だから当然だが」

「どんな弟でした？」

〝父〟は首をふった。

「その話はあとでしょう」

「わかりました」

由子は辻を見た。

「こんな夜分遅くに、会っていただいてありがとうございました。ご協力を感謝します」

「先ほどの話だが――」

辻がいいかけた。由子は首を傾げた。

「志麻中尉とのあいだに子を成したという」

「本人に確認したわけではありません。あくまでも勘です」

「その息子の名前をもう一度」

「ソウシです。糸井ソウシ」

「中尉が生きていれば志麻ソウシ、か」

「はい」

辻は小さく頷いた。そして由子を見返した。

「忠告を忘れないことだ。ただ死を待つのみの私だが、そんな身だからこそ見える先もある」

「ご忠告をいただいたことは感謝しています」

辻は〝父〟を見た。その目は、説得しろと〝父〟に告げていた。

20

辻の部屋をでて、軍人ホームの外に立つまで、〝父〟はひと言も口をきかなかった。が、陰気な病院のような建物をでた瞬間、

「なぜ、あんなことをいったのかね！」

怒りのこもった声を発した。

「あんなこととは？」

「糸井ツルギとのあいだに子供を作った話だ。何の根拠もないのにいっていい話ではないだろう」

〝父〟の目はこれまでで一番険しかった。

「お父さまも嘘をつきました」

「私が？　いったいどんな嘘をついた」

「新兵器の話です。志麻中尉は、実験中の新兵器をレイテ島で見た、と。それが開発の鍵になった。しかし辻さんは、太平洋連合はそんな兵器が存在することすら知らないだろうとおっしゃっていました」

「それは……たぶん辻さんの勘ちがいだ」

「そうですか。ではもうひとつ。お父さまはわたしを志麻中尉に会わせるために研究所に連れてきた、と辻さんはおっしゃいました。ふつうに考えれば姪を叔父に会わせただけのことです。しかし当時中尉は、何重にも自分の身分を偽っていました。にもかかわらず、わたしを会わせにいった理由は何でしょうか」

〝父〟はかっと目をみひらいた。何かをいいかけるように唇がわなないたが、言葉を発することはなかった。

「向こうの世界に、叔父はいません。向こうのわたしの父には姉がいましたが、もう二十五年も前に亡くなっています」

「ちがうこともあるのだろう」

低い声で〝父〟は答え、由子の前を歩いた。

由子は立ち止まった。里貴の待つ車が、すぐそこだった。

「教えてください」

「何をだ」

「新兵器とは何だったのですか」

〃父〃は由子をふりかえった。

「私が知るわけがない」

「いえ、ご存じの筈です。身分を偽っていた志麻中尉を研究所に訪ねたお父さまが、新兵器について知らないなんて信じられません」

〃父〃は由子を見つめ、大きく息を吸いこんだ。無言で立っている。

やがていった。

「それは、任務のためか」

「そうでもあります」

「そうでも、とは？」

「関圭次こと志麻中尉の失踪は、わたしやお父さまにとっても、大きな意味がある、と思えるんです」

〃父〃の口もとにぐっと力がこもった。

「あいつのことを、私はもう忘れていた。忘れる他ない、と決めたのだ」

「それは叔父さんが殺人者だからですか」

〃父〃は由子から目をそらした。宙を見つめ、しばらく考えていた。

「もっと複雑な理由がある」

「何でしょう」

「時間を、くれないか。私自身の気持を整理したいのだ」

〝父〟は由子を見た。憐れみを乞うような目だ。由子は息を呑んだ。そんな目をするのを初めて見た。

「わかりました」

由子は頷いた。頷く他なかった。

「すまない。そんなに長くはかからない」

ふと不安になった。〝父〟は、〝母〟と同じく自死するのではないか。

「お父さま――」

由子の懸念を感じとったのか、〝父〟は首をふった。

「大丈夫だ。君に教えずに死ぬことはない。それを知る権利が君にはあるのだから」

権利。由子は〝父〟を見つめた。権利などという言葉が、なぜ今でてくるのか。

が、〝父〟はそれ以上は説明せず、告げた。

「帰ろう。少し、疲れた」

21

翌朝、市警本部の由子の執務室に里貴と松田がいた。二十五年前、陸軍の研究所で起こった事件の調査結果を報告するためだ。

「陸軍の憲兵隊本部にいる知人にかけあって、できる限り情報を集めてみたのですが、目ぼしいものはほとんどありませんでした」

松田がいって、手帳を開いた。

「事件の概要についてお話しします。光和二年の九月十三日、午前八時二十分、八王子村にある陸軍開発研究所から憲兵隊司令部に事件発生の通報がありました。通報者は、同研究所職員の原田元一（はらだもといち）、軍籍にはなく、研究所の雑用係をつとめていた民間人のようです。原田が出勤してくると、研究所内の立入制限室、通称『一号作業』内で、菊池英夫少佐が死亡していた。死後数時間が経過している模様で、午前九時四十分に駆けつけた憲兵隊員によれば、手足の死後硬直が始まっていた。所見による死因は絞殺。研究所内で使われていた電気コードが首に巻きついていました。前日、原田が研究所から退勤したのが午後六時頃で、菊池少佐と関圭次は『一号作業』に残っていた。原田の話では、開発中の新兵器の完成が迫っており、二人は連日、深夜まで残業していたとのことです。

関圭次の姿がないことから、憲兵隊は関を被疑者と断定、周辺の捜索をおこないました」

「いかにも憲兵隊だな。そこにいなければ犯人と決めつける」

里貴がつぶやいた。

「菊池少佐を殺害した犯人が関圭次を連れ去った可能性もあるのに」

昨夜、〝父〟を送って二人きりになってからも、由子は関圭次の正体を里貴には告げていなかった。

向こうには存在しない叔父がこちら側にはいて、しかもそれが殺人事件の被疑者だという事実を、自分の中で整理できなかったのだ。

混乱しているのは〝父〟だけではない。いや、今後〝父〟が打ち明ける秘密によっては、自分はもっと混乱に追いこまれるような予感が、由子にはあった。

向こうとこちらとのあいだに存在するちがいが、菊池少佐殺人事件に関係している。そうでなければ、〝父〟があんな目をする筈がないのだ。

「研究所の出入口は二十四時間、衛兵に監視されており、関圭次の外出は確認されていなかったのです」

松田がいった。

「研究所からでていない？」

里貴が目をみひらいた。

「はい。それが憲兵隊が捜索をおこなった理由でもありました。菊池少佐を殺害した関が、研究所内に潜伏していると考えたのです」

「でも見つからなかった」

由子はいった。

松田が頷いた。

「当時研究所のあった八王子村のその一帯は、周辺人家から離れた林間部であります。研究所は、出入口をのぞき、塀と有刺鉄線で囲われていましたが、その意思があれば、塀を乗り越えて脱出も可能でした」

「脱出が可能なら、侵入も可能ということだ」

里貴がいった。

「確かにその通りです。しかし憲兵隊の捜査記録によれば、そうした痕跡は、研究所の外周施設には見あたらなかった」

松田が答えた。里貴は腕組みをした。

「その日の午後、陸軍情報部から四名の人間が研究所に到着し、研究所長であった鈴木(すずき)中将、副所長の辻少将と面談後、『一号作業』の封鎖をおこないます。結果、捜査は中断されました」

「情報部からきた四名の氏名、階級は？」

里貴の問いに松田は首をふった。

「削除されています。ただ資料によれば、情報部からきた四名は、開発中の新兵器が『一号作業』内に存在しないとして、研究所内の捜索を再度、憲兵隊におこなわせたようです」

「新兵器とはどんなものだったの？　形状の記述はある？」

由子は訊ねた。

「あります」

松田が開いていたノートを向けた。由子はのぞきこんだ。思わぬ収穫だ。

「情報部員ニヨレバ、新兵器ノ形状ハ携行可能ナ、テレビ受像器ニ似タ外見トノコト。研究所内ヲ洩レナク捜索スルモ発見ハカナワズ。被疑者ガ持チサッタト思ワレル」

「携行可能なテレビ受像器。新型の無線装置の開発でもしていたのだろうか」

里貴がつぶやいた。

「かもしれません。音声だけでなく映像も瞬時に送れる無線装置なら、戦況の判断に役立つことが想定されます」

松田が同意した。

「なんだ。私はてっきり、新型の破壊兵器でも作っていたのではないかと疑ってたのに」

「テレビに似ているからといって、破壊兵器ではないと断定はできない」

由子はいった。

「確かに形だけでの判断は危険ですね。警視のおっしゃる通りだ」

「憲兵隊の捜査は、結局情報部が介入してきたこの日の午後のうちに終了しています。現場を封鎖された上に、研究所員への箝口令がしかれたため、捜査の続行は不可能となったからです」

「関圭次の正体についてはどうだ。所属や住所等の記述はないのか」

里貴の問いに松田は首をふった。

「削除されています」

里貴は息を吐いた。

「結局、何もわかっていないな。消えた新兵器の正体も、関の行方も」

「新兵器の正体について知っているかもしれない人間がいる」

由子はいった。これまで関圭次に気をとられ、そこについて考えることがなかった。

「誰です？」

「糸井ツルギよ。菊池少佐の妻だったのだから、何かしら情報を得ていなかった筈はない、と思うの」

「待って下さい。またツルギマーケットにいかれるつもりですか」

　里貴は眉をひそめた。

「直接いかなくても話す方法はある」

　由子はいって、ツルギからうけとった紙片をとりだした。

「それは？」

「ツルギの電話番号」

　デスクに腰をおろし、外線電話のダイヤルを回した。

　呼びだし音が鳴り、二度目の途中で、受話器のもちあがる気配があった。

「誰だい？」

　ツルギの声だった。

「志麻よ」

　由子は告げた。

「おや、関の居場所がわかったのかい？」

「それはまだ。でも何者だったのかはわかった。そこで訊きたいのだけど、あなたはご主人が開発していた新兵器がいったいどんなものだったのか、知っている？」

「少しだけ聞いたことがある」

　ツルギは答えた。

「でも、馬鹿馬鹿しくて信じられなかったね」

「どんなものなの」

「別の世界を見られる受像器だと」

「別の世界？」

由子は鼓動が速まるのを感じた。

「そうさ。この世だかあの世だかは知らないが、別の世界というのがどこかにあって、それを見られるというのさ」

「外国ということではなくて？」

「ちがう。そこにはあたしたちと同じような人間が暮らしてる。というか、似たような名前で同じ顔をしてるんだけど、全部が同じわけじゃない。こっちより科学が発達しているところもあって、それを調べれば、新しい兵器の開発も可能かもしれないといっていた」

「なぜそんな別世界がある、と菊池少佐は考えたの？」

「関だよ。関は実際にその世界にいって帰ってきた」

由子は息を吸いこんだ。

「本当に？」

「本当のところはどうか知りはしない。関の作り話だったのかもしれない」

「あなたは関と深い関係にあった。嘘をついていたかどうかわかったのじゃない？」

　ツルギは沈黙した。

「そうだね。嘘はついていなかった。だけど、嫌がったね。あっちの世界の話を聞こうとすると」

「なぜ？」

「どうせ信じちゃもらえない、というのさ」

「でも信じた人間が軍にいたから、菊池少佐のいる研究室に送られたのでしょう」

「そうだけどね。あまりにちがいすぎたのだろうさ」

「ちがうとは？」

「別世界じゃ、こちらなんかよりはるかに文明が進んでいて、皆が金持だといってた。関は向こうにいきたがっていた」

「その理由は？」

「はっきりとはいわなかったけれど、こちらの世界に嫌けがさしていたのじゃないかね。あっちの世界じゃ戦争なんて何十年も起きてないし、配給なんかもないといってたから」

「だったら関は今は向こうにいってしまっているのかもしれない」

「あたしもそれを思うことはある。亭主の研究が完成して、向こうの世界を見たら我慢できなくなったのじゃないか、と」

「それでも捜したいのね」

「二十五年がたった。見せたいものや話したいこともある」

「復讐じゃなくて？」

「あたしにはそんな資格はない。今さらどのツラ下げて、亭主の敵討ちなんていえる」

「でも関がいなかったら、あなたは研究者の妻のままだった」

「勘ちがいしなさんな。あたしは今の自分が決して嫌じゃない。関のようにちがう世界に逃げだしたいなんて思っちゃいない」

ツルギの声がきつくなった。

「むしろ復讐したかったのは関だろうね」

「誰に？」

「あいつを裏切った連中さ」

「裏切ったって、軍のことをいってるの」

「あいつが死にかけたのは、仲間の中にスパイだと密告した人間がいたからさ」

「そうなの？」

「詳しくは話しちゃくれなかったが、そんなことだった。あいつの本当の名は何ていうんだい？」

「それを教える前に確認したい。ソウシは、関の息子でしょう」

由子がいうと、ツルギは笑い声をたてた。

「あんた、おもしろいことをいうね。なぜそんなことを考えた？」

「ソウシは二人の兄に似ていない。それにあなたはソウシを一番信頼している。関に似ているからじゃないの？」

「思いたかったら、思ってもかまわない。今となっちゃどうでもいいことだからね。あいつの本名は？」

「志麻朝夫。わたしにとっては叔父にあたる人よ」

ツルギは黙った。

「わたしにも捜す理由ができたってわけ」

由子は告げた。ツルギは何もいわない。

「関にソウシを会わせたいのでしょう」

ツルギは長いため息をついた。

「あんた、どうやらとんでもないことに首をつっこんじまったようだね」

「とんでもないこと？」

「まあいいさ。あんたの父親はまだ生きていたね。関がその弟なら、訊いてみるといい」

「関がどんな奴で、何を考えていたかって。賭けてもいいが、あんたの父親が弟をほめることはないだろうさ」

「何を訊くの？」

「そうなの？」

「関の居場所を捜すのをやめるんじゃないよ。あいつが向こうの世界にいるときまったわけじゃない。たとえいったとしても戻ってきているかもしれない」

由子は目をみひらいた。

「それは、関がふたつの世界をいったりきたりできるということ？」

「それが亭主の研究だったからね。受像器があれば、いききできるようになるかもしれない、と関はいっていた。今、思いだしたことだけど」

つまり自分も元の世界に戻ることができるかもしれない。

「もしもし、聞いてるのかい？」

ツルギの声に我にかえった。

「聞いてる。関を捜す。必ず見つける」

「そうしておくれ。みつえのことはあたしに任せな」

由子は受話器をおろした。気づくと、里貴と松田がこわばった表情で見つめている。

「警視、今のお話ですが……」

「本当のことですか」

二人は交互にいった。由子は頷いた。

「そう。関圭次の本名は志麻朝夫、父の弟にあたる人物で、陸軍情報部の中尉だった。フィリピン戦線で、レイテ島潜入中に連合軍につかまり、激しい拷問をうけ、死にかけた」

「糸井ソウシの父親だというのは？」

「ツルギは肯定も否定もしなかったけれど、まちがいないと思う」

「なんてことだ」

里貴は呻（うめ）くようにいった。

「それで新兵器の正体は？」

松田が訊ねた。

「この世界とは別の世界を見られる受像器」

「別の世界？」

由子は説明した。自分がそこからきたとは松田にはいえないが、説明するのは容易だ。

だが、

「そんな馬鹿げたことがあるものか」

と松田は吐きだした。

「それが本当だったらしい。なぜなら関はその別世界にいったことがあったから」

「いつです」

「わからない」

答えながら由子は〝父〟の言葉を思いだしていた。

――生と死の境い目でそれが起こるのだと聞かされたことがある
〝父〟が向こうの世界の存在を知っていたのは、弟である志麻朝夫から聞かされていたからにちがいない。

弟の身に起きたのと同じことが娘に起きたというのは、受け入れやすい話だった。

そう思った瞬間、ある可能性が思い浮かび、由子はどきっとした。

まさか。

「関圭次の写真はないの？」

松田に訊ねた。

「残念ながら残っていません。情報部の手ですべて廃棄されたようです」

とんでもないことに首をつっこんだ――ツルギの言葉がよみがえった。

確かめなければならない。

そのとき執務室の電話が鳴った。

「志麻警視執務室、木之内警部補です」

里貴が受話器をとり、応えた。相手の声を聞き、由子をふりむいた。

「林からです」

受話器をさしだす。

「志麻です」

「羽黒組を張っていたのですが、お知らせしたほうがいいことがあったのでご連絡しました」

林の声にはとまどいと緊張があった。

「何があったの？」

「ついさっき羽黒が二人の手下を連れて事務所をでました。尾行したところ、行先は麻布区の貧民街だったのですが、そこに――」

林は声を低めた。

「高遠警視ともうひとりが待っていました」

「もうひとり？」

「名前はわからないのですが、ツルギの息子だと思います」

由子は目をみひらいた。タカシ、ヒロシ、ソウシの三兄弟のひとりが羽黒と会っているというのだ。

「その場のようすは？　驚いたり険悪になったりしていない？」

「いえ、羽黒もいることがわかっていたようで、いっしょに貧民街の中にある家に入っていきました。今はまだそこにいます」

「木之内に場所を教えて。これから向かう」

いって由子は受話器を里貴に渡した。そして松田を見た。松田は心得たように、

「車を用意します」

といって部屋をでていった。

里貴の電話が終わるのを待たず、由子は制服を脱いだ。ロッカーの中にあった野暮ったいスラックスとセーターに着替える。拳銃をだし、スラックスのベルトにはさんだ。

「貧民街にいかれるのですか」

「理由はわからないけど、羽黒が高遠警視とツルギの息子といる」

里貴は制服の上着を脱ぎ、ワイシャツの袖をまくりあげた。変装のつもりのようだ。拳銃ははいているブーツにさしこみ、ズボンの裾で隠した。

「どの息子でしょう」

「わからない。でも待ちあわせていたらしい」

「羽黒と高遠とツルギの息子……」

里貴はつぶやいた。

「ツルギ会にいる羽黒組のスパイが、息子の誰かなのかもしれない」

由子はいった。二人で執務室をでる。車寄せに向かいながら由子は訊ねた。

「麻布区の貧民街というのはどんな場所なの？」

麻布と貧民街という言葉が結びつかない。

「先の戦争のあと、仕事を失ったり、田舎では食えなくなった人間が集まってできた街です。初めは麻布寺の境内でふるまわれる炊きだし目当てだったのですが、その数が増えて、麻布寺の参道にバラックを作り住みついたんです。バラックの数は五百以上あって、飯屋や小間物屋のような店もあります。今はそこに千人近い人間が暮らしているようです。衛生状態が悪く、始終伝染病が発生しているという噂があります」

「政府は何もしないの？」

「貧民街をとり壊せば、住む者はいき場を失います。住民を収容する施設や住宅の建設が先なのですが、予算が足りていない状況なのです。一方で東京なら飯が食えると信じて地方からでてくる人間は多く、貧民街の範囲はむしろ大きくなっています」

「内部に警官はいる？」

「交番が参道入口にありますが、住民は警察を目の敵にしているので、むしろ犯罪者が逃げこむほどです。そもそもが食いつめた連中ですから、泥棒やスリ、娼婦などが多く住んでいます。ただ、とり壊しの口実を政府に与えてはまずいと考えているのか、警官を襲うような事件は起きていません」

松田がパトカーではなく、ふつうの乗用車を用意して待っていた。

市警本部をでた車は赤坂を抜け、坂を登った。やがて里貴がいった。

「坂の天辺にあるのが麻布寺です」

向こうでは六本木交差点にあたる坂の頂上に、大きな寺がそびえていた。寺の手前は参道になっているが、その周辺にトタンやベニヤ板で作られた粗末な家がちらほらとあり、坂の頂点である寺の周囲にはびっしりとたち並んでいる。

坂の中腹に交番があった。

「交番に寄りますか」

訊ねた松田に由子は首をふった。

「交番の人間が高遠警視とつながっているとマズい。林はどこにいるの?」

「貧民街にある『たぬき食堂』という店の近くにいるようです」

「車は入れる?」

「道が途中狭くなっていますが、ぎりぎりまでいってみます」

貧民街に入るとたんに道が悪くなった。舗装されていないからだ。あちこちに水たまりがあり、リヤカーや自転車が乱雑に止められている。バラックの軒先に洗濯物がひるがえっていて、裸同然の子供が走り回っていた。

松田は車のスピードを落とした。子供の数は多いが、大人の姿はほとんどない。

「子供ばかりね」

「大人は皆、稼ぎにでかけているか、家でじっとしているのでしょう。家にいるのは年寄りや病人ばかりです」

松田が答えた。子供の中には立ち止まり、もの珍しげな目を向けてくる者もあった。

「警視」

里貴がいった。

貧民街を貫く下り坂の途中に、あたりに似つかわしくない赤いオープンカーが止まっている。

「みつえの車です」

松田がブレーキを踏んだ。

「そうか、ここに逃げこんでいたんだな」

「『たぬき食堂』は？」

「見てきます」

いって、里貴が車を降りた。オープンカー以外に自動車は止まっていない。羽黒や高遠はみつえに警戒されるのを恐れ、車を降りて入ったようだ。

ツルギの息子と高遠がここで羽黒を待っていた理由は、みつえが貧民街に潜んでいるのをつきとめ、羽黒に知らせたからだろう。

そのとき由子は思いだした。ツルギは確かソウシにみつえの居場所を捜せと命じていた。

――手はださなくていい。見つけたら、この警視さまにご注進するんだ

待っていたのがソウシなら、母親の命にそむいたのだ。

あのツルギを裏切るとは、たいした度胸だ。それともツルギは承知しているのだろうか。羽黒がみつえを殺し逮捕されれば、羽黒組が弱体化すると、期待しているのかもしれない。

いや、それはない。ツルギは羽黒の小僧なんかどうだっていい、といっていた。実際、羽黒組は武器庫を摘発され、不利な状況にある。

里貴が戻ってきた。

「見つかりました。『たぬき食堂』はこの先の路地を右に曲がったつきあたりにあります。車は入れません。林も近くにいます」

「いきましょう。万一の場合に備え、あなたはここに残って」

由子は松田に告げた。

「しかし――」

抗議した松田に首をふった。

「車がすぐ必要になるかもしれない。誰かが負傷したら、ここまで救急車が入ってくる

のを待つ時間が惜しい」

　松田は唇をかみ、頷いた。

「承知しました。どうぞお気をつけて」

　由子は車を降りた。異臭が鼻を突く。下水と生ゴミが混ざったような悪臭だ。

　ぬかるんだ地面を踏みしめ、里貴のあとを追った。里貴はオープンカーの先にある小さな路地を曲がった。

　幅が二メートルもないような狭い道に、小さな店が四、五軒集まっている。衣料品や雑貨などが粗末な台に並んでいたが、古着や盗んできたとしか思えないような怪しげな品ばかりだ。

「たぬき食堂」と書かれた立て看板を掲げた店がその中にあった。周囲のバラックと異なり二階建ての古い木造家屋だ。おそらく元からこの土地にたっていた建物が、周囲をバラックに囲まれてしまったのだろう。

　路地の入口からようすをうかがっていると、手前の小間物屋から林が現われた。ジャンパーに深く帽子をかぶり、うつむき気味に歩みよってくる。

「ご苦労さまです」

「羽黒は？」

「高遠警視たちと食堂の中です」

「みつえを見た？　みつえの車が止まってる」

林は首をふった。

「いえ。見たのは高遠警視とツルギの息子だけです」

「みつえがここにいることを誰が羽黒に知らせたのでしょう」

里貴がつぶやいた。

「ツルギの息子だと思う。たぶん羽黒組のスパイよ」

「ツルギの息子が？」

由子は頷いた。

「高遠も知っている。それだけ羽黒組とべったりってことね」

「高遠がここにきたのはなぜです？」

「わからない」

由子は首をふった。何か理由があるのだろうが、想像もつかない。

「羽黒たちがあの食堂に入ってからどれくらいたつ？」

由子は林に訊ねた。林は腕時計をのぞき、

「三十分です」

と答えた。

「もし中にみつえがいるなら、とっくに騒ぎになっていておかしくない」

由子はいって「たぬき食堂」の入口を見つめた。格子のはまった引き戸が閉まり、暖簾は内側にしまわれている。

「どうします？　私がようすを探ってきましょうか」

林がいった。由子は首をふった。

「それは危険。乗りこむなら全員でいく」

そのとき食堂の戸が開かれた。三人は身を隠した。

最初に見えたのは高遠だった。背広姿でハンカチを顔に押しあてている。悪臭を防ぐのと顔を隠す両方の目的があるようだ。

高遠のうしろから羽黒が現われた。手下と思しい二人がつづき、戸が閉められた。ソウシはでてこない。みつえもいない。

四人はこちらに向かって歩いてくる。由子は決心した。

「いくわよ」

隠れていたバラックの陰から足を踏みだした。

「高遠警視」

高遠が目をみひらき、立ちすくんだ。すぐうしろにいた羽黒もぎょっとしたように由子を見た。

「何をされているんです？　いっしょにいるのは羽黒さんのようですが」

「動くなっ」

里貴が鋭い声をだした。羽黒の手下二人が懐ろに手をさしこんだからだった。里貴と林は拳銃をかまえている。

「これは驚いた。志麻警視こそ、こんなところで何をしている?」

驚きからたちなおったのか、高遠がぎこちない笑みを浮かべた。

「みつえがここに逃げこんでいるという通報がありました」

「みつえが?」

高遠はわざとらしく羽黒をふりかえった。

「確かお前もみつえを捜していたな」

羽黒は答えなかった。由子をにらんでいる。

「高遠警視は何をしていらしたんです?」

「この男に呼びだされたんだ」

高遠は羽黒を顎(あご)でさした。

「どんな理由で?」

「ツルギ会の情報を知らせる、といったんだ。うちばかりサツにやられっぱなしで不公平だろう。ツルギ会のネタを教えるから、あっちも締めあげてほしいってな」

羽黒はいった。

いた」

「そうそう。ことがことだけに市警本部にこいともいえない。そこで私がひとりで出向いた」

高遠がおうように頷いた。

「ツルギ会のどんな情報を伝えたの？」

「それを今教えるわけにはいかんな」

高遠がいった。

「なぜです？」

「あんたが信用できん。志麻警視がツルギ会に買収されているという密告がある」

「馬鹿な」

里貴がいった。高遠がにらんだ。

「口に気をつけろ。誰に向かっていっている」

「密告があれば誰でも疑うのですか」

怒りを抑え、由子はいった。

「証言があった。あんたは糸井ツルギのアジトを何度も訪ねている」

「誰の証言です？」

「いえるわけがない」

ソウシだろう、といいたいのをこらえた。

「わかったらそこを通してくれんか」

高遠がいった。由子は羽黒に告げた。

「ようやくわかった」

「何がだ」

「あなたは最初からスパイのことをわたしに話す気はなかった。高遠さんがあなたについていたから」

「不穏なことをいうね。羽黒組に私が買収されているとでも？」

高遠がいった。

「買収されているかどうかはわかりません。しかし『ボンゴ』の手入れは、組織犯罪対策課にはできなかった」

由子は高遠を見つめた。

「勘ちがいしているようだな。『ボンゴ』を経営していたのは羽黒組ではなく、服部みつえ個人だ。したがって押収された武器は、羽黒組とは関係がない」

「それはちがいます」

「何だと？」

羽黒が肩をそびやかした。

「みつえが俺の女だったからって、俺に濡れ衣を着せるつもりかよ」

由子は息を吸いこんだ。

「あなたはあくまでも『ボンゴ』にあった武器について何も知らないといい張るのね」

「あたり前だ」

「じゃあ訊くけど、トシ坊が高木殺しに使った銃、『ボンゴ』の地下からもちだしたという銃に、あなたの指紋が付着していたのはなぜかしら」

羽黒の表情がかわった。高遠も息を呑んだ。

「何の話だ⁉」

「だから指紋よ。トシ坊から押収した拳銃にはあなたの指紋もあった。どう説明する？」

「俺の指紋なんて、どこで――」

いいかけ、羽黒は口をつぐんだ。

「あのとき、お前が注いだ茶だな」

由子は頷いた。

「その通り」

「手前(てめぇ)、ハメやがったな」

羽黒はいうなり、着ていたジャンパーから拳銃を引き抜いた。いきなり高遠の背中に押しつける。

「何をするっ」

高遠が叫んだ。

「やかましい。だからサツは信用できねえんだよ」

手下二人も銃を抜いていた。

「捨てろっ」

里貴と林が銃口を向ける。その場で全員がにらみあった。

「よさんか、羽黒」

高遠が体をのけぞらせた。

「結局このザマだ。この女のせいで俺はパクられる」

羽黒は血走った目を由子に向けた。また麻薬が切れかけているのかもしれない。

「やめなさい。そんな真似をしたって逃げられない」

由子はいった。不思議に落ちついていた。

「いいからそこをどけ！　どけっていってんだろう」

銃口で高遠の背を押した。由子は高遠の顔を見つめた。

「志麻警視――」

高遠の目には怯えがあった。

「黙ってろ」

羽黒は銃口で高遠の背を小突いた。

「いいのか。この野郎の頭を吹っ飛ばすぞ」

「やれるものならやりなさい。あんたたちは射殺される」

由子はベルトから拳銃を引き抜き、羽黒に向けた。

「よせ」

高遠がいった。

「皆、落ちつくんだ」

「うるせえっていってんだろ」

羽黒が銃で高遠の頭を殴りつけた。高遠は呻き、膝を折った。

羽黒の顔は蒼白で息が荒い。右手に握った拳銃が小刻みに震えていた。

「撃つな、撃たんでくれ」

高遠は両手で頭を抱え、うずくまった。

由子は無言で拳銃の狙いを羽黒につけた。この距離なら外さない。ただ本当に引き金をひけるかどうか、わからないが。

「くそっ」

羽黒が叫び声をあげ、拳銃を投げ捨てた。びしゃっと泥水がはねとび、高遠が体を震わせた。

「お前の勝ちだよ！」

「そっちも武器を捨てろ！」

里貴が羽黒の手下に告げ、顔を見合わせた二人は言葉にしたがった。

里貴が羽黒に手錠をかけた。高遠は呆然とすわりこんでそれを見ている。

「高遠警視」

由子が呼びかけると、ようやく我にかえったように瞬きした。

「みつえはどこです？」

「し、知らん」

「知らない筈はないでしょう。みつえがいるからこそ、ここにきたのではありませんか」

高遠の腕をとり、立ちあがらせようとした。腰が抜けてしまったのか、尻もちをつく。

「私は……上にあがらなかった。羽黒は、私に見てろといったが……」

「みつえを殺す現場に立ち会わせようとしたのですね」

里貴がいって羽黒を見た。

「そうなんだな」

林が羽黒の手下二人の両手を縛りあげている。羽黒は憎しみのこもった目を高遠に向けた。

「こいつはさんざん金を俺からむしったくせに、『ボンゴ』の手入れを何も知らせなかった。それでヤバくなったら、手を切るなんてほざきやがって、頭にきたんだ」

　羽黒は吐きだした。

「目の前でみつえをぶっ殺して、俺を絶対に裏切れねえようにしてやろうと思ったんだよ」

「みつえを殺したの」

　由子は羽黒を見た。

「この野郎がびびりやがって、裏切らねえから勘弁してくれっていったんで、奴に任せた」

「奴？　誰のことだ」

　里貴が訊ねた。羽黒はフンと鼻を鳴らした。

「わかってるんだろう。ソウシだ」

　由子は息を吸いこんだ。やはりソウシが羽黒のスパイだったのだ。

「ソウシは母親を裏切ったのね」

「ハナからあいつは兄貴二人とはちがう。あの婆あを裏切ることなんか何とも思っちゃいねえ」

「どういうこと？」

「警視、連行しないと」

いった里貴を止め、

「答えなさい」

羽黒の目を見つめた。

「あいつはよ、上の二人とは親父がちがうんだよ。あいつの体には最初から人殺しの血が混じってんだ」

由子は無言で目をそらした。やはりそうだったのだ。ソウシは、由子にとっては叔父である志麻朝夫とツルギのあいだにできた子供だ。つまり由子のいとこということになる。この世界では。

「ソウシはまだあそこにいるの」

由子は目で「たぬき食堂」を示して訊ねた。

「ああ」

「みつえも？」

「まだ死んでなければな」

羽黒の口調で気づいた。羽黒もみつえを殺すのをためらったのだ。自分の愛人だった女を手にかけることだけはできなかったのだろう。

ソウシはその代理をひきうけた。

「連行して」

由子は里貴に告げた。

「警視は？」

「みつえを捜す」

「待って下さい。おひとりでは危険です」

「この三名を連行するのは林ひとりじゃ無理よ。あなたもついていって」

「じゃ、せめて松田に引き渡すまで待って下さい。すぐに戻ります」

由子は頷いた。みつえはとうにソウシに殺されているかもしれない。だが殺されていたなら、ソウシが「たぬき食堂」にとどまっている理由はない。

あるいは殺す前に、みつえに対し暴行を加えているのかもしれなかった。それを承知で、羽黒はみつえ殺しをソウシに任せたのだ。

里貴と林が三人を連行していくと、ようやく高遠が体を起こした。背広から煙草をとりだし、火をつける。咳ばらいし、いった。

「志麻警視、羽黒のいったことだが――」

「今、その話をしている暇はありません」

由子はぴしゃりと告げた。高遠の〝いいわけ〟につきあう気はない。こんな幹部警察官がいるから、羽黒は警察をなめきっていたのだ。

高遠は口を閉じた。

「それより、武装はしていますか」

由子は思いつき、訊ねた。

「え？　ああ、いちおう、もってはきたが」

高遠は左脇を背広の上からおさえた。

「ではいっしょにきて下さい」

由子はいって歩きだした。里貴を待つ間にみつえが殺されてしまうのは避けたい。許しがたい悪女だが、殺されるとわかっていて手をこまねいていることはできなかった。

由子はあたりを見回した。粗末な商店の奥に、人が潜んでいる気配がある。だが誰も顔をのぞかせようとはしない。巻き添えをくらうのを恐れているのだろう。

「たぬき食堂」に歩みよる。高遠は渋々といったようすであとをついてきた。

「みつえはどこにいましたか」

引き戸に手をかけ、由子は高遠に訊ねた。

「ええと、二階だと思う」

歯切れの悪い口調で高遠は答えた。

「中に他に人は？」

高遠は首をふった。

銃を握りしめたまま、由子は引き戸を開いた。カラカラという音が響く。

土間の上に安っぽいテーブルが並んだ食堂だった。麺類や丼ものの品書きが壁に貼られている。

明りはついておらず、中は薄暗い。正面に厨房（ちゅうぼう）とつながる通路があった。階段はその奥のようだ。

食堂の中央に立ち、由子は耳をすませた。

物音はまるで聞こえない。ソウシはどこかにある裏口から逃げたのか。

里貴には食堂に入ったとわかるように、引き戸を閉めず、由子は厨房とつながる通路へと進んだ。

背後でごそごそと音がする。高遠が背広から銃を抜いた音だった。由子と同じタイプの小型の拳銃だ。額に汗をかき、呼吸を荒くしている。

由子は厨房の中に入った。きれいに整頓されている。大鍋や小鍋が積まれ、刻んだ野菜の入ったザルが並んでいるが、調理をしていたようすはない。

厨房の右側に一段高くなった座敷があった。コタツがおかれ、古い形のテレビが正面にすえられている。

少し考えたが、靴を脱いで座敷にあがった。

座敷の中は雑然としていた。畳の上に広げられた新聞に、倒れた湯呑みが染みを作っている。

狭く急な階段が、座敷の左手にあった。階段の下に立ち、由子は上を見た。まっ暗だ。

「上にいく気か」

高遠が低い声で訊ねた。由子は高遠をふりかえった。

「お、応援を待たないのか」

怯えたその顔を見ていると、不思議にも恐怖が薄らいだ。

「恐いならここにいれば」

冷ややかにいって、階段に足をかけた。

みしり、と階段が鳴った。銃口を上に向けたまま由子は階段を登った。途中、天井が低くなり、自然にかがむ格好になる。

「ま、待て」

あわてた声で高遠が止めたがふりかえらず登った。

階段を登りきると小さな板敷きがあり、右手とその横にふたつの和室があった。片方の和室に布団がしかれているのが半ば開いた障子のすきまから見えた。

板敷きから一歩踏みだして由子は息を止めた。布団の端に手が見える。軽く握った拳から肘にかけて片手がのぞいていて、障子の陰にその先が隠れていた。

拳の爪先が淡く光っていた。オレンジ色のマニキュアが塗られている。

「みつえ。服部みつえ」

由子は声をかけた。

拳は動かない。由子は銃を握り直し、和室に踏みこんだ。

体を半分畳の上、半分布団の上におき、みつえが横たわっていた。ツルギマーケットで襲ってきたときと同じブラウスとスカートを着け、目をみひらいている。

うっ血したその顔を見た瞬間に死んでいるとわかった。口が半ば開き、目を大きくみひらいている。

死体から目を離し、あたりを見回した。

「糸井ソウシ！　いるならでてきなさいっ」

もうひとつの部屋に銃を向け、叫んだ。

どすどすと階段で足音がした。息を切らせた高遠が踊り場に立った。

由子は閉まっている障子をさっと開いた。

中に人影があった。

「動くなっ」

叫んで銃をつきつけた。次の瞬間、体から力が抜けた。人影と思ったのは自分で、部屋の中央におかれた姿見に映っていたのだ。

姿見とタンスがあるだけの四畳ほどの和室だ。人の姿はない。

「これは――」

高遠がいうのが聞こえた。由子は押入れや納戸など、人が隠れていそうな場所を手早く調べた。ソウシの姿はなかった。

布団のしかれた和室に戻った。高遠がみつえのかたわらに立っている。

「絞め殺したんだな」

高遠がつぶやいた。

由子は高遠を押しのけ、死体の周囲を荒さないようにみつえをのぞきこんだ。首もとを見つめる。目の奥で何かが光ったような気がした。尿の匂いがする。まるでかもうとしたように歯から舌先がとびでているのも、絞殺の特徴だ。

さらに喉には索溝（さくこう）と思しいアザがある。目の奥で何か光ったと感じたのは、その索溝を見たときだった。

細い輪をいくつもよりあわせたような跡が、みつえの首には残されていた。細い鎖状の凶器が使われた痕跡だ。

これと同じ索溝を、由子は見ていた。

十年前の事件資料にあった。渋谷区と荒川区で、二人の飲食店従業員の女性が殺された事件だ。

向こうの世界で。

不意に由子は押し倒された。思わず畳の上に手をつく。由子の背に、荒い息を吐く誰かがのしかかった。

「何を――」

いいかけた由子の喉がうしろからつかまれた。無言で絞めあげてくる。

一瞬何が起こったのかわからなかった。息ができず、耳の奥で轟音が鳴りだした。

視界の端が黒ずんだ。あのときと同じだ。

張りこんでいた日比谷公園で「ナイトハンター」に襲われた。

由子は握っていた拳銃の引き金を絞った。

バン、という銃声が遠くで聞こえた。背後から首を絞めていた手の力が一瞬ゆるんだ。

そのすきに息を吸いこんだ。喉の奥でひゅっという音がした。

あのときも、失神する直前で「ナイトハンター」は、由子の喉にくいこんだ輪をゆるめた。

びっくりしたか、と耳もとでささやかれた。

由子に話しかけ、由子の恐怖を感じとり、それを楽しんでいた。そしてもう一度首を絞めた。

二度も同じことをされてたまるか。由子は右の手首を曲げ、拳銃を背後に向け引き金を絞った。バン、バン、バン。

わっという声が聞こえた。同時に首を絞めていた力が消えた。由子は畳の上を転がった。光を失ったみつえの目と目が合う。

壁に肩があたり、もたれかかった。深呼吸しようとして咳きこんだ。息ができない。それでも大きく口を開け、喘いだ。

うずくまっている高遠の姿が涙でにじんでいる。高遠は右のふくらはぎを抱えこんでいた。

「撃ったな！」

高遠は恐しい形相でいった。

由子は気づいた。背後から首を絞めたのは高遠だ。

「なんてことをするんだっ」

由子は拳銃を高遠の顔に向けた。高遠は目をみひらき、絶句した。

「わたしを殺そうとした」

自分とは思えないほどざらざらした声が、喉の奥からでた。

高遠は黙っている。その手にあった拳銃は消えていた。

「殺すだけなら銃を使えばすんだ。なのに絞め殺そうとしたのは、ソウシに罪を着せようとしたからでしょう。きたない奴！」

「撃つなっ」

高遠は叫んだ。血だまりが足もとに広がっている。

「私が悪かった。何でも認める。だから撃たないでくれ」

「許さない」

由子は首をふった。向こう側で絞め殺され、今度はこちら側でも絞め殺されかけた。もう許さない。絶対に。

高遠の顔が恐怖に歪んだ。引き金にかけた指に由子は力をこめた。

「警視！」

叫び声に我にかえった。本当に撃つ直前だった。由子は引き金から指を離し、銃をおろした。

階段の踊り場に、銃を手にした里貴が立っていた。ほっとすると同時に涙が溢れだした。

「大丈夫ですか？　警視」

里貴が駆けよってきた。みつえの死体を見たが、高遠には目もくれない。

「わたしは大丈夫」

肩で息をしながら由子は答えた。

「何があったのです？」

里貴は由子のかたわらでしゃがんだ。

「高遠警視がわたしの首を絞めた。だから撃った」

里貴は初めて高遠をふり返った。

「絞め殺せば、糸井ソウシに罪をなすりつけられると考えたのよ」

「本当ですか」

里貴が高遠に訊ねた。

「本当だ。だから頼む、病院に連れていってくれ」

高遠は頷いた。里貴は立ちあがり、手錠をとりだした。

「高遠警視、あなたを殺人未遂の現行犯で逮捕します」

22

糸井ソウシの姿は消えていた。「たぬき食堂」を隅々まで捜したが、隠れられそうな場所も秘密の通路も見つからず、どうやって逃走したのかは不明だった。

由子と里貴は、高遠を病院に運び治療をうけさせたあと勾留した。由子が放った弾丸は、高遠の右ふくらはぎをかすめていた。

すでに羽黒が逮捕されている以上、汚職容疑を逃れる術(すべ)はないのに由子を殺そうとしたのは、自暴自棄になったからだと、高遠は取調べに答えた。

が、真実はそうではないと由子は考えていた。由子さえ死ねば、自分の権限で羽黒を釈放させられると高遠は思いついたのだ。里貴が何といおうと、地位にものをいわせれば封じこめられる。

みつえの死体は、簡単な現場検証ののち、運びだされた。「たぬき食堂」はみつえの実家で、みつえは両親に金を渡し温泉にいかせて、その間潜伏していたのだと判明した。

一夜が明け、市警本部は糸井ソウシを服部みつえ殺害犯として手配した。

由子は羽黒を取調室に連行した。昨夜ひと晩、羽黒は留置室でわめきつづけていたと聞いていた。麻薬の禁断症状に苦しめられたようだ。

「きのうはつらい思いをしたようね」

実際、羽黒は憔悴しきっているように見えた。目が落ちくぼみ、どす黒い隈（くま）ができている。顔には脂が浮かび、それほど暑くもないのに額に汗が光っていた。

羽黒は無言だった。ぎらぎらした目で由子をにらみつけている。両手に手錠がはめられ、足首も縄でつながれているが、向かいあうと、恐怖を感じた。禁断症状がこの男を獣にかえている。

「糸井ソウシの行方を捜している。『たぬき食堂』からどうやって逃げたの?」

「俺が知るわけないだろう」

羽黒は答えた。老人のようにしわがれた声だった。

「ソウシが見つからなければ、みつえを殺した容疑はあなたにかかるかもしれない」

「好きにしろ」

羽黒は横を向いた。

「ただし吊るし首にするなら、高遠の野郎も吊るせ。さんざん甘い汁を吸わせてやったんだ。あいつだけ逃げようなんて許さねえ」

不意にその体ががたがたと震えだした。羽黒は唇をかみしめ、唸(うな)り声をたてた。目の前の机に額を何度も叩きつける。

「くそっ、くそっ、くそっ」

「羽黒っ」

背後に控えていた里貴がその肩に手をかけると、ふり払った。

「触るなあっ。ヤクをもってこい！　ヤクを！」

由子は里貴の目をとらえ、首をふった。里貴は退いた。

羽黒は由子をにらみつけた。

「手前(てめえ)、いい気味だと思ってるんだろう。このクソメスポリがっ」

唾が飛んできた。由子は深呼吸し、いった。

「勘ちがいしないで。あなたが禁断症状で苦しんでいるのは、わたしのせいじゃない。麻薬を射ちつづけたあなたが悪い」

「やかましい！　俺がなんでヤク中になったかわかってんのか。フィリピン戦線で背中にくらった砲弾の破片が抜けてねえからなんだよ。手前の親父が指揮した第六機甲師団だ」

「負傷しても麻薬中毒にならなかった人間はたくさんいる」

動揺をこらえ、由子はいった。軍人ホームで会った、車椅子の有吉も〝父〟を恨んでいた。

羽黒は荒い息を吐いた。

「取調べに協力するなら、あなたのその禁断症状を緩和する薬を処方するよう、医師に頼んであげる」

羽黒ははっと顔を上げた。

「本当か⁈」

「糸井ソウシについて知っていることを話しなさい。あなたはいったわね。ソウシには最初から人殺しの血が混じっている、と。それはどういうこと？」

「本当にクスリをくれるのか」

由子は頷いた。里貴が不安げな表情を浮かべたが、目を合わせない。

「あいつの父親は、ツルギの婆あの亭主だった軍人じゃねえ。そいつの部下だった男だ」

「名前は？」

「知らねえ。だがツルギの亭主を殺したのはそいつだと聞いたことがある」

「誰から？」

「ソウシだよ」

「なぜそんなことをあなたに話したの？」

羽黒は肩で息をした。震えをこらえようと机の角をつかんだ指先が白くなっている。

「もう二年前のことだ。『ボンゴ』で飲んだ帰り、俺がひとりで神宮外苑を歩いてると、奴が現われた。初めは俺を消しにきたのかと思ったが、ちがった。ツルギ会のネタを買わないかともちかけてきたんだ」

「目的は金？」

「そうだ。だが奇妙だった。銭じゃなく、金や宝石をよこせというんだ」

「なぜ？」

羽黒は首をふった。

「わからねえ。俺がお前を信用するのかと訊いたら、奴はいった。自分は上の二人とは親父がちがう。だから嫌な仕事ばかり兄貴たちに押しつけられてる。その腹いせをしてやりたいんだ、とな」

「実際に情報を買ったの？」

「ああ、ツルギマーケットに運ばれる筈だった闇煙草やウイスキーを頂いた。それは奴の兄貴たちの稼ぎになる筈だった。婆あは兄貴二人をこっぴどく叱ったとよ」

「ソウシの父親が人殺しだとソウシに教えたのは誰？」

「その兄貴たちだ。ことあるごとにその話をしちゃあ、いびっていたらしい」

あの不気味な三兄弟の中に、そんな確執があったのか。

「婆あはそれに気づいてた。だからソウシをかわいがり信頼した。よけいにいびられるってわけだ。奴にとっちゃ迷惑な話だ」

「ソウシにみつえを殺させた理由は？」

「あいつは殺しに慣れてる。これまで何人も、銃を使わねえで殺してきたんだ。それにいくら裏切り者でも、自分の女だった奴を殺す気にはなれなかった」

由子の動悸が速まった。

「銃を使わないで殺すというのはどういうこと？」

「あいつはいつもポケットに細い鎖を入れている。そいつで絞め殺すんだ。そのやり方をあいつは誰かに教わったといってた」

「誰に教わったの⁈」

羽黒は首をふった。

「そこまでは聞いてない。だがもしかしたら……」

「もしかしたら?」

「あいつの実の親父かもしれない」

「なぜそう思うの?」

「あいつはこっそり親父に会っていたようなことをいってた」

「こっそり?」

「ツルギの亭主を殺したあと、奴の親父はどこか外国に逃げていたらしい。それが日本に戻ってきて、ソウシと会ったんだ」

「ツルギにも秘密で?」

「ああ」

「会った理由は?」

「息子だからじゃないのか。あいつの親父は軍の情報部にいたことがあって、本名から何からすべて秘密にしていた。戦争中、司令部に裏切られて連合軍に逮捕され、とんでもない拷問をうけた。そのせいで神経をやられ、ずっと苦しんでたらしい。裏切った奴らに仕返しをしたとも聞いた」

「仕返し?」

「戦後、自分を敵に売った奴らを捜しだし、殺していったらしい」

「それは司令部にいた人間?」

「そうさ。軍隊はそれに薄々気づいちゃいたが、奴の親父がもってる秘密兵器の情報欲しさに目をつぶった、とソウシはいっていた」

由子は息を吸いこんだ。ソウシの実の父親は志麻朝夫にまちがいない。

その志麻朝夫は、ソウシにこっそり会っていたのだ。

「クスリをよこせ」

いった羽黒に由子は首をふった。

「まだよ。ソウシがどこにいるのか教えなさい」

「だから知らねえっていってるだろうが」

「心当たりがある筈。ソウシがあなたに近づいたのは、兄二人への復讐だけが理由じゃない。あなたにはそれがわかっていた。あなたから得た金や宝石を何に使っていたのか、いいなさい」

羽黒は頬をひきつらせ、由子をにらんだ。

「前に、渡した金をどこで金に換えているか、調べさせたことがある。金を買いとる業者は、ツルギマーケットからうちの闇市くらいにしかいない。ツルギマーケットで換金する筈はないから、闇市で金に換えてるとにらんだが、奴は一度もしちゃいなかった」

「ためこんでいたというの？」

「ためこむのだったら銭のほうがいいに決まってる」

由子は気づいた。

「外国で使うためね」

「たぶんな。奴の実の親父が逃げていた外国に奴もいく気だった。そこじゃこっちの銭は使えない。金(きん)や宝石なら、向こうの銭に換えられる」

外国とはつまり向こうの世界だ。志麻朝夫だけでなく糸井ソウシも、向こうとこちらをいききすることができるのだろうか。

もしそうなら、向こうで起きた殺人事件の犯人が糸井ソウシだという可能性がでてくる。

「その外国がどこなのか、ソウシから聞いたことはある?」

羽黒は首をふった。

「いいや。だがためるだけためたら、奴は外国に逃げる気だと俺はにらんでた」

「逃げる方法は?」

「船か飛行機だろう。飛行機の切符は高いし監視もきついから、貨物船に乗せてもらうつもりだったのじゃないか」

「一番近い外国まで、船でどのくらいかかるの?」

「いくとすりゃ香港か台湾だろうが、貨物船だと一週間くらいだ」

「港を調べますか」

里貴が訊ねた。由子は首をふった。

「今からじゃ間に合わない」

本心はちがっていた。ソウシは外国になど逃げていない。逃げたとすれば、それは向こう側の世界だ。同じ日本でも紙幣が異なる向こうでこちらの金は使えない。そこで金や宝石をためていたのだ。

「医師を呼んで、禁断症状を緩和させる薬を何か羽黒に与えなさい。それと、戦後、軍司令部で情報部に関係していた幹部が殺されていないか、記録を調べて。必要なら、軍に照会して」

「了解しました」

由子は立ちあがった。糸井ツルギに会わなければならない。

執務室に入ると、ツルギの電話を呼びだした。

「誰だい」

「志麻よ。ソウシはそこにいる?」

由子が訊ねると、ツルギは長いため息を吐いた。

「いるわけはないだろう。あの子はもう帰ってこないよ」

「あなたと話したい。会って直接」

「今さら何を話すんだよ」

「ソウシのこと。それとソウシの父親の、志麻朝夫のことを」

「あんたの父親と話せばいいじゃないか」

「話す。でもその前にあなたと話しておきたい。〝父〟が嘘をついてもだまされないように」

ツルギは黙った。やがていった。

「後悔するかもしれない」

「それでもかまわない」

「わかったよ。これから銀座にでかける用があってね。終わったらあんたに電話をする」

「待ってる」

切った電話を由子は見つめた。時間をくれと〝父〟はいった。気持を整理したい、と。〝父〟と話したい。

だから今は待つべきだ。由子は深呼吸し、気持を落ちつかせた。

ツルギは、「あの子はもう帰ってこない」といった。つまり起こったできごとを知っているのだ。それはソウシが羽黒組に情報を流していたスパイだと知ったということでもある。

立ちあがり、湯をわかした。高遠の取調べは内務監察課がおこなうことになっている。

それでいい。あの卑劣な汚職警官の顔は二度と見たくなかった。

由子に対する殺人未遂の容疑をあの場では認めたが、本格的な取調べでは否認するかもしれない。が、羽黒の証言があれば、収賄での有罪は逃れられない。

コーヒーをいれ、カップを両手で包んですすった。

電話が鳴った。

「志麻です」

「木之内です。警視にご指示された件でいくつか判明したことがあるので、ご連絡しました」

「聞かせて」

由子はカップをおろした。

「光和（こうわ）元年。つまり戦争が終結した年の十月に二人の軍情報部将校が死亡しています。ひとりは尾久満（おくみつる）中佐で、自宅で拳銃で頭を撃って自殺。その翌日、竹居元永（たけいもとなが）大尉が新宿の闇市で襲撃され死亡。死因は絞殺で、金品を奪われていたことから強盗殺人と断定されましたが、犯人は逮捕されておりません」

「二人とフィリピン戦線のかかわりは？」

辻少将の話では、当時少尉だった志麻朝夫はフィリピンに潜入し、連合軍につかまってレイテ島の司令部に監禁され拷問をうけていたという。

「軍に問いあわせたところ、生前の任務については教えられない、と拒絶されました。ただ最後の任地については何とかつきとめました。二人ともレイテ島でした」

まちがいない。二人は志麻朝夫とかかわりがあった。

「ありがとう。羽黒は？」

「医師が薬を投与した結果、少し落ちついたようです。今は内務監察課が取調べをおこなっています」

「そう」

「警視」

「何？」

「羽黒がいっていた外国というのは、もしかすると――」

「わたしもそれを疑っている」

「しかしそうなるとソウシの逮捕は難しくなります」

「ソウシがいけるのなら、わたしたちもいける。向こうでつかまえ、連れ戻せばいい」

里貴は沈黙した。

「もちろん、できればの話」

由子はいった。

「警視は、向こうの世界にいったら、もう戻ってこられないのではありませんか」

どきっとした。里貴は見抜いている。由子は息を吐いた。

「それについては、今話してもしかたがない。とにかく情報を集めましょう」

電話を切った。

向こうに帰れるかもしれない。そう考えるだけで呼吸が速くなるのを感じた。

考えまいとつとめてきたことだった。

眠るたびに、起きるときは向こうに戻っているのではないかと期待したこともあった。

が、今はそれもあきらめた。

いや、あきらめたというのとは少しちがう。

しなければならないこと、解かなければならない謎が多すぎるのだ。もし今、向こうに戻ったら、自分はその多くをおきざりにしてしまう。

里貴はどう思うだろう。自分が向こうに戻るなら、本物の志麻由子警視が帰ってくるかもしれない。

喜ぶに決まっている。自分なんかよりはるかに優秀で、心の強い本物が帰ってくるのだ。

だが、本当にそうだろうか。里貴が喜ぶかどうかではない。こちらの志麻由子は、本当に強い人間なのだろうか。

由子は執務室を見回した。初めてここで目覚めたとき、その殺風景さに〝自分〟の執務室だという里貴の言葉が信じられなかった。

女らしい調度は何ひとつない。個人を感じさせたのは、絵と、両親と撮った写真だけだ。

あえてそうしていたのではないか。母親の自殺をきっかけに父親とうまくいかなくなり、仕事に自分を追いこんでいた。

恋人もおらず、本当の気持を打ち明けられる相手もいなかった。

だから働くしかなかった。寂しさに耐えるには、冷徹な女警視を演ずる他なかったのではないか。

そこに思いがいったとき、由子は涙がでそうになった。

馬鹿げている。もうひとりの自分に同情するなんて。

電話が鳴り、はっとした。

「はい」

「ツルギだよ。これからあんたを迎えにいく。車を下につけるから、ひとりででておいで」

「わかった」

由子はいって、電話を切った。拳銃を腰にとめ、執務室をでた。市警本部の建物から日比谷のほうに二十メートルほど離れた地点に、黒いセダンが止まっていた。ハンドルを握っているのは糸井ツルギだ。

由子は驚いた。てっきり運転手がいるものだと思っていたからだ。

「乗りな」

ツルギにいわれ、由子は助手席に乗りこんだ。ツルギは慣れた仕草でギアを入れ、車を発進させた。

「運転するのね」

「マーケットを始めた頃は、自分で仕入れに駆けずり回ったものさ。運転はそのとき覚えた」

ツルギは振り袖姿で車を走らせながら答えた。

「てっきり運転手がいるものだと思ってた」

「ふだんはタカシかヒロシに運転させている。でも今日はそうはいかないと思ってね」

ツルギはハンドルを切った。車を路肩に寄せ、止める。

「ソウシは、あの二人にふだんいじめられていた」

由子は告げた。

「知ってるよ。父親がちがったからね、当然だ」

「ソウシが志麻朝夫の息子だと認めるのね」

ツルギは答えず、胸もとに手をやった。古い白黒の写真がとりだされた。

「写真がでてきた。見るかい？」

由子はうけとった。ツルギと幼い二人の兄弟、眼鏡をかけた男ともう少し若い男が写っている。その男の顔に、由子は見覚えがあった。どこかなつかしい。

「これが志麻朝夫ね」

「あたしらには関と名乗っていた」

なつかしさの理由がわかった瞬間、由子は息を呑んだ。これと同じ顔をした若者を自分は見ている。仏壇に飾られた何枚もの写真の一枚。制服姿の若い巡査の写真。若き日の父親だ。

こちらの〝父〟ではなく、本物の由子の父。

「どうした？　急におっかない顔をして」

由子はツルギを見つめた。

「ソウシはいくつ？」

「今年二十四になる。あの子は父親の顔を知らない」

「それが、知っていた」

ツルギは眉をひそめた。

「どういうことだい」

「ソウシは、志麻朝夫にこっそり会っていたと羽黒がいったの」

「羽黒が」

「もう気づいているだろうけど、ソウシはツルギ会の情報を羽黒組に売り渡していた」

「ああ。そうらしいね」

「どこから聞いたの？」

「警察に知り合いがいるのは、羽黒だけじゃないってことさ」

「腹が立つ？」

「それが不思議なことに立たないのさ。むしろやっぱり、という気持だった。あの子は、あたしが目をかけたぶん、あたしを恨んだだろう。だけど他にどうしていいか、あたしにはわからなかった」

あのコタツのある小部屋にいないせいなのかどうか、ツルギは饒舌だった。

「嫌な仕事を兄二人に押しつけられたらしい」

「人殺しを、ね。確かにあの子はそれが上手だった。刃物や鉄砲に頼らず、やってのけた」

由子は深呼吸した。

「いつもポケットに鎖をもち歩いていて、それを使ったらしいけど、知ってる？」

「いいや。あたしが与えたものじゃない」

「ソウシは羽黒から金や宝石で情報の見返りをもらっていた」

ある」

「金で？」

ツルギの表情がかわった。

「心あたりがあるの？」

「亭主を殺していなくなる直前、金を売ってるところを知らないかと関に訊かれたことがある」

「何のために？」

「それはあたしにはわからない。秘密の多い男だったからね。それにあのときのあたしは他人のことなんてわかる余裕がなかった。今なら――」

いいかけたとき、キキッとタイヤを鳴らしながら一台のジープが正面の建物の角を曲がって現われた。サングラスをかけた男たちが四人乗っていた。

うしろの二人が不意に座席から立ちあがり、こちらに手をのばした。銃を握っている。

「危ないっ」

由子は叫んだ。パン、パンと銃声が鳴り、フロントグラスがまっ白に曇った。

ジープはツルギの車のかたわらで止まった。銃声はさらにつづいた。シートの下に伏せているのがやっとだ。銃弾をうけるたびに車体が揺れ、やがてフロントグラスが粉々になった。破片が由子の頭や背中にふり注ぐ。

拳銃を握ってはいた。だが撃ち返すのはおろか、顔をあげることすらできなかった。

ジープが走り去る音が聞こえた。由子はそっと体を起こした。右肩に痛みが走った。上着が裂け、ブラウスから血がにじんでいる。

サイレンが聞こえた。当然だった。市警本部とは目と鼻の先だ。

ツルギを見やり、思わず息が洩れた。無惨なほど多くの弾丸を浴びている。振り袖はまっ赤に染まり、顔を上に向けたまま絶命していた。

由子は目をそむけた。ひどい死に様だ。息子を供に連れず、ひとりできたのがこの結果につながったのだとすれば、由子にも責任がある。

パトカーがあたりに止まり、銃を握った制服警官が車をとり囲んだ。

「中の者、でてこい！」

「撃たないで。今、降りる」

由子はいって、穴だらけのドアを開いた。

「志麻警視！」

制服警官が息を呑んだ。

「救急車を。中に――」

いいかけ、由子の膝は崩れた。意識が遠くなった。

23

目を開いた。きつい消毒薬の匂いがする。

〝父〟の顔があった。

「目をさましたようだ」

背後をふりかえった〝父〟が誰かに告げ、里貴の顔が視界に加わった。

「警視」

体を起こそうとした由子を里貴は押しとどめた。右肩から胸にかけ、包帯が巻かれていた。

「無理をしないで下さい。かなり出血されたようですから」

由子はつぶやいた。え、というように里貴が首を傾(かし)げた。

「戻ってなかった」

「何です？」

「戻ったような気がした。夢を見ていたのかもしれない」

由子はつぶやき、頭を枕に戻した。病室だ。恐ろしいほど殺風景だが、そこが病室であることはわかる。

「あるいは一瞬だけ戻ったのかもしれん。生死の境い目にあるとそれが起こると聞いたことがある」

〝父〟がいった。由子は仰ぎ見た。

「誰から聞いたのですか」

「奴だ」

低い声で〝父〟は答えた。聞くまでもなかった。志麻朝夫に起きたのと同じことが自分に起こった理由を、由子は気づいていた。

「ツルギは？」

里貴に目を移した。

「即死でした。犯行に使われたジープが、現場から二キロほど離れた場所で乗り捨てられていました。今朝盗まれたものでした」

「犯人は四人。サングラスをかけた男たちだった」

里貴は頷いた。

「手配をしましたが、おそらくばらばらに逃走していると思われます」

「現場に写真があった筈」

「写真、ですか？」

「そう」

「ツルギの車は市警本部に運びました。調べてみます」

「お願い」

　里貴は頷いた。

「では、あとでまたうかがいます」

　病室をでていった。〝父〟が咳ばらいをした。

「医者の話では、今夜ひと晩ようすを見て、何もないなら退院できるそうだ。肩は、五針、縫ったそうだが」

「それだけですんで幸運でした」

〝父〟は息を吐いた。

「木之内警部補から連絡をもらったときは驚いた」

「ご心配をおかけしてすみません」

「いや」

　ぎくしゃくとしていた。最後に会ったときに感じたあたたかさは消えている。

「写真というのは、菊池少佐と志麻朝夫がいっしょに写っているものです」

　一瞬、間をおき、〝父〟は答えた。

「そうか」

「だいぶ昔のもので、菊池少佐の二人の息子と写っていました」

〝父〟は無言だった。由子は息を大きく吸い、告げた。

「向こうのわたしの父親と、そっくりです」

〝父〟が動いた。ベッドを離れ、鉄格子のはまった小さな窓辺に立った。窓の外はもう暗い。由子に背を向け、外を見ている。

やがていった。

「向こうの世界では、君に叔父はいない、といったな」

「はい」

「つまり、存在しないのは、私だったというわけだ」

由子は何と答えていいかわからなかった。

〝父〟がふりむいた。感情を押し殺した声で訊ねた。

「どう理解した？」

「それは……」

「遠慮せずいいなさい。君は警察官だ」

由子は唇をかんだ。

「おそらく、君は真実に気づいた。私が告げるのに、時間をくれといった真実に」

「こちらの世界のわたしには父が二人いる、ということですか？　育ててくれた父と、実際の父と」

しばらくたってから〝父〟は低い声でいった。

「そういうことだ」

由子は涙ぐみそうになった。自分がつらいのではなく、〝父〟の気持を思ったからだ。

「お母さまが自死したというのは――」

〝父〟は顔をそむけた。

「私は責めなかった。たぶん、それがつらかったのだろう。責めていれば、逆に死ななかったのではないかと、あとで思った」

由子は黙っていた。

「離縁してくれと懇願されたが、私は許さなかった。そばにおき、責めないことで責めつづけたのだ。むごいことをした――」

「でも、なぜです」

由子は〝父〟の言葉をさえぎった。

「なぜお母さまは叔父と――」

「私が悪い。仕事にかまけ、彼女を大切にしなかった」

「それだけですか？」

「他に誰を責めればいい？　妻か？　それとも弟か？」

怒りのにじんだ声だった。由子は息を吐いた。

「志麻朝夫は糸井ツルギとも関係をもち、ソウシの父親という可能性もあります。もしそうであるなら、志麻朝夫の人格を疑うべきではないでしょうか」

〝父〟は黙っていた。しばらく待ち、由子はいった。

「フィリピンでの経験が、人格をかえてしまったのかもしれません」

「それは、娘としての疑問か。それとも警察官としての疑問か」

「警察官としての疑問です。志麻朝夫は殺人の容疑者です」

〝父〟は長いため息を吐いた。

「自分でいうのもおかしいが、私は真面目だけがとりえの、おもしろみのない人間だ。弟はちがっていた。人を笑わせるのが好きで、話がうまく、誰とでも親しくなれる人間だった。そこを買われ、情報部に配属された。だがレイテ島でうけた拷問と、一年の昏睡が、すっかり弟をかえてしまった」

志麻朝夫がレイテ島の連合軍司令部に捕らえられ、拷問にかけられたあげく頭を撃たれて放置されていたという話を由子は思いだしていた。レイテ島から撤退する直前に、〝処刑〟されたのだが、奇跡的に命をとりとめた。だが一年間、意識は回復しなかった。

「三十年前のことですね」

由子はいった。

「そうだ。弟が意識をとりもどすことはないだろうと、私は半ばあきらめていた。だから病院から知らせをうけたときは驚いた。だが、弟はまるで別人になっていた」

「どんな風にかわったんです？」

〝父〟は救いを求めるように天を仰いだ。

「すべてを憎んでいた。特に軍隊を」

「なぜです？」

〝父〟は再び黙りこみ、やがていった。

「――利用されたのだ」

「利用？」

「連合軍が弟に拷問を加えたのは、我が軍がいつ、どこに上陸するかを訊きだすためだ。弟はその拷問に耐え抜いた。が、弟が知らされていた時期と上陸地点は、すべて嘘だった」

その言葉の意味するものが、すぐには由子はわからなかった。気づいたとき、目をみひらいた。

「それはつまり、わざと偽の情報を流すために……」

「そうだ。偽の情報を知らせておいて、潜入させた弟を密告したのだ。拷問され、耐えきれなくなった弟が、それを白状すると計算した者が情報部にいた」

「ひどい」

思わずつぶやいた。完全な捨て駒ではないか。偽の情報を敵につかませるために売られたのだ。

にもかかわらず志麻朝夫は拷問に耐え抜いた。あげくに頭を撃たれ、一年間、生死の境をさまよった。

「撃たれる直前、弟は連合軍の将校から我が軍の上陸地点を知らされ、愕然とした。自分が教えられた場所とまるで異なっていたからだ」

「それは、志麻朝夫が逮捕された結果、変更されたのではないのですか」

〝父〟は首をふった。

「何万人という兵士を上陸させる地点を、直前に変更することはありえない。混乱が生じてしまう」

由子はもちあげていた頭を枕に戻した。

「弟の気持は、察するにあまりある。さらに弟は、一年の昏睡状態のあいだに、信じられない体験をした、といいだした」

「もうひとつの世界」

由子はつぶやいた。

「そうだ。こちらでは昏睡していた一年、弟の意識は、似通った人間が存在するが、ことはまるで異なった世界にあったという。こちらとはまるでちがう日本に、弟はいた」

「そこでは何をしていたのですか」

入れかわったのか。自分の本当の父と。訊くのが恐いような気持だった。

「君とはちがった。弟が誰かと入れかわることはなかったようだ」

なぜだ。父と入れかわったのではないのか。

由子はけんめいに考えた。父が死んでいたから入れかわることができなかったのか。

いや、父が死んだのは十年前だ。三十年前なら生きている。むろん母も生きていた。

こちらとあちらとの世界のあいだに、何らかの法則性があると考えるのはあやまりかもしれない。

「弟は初め、君と同じように混乱したようだ。が、情報部員としてうけた訓練で、向こうの世界に順応することができたらしい。こちらよりははるかに進んだ文明に関する知識を吸収し、いつか戻ったときに役立てようと考えた。そして一年後、弟は戻った」

「それで軍の研究所に配属されたのですね」

〝父〟は頷いた。

「弟の話を、昏睡状態のときに見た夢だと断ずるのは容易だった。だが、詳細に話を聞くうちに、真実かもしれないと考えたのが、陸軍研究所の所長だった梅本(うめもと)中将だ。戦争は終結を迎えようとしていたが、次の開戦も遠くないと思われていた時代で、陸軍研究所は、先の戦争の反省も踏まえ、新兵器の開発を迫られていた。中には、実現が不可能と思われた新型爆弾や戦闘機などの計画もあったが、もし弟が過ごした異世界が実在するなら、それらの開発も不可能ではない、と梅本中将は考えた」

陸軍研究所の副所長だった辻を軍人ホームに訪ねたとき、新兵器を原子爆弾のことかと由子が訊くと、

「あんな机上の空論ではない」

と答えたのを思いだした。

「だが弟ひとりの知識だけで新兵器を開発するのは不可能だった。弟は科学者ではない。原理も、細かな構造もわからないのでは、新兵器など作りようがない。そこで弟は、向こうの世界を、こちらにいながらにして見られる受像器のようなものを作れないかと考えた」

「それはどんな原理なのですか」

由子は訊ねた。

「退院したあと、ときおり弟は行方知れずになることがあった。それが向こうの世界を訪ねていたのだとわかったのは、少ししてからだ。どうやってかは知らないが、弟は、向こうとこちらとあるていど自由にいききできる能力を身につけていたようだ。それを使えば、受像器を作ることができる、と菊池少佐は考え、実験を重ねていたらしい」

「そしてその受像器が完成したと思われる夜、菊池少佐は殺害され、志麻朝夫は姿を消した」

由子はつぶやいた。

「そうだ。理由は不明だが、弟が向こうの世界に逃亡したと軍は考え、追跡をあきらめた。受像器なしでは、弟を捜しだすのは不可能だからだ」

「でも、志麻朝夫はこちらに戻ってきていた。そして息子である、糸井ソウシとときどき会っていました」

〝父〟は驚いたように由子を見つめた。

「なぜそんなことがわかるのかね」

「金（きん）や宝石です」

「何のことだ」

「ソウシはツルギの息子でありながら、羽黒組に情報を流していました。その理由は、兄二人からの虐待です。ソウシが菊池少佐の子ではないと気づいていたタカシとヒロシの二人の兄は、小さな頃からソウシをいじめていました」

〝父〟は首をふった。

「なんと憐れな」

「ソウシはよごれ仕事を押しつけられ、断わることもできず、心が歪んでいったのだと思います。羽黒組の組長は、ツルギ会の情報の見返りとして、金や宝石をソウシに渡していたと認めました」

「それに何の意味があるのかね」

「ふたつの世界をあるていど自由にいきできるとします。こちらのお金は向こうでは何の役にも立ちませんが、金や宝石なら同じような価値があります」

〝父〟は目をみひらいた。

「ものをもって移動できるということか」

「わかりませんが、それが可能だと考えたから、金や宝石を要求したのではないでしょうか。さらにいえば、糸井ソウシは羽黒の愛人を殺害した現場から、誰に見つかることもなく逃走しました。周辺を見張られていたのに、です」

「それはつまり……」

由子は〝父〟の目を見つめた。

「志麻朝夫と同じように、向こうの世界にいくことができる」

「向こうにも糸井ツルギやその息子たちがいる、ということか」

「いておかしくはないと思います。ですが、こちらの志麻由子とわたしが入れかわったのが特殊で、志麻朝夫やソウシは、向こうの人間と入れかわることなくいきできるのかもしれません。あるいは――」

いいかけ、由子は口を閉じた。

「あるいは、何かね？」

由子は首をふった。

「まだ考えがまとまりません」

自分がこの世界に〝飛んだ〟のは、ナイトハンターに絞め殺される瞬間だった。まさに生死の境い目にいたときだ。由子の意識は、こちらの志麻由子の体に入った。

志麻朝夫がレイテ島で頭を撃たれ人事不省になったとき、向こうの由子の父親の体に入ったかどうか、由子にはわからない。三十年前の父親の状況を知りようがないからだ。

ただしこちらの歴史と向こうの時間が重なっているとは限らない。こちら側の三十年前を旅立ったとしても、向こうの三十年前に到着するかどうかは不明だ。タイムマシンではないが、こちらでは三十年間の時間が流れていても、向こうでは十年、あるいは一日しかたっていないという可能性もある。

もし志麻朝夫が向こうに〝飛んだ〟のが、向こうの歴史で十年以内だったらどうなるだろう。

入れかわるべき相手、つまり父はいない。もう死んでいる。

誰か別の人間の体に入るのか、それとも体ごと移動したのか。

体ごと移動したのなら、金や宝石を持参するのは可能かもしれない。そうなれば、こちらと向こうで二重の生活を送ることもできる。まるで海外旅行をするように、こちらと向こうをいききする。

「弟が陸軍研究所への配属をうけいれたのは、初めから新兵器を奪うのが目的だったのだと、あとから私は気づいた」

「私もそれは思いました。自分を利用した軍を憎んでいたのなら、なぜ研究に協力したのか。復讐のためです」

〝父〟は頷いた。

「新兵器の完成を待ち、それを奪って逃走する。自分を利用した軍隊を、利用しかえすのが目的だ」

「新兵器のことを受像器だとツルギは表現していましたが、実際は移動するための乗りもののような機械かもしれません」

「乗りもの、か」

〝父〟はつぶやいた。

「確かにそう考えたほうがつじつまがあう」

「しかもそれは、隠しもてるくらいに小さい。姿をくらませたときソウシは、大きなものをもっていませんでした」

〝父〟は首をふった。

「私には想像もつかん」

たとえ乗りものがあっても、移動できるのは限られた人間だけではないのか。これまでのところ、移動したのは由子と志麻朝夫、そしておそらくだが糸井ソウシ。

こちらの世界では、この三人には血のつながりがある。

由子ははっとした。

そもそもは、志麻朝夫が〝飛んだ〟ことが始まりだった。レイテ島で人事不省におちいり、志麻朝夫の意識は向こうに移動した。

戻ったあと、志麻朝夫は、こちらの〝母〟とのあいだに由子を、糸井ツルギとのあいだにソウシを作る。由子とソウシは、志麻朝夫の〝飛ぶ〟遺伝子をうけついだのだ。

病室のドアがノックされ、里貴が姿を現わした。

「写真ですが、これでしょうか」

写真の入ったビニール袋をさしだした。血で赤く染まり、ほとんど判別できない。

由子は頷き、〝父〟に手渡した。

「誰が写っているのか、よくわからないが、私がこの写真を見るのは初めてだ」

「ツルギがもっていたんです。ツルギは、志麻朝夫に対し、特別な感情を抱いていました。おそらく、今でも会いたいという気持をもっていたと思います」

「弟は、昔から女性には好かれた」

感情のこもらない声で〝父〟はいった。里貴が不思議そうに見た。

〝父〟は我にかえったように咳ばらいをした。

「とにかく君は知りたかったことを知った」

「はい。でも、まだわからないことがあります」

「何だ」

「お父さまと志麻朝夫の関係はどうだったのですか」

「家内がすべてを告白したのは、弟が姿を消したあとだった。おそらく、私と弟の関係が悪化するのを恐れ、いいだせずにいたのだろう。弟が姿を消したことで、話す勇気をもったのかもしれん。それは罪の意識からだったのだろうが、なぜ話したのだと、逆に私は思った。家内は離縁されたかったのだろう。離縁されれば、弟と自由に会うことができる」

　里貴が無言で目をみひらいた。

　つまりそれだけ魅力的だったというわけだ。向こうの父が、女性にもてたという印象はまったくない。子供だったのだから、異性関係について知らなくて不思議はないが、性格的にも女性が特に好むようなタイプではなかったと思う。

　由子は息を吐いた。外見はともかく、性格に関してなら、自分もこちらの志麻由子とはまるで似ていない。

「私は帰るとしよう。とにかく、たいした怪我ではなくてよかった」

〝父〟はいった。

「心配をおかけして申しわけありませんでした」

「親というのはそういうものだ。頼まれなくても心配する」

「ありがたいと思います」

一瞬、〝父〟の顔がゆるんだ。

「では」

と、里貴に頷き、病室をでていった。扉が閉まると、里貴は口を開いた。

「組織犯罪課と殺人課の合同捜査班が、先ほど羽黒組の本部に一斉捜索に入りました。糸井ツルギの殺害と警視の殺人未遂容疑です」

由子は頷いた。

「組長を逮捕され、弱体化を恐れた羽黒組の幹部が糸井ツルギの殺害を指示したのだと、殺人課では考えています」

「可能性は否定できないけど、あの犯行を成功させるには、糸井ツルギの監視が不可欠だった。羽黒組にそんな余裕があったかしら」

「確かにそうだ」

里貴はつぶやき、由子を見つめた。

「明日、退院したら、糸井タカシとヒロシに会いたい。二人はソウシの行方について何か情報をもっているかもしれない」

「了解しました。あの……」

いいかけ、里貴は首をふった。

「何でもありません」

「父のこと？」

「いえ」

「何？」

「ソウシが服部みつえを絞殺した凶器ですが――」

いわれて、由子はすっかり忘れていたことを思いだした。

「何かわかったの⁉」

「細い、金属製の鎖ではないかと鑑識から報告がありました」

由子は、深呼吸した。日比谷公園でナイトハンターの模倣犯に襲われたときの恐怖と苦しみが不意によみがえったのだ。

――びっくりしたか
――知らないのか、ナイトハンターが帰ってきたのを
――いいねえ。暴れるんだ。うんと暴れてよ

――そろそろ終わりにしようか

「警視！」

里貴の大声で我にかえった。

里貴は緊張した表情で由子の顔をのぞきこんでいた。

「医者を呼びます」

いった里貴の腕に手をかけ、由子は肩を襲った痛みに呻いた。

「大丈夫、大丈夫だから」

「しかし……」

「わたしがこちらの世界にくる直前に何があったか、話したわね」

里貴の目を見て告げた。

「連続絞殺魔を張りこんでいて、襲われた」

「そう。その犯人はナイトハンターと自称していたのだけれど、女性を狙った連続絞殺事件は、二十年前と十年前にも起きていた。二十年前には三人が犠牲になり、十年前には二人が殺されている。二十年前の犯行は素手によるものだったけど、十年前は鎖状の凶器が使われた」

「鎖」

里貴は目をみはった。

「私を襲った犯人も、紐か鎖のような凶器を使っていた」

「待って下さい。警視がおっしゃりたいのは、服部みつえの殺害犯と、警視がおられた世界の連続絞殺魔に関係がある、ということですか」

由子は頷いた。

「糸井ソウシが向こうで犯行を重ねていたのかもしれない」

「そんなことが——」

里貴は息を呑んだ。

「聞いて。わたしがここに〝飛ば〟されたのは偶然じゃない。ふたつの世界をいききする人間には同じ血が流れている」

「まさか」

「わたしと糸井ソウシは、父親が同じ姉弟かもしれない。さっきの父の会話、それはこちらの志麻由子の本当の父親が志麻朝夫であったことを認めたものなの」

里貴は無言だった。

「わたしがこの世界にきて、父に会ったとき、似てはいるけど、向こうの父とはちがうと思った。向こうの父はもっと目が大きく、鼻が高かった。ツルギが志麻朝夫の写真を見せたとき、わかった。志麻朝夫は、わたしの本当の父親とそっくりなの」

里貴は言葉を捜すようにあたりを見回した。が、何もいわなかった。

「向こうのわたしの父親は警察官で、十年前に何者かに殺され、犯人はつかまっていない。母親は今でも元気に生きている。一方、こちらでは母親は十年以上前に自殺した」

里貴は小さく息を吐いた。

「お母さまの話は、警視の前ではタブーでした」

由子は頷いた。こちらの志麻由子は、自分の本当の父親が叔父であると知っていただろうか。

「では実の父親が別人だという話はあなたにしなかった？」

「ご両親について話されたことはほとんどありませんでした」

では知らなかったかもしれない。もし知っているとしたら、母親が告げていた場合に限られる。自殺する前に、その理由として話したかもしれない。

由子は深々と息を吸いこんだ。そのときのもうひとりの由子の気持は想像もつかない。

誰を恨めばよいのか。誰も恨まずに生きていくことなどできなかったろう。

「なぜ志麻朝夫は、糸井ツルギや、その、警視のお母さまと、そんな……」

いいかけ、里貴は黙った。

「軍への復讐かもしれない。父の話では、志麻朝夫は軍の捨て駒にされた」

レイテ島上陸地点の話を里貴にした。里貴は目をみひらき、顔を歪めた。

「そんなむごいことを……」

「父は上陸作戦の責任者のひとりだった。志麻朝夫を捨て駒にした張本人ではなかったかもしれないけれど、志麻朝夫にとっては憎むべき存在だった。同様に菊池少佐も、軍人だった」

「警視のご指示で判明した、軍情報部将校二名の死亡も、それが理由でしょうか」

「ひとりが自殺、ひとりが強盗に殺されたというものね。わたしは志麻朝夫が犯人だと思う」

「どれだけ憎んでいたんですか、軍を」

「志麻朝夫にとって最大の復讐は、開発に協力した新兵器を奪うことだった。軍がなぜ、行方をくらました新兵器と関圭次を追おうとしなかったか。決してとり返せないと幹部は知っていたから。新兵器は、向こうに〝飛ぶ〟ための乗りものだった」

「では志麻朝夫と糸井ソウシは、今は向こうにいる、というのですか」

「糸井ソウシが『たぬき食堂』から忽然と姿を消した理由が、それで説明できる」

　里貴は息を吐いた。

「では逮捕は不可能だ」

「二人とも向こうにいったきりとは限らない。もしこちらに戻っているときにつかまえれば、何とかなる。新兵器なしでは、そう簡単には〝飛べ〟ないだろうから」

「逆にいえば、それさえあれば、警視は元の世界に帰れるわけですね」

「そう」

それこそが一番の目的であると、里貴には見抜かれたかもしれない。心臓の鼓動が自然に速まっていた。

里貴は頷いた。

「二人を捜しましょう。まずは糸井タカシとヒロシの兄弟ですね。明日、警視が無事に退院されたら、二人を市警本部に連行します」

「そうして。母親を殺害した犯人を捕える捜査に協力してくれといえば、抵抗はしないと思う」

二人には、志麻朝夫の記憶もある筈だ。志麻朝夫がいったいどんな人物だったのか、由子は知りたいと思っていた。

24

退院の許可は翌日の午前中におりた。右腕を三角巾で吊った由子は、迎えにきた里貴とともに市警本部に戻った。

「松田と林が今朝ツルギマーケットにいき、糸井タカシとヒロシの両名を説得し、出頭を了承させました。まもなく市警本部にやってくる筈です。個別にお会いになりますか」

「取調べじゃないから、いっしょでかまわない」

二人が出頭したという連絡をうけ、由子は取調室ではなく会議室に案内するよう命じた。

会議室に入ると、同じ柄のスーツを着て髪をべったりなでつけた兄弟が並んですわっていた。壁ぎわに松田と林が立って見張っている。

二人は無言で由子を見上げた。

「あなたたちのママに何があったかはもう知っているわね」

向かいに腰かけ、由子はいった。

「ママはもう帰ってこない」

ひとりがいった。もうひとりがいう。

「ママは天国にいった」

「ずっときれいなまま」

「年もとらない。うらやましいだろう」

「いい加減にしろ！」

由子とともに会議室に入った里貴が怒鳴った。

「お前たちいつまで、そんな芝居がかった喋りかたをするつもりだ」

「俺たちにはこれしかない」

「これが俺たちブラザース」

二人は歌うように答えた。

「やはり別々に会うべきでしたね」

里貴は由子をふりかえった。

「今日はひとり少ない」

里貴には答えず、由子はいった。

「一番下の弟はどこなの」

「あいつは俺たちの本当の兄弟じゃない」

右側の男がいった。

「あなたはどっち？」

「タカシだ」

「で、あなたがヒロシ」

もうひとりが頷いた。

「本当の兄弟じゃないと思う理由は？」

「知ってる筈だ」

タカシがいった。

「ママがあんたに会ったのはそれが理由だろう」

ヒロシがいった。

「父親がちがう。ソウシの本当の父親は関圭次で、あなたたちはそれを知っていた」

二人は無言だった。由子は兄のタカシを見つめた。

「関圭次について覚えていることを話して」

ヒロシがタカシを見た。ヒロシは幼すぎて関の記憶がないだろうと由子は踏んでいた。

「やさしいおじさんだ。ママは機嫌がよかった、おじさんがくるとき。ご飯をこしらえて食べさせてた」

「他には？」

タカシは黙った。目が動いている。何かを思いだしたようだ。

「話して、兄ちゃん」

ヒロシがいった。

「発作が起きると恐い」

タカシはいった。

「発作？」

「戦争のことを思いだすと、人がかわる。ヒロシが殺されそうになった。ママはいなかった」

「どういうこと？」

「おじさんと俺たち二人で家にいた。ママはでかけていた。たぶんパパといっしょだった。おじさんが発作を起こし、泣いていたヒロシの首を絞めた。『うるさい、うるさい、うるさい』と、ずっといいつづけていた。びっくりしたヒロシが泣きやんでも、『うるさい』といっていた。頭の中で泣き声がやまないって。ヒロシが死んじゃうって、俺が泣いた。おじさんがはっとして手を離した。そして、パパとママには秘密だといった。もし喋ったら、俺を殺すと」

「そのときの関圭次のようすは？」

「顔がまっ白で、がたがた震えていた。そのあと頭が痛いと、帰ってきたパパに薬をもらっていた」

「薬？」

タカシは頷いた。

「おじさんはひどい頭痛もちだった。頭痛がでると発作が起きるんだ。だからそれを止めるために、パパから薬をもらってた」

「どんな薬なの？」

「わからない。わからないけど」

「ソウシも飲んでた」

ヒロシがいった。

「えっ」

「ソウシも頭痛の薬を飲んでた。小さい頃から」

「本当なの？」

由子はタカシを見た。タカシは頷いた。

「本当だ。頭痛のせいで、ソウシは小さい頃から特別扱いだった。ママはソウシを一番かわいがっていた」

「あなたたちはそれが気に入らなかった」

「ちがう。あいつが悪い」

「あいつがひねくれていた」

兄弟は交互にいった。

「ひねくれていたって、どんな風に？」

「あいつは人を痛めつけるのが好きだった」

「あいつは素手で人を殺すのが好きだった」

「どうやって殺すの？」

「手袋をして絞め殺す」

「鎖の輪で絞め殺す」

「どっちなの?」

タカシとヒロシは顔を見あわせた。

「小さい頃は素手」

「大人になってからは鎖」

「小さい頃って、いったいいつのことをいっているんだ」

里貴が訊ねた。

「あいつが最初に人を殺したのは十六歳」

「何年前なの?」

「八年前。家出して二日帰ってこなかった」

「家出?」

「俺たちと喧嘩して、俺たちが追いだした」

「その二日間はどこにいたの?」

タカシとヒロシは顔を見あわせた。

「答えろ」

里貴がうながした。

「夢の世界」

「あいつしかいけない」

「もっとちゃんと説明しなさい」

「俺たちにはわからない。発作を起こすとあいつは抜けがらになる」

「抜けがらになると夢の世界にいく。小さいときは丸一日眠っていた」

「ソウシが初めて人を殺したときのことを話して」

　由子はいった。

「二日間どこかにいて、マーケットにふらりと帰ってきた。ゴンと呼ばれてる物乞いがいた」

「闇酒を飲んでいつも酔っぱらってる。あちこちで小便をする嫌われ者だった」

「マーケットに帰ってきたとき、あいつはまっ青で、病人みたいだった」

「ゴンがあいつをからかった。ママから酒をもらってこいって、腕をつかんで叫んだんだ」

「そうしたらあいつがいきなり、ゴンの上に馬乗りになった」

「両手で首を絞めた。ゴンは暴れて、皆でひき離そうとしたけど、どうにもならなかった」

「ゴンは白目をむいて泡をふいた」

「それから俺たちは、あいつに一目（いちもく）おいた」

「ゴンを殺したことをママにはいわなかったの？」

「いったさ。ママは平気だった」

「ママはゴンをどこかに捨ててこいって」

「そして俺たち三人に菓子をくれた」

「喧嘩をしないで仲よくしなって」

「ソウシはこれまでに何人を殺した?」

タカシとヒロシは顔を見合わせた。

「十人」

「二十人」

「もっとかな」

「もっとだ」

「ソウシは金(きん)や宝石を集めていた。知ってる?」

由子は訊ねた。

「知ってる」

「何のためだったの?」

「おじさんだ」

「おじさんに送っていた」

「送っていたって、どこのおじさんにだ」

里貴が訊ねた。

「外国にいる関圭次」

由子はいった。二人は頷いた。

「つまり関圭次はまだ生きているのね。ソウシは関圭次と会っていた」

「会ってた」

「変な機械で」

「ブーンて鳴って、見えなくなる」

「変な機械？」

タカシが両手で輪を作った。

「これくらいの大きさで、スイッチを入れると、まわりの景色がぼやけるんだ。そこにあいつが入ると、姿が消える」

「俺たちがやっても駄目だった。何度やっても消えない。でもあいつがやると消える」

「帰ってきたあとは頭が痛いって」

「割れるように痛むんだ」

由子はそっと息を吸いこんだ。こちら側にきて、自分の執務室で目ざめたとき、割れそうなほど頭が痛かった。

「大丈夫ですか」

由子のようすに気づいた里貴が小声で訊ねた。由子は頷いた。

「ソウシは今どこにいるの？」

「わからない」

「ママが死んだから」

「ソウシはママを愛していなかったの？」

兄弟は黙った。やがてヒロシがいった。

「あいつは甘えん坊だ」

「ママの愛を独占したがってた」

「だから俺たちは」

「ママが喜ぶように」

「殺しの仕事を」

「あいつにやらせた」

「押しつけていたのだろう、本当は」

里貴がいった。

「ちがう。あいつは本当に好きだった」

「帰ってくると嬉しそうにママに話す」

「そいつがどんな風に死んだかを」

「そいつがどれだけ苦しんだかを」

「ママが喜ぶと思ってたんだ」

「本当は少しも喜んじゃいなかった」

由子は息を吐いた。ツルギはソウシが羽黒組のスパイをしていたことを知っていた。あの子は、あたしが目をかけたぶん、あたしを恨んだだろう。だけど他にどうしていいか、あたしにはわからなかった。

撃たれる直前、ツルギがいった言葉だ。

「ママが死んだことを知ったら、ソウシはどうすると思う？」

由子は二人に訊ねた。

「ママに会いにくる」

タカシがいった。

「ママの仕返しをする」

ヒロシがいった。

「ママを殺したのが誰だかわかる？」

「羽黒組」

「決まってる」

「羽黒組にまだそんな力がある？　羽黒はつかまっている。誰も指示をだせない。それにきのう、ママがあそこにいると知っていた人間は少ない」

二人は黙った。里貴がいった。

「糸井ツルギがいなくなって喜ぶ人間は他にもいるだろう」

「俺たちじゃない」

「俺たちは悲しんでる」

「どうかしら。ソウシばかりをかわいがるママが本当は憎かったのじゃないの?」

里貴がはっとしたように由子を見た。

「ママがいなくなれば、ツルギ会はあなたたちのものになる。羽黒もつかまったし、ソウシも指名手配中。あなたたち二人に恐いものはない」

松田と林もよりかかっていた壁から背中を離し、二人を見つめた。

「俺たちじゃない」

「俺たちは怒っている」

「そう? だったらなぜ羽黒組に仕返しをしなかったの」

「ママが死んで忙しい」

「ママが死んで困ってる」

「とぼけるな。俺たちがいったとき、お前たちはのんびりマーケットで飯を食っていたくせに」

松田がいった。

二人は顔を見あわせた。

「ソウシは怒っているでしょうね。大好きなママを殺されて」

「喋りたくない」

タカシがいった。

「弁護士を呼んでくれ」

ヒロシがいった。

由子は里貴を見た。

「呼びなさい」

そして目配せすると会議室をでた。

「まさかあいつらが犯人だとは」

あとを追ってきた里貴がいった。

「直接手を下したわけではないだろうけど、羽黒組のチンピラか、どこにも属していないような愚連隊を雇った可能性はある」

「つまりそれだけツルギとソウシの結びつきは深かったということですね。ソウシがいなくなったので、ツルギを排除しても大丈夫だと、あの兄弟は考えた」

由子は頷いた。二人は由子の執務室に戻った。

「タカシのいっていた機械というのが、菊池少佐が作り関圭次が奪った受像器に似た機械なのでしょうか」

里貴が紅茶をいれ、由子の前においた。

「たぶんそう。関圭次もソウシも、その機械を使って、ふたつの世界をいききしていた。しかも関圭次は今でも生きている」

「ソウシが送った金や宝石は、向こうの世界で暮らしていくためだったのですか」

「こちらでは軍と警察の両方に追われる。だから関圭次は向こうで暮らすことを選んだ」

そういってから由子はどきりとした。向こうの父親が殺されたことと関係があるような気がしたのだった。

同じ世界に同時に、二人の同じ人間が存在することはあるのだろうか。たとえば自分は、こちら側の志麻由子と入れかわっている。もし二人の志麻由子がこの世界にいたら、きっと混乱が生じたろう。

「警視」

里貴の言葉で我にかえった。

「大丈夫ですか。怪我が痛むとか」

首をふった。

「わたしが初めてこちら側にきたときのことを覚えている？」

　里貴は頷いた。

「警視はそのデスクでうたた寝をしていらっしゃいました。顔がまっ青で、ひどく具合が悪そうでした」

「あのとき、割れそうなほど頭が痛かった」

　里貴は小さく頷き、訊ねた。

「警視は子供の頃、頭痛もちではありませんでしたか」

「ソウシと同じようにということ？」

「ええ」

　由子は首をふった。

「頭痛もちではなかった。生理のときに頭痛がすることはあったけど、それ以外ではない」

　里貴は目をそらした。

「そうですか。失礼しました」

「ふたつの世界をいききすると、ひどい頭痛になるのかもしれないわね。頭痛もちだから、いきできるのか、いききした結果、ひどい頭痛になるのか……」

　里貴の微妙な表情には気づかないふりで由子はいった。つきあっていた記憶のせいで、生理という言葉をつい口にしてしまった。

「向こうの世界にいる関圭次と警視はお会いになっていないのですね」

「会ったら混乱したでしょうね。関圭次は向こうの私の父にそっくりで、その父は十年前に死んでいる。だから私を含め、周辺に現われたら、死人がよみがえったとしか思わない」

「そうか。向こうにも同じ人間がいるというのを忘れていました。向こうでは、私は警視の、大学の後輩だったのでしたね」

「それだけじゃない。別れてしまったけど、わたしたちはつきあっていた」

里貴は由子を見つめている。

「ごめんなさい。でも、向こうのあなたとこちらのあなたはまるでちがう。こちらのあなたは、向こうのあなたよりはるかに大人。すごく頼りになる。きっと驚く。向こうのあなたと会ったら」

里貴を見ないようにして由子はいった。やがて里貴がいった。

「会うことなんてあるのでしょうか」

「わからない。たぶん会えないと思う。同じ世界に同時に同じ人間がいたら、変なことになるでしょうから」

「しかし糸井ソウシはどうなんでしょうか。関圭次と警視のお父さまは、同時には存在しなかったかもしれませんが、向こうの糸井ソウシが生きている可能性は……」

「竹河隼人」

由子は思わずつぶやいた。

「竹河、隼人？」

里貫が首を傾げた。

「二十年前に、十六歳で自殺した少年よ。警察は、その少年を連続絞殺魔だと疑っていた」

「連続絞殺魔というのは、こちら側にこられる直前に警視を襲ったという――」

「ええ、『ナイトハンター』。でも実際は『ナイトハンター』の模倣犯だったの。つまり本ぼしである竹河隼人が自殺したから。ああ、ややこしい！」

由子は額をおさえた。

竹河隼人は二十年前に、

「ナイトハンターは、ぼくです」

という書きおきを残し、首吊り自殺をした。だからこそ捜査本部は、

「帰ってきました。ナイトハンター」

という携帯電話からのメッセージを模倣犯だと考えたのだ。さもなければ竹河隼人は自殺を装って本物のナイトハンターに殺されたことになる。

「まさか」

由子はつぶやいた。竹河隼人の写真を、捜査資料で見たような気もするが、はっきりとは覚えていない。

もし竹河隼人と糸井ソウシがそっくりだったとしたら。

いや、名前がちがう。少なくとも志麻由子、志麻順造、木之内里貴は、向こうでもこちらでも同じ名だった。

心配げに見つめる里貴に、由子は考えていることを話した。

「だから糸井ソウシと竹河隼人が同一人物だという可能性は低い」

「待ってください。こちらと向こうの人間が何から何まで同じというわけではありません。警視のこちら側のお父さんに兄弟がいたことを考えれば、ちがいがあっておかしくない」

里貴がいった。

「そうか。父親の名前はいっしょだけど、向こうには存在しない父親の弟が、こちらではわたしの本当の父親だった」

「ええ。糸井ソウシは、夫婦の本来の子ではなく、関圭次と糸井ツルギのあいだにできた子です。その流れでいけば、警視の本当のお父さまが、お母さま以外の方と作った子供が向こうの世界にもいることになります」

由子は首をふった。

「ありえない。向こうのわたしの父は、そんなことのできる人じゃなかった。人格からして、関圭次とはまるでちがう……」

「でしょう。だとすれば、糸井ソウシが、まったく別の名前で、向こうの世界で暮らしていても不思議はない。ただ、年齢が気になります。二十年前に十六歳だったとすれば、現在は三十六です。ソウシは――」

「時間のことを考えるのはやめましょう。だって、ここの現在が向こうの現在とは限らない。同じ時間が流れているわけではないのは、歴史がまるでちがうことからもわかる」

由子は里貴の言葉を止めた。そこにまで踏みこんで何か答を見出すのは無理だと感じていた。

自分は科学者ではない。いや科学者だとしても、説明できる筈がないのだ。

「糸井ソウシが向こうの世界に逃げたままだとすれば、まだツルギの死を知らない可能性があります」

里貴の言葉に由子は頷いた。

「ソウシも関圭次と同じように、もうこちら側には戻ってこないかもしれない」

そうなれば、向こうとこちらをいきできる受像器は失われ、自分が向こうに戻る機会もなくなる。

由子は暗い気持で思った。いくら〝飛ぶ〟遺伝子をうけついでいるとしても、受像器なしで向こうに戻ることは不可能だ。もしそうではない可能性があるとしたら、日比谷公園で襲われたときのように死の危険に迫られた瞬間だろう。

そこまで考え、由子はふと思った。

もしかしたら今自分がいるのは〝死後の世界〟なのではないのか。あの世といわれている場所は、天国でも地獄でもなく、ここのように人々がふつうに暮らす別世界なのかもしれない。つまりある種の生まれかわりだ。

日比谷公園で殺された自分がここに飛んできただけで。

いや、それはない。もしそうなら、この世界で暮らす人に〝生前〟の記憶がないことの説明がつかない。目の前にいる里貴だって、向こうの世界で生きている。

「わからなくなってきた」

つぶやき、由子はため息をついた。その瞬間、執務室の電話が鳴りだし、びくりとした。

里貴がさっと受話器をとりあげた。

「志麻由子警視の執務室。あ、はい。いらっしゃいます」

由子に告げた。

「お父さまです」

由子は受話器をうけとった。

「どうやら無事退院できたようだな」

「はい。ご心配をおかけしました」

「犯人について何かわかったか？」

〝父〟は訊ねた。由子は息を吸い、一拍おいて答えた。

「ツルギ殺害を指示したのは、タカシとヒロシの兄弟です。羽黒組は壊滅寸前ですし、ツルギがかわいがっていたソウシは向こうに逃げました。頭のあがらなかったツルギがいなくなれば、すべてが手に入ると考えたのでしょう」

「実の母親を殺させたのか」

〝父〟は嘆息した。

「ソウシばかりをかわいがるツルギに腹をたてていたんです。ソウシがこちら側にいたら仕返しが恐い、けれどソウシはもう戻ってこない」

「戻ってこない、とは？」

「二十五年前に関圭次が逃げたように、ソウシも向こうの世界に逃げたのだと思います」

「受像器を使ったのか」

「おそらく」

「とすれば、弟はこちら側にいる」

「え？」

「弟も、受像器なしでは好きなときに移動することができなかった。だから開発に協力しているのだと弟本人から聞いたことがある。つまり受像器を弟から受けとらなければ、ソウシは向こうの世界に飛べない」

いわれて気づいた。受像器を使って飛べるのはひとりだけなのだ。

「どこにいるのでしょうか⁉」

思わず大きな声をあげた由子を、里貴が驚いたように見た。

「弟が、かね」

つぶやき、〝父〟は黙った。

「こちら側の世界に戻っていても、警察や軍の目を恐れないですむ場所がどこかにあるんです」

「そうだな。だが私には見当もつかん」

由子ははっと目をみひらいた。そんな場所を用意できるのは、組織犯罪に加担している人間だけだ。

「失礼します。急いで調べたいことがあるので」

由子はいって、電話を切った。

「父の話によれば、受像器を使って飛べるのは、一度にひとりだけらしい。つまりソウシに受像器を渡した関圭次はこちら側の世界にいる」

「どこでしょう」

「おそらく糸井ソウシが用意した隠れ家」

「ツルギマーケットですか」

里貴の言葉に由子は首をふった。

「糸井ツルギの目があらゆるところに及んでいたツルギマーケットには、かくまう場所なんてなかったでしょう。ツルギは関圭次を捜していた。すぐに見つかってしまう」

「じゃあどこに」

「ソウシは羽黒のスパイをしていた。羽黒組に用意させたのかもしれない」

「羽黒を調べますか？」

由子は頷いた。

里貴が手配し、一時間後には、由子は取調室で羽黒と向かいあっていた。処方された薬が効いたのか、羽黒は顔色が戻り、態度も落ちついていた。

「ツルギの婆あがくたばったらしいな」

勾留中でも情報は入るのか、由子の顔を見るなり、羽黒はいった。

「あの婆あがいなくなったら、ツルギ会はお終い(しま)だ。いっておくが、俺は何もしちゃいないぞ。俺の手下もだ。俺の指示なしで勝手に動くような奴はいない。特にみつえがいなくなった今は」

「それはどうかしら。今朝、羽黒組に捜索が入ったから、また逮捕者がでるでしょうね」

由子は冷ややかにいった。羽黒は由子の目を見つめた。

「羽黒組もツルギ会も終わりってわけか。本当にこんなことになるとはな。たいしたメスポリだぜ、あんた」

「糸井ソウシがまだつかまっていない」

羽黒は小さく頷いた。

「ソウシに隠れ家を用意してくれと頼まれたことはない？」

羽黒の表情が動いた。

「奴が俺に接触してきてすぐのとき、頼まれたな」

「用意したの？」

「みつえが実家を建て直したばかりで、近くにある古い物置きが用なしになった。とり壊すというのをやめさせて新しく鍵をつけた」

興奮を悟られまいと、由子は息を吸いこんだ。

「麻布の貧民街ね。『たぬき食堂』の近くなの？」

「裏の建物だ。ボロボロだったのを直させた」

「鍵はソウシがもってる？」

羽黒は頷いた。由子はかたわらに立つ里貴をふりかえった。

「車を用意します」

里貴は頷き、取調室をでていった。

「ソウシがそこに隠れているのか」

羽黒が訊ねた。

「誰が隠れているかは、いってみなければわからない」

由子は答えた。

関圭次がもしその家にいたら。

この世界と向こう側の世界とのつながりを説明できる、ただひとりの人間だ。

父を殺した犯人についても知っている可能性がある。

知らぬまに呼吸が速くなっていた。

25

由子たちは二台の車で市警本部を出発した。一台に由子と里貴が、もう一台に松田と林が乗っている。二台ともパトカーではなく、ふつうのセダンだ。

服部みつえの死体を発見したときと同じように里貴は貧民街の狭い道の、ぎりぎり奥まで車を乗り入れた。裸同然で走り回っている子供はいるが大人の姿をほとんど見かけないのも前回と同じだ。

「ここまでです」

里貴が車を止めたのは「たぬき食堂」の手前の角だった。ここから先は徒歩でしか進めない。

「あとは歩きで」

「前も思ったのだけど、車をおいたままで大丈夫なの？　大人は少ないというけれどイタズラをする子供がいるかもしれない」

車を降りた由子は訊ねた。松田たちも車をすぐ近くで止め、降りてくる。

「こんなところまで車を乗り入れてくるのはギャングか警官だけだと、このあたりの子供は皆わかっています」

松田がいった。

「なるほどね」

「問題の建物は『たぬき食堂』の裏にある。修理させたばかりの物置きだというから、すぐにわかるだろう」

里貴が説明した。

「関圭次を発見し、身柄を確保する。抵抗されるかもしれないけれど、なるべく傷つけないように」

由子はいった。四人で路地を右に折れた。つきあたりが「たぬき食堂」だ。

羽黒のいっていた物置きは、木造の小屋だった。窓はなく、引き戸に南京錠がかかっている。

里貴が戸に耳をあて、中のようすをうかがった。

「物音はしません」

「外から錠がかかっているところを見るとでかけているのかもしれませんね」

松田が南京錠をもちあげ、いった。

「頑丈にとりつけられてる。簡単には外れませんよ」

由子はあたりを見回した。「たぬき食堂」は閉まっている。入口には警察の鑑識が張ったロープがさし渡されたままだ。

「あの中で待ちましょう。車は別の場所に移動して。今のままだと戻ってきた関圭次に気づかれる」

松田と林が車に戻り、由子は里貴と「たぬき食堂」の内部に入った。

ロープをまたぎ、引き戸を開いた。鍵はかかっていない。並んだテーブルのひとつに由子はよりかかった。里貴が引き戸を閉め、椅子を勧めた。

「ソウシが服部みつえを殺して向こうの世界に逃げだしたときも関圭次はあそこにいたのでしょうか」

引き戸にはまったガラスごしに外をうかがいながら里貴はいった。

「もしいたら捜索で見つかっていたでしょう。関はソウシに受像器を渡したあとはほとぼりがさめるまで、このあたりに近づかなかったのじゃないかしら」

由子は答えた。里貴は首をふった。

「二十五年も逃げ回っていてつらくないのでしょうか。私なら自首して罪を償うほうが楽だと思うのですが」

「関圭次は菊池少佐以外にもレイテ島の上陸作戦にかかわった陸軍の将校を殺している。捕まれば死刑だとわかっている以上、逃げ回る他ない」

低い声で由子は答えた。

「それにしてもすごい精神力だ。連合軍の拷問をうけ、一年の昏睡状態に耐えて新兵器の開発に協力し、それからまた二十五年ですよ。ふつうの人間だったらとても生きていられない」

由子は小さく頷いた。確かにその通りだ。過酷すぎて心が壊れてしまっても不思議はない。

いや、実際に壊れているかもしれない。

「それでも死を選ばなかったのは〝父〟がいったように情報部員としてうけた訓練のたまものだったのか。

それだけではないような気がした。

向こうの世界だ。ここは何もかもがちがう。ものが溢れ、色彩に満ちた向こうの世界。

あまりにこちら側とはかけ離れている。

関圭次が初めて向こうにいったのが、一年の昏睡期間だと仮定する。昏睡から覚めたとき、関はどう思っただろう。

元の世界に戻れたとほっとしたのか。それとも帰ってきたくなかったと感じたか。

あとのほうだ、と由子は思った。この世界は関にとってつらすぎる。

裏切られ、愛した女は兄の妻で、しかも自死してしまった。

いや、〝母〟を関圭次が愛していたかどうかはわからない。軍の象徴である兄への復讐の道具とした可能性すらある。

由子は唇をかんだ。もしそうなら、こちら側の由子はその復讐の〝副産物〟でしかない。

こちら側の由子がそれを知ったらどれほど悲しみ、絶望しただろう。

一連の事実が明らかになったのが入れかわったあとでよかった、と由子は思った。もし自分がこちら側の由子だったら、とても耐えられなかった。

同様に関圭次も、向こうの世界で生きたいと願った筈だ。にもかかわらず、関は向こうとこちらをいききしている。

こちら側の人間が向こうにはずっといられない理由が何かあるのだろうか。もしそうなら、由子もいずれ向こうに戻されるときがくるかもしれない。

とにかく山のようにある疑問に答えられる者がいるとすれば、関圭次だけだ。

「警視」

里貴の言葉で現実にひき戻された。里貴は由子を手招きした。

音をたてないように立ちあがり、引き戸にはまったガラスに近づいた。

路地をこちらに向け歩みよってくる男の姿があった。ジャンパーを着て、ハンチングをかぶり、背中にリュックを背負っている。うつむき気味なので顔まではよく見えない。

ふとこちらの視線に気づいたように、男が顔を上げた。由子と里貴はとっさにかがんだ。

「気づいたかしら」

小声で由子はいった。

「わかりません」

由子はそっと体をのばした。物置きの扉にとりつく男の背中が見えた。南京錠を開けようとしている。

路地の角に松田と林が立った。やはり物陰から見張っていたようだ。

「いくわよ」

由子はいって、左手で引き戸を引いた。

「動くな！」

男の背中に声をかけた。拳銃はもっていたが、抜いてはいない。どのみち傷のせいで右腕は自由に動かせない。

男の動きが止まった。里貴が拳銃をその背に向けている。

松田と林が走り寄ってきた。

「両手をあげ、ゆっくりこちらを向きなさい」

由子はいった。

男は言葉にしたがった。肩の高さに手をあげ、こちらを向く。由子は思わず息を吸いこんだ。

なつかしさに胸が痛くなる。本当の父にそっくりだ。それも由子の記憶にある、亡くなった頃の父そのものだった。

あれから十年がたっている。しかし父はまるでかわっていないように見えた。

「関圭次こと志麻朝夫」

感情を押し殺し、由子はいった。男は瞬きし、由子を見返した。

「菊池少佐殺害容疑であなたを逮捕します」

松田と林の援護を確認し、里貴は銃をしまった。手錠を手に男に歩みよる。

「由子か」

男が口を開いた。父の声だった。

「久しぶりだな。立派になった」

里貴に手錠をかけられるまま、男は由子を見つめている。

「市警本部に連行して。わたしが直接取調べる」

由子は告げた。

「リュックの中身です。問題の受像器らしきものは所持しておりませんでした」

松田がテーブルを示した。缶詰と乾パン、飲料水の壜、何冊かの本がおかれている。

他に財布と十徳ナイフがあった。

「財布の中に、これが入っていました。外国の紙幣ですかね」

林がさしだしたのは、向こうの一万円札と千円札だった。由子はそれを手にした。この金をもっていた以上、物質をもっての移動が可能だということだ。

「武器はなかったの？」

松田は首をふった。

「この十徳ナイフだけです」

軍用に作られたと思しい、武骨で頑丈そうな造りだった。缶切りやハサミもついている。

「以前、軍隊で支給されたものです」

由子が手にしていると里貴が説明した。本は文庫で、こちらで出版されたものだった。パラパラとページをめくったが、はさみこみやメモの類はない。

由子は頷き、取調室の前に立った。窓はマジックミラーではなく、カーテンがおりている。

カーテンをめくった。腰ヒモで椅子に縛りつけられた志麻朝夫の姿が見えた。背中をまっすぐにのばし、誰もいない正面に目を向けている。

由子は里貴に小さく頷くと、取調室の扉を押した。里貴をしたがえ中に入る。志麻朝夫は身じろぎひとつしない。

志麻朝夫の向かいに腰をおろした。里貴が別のデスクにつき、ノートを広げた。

「まさかお前が私を取調べるとはな」

志麻朝夫が低い声でいった。

「訊きたいことは山ほどあります。ですがまず、糸井ソウシは今、どこにいますか」

志麻朝夫はかすかに頬をゆがめた。笑ったようだ。

「お前たちには想像もつかない場所だ」

由子は里貴に小さく頷いた。里貴がノートを閉じる。

由子は林から受けとった紙幣を取調室のデスクにおいた。

「このお金が使える、もうひとつの日本」

志麻朝夫の表情が動いた。瞬(まばた)きし、由子を見た。

「アメリカと戦争し、日本は負けた。けれどこちらよりはるかにものがあり、豊か。科学技術も発達している」

「なぜ、知ってる」

「それを教える前に答えて。あなたが最初にいった日本は、平成？　それとも昭和？」

志麻朝夫は目を大きくみひらいた。

「昭和だ。日本はアメリカとの戦争に負けたばかりで皆が貧しく、飢えていた」

だとすれば父の生まれる前のことだ。

「誰かと入れかわったの？」

「いいや入れかわってはいない。実体がなく、まるで私は幽霊のように漂っているだけだった。一年近くもな」

「その次はいつ？　二十五年前？」

志麻朝夫は由子を見つめた。

「こちらの歴史でいえばそうなる」

「こちらの歴史？」

「菊池少佐が開発した受像器で私が二度めの移動をおこなったのは、確かにこちらの歴史では二十五年前だ。だが向こうの世界では十年前だった」

「平成十七年ということ？」

向こうの父が殺された年だ。

「由子、お前は何を知っている？」

由子は志麻朝夫の目を見つめた。

「わたしも向こうからきた。今、あなたの目の前にいるのは、あなたの戸籍上の姪ではない。向こうの世界で生まれて育った志麻由子です」

「まさか⁉　ありえない！」

志麻朝夫は目をみひらいた。

「ではなぜ、わたしが向こうの世界のことをいろいろと知っているの?」

志麻朝夫は答えず、手もとに目を落とした。

「向こうにも移動装置があったのか」

「いいえ、そんなものはない。わたしは向こうの世界でも警察官で、ナイトハンターを自称する連続殺人犯を捜査中に襲われ、首を絞められた」

志麻朝夫がはっと顔を上げた。

「ナイトハンターだと!」

由子は頷いた。

「仮死状態になり、気づくとこちら側の志麻由子と入れかわっていた」

「何ということだ……」

志麻朝夫は唇をわななかせた。

「それではまるで――」

「あなたの最初のときと同じ。頭を撃たれ、昏睡状態におちいったあなたは、向こうの世界に移動した。糸井ソウシも、こちらから向こうにいった」

「受像器があるからな」

「受像器があれば、誰でもいききできるの?」

「いや。才能がある者だけだ」

「才能？　何の才能？」

由子が訊ねると、志麻朝夫は目をそらした。

「ふたつの世界をいききできる才能だ。それ以上のことは私にもわからない」

「才能ではなくて、血じゃないの？　あなたの血をひく者だけが、いききできる。糸井ソウシもわたしと同じで、あなたの子供」

「何のことだ」

志麻朝夫は訊き返した。

「こちら側の、わたしの母が自ら命を断った理由」

志麻朝夫の顔に怒りと憎しみが浮かんだ。

「あの男は、そんなことまでお前に話したのか。愚か者が……」

由子は怒りを感じた。妻を奪っておいて「愚か者」とは何だ。

「聞かなくてもわかっていた」

由子は告げた。

「わかっていたとはどういう意味だ」

「あなたよ」

由子は志麻朝夫の顔を指さした。

「私が何だというんだ」

「向こうの世界の、わたしの父親に顔がそっくりなの。だからこちらの〝父〟に会ったとき違和感をもった。あなたの写真を糸井ツルギから見せられ、気づいた。本当の父親はあなただと」

志麻朝夫はまじまじと由子を見つめた。

「向こうの、お前の、父親……」

由子は頷いた。

「あなたとうりふたつ。先ほどあなたを確保し、顔を見たわたしは、動揺した。なぜか。向こうの世界のわたしの父親は、十年前に死んでいる。警察官だったけど殺され、犯人はまだつかまっていない」

志麻朝夫は無言だった。

「いったわね。次に向こうの世界にいったのは平成十七年だった、と。父が死んだ年です」

「私はもう何も喋らない」

不意に志麻朝夫がいった。

「何ですって？」

「黙秘する。裁判にかけ、死刑にするならすればいい。一切、喋らん」

腕を組み、唇をひき結んだ。

「ふざけるな！」

里貴が立ちあがった。

「こちらの世界にこられてから警視がどれだけ苦労されたと思ってる。それを貴様！」

志麻朝夫の胸ぐらをつかんだ。志麻朝夫はされるがまま、里貴の顔を見つめている。

「やめなさい！」

由子は割って入った。里貴を遠ざけ、志麻朝夫の目を見つめた。

「何を恐れているの？」

志麻朝夫は答えない。

「向こうのわたしの父親が殺されたこととあなたは何か関係があるの？」

里貴が目をみひらいた。

「それからもうひとつ。さっきあなたはナイトハンターという言葉に反応した。つまりナイトハンターについても知っている」

志麻朝夫は無言だ。目を閉じた。

「答えない、一切」

とだけ告げた。

由子は里貴と目を見交した。二人していったん取調室をでた。

「おかしい。いきなり態度がかわりました」

里貴がいった。由子は頷いた。

「向こうのわたしの父親の話をしたとたんだった。何かを知ってる」

「警視、もしかすると、向こうのあなたのお父さんを殺したのは――」

「その可能性はある」

「ナイトハンターも、奴では？」

由子は首をふった。

「それはちがう。もしナイトハンターが彼だったら、向こうで襲われたときにわかった筈です。声を聞いているから」

「では糸井ソウシ」

由子と里貴は見つめあった。由子は小さく頷いた。

「そうかもしれない」

里貴は首をふった。

「そんなことが……あるんでしょうか」

「彼の話を聞いていて気づいた。こちらの時間の流れと向こうの時間の流れに規則性はない。たとえばこちらでは二十五年が過ぎているのに、向こうではたった十年しかたっていない。前にあなたにわたしが襲われたときの話をした。覚えている？」

「女性を狙った連続絞殺事件は二十年前と十年前に起きていた。二十年前のナイトハンター事件では三人が、十年前のチェーン殺人では二人が犠牲になった」

里貴は答えた。

「凶器の話は？」

「二十年前は素手による犯行で、十年前には鎖状の凶器が使われた。警視を襲った犯人も同じような凶器を使っていた」

「つまり彼は、息子をかばっている」

里貴は取調室をふりかえった。

「かばっているかどうかはわからないけれど、ナイトハンターが糸井ソウシだと知っているかもしれない」

里貴は由子を見つめ、何かをいいかけた。

「いや、だが……」

首をふる。何をいいたいのかはおぼろげにわかった。

由子は取調室に戻った。

「糸井ソウシについて教えて」

取調室の扉によりかかり告げた。志麻朝夫は無言だ。

「糸井ソウシは『たぬき食堂』で服部みつえを殺害したあと、姿をくらませた。それは受像器を使って向こうの世界に逃げたから。そうでしょう?」

志麻朝夫は目を閉じている。

「つまり受像器を糸井ソウシはもっていた。そのためには、あなたはこちらにいなくてはならない。一度に、いきできる人間はひとり。だからあなたは『たぬき食堂』裏の物置きに隠れる他なかった。さもなければ向こうに逃げればすむ」

志麻朝夫は答えなかった。

「糸井ソウシが羽黒組のスパイをしていたことを知ってる? ツルギ会の情報を羽黒組に流していた。しかも糸井ツルギはそれを知っていた」

志麻朝夫が目を開いた。

「糸井ツルギが死んだことは知ってる?」

志麻朝夫は頷いた。

「やらせたのが誰だかわかる? 糸井タカシとヒロシの兄弟」

「何だと」

「二人はソウシを恐れていた。でもそのソウシが手配され、戻ってこないとわかると母親を殺し屋に襲わせた。羽黒が逮捕され、母親がいなくなれば、闇マーケットをすべて支配できると考えたのでしょう」

由子は志麻朝夫を指さした。

「あなたがソウシに受像器を渡さなければ、これらのことは起こらなかった」

志麻朝夫は深々と息を吸いこんだ。

「糸井ソウシが初めて向こうの世界にいったのはいつなの？」

「こちらの世界の八年前だ」

タカシやヒロシの話と符合する。

「受像器を使っていったの？」

志麻朝夫は首をふった。

「そのときはちがった。自殺をしようと川に飛びこんで、気づいたら向こうの世界にいたそうだ」

「それはいつ？」

「だから八年前だ」

「向こうの世界のいつ？」

「よくわからない。だが、もっと昔だったようだ」

「つまりこちらでは八年前でも、向こうではもっと前だったかもしれないということ？」

「そうだ。時間の流れが歪んでいて、こちらよりもっと時間が早く過ぎるときもあれば、ゆっくりのときもある。二つの世界の時間の流れは、いっしょではない」

初めてのナイトハンターの犯行は二十年前だが、それがこちらでは八年前だった可能性はある。そしてさらに重要なことは、向こうの世界の糸井ソウシがどうしているかだ。

「竹河隼人という名を知っている？」

志麻朝夫は頷いた。

由子は思わず背筋をのばした。

「向こうでの、ソウシの名だ」

「向こうでの名？」

志麻朝夫は大きく息を吐いた。

「川に飛びこんで死にかけたとき、ソウシは向こうに移動した。私の初めてのときと同じように、幽霊のようだったらしい。が、そのときに自分と同じ姿形をした竹河隼人の存在を知った。そこで二度目から竹河の名をソウシは使うことにした。糸井という名を嫌っているからだ」

「嫌っているのは名前じゃなくて家族。よごれ仕事ばかりを押しつける兄二人じゃないの？」

「ソウシがいじめられていることは知っていた。父親がちがうという理由で。だから私はなるべく力になってやりたいと考え、こっそり会いにいった。それで初めて、ソウシも向こうに移動した経験があるのを知った」

「それが遺伝のせいだとは思わなかったの？」

　志麻朝夫は首をふった。

「そのときは思わなかった。最初は、向こうの世界は幻影だと考えていた。昏睡しているときに見た、恐しく詳細な夢だ、と。誰に話しても信じてはもらえないだろう。あの世界に連れていかない限り、実在すると証明できない」

「菊池少佐はちがったの？」

「少佐は、初めから実在を知っていた。それどころか他にも、別の世界があるといった。本来、ひとつの世界から別の世界に移動できるのは精神だけで、肉体は不可能な筈だ、というのが少佐の考えだった。精神は何かの弾みで、世界と世界を隔てる壁を越える。が、受け皿となる肉体が越えた先の世界になければ、浮遊するにとどまる。たまたまその世界のもう一人の自分の肉体が条件のあう状況ならば、着地することもある、というのだ」

「条件のあう状況？」

　由子が訊き返すと、志麻朝夫は由子を指さした。

「お前がそうだ。こちらの志麻由子は死を願っていた。自殺願望にとりつかれていて、何度も未遂をくり返していた。おそらくだが、お前が向こうで殺されかけたとき、こちらの由子は自殺をはかっていたのだ。そのことが理由で、お前の精神は、その体に着地した」

思わず由子はデスクに手をついた。こちらの志麻由子は自殺しようとしていた。

「嘘よ！」

「本当だ。一度だけ、私はここに由子を訪ねたことがある」

「ありえない。あなたは殺人容疑で手配されている」

「受像器があれば、いつでもどこからでも逃げだすことができる。私は、成長した実の娘に会いたかった。だが由子は私を殺し、自殺する、とピストルを向けた。私はとっさに向こうへ逃げた。そのときのようすでは、何度も自殺未遂をくり返していたようだった」

由子はくるりと背を向け、取調室をでた。外にいた里貴が、

「何か喋りましたか」

と訊ねた。

「こちらの志麻由子は自殺願望にとりつかれていた、といった」

里貴の顔が無表情になった。

「でたらめです」

「本当に？　自殺未遂をくり返していた、というのは？」

里貴は顔を伏せた。

「信じないで下さい」

低い声でいう。

「本当のことを教えて。どうなの？」

里貴はすぐには答えなかった。やがていった。

「警視の、むこうみずともいえる、勇気ある行動は、もしかすると死を願っていた可能性があります」

「あなたには打ち明けなかったの？」

里貴は大きく息を吐いた。

「本心を決して他人には明かさない方でしたから。でも、うっすらとは感じていました。あの日も、実は戻っていいといわれていたのですが警視のようすが心配で、執務室の外にいたんです。そうしたらガタンという音が聞こえたので中をのぞいたら、警視が机につっぷされていました」

由子は深呼吸した。あのときのことはあまりよく覚えていない。自分も動転していた。

「何か気づいたことはある？」

里貴は目をそらした。

「特には。ただ……」

「ただ、何？」

里貴は苦しげな表情になった。

「心が壊れたと思った？」

由子は息を吐いた。

「でもお芝居だとしても、賭けてみようと思ったんです。警視はかわろうとされているのかもしれない。それなら自分も、おつきあいしよう、と」

由子は目を閉じ、深呼吸した。

「あなたはどこまで彼女のことを――」

いって目を開いた。里貴はうつむいていた。

「尊敬していたのです、警視を」

「それだけじゃない」

自分の声が虚ろに響いた。里貴がはっと顔を上げた。

「それだけじゃない筈」

由子はいった。里貴は顔をそむけた。

「どうか、それ以上はおっしゃらないで下さい」

低い声でいった。由子はその横顔を痛ましい気持で見つめた。

「気づいていたの？　あなたの気持に」

「誰が、ですか」

「彼女が」

「そんな余裕など、警視にはありませんでした。命を削り、任務に当たられていましたから。男女の感情など匂わそうものなら、烈火のごとく怒られたことでしょう」

由子は息を吐いた。

「かわいそうに」

里貴は怪訝(けげん)そうに由子を見た。

「彼女が、よ。本当は愛情に飢えていた。なのにそれがかなわず仕事に打ちこむしかなかった。その結果、冷酷な女だと思われた。もしあなたが想ってくれていると知っていたら、少しはちがったかもしれない」

「何をおっしゃるんです」

「あなたは彼女のためだと思って、お芝居をした。でもそのお芝居がなかったら、わたしもどうかなっていたと思う。この世界にきたことに絶望し、自殺すれば元に戻れると考えたかもしれない」

里貴は無言だった。由子はその手をとった。

「本当にありがとう。この世界の彼女を愛してくれて。あなたの気持がなかったら、彼女もわたしも生きていられなかった」

里貴は由子の目を見返した。由子は唇に唇を押しつけた。里貴が目をみひらき、体をひいた。

「いけません」

心に痛みが走った。

「気にしないで」

その痛みをこらえ、由子は笑みを浮かべた。

「これは、向こうの志麻由子からのお礼。こちらの志麻由子を大切にしてくれたことへの」

「警視……」

「とにかく、ありがとう。あなたが信じるフリをしてくれてよかった」

「私も、今となっては、それでよかったと思っています。あのときは何をいいだされるのだろうと思いましたが」

「今は思っていない?」

由子が訊ねると、里貴は力強く頷いた。

「まったく思っておりません。まさかこのようなことが現実に起きるとは、人の世の不思議さをただ感じています」

「あなたの志麻由子警視をとり戻しましょう」

由子はいった。あの里貴が、この里貴だったら、別れはなかった。「人の世の不思議さ」という言葉に、それを感ぜずにはいられない。

「取調べに戻る。あなたもきて」

由子はいって、取調室に入った。

26

「あなたのいった通りだった。彼女は自殺願望にとりつかれていた」

由子が告げると志麻朝夫は小さく頷いた。

「わたしの父親に何をした？」

由子は訊ねた。かたわらに立つ里貴が驚いたようにふりかえる。

志麻朝夫は無言で由子を見つめた。

「二度めにあなたが向こうの世界にいった年、わたしの父は殺された。それは、あなたがここに志麻由子を訪ねた直後のことじゃないの？」

「なぜ、そう思う」

「あなたはピストルを向けられ、とっさに逃げた、といった。わたしの父は、平成十七年、何者かに殺された。あなたがやったのだとわたしは思っている」

「そうだとしても、この世界で私を裁くことはできない」

志麻朝夫は低い声でいった。

「答えなさい。わたしの父を殺したの？」

志麻朝夫は大きく深呼吸した。

「それを答える前に聞かせてくれ。お前の父親はどんな人間だった？　誰かに利用され裏切られたことはあったのか。そして最も大切だった人が、その裏切り者の姿ではなかったのか」

由子はゆっくり、大きく首をふった。

「わたしの父親は、無口で、人づきあいの上手な人ではなかった。冗談をいうことなんてなくて、高校に入ってからは、わたしはずっと苦手だった」

「警察官だったといったな。お前と同じで」

由子は頷いた。

「お前は、父親を尊敬していたのだろう。だから警察官になった」

志麻朝夫の目には、何かを期待しているような色があった。だが、

「ちがう」

由子が告げると、見る見るそれが失われた。

「あの人は、たぶん、いえきっと、わたしに警察官になってほしいと思っていた。でも、十八のとき、わたしは警察には入らないとあの人に告げた。あの人は、『お前が何か考

えている職業があるのなら、聞きたい』といった。わたしは『ない』としか答えなかった。ただ、ただ何となく反発を感じていただけだったから。あの人は、『わかった、また話そう』といってでかけ、その直後に殺されてしまった」

　志麻朝夫は黙って由子を見つめている。

「あの人が死に、わたしは永久にいえなくなった」

「何を、だ？」

　志麻朝夫は訊ねた。

「ただの反発で、警察に入らないといったにすぎなかったことを。本当は、警察官になりたいともなりたくないとも考えていなかった。わたしはあの人をがっかりさせたかっただけ。なのにそれをいえなかった」

「つまりお前は裏切ったわけだ、父親を」

「ちがう！　あの人は一度だって、わたしに警察官になれなんていわなかった。ただ何となく、期待されていると感じていただけで」

「それを裏切りというんだ。期待されているのを知っていて、ならないと告げた」

　志麻朝夫は強い口調になり、由子は苦しくなった。まるで本当の父親に責められているかのようだ。

「ただの反発だった」

「そうだとしても、それをお前の父親は知りようがない。裏切られたと絶望しながら死んでいった」

由子は目をみひらいた。

「お前にそんなことをいう資格があるのか⁉　それに警視は、そのあと、警察に入られたんだぞ」

里貴が荒々しくいった。志麻朝夫は里貴を見やり、由子に訊ねた。

「この男も、向こうにいたのか」

由子は頷いた。

「同じ大学の後輩だった。でもこの人ほど、志麻由子のことを大切にはしてくれなかった」

志麻朝夫は目を細めた。

「なるほどな。では訊こう、なぜお前は警察官になったのだ」

「いい加減にしろ！」

里貴が机を叩いた。

「何を考えている。警視を傷つけるつもりなら許さんぞ！」

「いいの、大丈夫」

由子はいった。志麻朝夫と目を合わせた。

「本当のことをいう。犯人がつかまらなかったからよ。父を殺害した犯人の手がかりを少しでも知りたいと思った。だから警察に入った。もしかすると逮捕できなかっただけで、容疑者を絞っていたのじゃないかと疑った。警察に入れば、その容疑者がわかるかもしれない」

「わかったのか」

由子は首をふった。

「入ってみて知ったのは、殺される直前、父は二十代の、長髪の男といたということだけ」

その瞬間、志麻朝夫の表情がかわった。不意に体のどこかが痛むように、目を閉じた。

「長髪の、男」

「そう。黒い革パンツをはき、銀色のチェーンを腰に巻いた優男(やさおとこ)風、という人台(じんだい)」

志麻朝夫は目を閉じ、黙っていたが、やがていった。

「敵(かたき)を討ちたかったのだな、父親を裏切ったという良心の呵責(かしゃく)から」

「そうかもしれない。でも警察官の仕事をするうちに、いつのまにか忘れた。父親の敵より、もっと早く見つけなければならない犯罪者が多すぎた」

志麻朝夫は大きく息を吐いた。目を開いた。

「よく話してくれた」

はっとするほどやさしい声音だった。それはあまりにもなつかしく、由子は涙ぐみそうになった。

それをこらえ、訊ねた。

「わたしの父を殺したの？」

志麻朝夫は首をふった。

「私ではない」

「じゃあ、誰？」

「もうわかっている筈だ。私があの世界で実体化するために、お前の父親は排除されなければならなかった。私のためにそれをしてくれる人間はひとりしかいない」

由子は志麻朝夫と見つめあった。

「糸井ソウシ」

「そうだ」

「竹河隼人と糸井ソウシは同一人物なの？」

「今はな」

「今は？」

「どちらかひとりがいなくなれば、その人物は二つの世界の両方で実体化できる。精神が肉体に着地するだけでなく、物体としての移動も可能になる」

「じゃあ糸井ソウシは、わたしの父を殺してあなたを向こうの世界で実体化させ、竹河隼人を殺して、自分を実体化させたのね」

「私はそうだが、ソウシはちがう」

「どういうこと?」

志麻朝夫は無言で由子を見つめていたが、やがて押しだすように、言葉を口にした。

「ナイトハンターは、こちらから向こうにいったのじゃない。向こうからこちらにきたのだ」

つかのま、その意味がわからなかった。

「向こうから、こちらに――」

いいかけて気づいた。

「では竹河隼人が糸井ソウシなの?!」

志麻朝夫は小さく頷いた。

「でも、竹河隼人は二十年前、自殺した」

由子は目をみひらいた。

「そのときに飛んだのね、こちらの世界に」

「八年前、自殺未遂をしたあとも、ソウシは二人の兄にいじめられ殺されかけていた。その後、ソウシは本当に自殺してしまう。その体に竹河隼人は着地したのだ。そして、こちらのソウシが死んだことにより、竹河隼人はこちらの世界でも実体化が可能になった」

「さっきあなたがいった、竹河の名をソウシが使うことにした、というのは――」

「お前は父親について話してくれた。だから私も真実を話すことにしたのだ」

由子は里貴を見た。混乱した表情を浮かべている。

「つまり、こういうことね」

自分の考えも整理しようと、由子はいった。

「二十年前の向こうの世界で連続殺人を犯した、十六歳の少年、竹河隼人は、警察の捜査が及んでいることに気づき、首吊り自殺をはかった。その意識が、こちらの世界の糸井ソウシの体に着地した」

「そうだ。その結果、竹河隼人はソウシとなり、二つの世界をいききできるようになった」

「ソウシはわたしより年下だけど、竹河隼人は年上。向こうのわたしに兄弟はいない」

「竹河隼人を育てたのは実の父親ではなく、母親の再婚相手だったようだ。その男とうまくいっておらず、竹河隼人は父親を求めていた」

「でもあなたはちがう。ソウシにとっては実の父親だったかもしれないけれど、竹河隼人にとっては、そうじゃない。それともあなたが――」

「それが私にもわからないのだ。初めて向こうに飛んだとき、私は幽霊のようだったといった筈だ。一年間、向こうの世界にいたが、そのときのことはあまり覚えていない」

「あなたが初めていったときの向こうは、今から七十年近く前。竹河隼人が生まれるはるか前よ。だからあなたの息子ではない」

　由子は計算し、告げた。

　志麻朝夫は頷いた。

「何から何まで同じというわけではないのだろう」

「警視、おっしゃっているのは、つまり糸井ソウシの中身が、向こうの殺人犯だということですか」

　我慢できなくなったように、里貴が訊き、由子は頷いた。

「そう。わたしがそうであるように、糸井ソウシも、向こうからきた人格が中に入っている」

　由子は志麻朝夫を見すえた。

「あなたに会いにきた糸井ソウシはどうしたの？」

「向こうとこちらの両方を知る人間に会えて、ほっとしていた。それと同時に、自分の中にいる怪物をこちらでは自由にさせてやれると思ったようだ」

「それはつまり、ナイトハンターね」

「そうだ」

由子は大きく息を吐いた。模倣犯ではなかったのだ。向こうでの二十年前、十年前、そして現在の連続殺人は、すべて同じ犯人、竹河隼人ことナイトハンターの犯行だ。「帰ってきました。ナイトハンター」という犯行声明は本物だったのだ。

「竹河隼人は、こちらとあちらの両方で、人を殺している。なぜ止めなかったの」

「こちらでは、あの子は私の息子だ。私の子であることで、兄二人にいじめ抜かれ、自死せざるをえなかった。その責任は私にある。私は、守ってやれなかった罪滅ぼしをしたかった」

「人殺しをさせるのが罪滅ぼしなのかっ」

里貴が叫んだ。

「そうだ」

その目を見つめ、志麻朝夫は静かに答えた。

「ツルギ会の糸井ツルギの三男としてこの世に現れたあの子にとって、殺人の才能はむしろ天の恵みだった。兄二人もやがてあの子を恐れ、いじめるのをやめた」

「ソウシは羽黒組にツルギ会の情報を流し、見返りに金(きん)や宝石をもらっていた」

「受像器のおかげで、自由にこちらと向こうをいきできるようになると、向こうでの生活資金が必要になった。こちらからもっていく金や宝石は、向こうで高く売れる。あの子はそういっていた」

　里貴は大きく息を吸いこみ、首をふった。

「こちらの糸井ソウシと向こうの竹河隼人は、容姿は同じだけど年齢だけが違うのね」

　由子はいった。

「そうだ。何から何まで同じというわけではないといっただろう」

「向こうの十年前、平成十七年九月十二日、わたしの父親といっしょにいるのを見られた男」

「それがソウシの肉体に着地した竹河隼人だ」

　すべてとはいえないが、多くの謎が解けた。

　取調室の扉があわただしくノックされ、林が顔をのぞかせた。ひどく緊迫した表情を浮かべている。

「警視」

　由子は取調室をでた。扉を閉め、訊ねた。

「どうしたの？」

「糸井タカシとヒロシが殺害されました」

　小声で林がいった。

「どういうこと？　留置中ではなかったの？」

「留置中でした。二人別々の房に入っていたのですが、先ほど見回りが入ったところ、二人ともベッドの上で絞殺されているのが発見されました。もちろん留置場の鍵はかかっていて、犯人がどのように侵入したのかは不明です。現在、市警本部内緊急捜索中です」

ソウシだ。受像器を使い、留置場に侵入し、タカシとヒロシを殺したのだ。糸井ツルギを暗殺させたのが兄二人の仕業と知り、敵を討ったにちがいない。

「こちらで何か異状はありませんか」

由子はいった。

「ない。けれど注意する」

「お願いします。我々は捜索をつづけます」

林はいって、あわただしく廊下を去っていった。

取調室に戻ると、里貴が訊ねるような目を向けてきた。

「糸井タカシとヒロシが殺された」

由子は告げた。里貴は目をみひらいた。

「留置場内に別々に収容されていたけれど、何者かが入りこみ、絞殺した」

由子は志麻朝夫を見つめた。

「ソウシの仕業ね。糸井ツルギの敵を討った。あるいは長年の恨みを晴らしたのか」

「両方だ。あの子はツルギを、こちらでのお母さんと呼んでいた」

驚いたようすもなく、志麻朝夫は答えた。

「警視、もし糸井ソウシにそれが可能なら、ここにも現われるかもしれません」

里貴が険しい表情になった。

「そうね。受像器さえあれば、どこにでも入りこみ、脱出できる。みつえを殺したあと『たぬき食堂』から消えたのも、受像器があったから」

志麻朝夫を見ながらいった。志麻朝夫は否定しなかった。

「銃はもっている?」

由子は訊ねた。

「いえ。取調室にはもちこみ禁止ですので」

「そうだったわね。準備して」

「は、はい。警視の銃も用意しますか」

「そうして」

里貴があわただしく取調室をでていくと、由子は志麻朝夫の向かいに腰をおろした。

「あの子から受像器を奪えば、お前は元の世界に戻ることができる。それが狙いだろう」

志麻朝夫はいった。

「竹河隼人は受像器なしで飛べるの？」

それには答えず、由子は訊ねた。

「いや、生死にかかわる状況にならない限り、受像器なしでは、私もあの子も飛べない」

「じゃあ受像器を壊せば、いきできなくなるということね」

「そうなったら、お前も戻れなくなる」

「二つの世界で好きなように人殺しをさせるわけにはいかない。向こうではナイトハンター、こちらでは糸井ソウシとして、いったい何人の人間を殺したのか」

志麻朝夫の目を見つめ、いった。志麻朝夫は無言だった。

不意に頭の芯に痛みが走り、由子は瞬きした。痛みは目の奥深く、頭の中心部で起こっている。

志麻朝夫も同じように瞬きした。

ブーン、という音がどこからか聞こえた。その音と頭痛が共鳴しているような気がして、由子は気分が悪くなった。しかもブーンという音はじょじょに大きくなっている。

この痛みには覚えがある。由子は目をみひらいた。

初めてこの世界にきたとき、市警本部の執務室で目がさめた晩に感じた頭痛と同じだ。

由子は立ちあがった。気配がする。何かが取調室の中にいる。

ブーン、ぱちぱちっ。取調室の天井の照明が点滅した。

気配が濃くなる。はっきりどこにいるとはわからないが、自分でも志麻朝夫でもない誰かが、この空間に侵入し、実体化しようとしているのを感じた。

取調室の扉が開いた。里貴が驚いたように天井を見た。

「いったい何が、わっ」

里貴の体が壁に叩きつけられた。床に倒れこんだ里貴に馬乗りになっている糸井ソウシの姿がいきなり現われた。里貴の首に細い鎖が巻きついている。

里貴の顔が見る見るまっ赤になった。鎖を外そうと指でかきむしるが、鎖は肌を裂くほど深く食いこんでいる。

ソウシは兄二人と同じ柄のスーツを着ていた。由子はその体に体当たりした。

ソウシの体が里貴の上から転げ落ちた。手から鎖が離れ、床にあたるジャリッという音が聞こえた。里貴が激しく咳きこむ。

糸井ソウシは取調室の床を転がり、立ちあがった。右手からだらりと鎖を垂らしている。

「糸井ソウシ！」

由子は叫んだ。ソウシはまったく表情をかえず、由子を見た。

「別名、竹河隼人」

ソウシの表情が変化した。なぜ自分の名前を知っているのかという顔で、由子を見つめる。

「忘れたの？　日比谷公園でわたしを絞め殺そうとした」

「日比谷、公園」

ソウシはつぶやいた。

「こっちの世界じゃない。向こうの世界よ」

ソウシは瞬きした。

「女刑事」

「思いだしたようね」

由子の腰にうしろから何かが押しつけられた。里貴だった。懐ろからだした拳銃を渡そうとしている。由子はソウシから目をそらさず、それをつかんだ。ずっしりとしたリボルバーの重みが掌(てのひら)に伝わった。

そのまま銃口を、ソウシの腰に押しつけた。

「受像器はどこ？」

ソウシの目が動き、椅子に縛りつけられた志麻朝夫を見た。

由子はリボルバーの撃鉄を起こした。

「逃げようとしたら撃つ。もうこれ以上人殺しはさせない」

ソウシの口もとが歪んだ。笑っているようにも見える。

「これのことか」

鎖を巻きつけた右手がジャケットの内ポケットにさしこまれた。

「触るなっ」

由子は叫んだ。受像器に触れたら最後、ソウシは作動させて逃げる。ソウシの手が止まった。驚いたように由子を見つめる。

由子は銃口をソウシの腰に押しつけ、左手をのばした。ソウシの手がつかもうとしたものを内ポケットに捜した。

文庫本ほどの大きさの固いものが指先に触れた。それをつまみだす。

ダイヤルと目盛りがついた、銀色の機械だった。大きな機械の一部分をとり外したように見える。

「これが受像器ね」

ようやく里貴の咳がやみ、体を起こしたのが、ソウシの目の動きでわかった。それに気をとられた瞬間、ソウシがとびかかってきた。受像器をつかんだ由子の手の上から手をかぶせ、目盛りをぐっと回した。

ブーン！　という大きな音を機械が発し、いきなり体が床からもちあがった。

「警視！」

里貴の叫びが聞こえると同時に、何かが激しく頭にぶつかった。言葉にならない悲鳴が由子の口からとびだした。

浮きあがった体を大きな力がひっぱり、頭が割れるかと思うほどの痛みが走った。

視界がまっ白くなり、何もかもがわからなくなった。

27

呻き声が聞こえた。同時に、自分の周囲で人があわただしく動き回っている気配を感じる。

目を開けようとしたが、瞼がくっついているように動かない。やがて呻き声が自分の声だとわかった。

「志麻さん、志麻さん、聞こえますか」

誰かが呼びかけている。それに対して、

「あたま、いたあい」

由子はつぶやいた。肩に誰かが触れた。

瞼の向こうに強い光を感じ、由子は顔をそむけた。

「いや」

「聞こえますか。返事をして下さい」

不意にはりついていた瞼が開いた。

白衣を着けた男がペンライトを手にのぞきこんでいる。ライトの眩しさに由子は瞬きした。

「志麻さん、志麻由子さん」

白衣の男がいった。

「はい」

男が体を起こした。自分がベッドの上にいることに由子は気づいた。男の背で隠れていたモニターが見えた。脈拍や体温、血圧などのバイタルサインが表示されている。

男はモニターをふりかえり、小さく頷いた。

「ここがどこかわかりますか？　病院です」

由子は小さく頷いた。じょじょに頭痛が薄れ、状況がのみこめてきた。

「わたしは入院しているの？」

「そうです。ずっと眠っていたんです」

「眠っていた？」

そんな筈はない。ついさっきまで市警本部で志麻朝夫の取調べをおこなっていたのに。

はっとして体を起こした。

「今は何年?!」

白衣の男のうしろに女が二人いた。いずれも看護師らしく、白衣をつけている。そのうちのひとり、まだ二十くらいにしか見えない看護師が答えた。

「二〇一五年です」

由子はじっと看護師を見つめた。恐がっているような表情を浮かべている。

「平、成、よね」

由子の言葉に看護師は頷いた。

「あ、あ、あ」

由子の口から自然に声がでた。戻ってきた、戻ってきたのだ。

が、よりによって、こんなときに。

「大丈夫です、大丈夫ですよ。志麻さん、ただずっとあなたは眠っていただけだ」

白衣の男が安心させるようにいった。由子は無言でベッドに背中を戻した。

向こうに帰らなければならない。志麻朝夫の取調べはまだ終わっていないのだ。

「どこか具合の悪いところはありますか? 痛い場所とか、不快感を感じるような箇所が体にありませんか」

白衣の男は胸に「斉藤(さいとう)」という名札をつけていた。

「頭が少し痛いです」

斉藤は頷いた。

「他は?」

「ありません。わたしはどれくらい眠っていたのですか」

由子は訊ねた。

「長く、です」

「長くって、どのくらい?」

わずかにためらい、斉藤は答えた。

「約二ヵ月です」

由子は思わず目を閉じた。

「ああ……」

声がでた。

「昏睡状態だったんですね」

目を開き、いった。すぐ近くで由子の顔をのぞきこんでいた斉藤が頷いた。

日比谷公園でナイトハンターに襲われた自分は、生と死の境い目で向こうの世界にジャンプした。入れかわりに向こうの志麻由子が、このベッドの上で眠っていたのだ。

はっとした。ソウシは、糸井ソウシはどうなったのだろう。

「もうひとり、いた筈」

思わず口走った。斉藤が由子の顔を見直した。大柄だが穏やかな顔をした医師だ。額が後退している。

「もうひとり?」

説明できない。取調室で由子がとりあげた機械を、ソウシは強引に作動させた。その結果、自分はこちらの世界に戻ってきた。

はっとして由子は上半身を起こした。

「落ちついて下さい」

斉藤があわてたように、由子の腕に触れた。それにはかまわず、由子はベッドの上と自分の周囲を捜した。受像器はどこにいったのだ。もしここにないのなら、それはソウシの手にある。

なかった。取調室で見た受像器はどこにもない。由子だけが飛んだのなら、ここにある筈だ。

ということはつまり、糸井ソウシもこちらの世界に飛んだのだ。

志麻朝夫の話では、一度に飛べるのはひとりということだった。だがそれは、いっしょに飛ぼうとしなかったからではないか。

頭が痛い。割れるようだ。由子は喘(あえ)ぎ、ベッドに体を戻した。

「大丈夫ですか」

「頭が痛いです」

斉藤は気の毒そうに頷き、かたわらの看護師をふりかえった。小声で指示を下す。看護師は頷き、病室をでていった。

自分の腕に刺さった点滴のチューブを由子は見た。

「他に具合の悪いところはありませんか」

斉藤が訊ね、由子は体に意識を集中させた。

「お腹が空いています」

斉藤は頷いた。

「ずっと点滴で栄養を補給していましたから」

戻ってきた看護師は注射器を手にしていた。

「軽い鎮痛剤を入れます。頭痛が少しおさまると思います」

斉藤はいって、注射器の針を点滴チューブに取りつけられたコックに刺した。薬液を流しこむ。

戻ってきた。戻ってきたのだ。

それを見つめながら、由子は思った。あれほど戻りたいと思ったこの世界に戻ってきた。

なのに喜びがわかない。

大きな仕事をやり残している。

そして里貴。離ればなれになってしまった。

「鏡、ありますか」

由子は看護師にいった。看護師は斉藤をうかがい、頷くのを見て、小さな手鏡を白衣のポケットからだした。

うけとり、自分の顔を見た。別人のように痩せていた。頰の肉が落ち、目がくぼんでいる。

「普通食に戻れば、体重も戻りますから」

斉藤がいった。

由子は無言で手鏡を返した。たったそれだけの動作で、ひどく疲れた。

鎮痛剤が効いてきたのか、頭痛がやわらぎ、体がふんわりとあたたかくなる。

「眠たくなったら、無理せず眠って下さい」

斉藤はいった。

由子は天井を見上げた。もうひとりの志麻由子は、向こうで目を覚ます。そのとき、いったいどんな気持になるだろう。

何が起こったのか理解できず、また自殺を企てるかもしれない。

お願い、里貴、助けてあげて。

心の中で祈った。二ヵ月前、わたしを助けたように、助けてあげて。死ななければ、彼女は自分に関する思いもよらない事実を知ることになる。それは衝撃をもたらすにちがいない。

だがその衝撃さえ乗り越えれば、生きていく勇気をとり戻せる筈だ。自分と、自分をとり巻く世界が、まったくちがって見えてくる。

そうなれば、生と死に対する考え方もまるでかわるだろう。

「生きのびて」

思わず、口にだしていた。

次に目を開けたとき、病室の中は薄暗かった。だが、人の気配があった。

由子は身じろぎし、ベッドのかたわらの椅子にすわっている母に気づいた。

「お母さん」

呼びかけると、弾かれたように母が立ちあがった。

「由子」

母の顔がひどくなつかしかった。その頬には涙の跡がある。

「泣いてたの？」

「心配かけて。でもよかった」

母はぎゅっと目を閉じた。

「あんたまで殺されちゃうなんてひどすぎるって思ってた」

鼻声でいった。

「ごめんなさい」

「いいの。目が覚めて本当によかった。病院から電話をもらって、大急ぎできたわ。また眠ってるからどうしようと思ったら、先生が、大丈夫です、今度は起きますよって」

母は微笑んだ。

「班長さんにも、あたしからさっき連絡した」

「班長さん？」

訊き返し、思いだした。捜査一課津本班の班長、津本警部だ。

「なつかしい」

由子はつぶやいた。警視庁での記憶がよみがえり、思わず苦笑する。

向こうで自分は警視だった。こちらでは巡査部長だ。あまりにちがいすぎる。

こちらの世界で自分が警視になることなど、一生ない。

「ねえ」

由子は母を見た。

「お父さんに兄弟っていた？」

「何をいいだすの、いきなり」

母はあわてたようにいった。不安げにナースコールボタンを見ている。

「夢を見てたの、ずっと。その中にお父さんの兄弟がでてきた」

「どんな兄弟？」

「たぶんお兄さんだと思う。お父さんよりは五つか六つ上」

母はあきれたように首をふった。

「いないわよ、そんな人」

「本当に？　いたけれど小さいときに死んじゃったとか」

由子は母を見つめた。母は息を吐き、顔をそむけた。

「恐いこといわないでよ」

「恐いこと？」

母は鼻をすすり、深呼吸した。

「その夢にお父さんもでてきた？」

「でてきた。でもわたしの知っているお父さんとはまるでちがってた。向こうのお父さんはまだ生きてたし。性格もまるでちがった」

「まったく、どうしてこんな話になるの」

母がいった。妙だ。動揺している。

「どうしたの？」

由子は訊ねた。母はしきりに首をふった。

「二ヵ月もずっと眠っていて、やっと起きたと思ったら、びっくりさせるんだから」

「夢の話だよ」

「夢じゃないのよ」

「えっ」

「お兄さんはいた。お父さんに。つまりあなたの伯父さん」

「本当なの⁉」

母は由子に近づき、頷いた。

「でも絶縁したの」

「なぜ？」

母は深々と息を吸いこんだ。

「お父さんが話さないなら、あたしも話さないでいよう、と決めていた。結局、お父さんはあんたに何もいわないまま死んじゃったから……」

「どうして絶縁したの？」

母は黙った。無言で由子を見つめていたが、やがて訊ねた。

「その前に教えてちょうだい。夢の中で、お父さんとお父さんのお兄さんは仲がよかった？」

由子は首をふった。

「仲は悪かった」

「やっぱりね」

母は息を吐いた。

「同じなんだね」

「教えてよ。何が原因で絶縁したの？」

「お母さん」

母は短く答えた。由子は息を呑んだ。

「お父さんのお兄さんは、お父さん以上に真面目で堅い人だった。あのね、お母さんは初め、お父さんのお兄さんにお父さんに紹介されたの。その場にお父さんもいて。お兄さんはすごく無口な人だったから、お父さんが場をつなごうとしたのね。その頃のお父さんはまだ若くて、よく喋る人だった。お父さんのお兄さんはぜんぜん喋らずにただじっとあたしを見ているだけで恐かった。悪い人じゃないのはわかったけど、お母さんも若かったから……」

母は言葉を切った。

「つまり、お兄さんよりお父さんのほうを選んだのね」

母は頷いた。

「二人ですごく悩んだ。結婚するか別れるかしかないって。だってそうでしょう。もしお兄さんといっしょになったら、大好きな人が義理の弟になる。そんなの耐えられない。お父さんは決心して、お兄さんに話したの。お兄さんはとてもプライドが高い人で、それが許せなかったのね。大喧嘩になり、兄弟は絶縁した。だから結婚式にもこなかったし、お父さんのお葬式にもこなかった。お父さんは、しかたがない、忘れようっていってた」

由子は目を閉じた。

「やっぱり」

「やっぱりって、あんた……」

向こう、といいかけ、

「夢の中ではね、お母さんはお兄さんと結婚していたの。でも弟のお父さんを好きになって、二人のあいだにわたしが生まれた」

由子は告げた。母はじっと聞いていたが、首をふった。

「恐い夢」

本当のことを話そうか。いや、話しても決して信じてくれないだろう。少なくとも今は駄目だ。妄想にとりつかれていると思われるのがおちだ。

病室のドアがノックされた。

「はい」

看護師が顔をのぞかせた。

「お目覚めですか？　もし覚めているなら、上司の方がお話ししたいとお見えなのですけれど」

由子は母と顔を見合わせた。

「大丈夫？」

母の問いに頷き、看護師に目を向けた。

「大丈夫です」

やがて山岡理事官と津本班長が病室の入口に立った。

「あまり長時間はご遠慮下さい。体力がまだ戻っていらっしゃいませんので」

看護師の言葉に頷き、病室に入ってくる。看護師が病室を明るくした。

津本が長い息を吐いた。

「よかったよ」

「ご心配をおかけしました」

自分でも声が硬いのがわかった。

「いや。山岡さんと、君に万一のことがあったら、お父さんにどれだけ詫びても詫びきれないと話していた」

「親子二代で殉職。しかも犯人はつかまらない」

由子はつぶやいた。津本と山岡が顔を見あわせた。

「わたしを襲った犯人は現場から逃走した。ちがいますか」

津本は小さく頷いた。

「その通りだ。現場には二十名以上の警察官が配置されていたにもかかわらず、身柄の確保に失敗した。何度も検証したが逃走経路をわりだせずにいる。夕立の最中とはいえ、見逃す筈はないのだ」

「だがミスはミスだ。それだけに、君が意識をとり戻してくれるのを祈っていた」

山岡がいった。由子は二人を見やり、いった。

「わかっています。でも犯人の逃走を許したのはミスではありません」

「君は、犯人を見たのか」

由子は頷いた。

「竹河隼人です」

「竹河。しかし――」

「竹河隼人は二十年前に自殺した、そうおっしゃりたいのでしょう」

いってから由子は迷った。死んではいなかった、向こうの世界にいたのだと話しても、絶対に信じてはもらえない。

「犯人は竹河隼人の名を使っているのです」

「何？　どういうことだ？」

津本がベッドに近づいた。

「わたしにいったんです。竹河隼人だ、と」

津本は山岡をふりかえった。山岡は無言で由子を見つめている。

「他に何かいったか？」

「びっくりしたか、とわたしに訊ねました。そして『知らないのか、ナイトハンターが帰ってきたのを』といいました。『竹河隼人だよ』とも」

名乗った部分だけが作り話だ。

「最後に『そろそろ終わりにしようか。さようなら』といって、わたしの首を絞めました。凶器は細い針金か鎖だったと思います」

「君の喉には細い鎖状の索溝が残っていた。『チェーン殺人』のマル害から検出されたものと一致した」

由子は考えをまとめようと息を吸いこんだ。

「ナイトハンター」「チェーン殺人」、すべては同じ竹河隼人の仕業だ。が、糸井ソウシの体に「飛ぶ」ことで自身の死亡を偽装したと、二人を納得させることは不可能だった。

二ヵ月間寝たきりだった由子に、なぜそんなことがわかるのだといわれる。

「大丈夫か」

山岡が訊ねた。

「大丈夫です。ずっと『ナイトハンター』の夢を見ていました。だから襲われたときのことは鮮明に覚えています」

山岡は痛ましげに頷いた。

「つらかったろう」

「問題はこれからです」

「これから?」

津本が訊き返した。

「あ、いえ何でもありません。ときどき現実と夢がごちゃごちゃになって」

とっさに由子はいった。山岡は頷いた。

「当然だ。だが竹河隼人と犯人が名乗ったことはまちがいないんだな」

「はい。もしかすると二十年前、竹河は死ななかったのかもしれません」

津本は山岡を見つめた。山岡は二十年前、捜査一課で「ナイトハンター」の捜査に携わり、「竹河は本ぼしだ」といいきっている。

「自殺したのは別人だというのか」

　山岡が訊ねた。

「母親が竹河隼人だと確認したのだぞ」

「かばったのかもしれません。竹河は自分に似た人間を身代わりにして偽装自殺した。遺書の筆跡が本人のものだったので、身代わりを疑わなかった」

　由子はいった。

「しかしそうだとしても身代わりにされた少年の家族は？　同じ年頃の少年が行方不明になっていれば、届出があった筈だ」

　津本がいった。

　届出などあるわけがない。身代わりにされた糸井ソウシは、向こうの世界の住人なのだ。が、それを説明することはできない。

「もしかすると、外国人だったとか」

「君のいう通り、竹河隼人が生きのびていたとしよう。十年おきに犯行に及ぶ理由は何だ？」

　山岡が訊ねた。

「それは、わかりません。どこか外国にでも逃げていたのか。あるいは十年周期で強い殺意にとりつかれるのか」

　津本は信じられないというように由子を見つめている。

「確かに二十年前は、ＤＮＡ鑑定が本格的には捜査に導入されていなかった。二十年前の事案で犯人のＤＮＡが採取されていたら、十年前、そして今回と比べることができたし、竹河が本ぼしかどうかも確かめられたろう。いや、それ以前に自殺した少年が本物の竹河かどうかも確認できた」

「竹河の母親はどうなったのです？」

津本が山岡に訊ねた。

「隼人の自殺後、転居をくり返し、今は所在がつかめません」

由子は答えた。津本は目をみひらき、由子をふりかえった。

「なぜ、そんなことを――。そうか、お父さんの一件で……」

「はい。事件関係者のその後に関心がありました」

由子は頷いた。

「竹河が生きているとすれば三十六歳だ。十六歳のときとは顔も大きくかわっているだろう。君は、顔も見たのか？」

山岡が訊ねた。

「いいえ。いきなりうしろから首を絞められたので、顔は見られませんでした」

山岡は息を吐いた。

「でも十六のときの竹河の顔をもとにモンタージュを作れないでしょうか」

由子はいった。山岡は津本と目を見交した。

「できるだろうが、竹河が生存しているという確実な証拠がなければ、捜査を誤誘導させかねない」

山岡が答えた。

「だったらせめてモンタージュをもとに訊きこみをして下さい。日比谷公園を含む、現場周辺で。何らかの収穫があるかもしれません」

由子はくいさがった。山岡はつかのま逡巡していたが、

「わかった。駄目もとでやってみよう」

と頷いた。

津本が由子を見やり、咳ばらいした。

「何でしょう?」

由子は訊ねた。

「いや、何というか。妙な話なんだが、君が逞しくなったような気がして。人間は死線を越えると、やはり変化するのだな」

由子は無言で微笑んだ。自分がこの二ヵ月間、警察官として積んだ経験を、こちら側の人間は決して理解できない。

「モンタージュができたら見せて下さい」

「しかし犯人の顔は見ていないのだろう」

「気配は感じました。似ていれば、そうとわかる筈です」

信じられないように津本は首を傾げたが、

「とにかくやってみよう」

という山岡の言葉に頷いた。

「何か他に、必要なものはあるか」

津本が訊ね、由子は首をふった。

「わかった。また、顔をだす」

「モンタージュを、お願いします」

二人は母に挨拶し、病室をでていった。二人を廊下まで見送り、戻ってきた母は由子を見つめた。

「本当に……」

「何?」

「あんた少しかわったかも」

「何がどうかわったの?」

母は泣き笑いのような表情になった。

「班長さんがいった通り、逞しくなった。前のあんただったら、あんなにモンタージュ、モンタージュってくいさがらなかった」

「そうかな」

「そうよ。一課に配属されたときだって、自分はお飾りだって。そんな実力は自分にはないのにっていってたじゃない。父さんへの罪滅ぼしで、一課にひっぱられただけだからって」

由子は息を吸いこんだ。確かにその通りだ。

向こうで〝志麻由子警視〟を演じられたからといって、自分が優秀だと勘ちがいしているのかもしれない。

だが、あれは決して夢ではなかった。撃ち合いをしたり、糸井ツルギとともに殺されかけたことも決して夢ではなかった。

由子ははっとして自分の右肩を見た。

怪我はない。寝巻を着せられた体に銃撃の傷はなかった。

思わず息を吐いた。心だけが入れかわったようだ。

「どうしたの?」

母が訊ねた。

「何でもない。でも本当のことを教えてくれてありがとう」

「本当のこと?」

「お父さんにお兄さんがいた」

母も長いため息を吐いた。

「あんたには永久に話さないだろうと思っていたのに」

「ねえ、そのお兄さんの名前だけど、志麻朝夫といったのじゃない？」

志麻順造は本当の父の名だ。だから兄弟は逆だが、名前は同じであっておかしくないと思った。

「あんた！」

母は目を大きくみひらいた。

「なんでそんなこと知ってるの⁉」

「やっぱり」

由子はほっとした。

「ちょっと、どういうことなの？　お兄さんにどこかで会ったの？」

安堵したのは、それが長い夢ではなかったという確信を得られたからだが、同時に不安も感じた。もしかすると自分にも腹ちがいの兄弟がいたのではないか。だがそれを訊く勇気はなかった。

今日はこれが限界だ。

「また、今度話すよ。今日はもう疲れちゃった」

母は驚きを超え、恐怖を感じているような表情だった。それを見やり、思わず笑ってしまう。

「何を笑ってるのよ」

「お母さんの子だよ、わたし」

母はよけいに不安げな顔になった。

28

二日後、津本が中井と病室を訪れた。

「こいつがどうしてもついてくるといって。あの日、休んだのをずっと悔やんでいた」

津本がいった。中井と由子は〝恋人〟を装って日比谷公園で張りこみにあたっていた。が、あの日は中井が夏風邪をひいたため、由子はひとりでいて襲われたのだった。

由子に対し、どちらかといえば冷たく接していた中井だが、神妙な顔で花束をさしだした。

「これ、班のみんなで買った」

「ありがとうございます」

「よかったよ」

いって中井は顔をくしゃくしゃにした。今にも泣きだしそうだ。

「本当によかった」

「中井さんのせいじゃないから」

由子はいった。中井は瞬きし、手の甲で涙をぬぐった。

「あいつは、最初からわたしを狙っていた。中井さんがいっしょにいてもかわらなかった。二人とも殺られたかもしれない」

「そんなこと、どうしてわかるんだ」

中井は信じられないように訊ねた。

「わかるの。でも今度は逃さない」

中井は津本を見た。由子は笑った。

「何をいいだすんだと思ってるんでしょう。班長、モンタージュはどうなりました？」

津本はショルダーバッグからノートパソコンをだした。

「最新のソフトを使って、十六のときの竹河の写真に年齢相応の変化をさせてみた」

液晶画面を由子はのぞきこんだ。思わず息を呑んだ。年齢の差こそあれ、糸井ソウシがそこにいた。

「こいつです。眉はもう少し細くて、逆に目は大きい」

「見たのか」

中井が訊いた。

「あとから考えて、一瞬ふりかえったのを思いだした」

「だが現場はまっ暗だった筈だ」

津本が疑わしげに見つめる。

「稲光です。ふりかえった瞬間、稲光が走って、はっきり見えました」

由子は断言した。

「じゃあ、まちがいないですね」

中井がいって津本を見た。

「わかった。修正をして、地取りの連中にもたせてみる」

津本はパソコンを閉じた。

「早く現場に戻りたいです」

由子は告げた。

「先生は何といっているんだ？」

「二、三日ようすを見て、体力が順調に戻るようなら、すぐに退院させるって」

津本を見つめた。

「戻してくれますね？」

「すぐは無理だが、山岡さんにもそう頼んでみる」

困ったように津本は答えた。

「本当にお前、かわったな」

中井がいった。どこかまぶしげに由子を見ている。

「どこがどうかわったの？」

由子は訊き返した。

「何か、自信がついたみたいだ」

「自信？」

「ああ。前の志麻だったら、こんな目にあったら、絶対現場に戻りたいなんていわなかったと思うぞ。ふっ切れたって感じだ」

「そうかもしれない」

「元気になるのはいいが、無茶は駄目だぞ」

津本が釘をさした。

「わかっています。でもこんなことがあったからといって、わたしを内勤に縛るのはやめて下さい」

「そういうことを決めるのは私じゃない」

「でもおっしゃったじゃないですか。わたしに何かあったら父にどれだけ詫びても詫びきれない、と。父は父です。それに――」

「それに何だ？」

竹河隼人が父を殺したのだと告げたら、妄想にとりつかれたと思われるだろうか。

だが我慢できなかった。

「竹河が父を殺した可能性があります」

「何だと⁉」

津本の表情がかわった。

「考えたんです。父が殺された十年前、竹河は生きていれば二十六歳でした。地元のチンピラで父に情報提供をした結城によれば、荒川区で殺されたホステスの自宅の近所で目撃された男の年代と一致します。結城にそのモンタージュを見せて下さい」

「しかし――」

「竹河が自殺したと信じていた捜査本部は、竹河の写真を結城には見せなかったと思います。十年が経過して、結城の記憶もあいまいになっているかもしれませんが」

「結城か。もちろん我々も十年前の事件の捜査記録に目は通しているが……」

津本は言葉を濁した。

「俺にやらせて下さい」

中井がいった。

「結城の所在を調べ、訊きにいきます」

「お前が?」

訊き返した津本に、中井は頷いた。

「何か、したいんです。今の本部の任務とは別で、時間外に動きますから」

「いいの? 中井さん」

由子は訊ねた。

「ああ。俺の気持の問題なんだ。お前は俺のせいじゃないといってくれたが、それじゃ俺の気持がおさまらない。罪滅ぼしとかそんなのじゃない。何かしたい」

中井の表情は真剣だった。張り込み中、ゴキブリに悲鳴をあげかけた由子を馬鹿にしたときとは別人だ。

「ありがとう」

「わかった」

津本が決心したようにいった。

「本部の任務として、結城にあたってくれ。もし結城が生きているなら、城東署に何らかの情報がある筈だ」

由子は小さく頷いた。殺されたとき、父は捜査一課の刑事で、結城は父の情報屋だった。

結城は十年前、二度目の連続絞殺事件の被害者のひとりであるスナックホステスと知り合いだった。殺される二日前、そのホステスを自宅まで車で送った際に、付近に見慣れない男がいたと父に知らせてきたのだ。

「人台が当時の捜査本部には届けられている筈です」

それを思いだし、由子はいった。

「お前、なんでそんなこと、知ってるんだ」

中井が怪訝そうに訊いた。津本が由子を見つめた。

「そうか。いろいろ調べたんだな」

「はい」

津本を見つめ返し、由子は頷いた。

「当然だな。お父さんのことだからな」

「そのあと結城から再び呼びだしをうけて、父はでかけました。問題の男を、駅前のゲームセンターで見た、といってきたんです。父はひとりでヤサづけに向かいました。結城とは駅前で別れています」

津本は深々と息を吸いこんだ。

「それが最後か」

「はい。翌日、殺された父が荒川で発見されました」

中井が息を呑んだ。

「調べればわかると思いますが、そのとき父が報告した人台は、二十代、長髪で、黒の革パンツに銀色のチェーンを巻いた優男(やさおとこ)風、というものでした」

「早まるな」

津本がいった。

「思いこみでほしをつなごうとしていないか?」

いけない。由子は気づいた。ここは向こうとはちがう。自分の意見が何でも通ると思ったら大まちがいだ。

「そうかもしれません。しかし結城に確認すれば、はっきりすると思います」

「結城が覚えていれば、だ」

忘れてはいないだろう。見まちがいではないという自信があったから、結城は父を呼びだした。その結果、父は死んだのだ。決して忘れてはいない筈だ。

「とにかく、動きます」

中井がいうと、津本は頷いた。

「山岡さんには俺から伝えておく。城東署から応援を借りられる筈だ」

中井は由子を見た。

「待ってろよ」

「お願いします」

由子はいった。

二人が病室をでていき、由子は天井を見上げた。

結城がモンタージュを確認すれば、二十年にわたる連続殺人の犯人、「ナイトハンター」の正体が竹河隼人だと判明する。

捜査本部が竹河をどこまで追いつめられるかはわからないが、モンタージュが公開されれば、こちら側に竹河の逃げ場はない。そうなったら、再び受像器を使い、竹河は向こうに逃げるだろう。

向こうでは竹河は糸井ソウシとして手配をうけている。向こうの志麻由子の対応にもよるが、里貴がソウシを追いつめるのを願う他ない。

確かなのは、こちら側でも向こう側でも、竹河隼人は殺人犯として追われるということだ。

こちら側で、わかっているだけで竹河は七人の女性と、おそらく父の八人を殺している。向こうでは、もっと多くを手にかけた可能性があった。

竹河のような人間が存在することを、警察に入ってから何年かして、由子はうけいれざるをえなくなった。

理由はわからない。生まれつきなのか、それとも体験が理由なのか、人の命を奪うことにまるでためらいを感じない人間がこの世の中にはいる。

もしかしたら、最初のひとりのときはちがったろう。本人も恐怖を感じ、被害者の恐怖と同調して、がたがた震えながら犯行に及んだのかもしれない。

が、ふたり目となると、そこまでの恐怖はなく、命を奪うという、人が人に対しておこなえる最大の支配に快感を覚える。

三人目になれば余裕だ。証拠を残さないように注意を払いながら、快感を味わい尽くす。もうそのときには、殺人を快楽の手段と考えるようになっている。

だが竹河は賢い。こちら側では四人つづけての犯行には及んでいない。同時期に犯行を重ねれば重ねるほど、犯人として特定される危険が高まるのをわかっていたのだ。

だが自分は三人目だ。由子ははっと目をみひらいた。

自分が死ねば、今年の三人目の犠牲者になるところだった。

あいつは知っていた。由子が張りこみ中の刑事だということを。

「びっくりしたか」

「知らないのか、ナイトハンターが帰ってきたのを」

という言葉は、自分が今手にかけているのが警察官だと知った上だった。刑事の張りこみなど、受像器をもつ竹河隼人はまるで恐れていなかったのだ。

警察に対する挑発のため、いわば遊びで竹河は自分を手にかけた。

それが、向こうとこちらの志麻由子を入れかえた。そして犯人として特定される結果を呼びこんだ。

そのことにあいつは気づいている。市警本部の取調室に現われたソウシに、

「忘れたの？　日比谷公園でわたしを絞め殺そうとした」

と告げた由子に、やりとりのあと、

「女刑事」

とつぶやいた。

不意にそのときの記憶がよみがえった。

まず頭痛がした。頭の芯に痛みが走り、ブーンという音がどこからか聞こえた。音と痛みはまるで共鳴しているようで、気分が悪くなった。そして両方ともどんどん強くなり、糸井ソウシが現われたのだ。

こちらに飛んだときのことも思いだす。

由子は里貴からうけとったリボルバーをソウシの腰に押しつけていた。ソウシが背広の内ポケットに隠しもっていた受像器を見つけたのだ。

文庫本ほどの大きさで、ダイヤルと目盛りがついていた。銀色をしていて、大きな機械の一部をとり外したような外見だった。

ソウシが由子の手の上から手をかぶせ、ダイヤルを無理に回した。大きな音がして、いきなり自分の体が浮かびあがるのを感じた。そして何かにひっぱられ、頭痛とともに

意識を失った。

由子は気づいた。どこかにあのときのリボルバーがあるはずだ。こちらに飛んだとき、拳銃。

由子は握りしめていた。

いや、このベッドで意識をとり戻した自分は、浴衣(ゆかた)のような入院着を着ていた。向こうの取調室にいたときの服装ではない。

なぜなのか考え、おそらく意識だけが飛んだのだと思い至った。意識というか自我というべきか、人格だけが、向こうの志麻由子の体から飛んで、こちらの志麻由子の体に着地したのだ。したがって、向こうで身につけていたものは、もってこられない。

向こうに飛んだ志麻由子はどうなったのだろう。由子は不安になった。

ずっと昏睡状態だった人格が、本来の肉体に戻ったとして、意識をとり戻すことはできるのだろうか。

そのまま昏睡状態でいるかもしれない。そうなったら、こちら側ほど医療技術が進んでいない向こうでは、生命の危険がある。

目を覚ましていることを願う他ない。もし意識をとり戻せず、衰弱して死んでしまったら、志麻由子は自分ひとりになってしまう。

志麻朝夫の言葉を思いだした。

――どちらかひとりがいなくなれば、その人物は二つの世界の両方で実体化できる。精神が肉体に着地するだけでなく、物体としての移動も可能になる。

糸井ソウシが死に、その体に着地した竹河隼人は、向こうとこちらを自由にいききできる体になり、物品をもち運ぶことも可能になった。羽黒からスパイの報酬として受けとった金や宝石をこの世界で現金化して、生活手段にしていた。

取調室から飛んだとき、受像器や拳銃は由子とともには実体化できなかった。おそらくソウシといっしょにこの世界にきている。

ソウシは、どこに飛んだのだ。

少なくともこの病室ではなかった。由子の意識はここにしか飛べないが、二つの世界でひとつの人格であるソウシは飛ぶ場所を縛られないのだろう。

といって、飛ぶたびにいろいろな場所に着地していたら、たいへんなことになる。着地する場所は、あるていど固定できる筈だ。日本以外の土地や海のまん中などに飛ばされたら、生きのびられない。

おそらくソウシ――竹河隼人にとってのアジトのような場所がこちら側にあり、そこに着地したにちがいない。

それは東京のどこかの筈だ。「ナイトハンター」のこれまでの犯行を考えたら、そう結論できる。横浜や大阪といった大都市ならまだ可能だが、地方では長期間姿を消すような生活は難しい。知人もおらず生活手段も不明な男が現われたり、いなくなったりしていたら、犯罪との関係を疑われ、周囲に詮索される。

竹河のアジトは東京にあり、おそらく今この瞬間もこちらにいる。

理由は由子だ。

竹河は、由子を殺しにくる。「ナイトハンター」として、やり残した仕事を仕上げにやってくる。

そう思いつくと、恐怖がこみあげた。自分は丸腰で、体力もまだ戻ってはいない。

津本らに警護を依頼しても、相手にされないだろう。なぜ「ナイトハンター」が由子にこだわるのか説明しようがない。

向こうの世界とこちらの世界の話を信じる者などいない。証拠はまるでないのだ。

どうしよう。

由子は天井を見つめた。

唯一の希望は、竹河がこの病院をつきとめるのが容易ではない、という点だ。

実際、由子ですら、この病院がどこなのかわかっていない。竹河が警視庁に問いあわせても、捜査員の個人情報を知ることはできない。むしろ怪しまれ、逆に調査の対象とされる。

あとは由子の周辺、たとえば母親などから、知人を装って訊きだすくらいだが、刑事の妻だった母が、簡単にそんな問い合わせに答える筈がない。

そう考えると、竹河がここをつきとめるのは不可能でないとしても、かなりの時間を要することはまちがいなかった。

それまでに少しでも体力を回復し、反撃できるようにしておかなければならない。

由子は瞬きした。いったいどうやって反撃すればいい。

武器が必要だ。といって拳銃をもたせてくれと頼みこんでも、それは不可能だ。

考えるのだ。由子は深呼吸した。向こうの世界に飛んだ直後と同じように、自分は今、全力をふり絞らなければならない。

29

意識をとり戻してから二日後、食事が初めて与えられた。粥（かゆ）だった。それを由子の体が消化できることを確認して、さらに三日後、通常食となった。

その日の夕方、山岡と津本、中井がやってきた。

「結城の確認がとれた」

由子の顔を見るなり、前置き抜きで津本はいった。中井をふりかえる。中井は進みでた。

「まちがいない、こいつだった。結城はそういった。志麻さんが殺されてからずっと、こいつの顔を忘れないよう、何度も思いだしていた、というんだ」

中井の顔は興奮で赤らんでいた。

「やっぱり」

由子はつぶやいた。中井がさしだしたモンタージュを受けとる。

今の糸井ソウシよりいくらか若い顔が写っていた。

「竹河隼人の母親を探させている。自殺したフリをして生きのびていたとはな。母親にだけは連絡をとっているかもしれん」

山岡がいった。

「どうでしょうか。竹河は、十年前にも犯行をくり返しています。生存を知らせていたら、母親が通報する可能性があります」

由子はいった。

「だが死亡したことになっている人間が、援助なしで二十年間も生きていくのは簡単じゃない」

津本が首を傾げた。

「怪しげな仕事にはつけても、住居はどうする。よほどの金があれば何とかなるかもしれないが、死亡したとされるのは十六歳だ。家族の援助なしで生きのびられたとは思えない」

由子は黙った。その間、竹河が向こうの世界にいたという説明などできない。

「母親の所在が確認できたら、公開手配をする」

山岡がいった。

「氏名も公開するのですか」

由子が訊ねると、苦しげな顔になった。

「氏名は難しい。竹河隼人の名を公開すれば、二十年前に自殺した高校生と同じ名だと気づくマスコミ関係者がいるだろう。当時、未成年の被疑者なので、氏名公開はしなかったが、記者の中には竹河の自宅をマークしていたのもいる。竹河を確保して、身代わりの死体をどうやって用意したのかがわかるまで、氏名の公開はしない」

「二十年前、行方不明になった同世代の男子がいないか調べているが、該当者がいない。しかもただ同世代というだけじゃない。背格好や外見も似通っていた筈だ。検死もしたのだ。身許を確認した家族にも共犯の疑いがある」

津本がいって山岡を見やった。

「とにかく竹河の確保が先決だ。死体の調達手段やこれまでどう生活してきたのかは、確保さえすれば、本人の口から聞ける」

由子は黙っていた。

「どうした? 何かいいたそうな顔をしているぞ」

津本が訊ねた。由子はためらい、が、決心して口を開いた。

「馬鹿げていると思われるかもしれませんが、竹河はわたしをまた狙ってくるような気がするんです」

「なぜそう思う」

山岡が訊いた。

「竹河はわたしを殺すのに失敗しました。『ナイトハンター』はこれまで一度も失敗していません。実際、日比谷公園でわたしを襲ったときも、わたしが張りこみ中の警察官だと知っていたにもかかわらず、余裕たっぷりでした」

「知っていた? 本当か、それは」

「本当です。襲われたときのことを思いだしました。奴は、警察の張りこみがおこなわれているのを承知の上であの場に現われ、わたしを襲いました」

山岡と津本は顔を見あわせた。

「奴は何かいったか」

由子は頷いた。

「知らないのか、刑事さん。ナイトハンターが帰ってきたのを、といいました」

刑事さんとはいっていない。が、それを知るのは自分と竹河だけだ。

津本は息を吐いた。

「現場への侵入経路も逃走経路も、いまだにわかっていない」

「わたしが襲われたことはニュースになりましたか」

「もちろんだ。張りこみ中の捜査員が襲われ、意識不明になったのだからな。我々は進退伺いをだした」

津本が答えた。

「現場責任者を外したら犯人逮捕がより遠くなる、という刑事部長、総監の判断で誰の首も飛ばなかった」

やはりそんなおおごとになっていたのだ。

「申しわけありませんでした」

由子はあやまった。

「いや。君の責任じゃない。あの日、現場にいた全員が、ほしの姿を見ていない。竹河はまるで空中から現われて、空中に消えたとしか思えない。だから確かに君が生きのびられたのは、奴にとっての誤算だろう」

山岡が首をふった。

「志麻が意識不明になったんで、週刊誌もいろいろと書きたてた。中にはお父さんのことを記事にしたものもあってな。親子二代で殉職か、と」

津本がくやしげにいった。

「わたしの意識が戻ったことは公になっています？」

「いや。まだ発表していない」

答えた山岡が、はっとしたような顔になった。

「それは、罠をかけるという意味か」

「はい」

由子は頷いた。

「二十年間、公式には死人である竹河が生きのびたことを考えれば、たとえ公開手配をしても簡単に身柄を確保できるとは思えません。それならばいっそ、犯人の顔を見ているわたしが意識をとり戻した、という情報を流してはどうでしょう」

即座に山岡が首をふった。

「危険すぎる。それに他の入院患者もいるような病院を連続殺人犯をおびき寄せる罠に使ったなどとマスコミに洩れたら、大変なことになる」

「洩れなければいいんです。竹河がわたしを襲いにきたとき、偶然そこに警察官が居合わせ、逮捕したということなら、大丈夫です」

由子はいった。

「馬鹿をいうな。偶然という形をとるには、多数の警察官を配置できない。万一、本当に奴が現われ、君を襲ったらどうする」

「たとえ退院し、現場に復帰したとしても、いつでも竹河はわたしを襲えます。自宅を含む個人情報だって、すでに入手しているかもしれません。相手は二十年にわたって、連続殺人をくり返しているんです。しかも、神出鬼没といってもいい」

由子はいい返した。まさか山岡に反論するとは思っていなかったのか、津本も中井も目を丸くしている。

「神出鬼没だと」

山岡はぐっと頬をふくらませた。

「はい。日比谷公園に現われた方法を考えると、そうとしかいいようがありません。わたしはこのまま怯えて暮らしていくのは嫌です。どうせ襲われるなら、反撃したい。今のこの状況では、何もできません」

山岡の目を見つめ、告げた。

「竹河にこの病院のことが伝わらなければ大丈夫だ。それでも心配だというなら、警備の人間をつけよう」

山岡はいった。

「退院したあとはどうなるのですか」

「君は何がいいたい。竹河と対決でもしたいのか」

山岡の声が大きくなった。

「その通りです。奴は父を殺し、わたしも殺しかけました。週刊誌が記事にしたのなら、殺した刑事の娘と知った可能性があります。竹河の異常性を考えれば、必ずわたしに執着し、狙ってきます。病院の情報を伏せたとしても、たとえば捜査本部の誰かを襲い、拷問して訊きだすかもしれません」

「それでは怪物だ」

津本がいったので、由子は目を向けた。

「奴は怪物です。その犯行を考えると、自分は絶対につかまらないという自信をもっていて、何も恐れていません。その自信の根拠は、二十年間のサバイバルです」

病室の中が静かになった。やがて山岡が苦しげにいった。

「それでも病院を罠の舞台にすることなど論外だ。君のいうように、竹河がそのつもりになれば、ここをつきとめることは可能だ。警護をおく。退院後もそれなりの対応を考えよう」

津本を見て訊ねた。

「ここに誰かおけるか」

「所轄から制服をだしてもらいます」

「それでは駄目です」

由子はいった。

「いい加減にしろ。理事官を困らせてどうする」

津本が声を荒らげた。

「俺がやります」

中井がいった。

「結城の一件で、地取りの割りあてから外れています。俺ならここに張りついても、誰かに迷惑をかけることはありません」

「すぐには交代要員が用意できないかもしれんぞ」

津本がいった。

「大丈夫です」

津本は中井と由子を見比べた。

「拳銃は？」

「着装しています」

中井が答えると、津本は頷いた。

「ほしは相手が警察官でも躊躇はしないぞ。油断するな」

「はい」

「所轄の刑事課にも応援を要請し、モンタージュをもたせた人間を、病院周辺に配置してもらう。だがあくまでも、万一に備えてのことだ」

山岡がいった。

「ありがとうございます」

由子は答えた。山岡は由子を見やり、何かをいいかけた。が、結局言葉を発することなく、病室をでていった。津本もあわててあとを追う。

あとに残った中井は、病室におかれた椅子に腰をおろした。感心したようにいう。

「お前のことを見くびっていたよ。理事官にくいさがったのはびっくりした」

「自分の命のことだから」

由子はいった。長身だが、顔色の悪い中井は、向こうの特捜隊のメンバーに比べると、どこか頼りなく見える。

「ありがとう。警護を買ってでてくれて」

中井は首をふった。

「お前がもしあのままだったら、俺はすごく後悔したろう。本当に、意識が戻ってよかった」

そして真剣な表情で由子を見つめた。

「竹河の顔を見たんだな」

由子は頷いた。

「奴が現われたら、必ずわかる」

「ようし。そういうことなら、現われたら必ず、つかまえてやる」

深呼吸して、中井はそう答えた。


山岡は言葉通り、竹河隼人を「氏名不詳の容疑者」として公開手配した。翌日の夜、病室におかれたテレビで、由子はそのニュースを見た。

「この人物には、過去二十年間のあいだに七人の女性を殺害し、また今年の七月に都内千代田区の公園で捜査中の女性警察官に重傷を負わせた容疑がかけられています」

アナウンサーが告げ、捜査本部直通の電話番号とともにモンタージュ写真が映しだされた。

「ガン首がでたら終わりだ。もう逃げられない」

中井がいった。病院の周辺には所轄署の刑事が張りこんでいる、と由子は聞かされた。

「まだわからない。竹河には、どこにでも入りこむ特殊な能力があるような気がする」

「特殊な能力？」

「そう。二十年間生きのびることで身につけたのだと思う」

中井は首をふった。

「お前、もうゴキブリなんて恐くないだろう」

「え？」

「忘れたか。日比谷公園で」

張りこみ中に巨大なゴキブリが足もとにいて、悲鳴をあげかけたのを思いだした。

「嫌いなものは嫌い」

いってから苦笑した。

「でも、そうね。今なら前ほど恐くないかもしれない」

中井は頷いた。

「何だろうな。意識が戻ったと聞いて、ここに駆けつけて、初めてお前の顔を見たとき、何だかちがう、と思ったんだ。前より痩せちまってるから頼りなくなっている筈なのに、むしろ強くなったように感じた。目の光が、まるでちがう」

「そう？　いろんな夢を見たからかな」

「どんな夢を見たんだ」

「まるで知らない世界にほうりだされた夢。知らないのだけれど、現実と微妙に似ているところもあって……」

答えながら、向こうの世界をなつかしいと思っている自分に由子は気づいた。

妙な話だが、向こうにいたときのほうが自分らしくふるまえたように思える。

錯覚だ。たまたま警察官としての地位が上だったに過ぎない。しかもその地位を築いたのは、自分ではない。

もうひとりの志麻由子のことを考えた。無事でいるだろうか。意識をとり戻してくれていたらいいが、仮にとり戻していたとしても、この数ヵ月間に起こったことを知らず、困惑するだろう。

頼りになるのは里貴ひとりだ。里貴を思いだすと、胸が苦しくなる。

里貴の献身がなければ、自分は決して生きのびられなかった。

由子は息を吐いた。

たとえどれだけなつかしくとも、向こうは向こうで、自分のいるべき場所ではない。いるべきはこちら側なのだ。

「大丈夫か」

無言でいる由子に不安を感じたのか、中井が訊ねた。

大丈夫、そう答えようとした瞬間、頭の奥に痛みが走った。テレビの画面が乱れ、モザイクをかけたようになる。

ブーンという機械音がどこからか聞こえた。

「きた！」

思わず、由子は叫んだ。

「何？」

「用心して、あいつがきたのよ」

中井は立ちあがった。ガタンという音をたてて椅子が倒れた。

腰に手をやりながら、病室の扉を見やる。

頭痛が激しくなり、照明がまぶしくて由子は目を細めた。

ブーンという音はだんだん大きくなった。

「聞こえない？　この音」

「音？」

中井が不審げにこちらをふりかえった。次の瞬間、由子におおいかぶさる人影が現われた。

目をみひらいた中井の顔が竹河の体で見えなくなった。自分の上にまたがっている、と気づいた瞬間、強い力で喉が絞めあげられた。

「お前っ」

中井が叫ぶのが、かすかに聞こえた。

由子の視界が黒ずんだ。竹河が何かをいっている。だが聞こえない。

目が吊りあがり、口の端に泡をためた竹河の顔を、ほんの十数センチの距離から由子は見上げた。

逃れようとしても、竹河の指が自分の喉に深く食いこんでいる。

竹河は目を吊り上げながらも笑っていた。それは歓喜以外の何ものでもなかった。自らの手で由子を絞め殺すことへの喜びに笑み崩れ、開いた口から涎すら垂らしている。中井の顔が狭まりゆく視界の中に現われた。竹河の首に腕を回し、由子からひきはがそうとしている。何かを叫んでいるが、由子の耳はもう、ゴーンゴーンという轟音しか聞こえなかった。

30

自分の喉がたてるひゅっという音に、由子は目を開いた。同時に、まるで長いあいだ潜っていた水中から顔をだしたときのように、息を吸い、むせ、咳きこんだ。苦しい。喉の奥がくっついてしまったように、空気が入っていかない。

体を折り曲げ、必死に息を吸いこんだ。ぜいぜいと音がする。咳がやむまで、体を丸めていた。

ぜいぜいがやがてはーはーにかわり、由子は目を閉じた。瞼の裏側を赤や黄の光点が飛んでいる。頭の芯が痛い。また、この痛みだ。うんざりするが、どこかなつかしくもある。

なつかしい？

由子は、はっと目を開いた。パジャマの袖が見えた。

ちがう。パジャマを着ているということは、ここは病院なのだ。気づくと同時に、はね起きた。

竹河はどこだ。

壁が見えた。絵がかかっている。小さな油絵。本棚からは本が溢れていた。

「うそっ」

思わず言葉がこぼれた。ここは病室ではない。ここは、志麻由子の官舎だ。二ヵ月間、暮らした部屋だった。

「そんな。なぜ」

答はわかっていた。また飛んだのだ。竹河に殺されかけ、再び意識がこちら側の世界に飛んだ。

だが何かがおかしい。由子はあたりを見回した。何がおかしいのかを探した。

部屋の中は何もかわらない。ほんの数日前、でていったときのままだ。

由子はパイプ式の粗末なベッドを降りた。板敷きの床に足の裏が触れた。スリッパを捜した。室内ではくスリッパを、寝るときはベッドの横で脱いでいた筈だ。

スリッパはなかった。それに気づいたとき、由子は何がおかしいのかを悟った。

パジャマだ。このパジャマは、こちらの世界で着ていたものとちがう。向こうの病院で与えられたパジャマだ。

意識をとり戻したあと、それまで着せられていた入院着にかわるパジャマを、母が病院の売店で買ってきた。ピンクの格子模様はまちがいない。

ここで着ていたパジャマは白く無地の木綿製で、およそ色気がなかった。

どういうことだ。こちらの世界なのに、自分は向こうのパジャマを着ている。

パジャマの前のボタンを外した。ブラをつけている。中井が病室に詰めるというので、つけたブラジャーだ。母が家からもってきてくれた、自分のブラだった。

部屋を見回した。

東京市警、志麻由子警視の官舎でまちがいない。由子は裸足で歩き、寝室をでた。リビングにある黒電話の受話器をとった。

まず里貴に連絡だ。戻ってきたことを知らせなければならない。いったい何日、自分はこちらの世界を留守にしていたのだろう。

そして入れ替わったもうひとりの志麻由子はどんなようすだったのか。

それを知りたい。

が、ボタンにかけた指が止まった。受話器からは何の音もしない。

受話器をおくフックを何度か押してみた。

何の音も聞こえない。電話はつながっていなかった。

受話器を戻した。いいようのない不安がこみあげた。

いったいここはどこなのだ。こちら側の世界だとばかり思っていたのに、またちがう世界に自分は飛ばされてしまったのだろうか。

両足が震えだした。

もう嫌だ。また知らない世界なんて許してほしい。

窓辺に歩み寄った。外は昼で、覚えのある新橋の景色が広がっている。こちらの新橋で、向こうの新橋ではない。

目をこらした。何かちがうものはあるだろうか。ここが三つめの世界であると思わせる、何かが。

何もない。そこにあるのは、二ヵ月間眺めた、官舎の窓からの風景だった。

ガチャガチャ、という音にふり返った。

誰かが部屋の扉のノブを回している。カチリという音がして、錠が外れた。

誰だ。いったい誰が、この部屋の扉の鍵を開け、中に入ろうとしているのだ。

まさか。

由子は立ちすくみ、扉を見つめた。この世界の志麻由子と、自分は今、出会おうとしているのか。

扉が開かれた。

制服を着た里貴が立っていた。折り畳んだ段ボールを抱え、唇をかみしめた険しい表情で扉を押さえ、さらに足もとにある段ボールを部屋に押しこんだ。由子には気づいていない。

「里貴」

はっと顔を上げ、由子を見た。大きく目をみひらいている。

バタバタという音がした。抱えていた段ボールを落としたのだ。

何かをいおうとするように開いた里貴の唇が震えた。

「――まさか」

里貴が小さな声でいった。あまりに驚き、大声すらでないようだ。

「け、警視」

由子は思わず目を閉じた。

「よかった。わたし、帰ってきたんだ」

「警視！」

里貴が駆けよってきた、と気づく間もなく抱きしめられていた。里貴の髪の匂いがした。

「痛い」

思わず声がでるほど、強い力だった。はっとしたように里貴は腕を離した。

「申しわけありません！」

頭を垂れた。

「いいから」

由子はいった。里貴はうつむいたままだ。棒立ちで、顔をうつむけている。その肩が震えていた。

ぽた、ぽたという音がした。里貴の涙だった。床に落ち、染みを作っている。

「どうしたの」

由子は見つめた。

「警視。警視は、もう……」

里貴は制服の袖で顔をぬぐい、涙声でいった。由子は思わず、口もとを手で押さえた。

「嘘でしょ」

「あの日、取調室に現われた糸井ソウシと警視は、同時に消えました。でもそれから少しして、警視だけが戻ってきたんです。意識不明の状態でした」

「それで⁉」

「病院にお運びし、意識が戻られるのを待ちました。医師の話では、血圧、脈搏ともに低く、非常に危険な状態だ、ということでした。点滴をし、回復されるのを待ったのですが、結局、意識は戻られず……」

里貴は、ふり絞るようにいった。

「そんな」

由子は宙を見つめた。

だからか。だから自分は、向こうの世界のパジャマを着ていたのか。

着地する体を失い、向こうからそのまま、こちらに飛んできた。

もうひとりの志麻由子は死んだ。自分ひとりになってしまった。

「警視、その喉は、いったいどうされたのです？」

里貴の言葉に我にかえった。ベッドのかたわらの鏡台に由子は歩みよった。赤黒い爪跡が喉にある。内出血をおこしていて、少しすると痣（あざ）になるだろう。

「竹河——糸井ソウシよ」

里貴は目を広げた。

「気がついたらわたしも向こうの病院にいた。わたしはずっと昏睡状態だったらしい。それが意識をとり戻したので、大騒ぎになった」

「すると、こちらの志麻由子警視は、向こうではずっと意識を失われていた、ということですか」

由子は頷（うなず）いた。

「そこに奴がきた。里貴は息を吐いた。突然、わたしのベッドの上に現われ、首を絞められた」

「糸井が——」

由子は頷いた。

「殺されると思ったら、ここに戻ってきてた」

里貴は額に手をあてた。

「いったい何が起こったのでしょう。自分には、理解ができません」

「前と同じだと思う。奴に殺されかけ、わたしは飛んだ。ただちがうのは、今度は、飛んだのは意識だけではない、ということ。このパジャマ、向こうの病院で着ていたものよ。つまり意識だけじゃなく、体ごと飛んできた」

「それは、取調室で志麻朝夫がいっていた、どちらかが死ぬと両方の世界で実体化できるようになる、という話ですか」

「たぶん、そうだと思う。こちらの志麻由子が亡くなってしまったことで、意識だけではないわたしがここに飛んだ。志麻朝夫はいっていた。生死にかかわる状況にならない限り、受像器なしでは彼も糸井ソウシも飛べない、と」

「しかし警視は二度も飛ばれた」

「どちらもあいつに殺されかけたとき。最初は日比谷公園で張りこみ中に襲われ、二度めはわたしを狙って病室に現われた」

「どれほど警視を憎んでいるのですか」

由子を見つめ、里貴は眉をひそめた。

「あいつとわたしのあいだには、因縁がある。ふたつの世界をいききできるのは、これまで志麻朝夫と糸井ソウシしかいなかった。それを利用して、犯罪を働いてきた。志麻朝夫が向こうでも実体化できるように、ソウシはわたしの父親を殺害した。あいつに殺されかけたわたしがこの世界に飛んだのは、偶然じゃない」

「偶然じゃない……」

　里貴はつぶやいた。

「では、こちらの志麻由子警視はどうなんです？　あなたが飛ぶたびに反対側の世界に飛ばされた。あの方の人生は関係ないのですか」

　怒りのこもった口調に、由子は言葉を失った。

「あれほどがんばって、自分の世界を築いてきたのに、いきなり知らない世界に飛ばされるなんて、むごすぎる。あげく、警視は……警視は……」

　里貴はぎゅっと目を閉じた。

「ひどいとは思いませんか。あなたのせいではないとわかっていますが……」

「ごめんなさい」

　思わずあやまっていた。

「あなたのいう通りよ。わたしがいったりきたりをくり返したせい。彼女はその犠牲になった。本当なら、『ナイトハンター』に殺されるのはわたしで、こちら側の彼女は関係がない筈だった。なのにわたしの意識が彼女の体に入り、彼女は意識のないわたしの体に飛んでしまった」

里貴は無言だった。

「あなたにとって一番大切な人がいなくなった責任は、わたしにある」

「――いえ。あなたの責任ではありません。わかっています」

低い声で里貴はいった。

「彼女はどこ？　もうお葬式は終わったの？」

「まだです。死因が不明のため、警察病院の霊安室におられます。亡くなられたことは、まだ発表されていません」

「会いたい。会って、お詫びをしたい。駄目ですか」

里貴は驚いたように由子を見た。

「しかし……」

「わたしが歩き回ったら、まずい？」

「公式には、まだ入院中ということになっていますので、混乱は生じても、それほど大きくはならないと思います」

「連れていって」

由子はきっぱりといった。

「わかりました」

寝室に戻り、制服を着た。拳銃を捜した。制服はあったが、拳銃はなかった。

「拳銃は？」

リビングに戻り、呆然と立っている里貴に訊ねた。

「ああ……。警視の拳銃は、お父さまがおもちになりました。亡くなられたことを、お父さまだけにはお知らせしたので」

拳銃は警察からの貸与品だ。私物ではない。

「でも――」

「特例です。お父さまは、ご立派な軍人でいらっしゃいますし。形見として欲しいとおっしゃられたので……」

「そう」

「拳銃でしたら、下の車に私の予備があります」

いつ竹河が襲ってくるかわからない。向こうの世界で中井が確保したとは、とうてい思えなかった。

「わかった。それを貸して」

「警視は、糸井がまた襲ってくるとお考えなのですね」

由子は頷いた。

「あいつは決してあきらめない。わたしを殺すまでは、向こうでもこっちでも、大好きな人殺しに専念できない筈」

「なぜです？」

「あいつがそういう殺人鬼だから。人を殺すことに快楽を感じている」

「それはわかっています。私が訊きたいのは、なぜ警視に奴の気持がわかるのか、ということです」

里貴にいわれ、はっとした。

「それは……」

里貴は怒っているような表情で由子を見つめている。

「それは……たぶん、何か大きな意志が働いているからじゃないかな」

「大きな意志とは？」

「はっきりとはわからない。でも、本当は、あってはいけないことが起こっている。最初に志麻朝夫が向こうとこちらをいききできるようになり、次に糸井ソウシ、そしてわたし。三人には血のつながりがある」

「飛ぶことが可能な体質を共有している、とおっしゃるのですか」

「体質かもしれない。でもそれは本来、起きてはいけない、両方の世界のルールを壊すできごとなのだと思う。それなのに、何度もいったりきたりをして、飛ぶための機械まで作ってしまった。だから、それをなくそうという流れが生まれた。いったりきたりをやめさせるために、わたしとソウシは対決させられている」

「誰がさせているのです？　神とか、そういう存在だと？」

「神というより、ルールのようなもの。不自然をなくすための摂理が働いているのだと思う」

「摂理」

里貴はつぶやいた。そして大きく息を吐き、足もとに散らばった段ボールを見おろした。

「今日、私は警視の部屋を片づけるつもりでした。部屋の内線を止めるよう指示し、私物を整理した上で、明日、警視の殉職を公表することを本部長に進言するつもりでした。まさかその段階で、あなたが戻ってこられるとは……。それこそ、摂理なのでしょう」

「でも、終わらせなければいけない。もう、これ以上どちらの世界の人間が死ぬこともあってはいけない」

里貴は頷いた。

「その通りです。参りましょう」

官舎の下に止めてあった里貴の車で警察病院に向かった。昼間なので、病院内は患者や見舞い客で混雑しており、制服姿の二人が注目されることはなかった。

大理石の階段を地下二階まで降り、薄暗く冷んやりとした廊下を進んだ。

「ここです」

「特別霊安室」という札が掲げられた扉の前で里貴は足を止めた。鍵はかかっていなかった。扉を開け、里貴は明りのスイッチを操作した。

正面に金属製の大きなひきだしがあった。手前に小さな台がおかれ、線香立てがのっている。それを見た瞬間、父の葬儀を由子は思いだした。怒りや悲しみより、不意に失ったものの大きさに呆然とした。

里貴はひきだしの前に立つと合掌した。

「失礼いたします」

告げて、ひきだしのとってをつかんだ。

由子は息を吸いこんだ。

ひきだしの中に、自分がいた。目をぎゅっとつむり、口もとに険しさがある。白い寝巻を着せられたその姿に、自分はこんなに小さかったのか、と感じた。

「ああ」

思わず言葉がこぼれた。悲しみとはちがう痛みが胸にある。何なのだろう。喘ぐほど苦しい。まるで自分の半分を削りとられたような気分だ。

「ごめんなさい！」

由子は頭を垂れた。

「本当にごめんなさい！」

「あなたのせいではありません」

里貴がいった。

由子は深呼吸した。喉が震えた。

「本当のことをいいます」

由子は顔を上げた。虚ろな表情で、里貴がひきだしの中の自分を見おろしていた。

「初めて、あなたがこちらの世界にこられたとき、警視の執務室にいたのを覚えていらっしゃいますか」

「覚えてる。目の前に警部補の階級章をつけたあなたが立っていて、変だと思った。向こうでは警察官じゃなかったから」

「以前、警視から自殺をはかったことがあるかと訊かれたことがあります」

由子は無言で頷いた。

「その日でした」

「どういうこと？」

「警視のようすがおかしく、胸騒ぎを感じた私は、帰るよう指示をされたのですが、従わず執務室の外におりました。そしてガタンという音がしたので、執務室の扉を開けたのです。すると、服毒用のアンプルを手にした警視が机につっぷしていました。戦時中出回った品で、青酸カリを含み、一分もかからず絶命します」

由子は目をみひらいた。

「遺書はなく、発作的に自殺をはかられたのだと、わかりました。生きているのがつらいと珍しく弱音を、その何日間か、口にしておられたのです」

「そんな……」

「私は、警視らしくない、もっと心を強くもって下さい、と申しあげてしまった。つっぷしている警視を見た瞬間、自分は何ということをしてしまったのだと悔やみました。どうして、警視の苦しみを聞こうとしなかったのか。少しでも胸のうちを吐きだす機会をさしあげられたら、こんなことにはならなかったのに、と」

里貴の顔は苦しみに歪んでいた。

「だからあなたのせいではないのです。責任は、すべて私にあります」

由子は里貴を見つめた。何といっていいかわからない。

「そして、もう亡くなってしまったと思ったあなたが、息を吹き返された。信じられませんでした。即効性の毒物なのに」

「あなたは薬をもってきてくれた。頭が痛いといったら」

「あれはただの痛み止めです。私は警視の手からとりあげたアンプルを捨て、粉薬をもって戻りました。奇跡が起きたのだ、と思いました。もしかするとアンプルが劣化して、効力を失っていたのかもしれませんが」

由子は大きく息を吐いた。

「わたしが向こうの世界で殺されかけたとき、彼女は自殺しようとしていた……」

「そのあとのことは申しあげました。あなたの話はまるで信じられませんでしたが、毒のせいで、一時的に混乱されているのだと思い、とにかく話を合わせたのです。本来なら病院にお連れして、胃洗浄なりをすべきだった。あとになって、そのことに気づきました。頭が痛いという以外は、どこにも不調を感じているようすがなかったので」

「あなたの、そのお芝居でわたしは救われた。さもなければ、ひとりぼっちで、本当に自殺したかもしれない」

里貴は由子を見つめ、首をふった。

「今となっては、動転した自分があなたの話を信じたフリをして、よかったと思っています。本当はあのとき亡くなる筈だった警視が二ヵ月間、この世界に残って下さった。しかも警視を苦しめていた、いくつもの問題が解決した。羽黒組とツルギ会は壊滅し、高遠警視を逮捕した。それらは、あなた、つまり向こうの志麻由子だからこそ、なしえたことです。それを警視が知ることなく亡くなられてしまったのが、残念です」

涙ぐんでいた。

「わたしじゃない。あなたや特捜隊のメンバーがいて、初めてできた」

里貴は泣き笑いを浮かべた。

「下手な芝居をした。私の功績はそれだけです。警視が生きてこそ、その価値はあったのに」

「何をいってるの。しっかりして」

思わずいった。里貴が驚いたように由子を見た。

「まだ事件は終わっていない。彼女がいなくなっても、警察官としてのあなたの責任がなくなったわけじゃない。むしろ、もっと重くなる」

里貴ははっとしたように訊ねた。

「では、あなたはまだ――」

「この世界に帰ってきた以上、お芝居につきあってもらうしかない。もし彼女のお葬式が終わっていたら、どうすることもできなかったでしょうけれど」

「わかりました。糸井ソウシを逮捕するまでは、警視の死を伏せておきます」

「奴は必ず、わたしを狙ってくる」

由子はいい、もうひとりの自分を見おろした。

「ごめんなさい。もう少しだけ、窮屈なのを我慢して」

31

由子と里貴は市警本部に向かった。由子の姿を認め、驚いたように声をかけてくる者もいた。

「警視、お体のほうはもうよろしいのですか？」

由子は無言で頷いた。わざと険しい表情を浮かべ、早足で移動する。

本物の志麻由子の遺体と向きあったせいだろう。前にこの世界にいたときより、自分が〝偽もの〟であるという不安を強く感じる。

執務室に入り、里貴と二人きりになってようやく、少し安堵した。

「お茶をいれます」

里貴がいって、紅茶を作った。カップを手に向かいあった。

「彼女が亡くなったことを知っているのは誰？」

「医師など病院関係者をのぞくと、それほど多くはありません。息をひきとられたとき病院に詰めていたのは私ひとりで、市警本部長への報告も、私が直接おこないました。発表を控えたのは本部長の指示です。留置中の糸井タカシとヒロシが殺害され、犯人が取調室にまで入りこんだとあっては、市警本部に対する信頼を損ないかねない、ということで」

本部長とは警視会議で会っていたが、あまり印象が残っていない。白髪頭で、八人の警視による〝足のひっぱり合い〟を冷ややかに眺めていた。

そのことをいうと、里貴は頷いた。

「市警本部長は、東京市の警察官としては最高位ですが、より出世を願うなら国警本部への栄転があります。国警本部長ともなれば、内務大臣ですから。ただ、国警本部の人間は、警察官というより官僚です」

向こうの警察庁と同じようなものなのだろう。

「他に知っている人間はいる？」

「お父さまです」

由子は息を吸いこんだ。何が起こったのか、自分には説明する義務がある。

「志麻朝夫はどうしている？」

「厳重に留置中です」

「本部内にいるの？」

里貴は頷いた。

「不思議ね」

「確かに。糸井ソウシが脱走の手助けをしに現われるとばかり思っていたのですが」

「機会をうかがっているのかもしれない」

「機会？」

「わたしが志麻朝夫にまた会うタイミングを見はからって出現し、わたしを殺し志麻朝夫を脱出させる」

　里貴は首をふった。

「どこからか監視していない限り、そんな真似は不可能です」

　確かにそうだ。いくらふたつの世界を自由にいききできるといっても、起きていることすべてを把握はできない。

「待って。受像器を使えば、志麻朝夫のようすを監視できる。もともと菊池少佐が受像器を開発したのは、別の世界を観察するためだった。それで飛べるのは、志麻朝夫や糸井ソウシのような、ごく限られた人間」

「あなたもです」

「確かにそうね」

　ふと思った。生死にかかわる状況で、もうひとつの世界に飛んでしまった人間は、意外にいるのではないだろうか。ただ、そうして飛んだ人間は二度と戻ってこないので、確かめようがないだけで。

「志麻朝夫を訊問したいけれど、もしそうだったら慎重にやらないと」

「逆にいえば、糸井ソウシをおびきだす罠にもなります」

由子は頷き、里貴に訊ねた。

「彼女が亡くなったことをお父さまに知らせたのはあなた?」

「私です。直接お宅にうかがい、大佐を病院までお連れしました。とり乱しはされませんでしたが、深く悲しんでおられることは伝わってきました」

由子は唇をかんだ。〝父〟に会うことは、その悲しみをより深める結果になるかもしれない。

「お父さまは亡くなったのがどちらか、わかっているの?」

「いえ、おわかりになっていないと思います。実際私も、どちらなのか、ずっと悩んでおりました。ですが病院でおそばにいるときに、おそらく元の警視だろう、と思いました」

「なぜ?」

「眠っておられても、警視のほうが表情が険しいのです」

それだけつらい日々を送っていたのだ。由子はまた涙ぐみそうになった。

深呼吸した。悲しんでばかりでは駄目だ。竹河は必ずこの世界にやってくる。いや、もうすでにきているかもしれない。

「あいつはこっちにくる」

由子はいった。里貴が見つめた。

「警視が戻ってこられたからですか」

「それだけじゃない。向こうの世界でも、あいつの犯した罪が明らかになり、大きく報道された。モンタージュ写真が公開され、逃げ場を失くしている」

「どこか人里離れた場所に隠れているとは考えられませんか」

由子は首をふった。

「向こうでは防犯のために、さまざまな場所にカメラが設置されている。公開手配をされたら、協力者がいるか、手術で顔をかえでもしない限り、逃げるのは難しい」

「向こうにツルギ会は――」

「ない。あいつを守ってくれるような組織は存在しないと思う」

竹河がどこかの暴力団に〝殺し屋〟として所属していた可能性はあるだろうか。ない。突然姿を消し、連絡がとれなくなるような人間は、暴力団ですら受け入れないだろう。

糸井ソウシは、ツルギの息子だったからこそ、自由な行動が許されたのだ。竹河の本当の父親は不明だが、暴力団関係者だったら、警視庁が情報を得ていた筈だ。自殺直前まで、竹河を〝本ぼし〟とマークし、内偵をつづけていたのは、資料からも明らかだった。

里貴に理解させるのは難しいだろうが、公開手配された竹河が向こうの世界に留まることは困難だ。たとえ留まっていたとしても、遠からず発見され、こちらに逃げてくる。

「お父さまに会いにいく」

由子はいった。里貴は由子を見つめた。

「ご自宅に向かわれますか」

由子は頷いた。

「連絡は？」

「しない。たぶん家にいると思う。住所はわかる？」

「わかります」

市警本部をでた由子は里貴の運転する車に乗りこんだ。車は赤坂、四谷を過ぎ、向こうでは外堀通りと呼ばれる道を進んだ。

ハンドルを握る里貴がいった。

「お父上は市ヶ谷にお住まいです。陸軍省の近く」

里貴は、ハンドルを切った。車は低層で頑丈そうな造りの建物の前で止まる。

「ここに？」

「退官されたあと、お父上は週に二回、陸軍大学で教鞭をとられています。志麻警視が官舎に移られてからは、こちらに引っ越されたとうかがいました。おひとり暮らしなので」

　実家ではなかったのだ。

「それまではどこに？」

　里貴は首を傾げた。

「さあ。詳しいことはうかがっていません。私が警視にお仕えしたときには、お父上はここにお住まいでした。二度ほど警視をお連れしたことがあります。二度とも十分足らずで警視はお帰りになりました」

　由子は頷いた。

「部屋は二階の一番奥です。ごいっしょしますか？」

「大丈夫、ひとりでいく」

　由子は答え、車を降りると建物を見上げた。灰色に塗られた四階建ては堅牢一辺倒といった造りだ。

　その二階の右端の窓で同じように灰色のカーテンが揺れた。

　建物の出入口は左端にある。〝父〟の部屋の窓かもしれない。

　出入口をくぐって正面の階段を由子は登った。リノリウムの敷かれた床は無機質で、どこか寒々しい。

　二階の廊下には四つの扉が並んでいた。表札はなく、部屋番号のみが表示されている。

一番奥の扉は「201」だ。

扉の前に立ち、ノックした。すぐさま扉が開かれた。

白いシャツにカーディガンを着た〝父〟が立っていた。どちらも着古しているがみすぼらしくは見えないのは、毅然とした〝父〟のたたずまいのせいだろう。

〝父〟は無言で由子を見つめた。

「突然押しかけて申しわけありません」

由子はいった。口元の皺が以前より深い。その皺がゆるんだ。

「入りなさい」

扉を大きく開き、〝父〟はいった。

「車の音が聞こえたとき、もしやと思った。君だった」

由子は頷き、〝父〟の部屋に足を踏み入れた。中央に大きな円卓があり、うずたかく本が積み上げられている。背もたれのまっすぐな椅子とひとりがけのソファ、ふたつの椅子が並んでいる。

「椅子はふたつしかない。好きなほうにすわるといい」

「お嬢さんはどちらにすわっていらっしゃいましたか」

由子が訊ねると、〝父〟の目に痛みが浮かんだ。

「すわることはなかった。部屋に入っても立ったまま話し、用がすむとすぐにでていっき、その顔を見ていられず、由子はうつむいた。そして背もたれのまっすぐな椅子に腰をおろした。

「紅茶か、コーヒーか。冷たいものがいいならレモネードがある」

「レモネードをいただきます」

〝父〟は部屋の奥にある小さなキッチンにいき冷蔵庫からボトルをとりだした。栓抜きを使ってキャップを外し、由子にさしだす。

黄色みを帯びたガラス製で、初めて見るものだ。

「いただきます」

告げて口に含んだ。甘味より酸味が強い。

「おいしい」

本音だった。外見から、子供向きのもっと甘ったるい味を想像していた。

「よかった」

〝父〟はソファにかけ、丸テーブルの端におかれていたマグカップをとりあげた。

「亡くなったのが君ではないと、すぐにわかった。つらいが、娘がいるべき場所に戻ったのだと思うことにした」

〝父〟はいって、由子に目を向けた。

「どうして戻ってきたのかね」

「向こうでわたしは病院にいました。そこに糸井ソウシが現われたんです。わたしの首を絞め、もう駄目だと思ったら、こちらに飛んでいました」

〝父〟は険しい表情になった。

「君をつけ狙っているのだな」

由子は頷いた。

「こちらでも向こうでも失敗し、むきになっているのかもしれません」

〝父〟は息を吐いた。

「私にとっては甥にあたる者だというのに、何ということだ」

「いいえ、あいつはちがいます。あいつの正体は、竹河隼人といって、向こうの連続殺人犯です。二十年前、十代のときに人を殺し、逮捕を逃れようと自殺をはかって、こちらの糸井ソウシの体に飛びこんだのです。父親がちがうことから、糸井ソウシは兄二人にいじめ抜かれ、やはり自殺しようとしていました。結果、糸井ソウシは消え、竹河だけが残ったのです。志麻朝夫はそれを知って、竹河を保護しました。糸井ソウシにはしてやれなかった父親としてのつとめを果たそうと考えたようです」

〝父〟は目を閉じた。

「歪んでいる。そんなにも奴は歪んでしまったのか」

呻くようにつぶやいた。

「竹河は必ず戻ってきます。わたしを殺すのと志麻朝夫を脱走させるために」

目を開いた〝父〟はいった。

「弟に会わせてくれ。奴をそこまで歪ませた責任は、私にある」

由子は黙った。〝父〟は志麻朝夫を殺すつもりなのではないだろうか。

「頼む」

そうだとしても、自分にそれを制止する権利があるのか。

わからない。

「頼む。奴と話したいのだ」

〝父〟の目は恐しいほど真剣だった。

「わかりました」

由子は頷く他なかった。

32

仕度を整えるという〝父〟を、由子は下で待つことにした。〝父〟が志麻朝夫と話したがっていると告げると、里貴は小さく頷いた。

やがてスーツにネクタイを締めた〝父〟が建物から現われた。

市警本部に車は向かった。車中は重い沈黙に包まれた。話しかけるのをためらうほど、〝父〟の表情は険しかった。

「申しわけないと思っています」

由子は告げた。〝父〟は首を傾げた。

「誰に対してかね？」

「お嬢さんに対してです」

「君に責任はない。ふたつの世界を君がいききすることになったのは、君の意思によるものではない。むしろ私たち兄弟のせいだ」

由子は〝父〟を見た。

「兄弟のせいとは、どういうことです？」

〝父〟は深々と息を吸いこんだ。

「連合軍に偽の情報を流すため、弟を密告させたのは、私だ」

由子は目をみひらいた。

「お父さまが」

「上陸地点に関する情報は、戦況を決定づけるものだった。アジア連邦が勝利したのはレイテ島を奪還できたからに他ならない。そのためには上陸地点を絶対に知られてはならなかった。情報工作上、最も重要な捨て駒を誰にやらせるべきか。私は弟を指名した」

「なぜです」

「捕えられれば、まちがいなく過酷な拷問にかけられるであろう役割を、身内に押しつけることで、少しでも良心の呵責から逃れたかった。弟は優秀な情報将校で、能力は連合軍側にも知られていた。その弟が拷問に屈して洩らした情報なら信用に価すると、連合軍は考える」

由子は言葉を失った。志麻朝夫を捨て駒にしたのは、兄である〝父〟だった。

「――そのことを志麻朝夫は知っているのですか」

「一年間の昏睡状態から奴がよみがえったとき、私は病院にいき、まっ先にそれを告げ、詫びた。奴は私をなじり、退院後、私の妻と関係をもった」

「そんな」

めまいがした。志麻朝夫は兄に対する復讐で兄嫁に近づいたというのか。もしそうであったなら、志麻由子がこの世に生を受けたのは、何と残酷な理由によるものか。

思わず息を吐いた。

「それを、お嬢さんは知っていたのでしょうか」

「知らなかったと信じたい。私はもちろん、妻もそのことを口にはしなかった筈だ。男女として惹かれあって、娘が生まれた。そう、あの子には思っていてほしかった」

「お父さまは志麻朝夫とはその後――」

「由子が二歳の頃に一緒に研究所に行ったことがある。もし会えば二十六年ぶりということになる」

車は市警本部に到着した。勾留中の志麻朝夫と面会するための手続きを里貴に任せ、由子は〝父〟を執務室に案内した。

「お訊きしたいことがあります」

娘の執務室に足を踏み入れるのは初めてだったのか、もの珍しげに室内を見回す〝父〟に由子は告げた。

「何かね」

「戦争が終結した年の十月に、二人の軍情報部将校が死亡しました。ひとりは自殺した尾久満(おくみつる)中佐、もうひとりは強盗に襲撃された竹居元永(たけいもとなが)大尉です。二人は、志麻朝夫の任務と関係がありましたか」

〝父〟の顔が厳しくなった。

「尾久と竹居は、弟の上官だった。弟の任務の真実を知る、数少ない人間だ」

「二人の死に志麻朝夫が関与した可能性を、お父さまはお考えにならなかったのですか」

〝父〟は正面から由子を見すえた。

「むろん考えた。自殺や強盗に偽装しているが、奴が復讐のためにやったのかもしれん、と。そしてもしそうなら、必ず私のもとにも奴はやってくる、と思った」

「そのときはどうするつもりだったのです？」

「残酷なことを訊く」

由子はうつむいた。

「申しわけありません」

「いや。娘ではないかもしれんが、君には訊く権利がある。私は、覚悟をしていたよ。奴の好きにさせてやろうと。だが、奴は私の前には現われなかった」

「なぜでしょうか」

「それは本人から聞けることだ。私と会えば、奴は話すだろう」

由子は頷いた。

「わかりました。ところで、形見として拳銃をおもちになったそうですね」

「官給品なので本来は私物化できないが、特別に目をつぶると、木之内警部補がいってくれたのだ」

「その銃はどこに？」

「自宅にある」

答え、〝父〟はわずかに眉をひそめた。

「なぜだ?」

由子は首をふった。

「それならけっこうです」

「私が弟を撃つと考えたのかね」

由子は黙っていた。が、それが答だと感じたのか、〝父〟はいった。

「ならばわかった筈だ。私に撃つ理由はない。弟には、あるが」

扉がノックされた。里貴だった。

「志麻朝夫を取調室に入れました。取調室には松田と林を配置しています。規則違反ですが二人には拳銃をもたせてあります」

由子も里貴から借りた小型のリボルバーを腰のベルトに留めた。

里貴は〝父〟に目を移した。

「先に申し上げておきます。糸井ソウシは警視の命を狙っています。突然奴が現われても動揺されませんように」

〝父〟は頷いた。

「では私も話しておく。志麻朝夫は、殺したいほど私を恨んでいる。そしてそれには相応の理由がある」

里貴は由子を見た。由子は無言で見返した。里貴は深々と息を吸いこんだ。

「何が起きるかわからない、ということですね」

「いざというときの覚悟だけはしておいて。今度こそ糸井ソウシを逃さない」

由子はいった。

取調室に向かった三人は、まず扉の窓から中をのぞいた。手錠と腰縄につながれた志麻朝夫が椅子にかけ、その背後に松田と林が立っている。志麻朝夫は身じろぎもせず、正面の壁を見ている。

「まずわたしが先に話します」

〝父〟に告げ、由子は取調室の扉を開いた。

志麻朝夫はゆっくりと首を回し、由子を見た。

「いつ、戻ってきた？」

「わたしがどちらだかわかるの？」

「もちろんだ」

「今朝よ。向こうにソウシが現われ、わたしを殺そうとした」

「なるほど。するともうひとりのお前はまた向こうか」

松田と林は怪訝(けげん)そうな顔をしたが、由子は無視した。説明するのは難しい。

「彼女は――」

いって黙った。志麻朝夫は由子を見つめている。息を吐き、由子はつづけた。

「亡くなった」

志麻朝夫は目を閉じた。しばらくそうしていたが、目を開くといった。

「これでお前も自由にいきできるようになったな」

「そんなことは望んでいなかった」

志麻朝夫は黙っている。

「あなただって本当はそうだった筈。こんな風にちがう世界をいったりきたりするなんて、まちがっている。もう終わらせなければいけない」

志麻朝夫は息を吐いた。

「お前は待っているのだろう。ソウシがやってくるのを」

「今度こそ逃さない。撃ってでも止める」

取調室の扉が開いた。〝父〟が立っていた。志麻朝夫の表情が一変した。

「貴様――」

椅子から腰を浮かせ、松田と林に肩を押さえつけられた。

「すわれ！」

取調室でのやりとりは、天井から吊るされたマイクで取調室の外にも聞こえている。

〝父〟の顔は蒼白だった。

「朝夫、あの子はなくなったのだぞ」

〝父〟と志麻朝夫はにらみあった。松田と林は当惑したような表情を浮かべている。

「憐れだと思わんのか。実の子より竹河の身を心配するのか⁈」

〝父〟は激しい口調でいった。

「警視、この方は――」

林が訊ねた。

「志麻順造大佐。私の父で、この志麻朝夫の兄よ」

林と松田は顔を見あわせた。

「憐れだと」

志麻朝夫がつぶやいた。

「貴様にそんなことをいう資格があるのか」

「ない」

取調室の扉をうしろ手で閉め、〝父〟は答えた。

「だからお前がやってくるのを、ずっと待っていた。お前が仕返しを望むのなら、受ける覚悟だった」

「本当にそう思っていたのか」

「尾久や竹居を殺したのはお前だ。だから必ず私のもとにもくる筈だ、とな」

〝父〟がいうと、志麻朝夫は横を向いた。

「やはり貴様には人の心がない」

「何だと」

「自分の弟を囮にするような奴には人の心がない、と俺がいったのを覚えているか」

「覚えている。二十九年前、病院で会った私に、お前はそういった」

「俺がなぜ貴様を殺しにいかなかったのか、それがわからないのは、いまだに貴様に人の心がないからだ」

〝父〟はかっと目をみひらいた。

「お前がいいたいのは――」

「由子をひとりぼっちにしたくなかったからだ。彼女が死んだのは、貴様のせいだけじゃない。俺にも責任がある。だが貴様まで死んだら、由子は本当にひとりになってしまう」

彼女という言葉が〝母〟をさしているのだと気づき、由子は息を呑んだ。〝父〟は無言で志麻朝夫をにらみつけている。

「教えて」

由子はいった。

「何だ」

志麻朝夫は〝父〟から目をそらさず訊ねた。

「あなたは復讐のために近づいたの？　それとも女性として惹かれたからなの？」

志麻朝夫の顎に力がこもった。

「そんなことを今さら訊いて、どうする」

「もうひとりのわたしがどう思っていたのかを知りたい」

志麻朝夫は由子に目を向けた。

「全部知っていた」

「何だと」

〝父〟が唇を震わせた。

「母親から聞かされたんだ」

由子は思わず口もとに手をやった。志麻朝夫は〝父〟をにらんだ。

「彼女は貴様から逃れたかった。が、それを貴様は許さなかった。毎日が地獄だったろう。貴様はそばにおくことで、彼女に仕返しをしたんだ」

〝父〟が目を伏せた。

「自分のしたことがやっとわかったか」

嘲るように志麻朝夫はいった。

「じゃああなたは娘に何をしてあげたというの？　この世に生を受けさせた以外、父親らしいことを何かした?!」

怒りがこみあげ、由子は叩きつけるようにいった。志麻朝夫はふりむいた。

「何だ。何をいいだす」

「わたしは親不孝な娘だった。一時の感情から父に残酷なことをいい、それを訂正したりあやまったりする機会もなく、父は殺されてしまった。そのことをずっと悔いて生きてきた。父は、父は、わたしをずっと大切に思ってくれていたのに」

唇が震え、涙がこぼれそうになった。

「確かにお父さまがあなたにしたことは残酷で、許せないかもしれない。けれどあなたの復讐がこの世界に生みだした彼女を、彼は大切に育てた。あなたがこの人を、お父さまを責めることはできない!」

松田と林はあっけにとられている。由子は二人に告げた。

「あとで説明する」

志麻朝夫は眉をそびやかせた。

「父を失くした娘と娘を失くした父親の慰めあいか」

「許さん!」

〝父〟が叫んだ。つかみかかろうとするのをあわてて林が止める。

由子は志麻朝夫の向かいに腰をおろし、その目をのぞきこんだ。

「もうひとりのわたしはひとりぼっちだった。強引で無謀な捜査の結果、警察内で孤立し、ギャングからは命を狙われた。それでも彼女は自分のやりかたをかえなかった。なぜか。生きている理由を見つけたかったからよ。見つけるために命を賭けた。それができないくらいなら死んだほうがましだと考えていた。そんな彼女と、わたしは入れかわった」

志麻朝夫は瞬きした。

「だから何だというんだ」

「あなたは彼女の気持を知っていた。本当は彼女に生きつづけてほしかった。兄への憎しみがどれほど強くても、子供を大切に思う気持があなたになかった筈はない」

一度言葉を切った。志麻朝夫の目の奥に動揺があった。

「だからこそ、糸井ソウシをかばった。糸井ソウシの中身が竹河隼人とわかったあとも、あなたの本当の子供ではないのに、あなたは助けた。もうひとりのわたしにも糸井ソウシにもできなかった庇護を与えた」

取調室の中は静まりかえった。

「そうなのか、朝夫」

〝父〟がいった。

志麻朝夫は由子から目をそむけた。

「お前に何がわかる。こざかしいことをほざくな」

「そうでなかったら、竹河は私の父を殺さなかった。あなたの愛情に応えるため、竹河は私の父を殺した。ふたつの世界をあなたが自由にいききできるように」

「そうなのか⁈」

〝父〟が叫んだ。志麻朝夫は無言だ。

そのとき刺しこむような痛みが頭の芯に走った。ブーンという振動音が取調室内に響く。

由子は閉じたくなる目をみひらき、志麻朝夫を見た。志麻朝夫も歯をくいしばっている。

「くるっ」

松田と林に叫んだ。二人は腰に手をやった。

電灯が点滅し、その場の空気がまるで蜃気楼(しんきろう)のようにゆらめいた。頭痛をこらえ、由子は拳銃に手をのばした。その手がねじりあげられ、思わず声をあげた。

「馬鹿が」

いつのまにか由子の背後に立った黒い影がささやいた。拳銃を奪われる。

「貴様、どうやって――」

叫んだ林に向け、黒い影は拳銃を発射した。耳もとで轟音がして、林の目がかっとみひらかれた。つづいて二発が松田に撃ちこまれた。

「嘘っ」

由子は叫んだ。林と松田は取調室の床に重なるように倒れこんだ。

ふりむいた由子の額に銃口があてがわれた。

「また首を絞めにくると思ったか」

「ソウシ」

志麻朝夫がいった。竹河はそちらを見た。

「待ってろ、父さん。こいつらを片づけたら、すぐ自由にする」

取調室の扉が開いた。

「糸井！」

里貴の叫び声がした。竹河はそちらに向けたてつづけに発砲した。里貴が身を隠した。

「逃げられんぞ、糸井！」

扉の陰から里貴は叫んだ。竹河は由子から奪ったリボルバーを捨て、倒れている林の手から大型の拳銃をもぎとった。弱々しく抵抗する林の首をブーツで踏みつける。

「やめなさい」

「やかましい！」

竹河は由子に銃口を向けた。

「よせっ」

〝父〟が竹河にとびついた。くぐもった銃声とともに二人は床に転がった。竹河の肩をつかもうとした由子は凍りついた。

尻もちをついた竹河に銃を向けられたのだ。あおむけに倒れた〝父〟が喘いだ。白いシャツが赤く染まっている。

「お父さま！」

竹河の唇の端が吊り上がった。

「絞めるのも楽しいが、撃つのもおもしろいもんだな」

銃口を正面からのぞきこみ、由子は覚悟した。

「やめろ、ソウシ」

志麻朝夫が止めた。竹河が首を回した。不思議そうに志麻朝夫を見る。

「なんで？　なんでこいつをかばうの？」

「早くここをでたいんだ」

志麻朝夫は静かにいった。竹河は笑みを大きくした。

「心配しなくても大丈夫だよ」

着ているレザージャケットから銀色の箱をとりだし、掲げた。下に抗弾ベストが見えた。

「これね、いつもより目盛りを大きく回せば二人でも使えるんだ。こいつと向こうに戻っちゃったんで、わかったのだけど」

由子を示していった。

「だから二人で逃げられる」

「糸井！」

里貴が再び取調室の入口から顔をだした。竹河はふりむきもせずに撃った。里貴は扉の陰から叫んだ。

「警視、ご無事ですか」

「今、殺すところだよ」

「貴様あ」

里貴が飛びこんできた。竹河と里貴は撃ちあった。呻き声をたて、里貴は拳銃を落とした。

「『警視ぃ、ご無事ですかあ』」

愉快そうに竹河が、しわがれた声で里貴の言葉を真似た。

「馬ぁ鹿」

「貴様、なぜ……」

うずくまった里貴は竹河をにらみつけた。下腹部に弾が当たっている。

「お痛て」

竹河はわざとらしくいって、レザージャケットを開くと、着ている抗弾ベストを見せびらかした。

「何の準備もしないで飛んでくるほど馬鹿だと思ったか」

銃口を里貴に向ける。由子は息を止めた。

「ソウシ」

志麻朝夫がいった。

「もういい、ソウシ。私を自由にしろ!」

竹河は舌打ちし、受像器を取調室の机においた。由子に銃口を向けつつ、レザーパンツから折り畳みナイフをとりだし、志麻朝夫の腰縄を切断した。

「その二人のどちらかが手錠の鍵をもっている」

志麻朝夫がいった。竹河は松田の体を蹴った。松田が呻き声をたて、まだ生きていると由子は気づいた。

うつ伏せだった〝父〟が不意に体を起こした。唸り声をたてながら、里貴が落とした拳銃を拾いあげると撃った。

竹河の体がねじれた。弾丸が右腕のつけ根に命中したのだ。竹河の手から拳銃が落ちる。

竹河は目をみひらいた。机の上の受像器を見る。

由子は動いた。受像器を手で払った。受像器は床に落ち、すべっていった。

「お前ぇぇ」

竹河はナイフをふりかぶった。〝父〟が撃った。その喉に銃弾が命中した。

「ソウシっ」

志麻朝夫が叫んだ。竹河はナイフを落とし両手で喉をおさえた。まるで自ら首を絞めているように見える。十本の指のすきまから血が溢れでた。

すとんと竹河は床に膝をついた。せわしなく瞬きしている。その目が志麻朝夫を見、由子を見、自分を撃った〝父〟を見た。何かいおうとしたが、開いた口から言葉はでなかった。

竹河は前のめりに倒れ、みるみる血だまりが広がった。

志麻朝夫は竹河のかたわらにひざまずいた。

「しっかりしろ」

由子は〝父〟に駆け寄った。〝父〟は由子に拳銃を渡すと、顔を伏せた。

「警視……」

里貴が苦しげにいった。

「大丈夫よ」

いって由子は志麻朝夫に拳銃を向けた。

「こちらを向きなさい」

「何てことを……」

志麻朝夫はつぶやいた。目をかっとみひらき、〝父〟をにらみつけた。

「貴様は、貴様は……」

怒りのあまり、言葉がつづかない。

由子に抱えおこされ、〝父〟は志麻朝夫に目を向けた。血の気が失せている。

「終わらそう、これで」

つぶやくように〝父〟がいった。

「ふざけるな！　俺から何もかも奪って死ぬつもりか」

志麻朝夫は由子をつきとばした。〝父〟の首に両手をかける。

「やめなさい！」

由子は志麻朝夫に銃口をつきつけた。

「撃て！　俺を撃て！」

〝父〟の首を絞めながら志麻朝夫は叫んだ。

〝父〟はされるがままだった。苦しむようすはない。だらりと垂れた両手も動かない。

それに気づき、由子は銃口をおろした。

「なぜ撃たん?!」

由子は答えなかった。志麻朝夫は〝父〟を見おろした。

「くそっ」

歯をくいしばり、つぶやいた。そして〝父〟の首から手を離すと、言葉にならない叫び声をあげた。

取調室の入口から警官がなだれこんできた。

33

三日後、由子は病院に里貴を見舞った。竹河が放った弾丸は腸を傷つけ、腹膜炎を起こせば命が危うかったと、医師から聞かされていた。

目を閉じている里貴のベッドの横に、小柄で髪の長い女がすわっていた。チェックのスカートにグレイのカーディガンを羽織っている。

「志麻警視」

由子を見た女は立ちあがった。由子は気づいた。里貴の妻だ。

「奥さま」

由子は立ちすくんだ。

「ごめんなさい。申しわけありません」

自然に言葉が口をついた。

「ご主人にこんな大怪我をさせてしまって」

里貴の妻は、見るからに優しげな顔をしていた。首をふる。

「何をおっしゃいます。主人は、それはもう、志麻警視を尊敬しているんです。どうか、そんなことはおっしゃらないで下さい。あなた——」

里貴の妻はそっと布団をゆすった。

里貴が目を開いた。

「警視……」

弱々しい声だった。由子はかたわらに立った。里貴は瞬きした。

「なぜ、泣いているんです?」

「私が? 泣いている?」

訊き返したが、涙声なのは自分でもわかった。

里貴は無言で由子を見上げていた。

「林と松田も助かった。弾が小さかったから、致命傷にならなかったのよ」

里貴の予備のリボルバーは、二十二口径という、小さな弾丸を使うモデルだった。

「よかった。お父さまは——」

由子は首をふった。

「糸井ソウシと父は助からなかった」

里貴は目を閉じた。

「残念です」

「もうひとつある。志麻朝夫が自殺した」

里貴は目を開いた。

「いつ、です？」

「きのうの夜、留置場内で首を吊った。着ていたシャツを裂き、それを使った。逃げようとして首を吊ったのか、本当に死のうとしたのか、どちらかはわからない。でも、もう生きていないことだけは確か。向こうの世界の彼は、十年前に亡くなっている。だから見つかった死体は、まちがいなく志麻朝夫よ」

里貴は息を吐いた。しばらく黙っていたが、訊ねた。

「受像器は？」

「わたしが回収した」

「すると」

いいかけ、里貴は黙った。由子を見つめる。

由子は小さく頷いた。

「一度だけ使って、そのあとは壊す」

　里貴は唇をかんだ。

「それは、いつです?」

　深呼吸し、由子は目をそらした。

「あなたが退院する前には」

「そんな」

　抗議するように里貴はいいかけた。それを無視し、告げた。

「あなたは警視になる。二階級特進ね。たぶん組織犯罪課の課長よ。高遠にかわって、ひっぱってもらう」

「警視、私は警視の――」

　由子は里貴の目を見つめ、首をふった。

「彼女はもういない。これからはあなたがリーダーなの。林も松田も、あなたのことは信頼している」

　里貴はくいいるように由子を見た。

「じゃあ、これが最後ですか」

「そう。早く帰らないと、わたしの居場所がなくなってしまう」

　本心だった。入れかわるもうひとりが死んでしまった今、向こうの世界には誰もいない。時間がたてば、失踪宣告される。

「そうなったら、戻ってくればいい」

低い声で里貴がいった。由子は努力して笑みを浮かべた。

「駄目よ。ここはわたしの世界じゃない」

「あなたの世界です」

里貴は身じろぎした。布団の下から現われた手が由子の腕をつかんだ。

「ちがう」

「ちがわない。どちらもあなたの世界だ」

ベッドから背中を浮かせ、里貴は由子の目をのぞきこんだ。

「あなた――」

不安げに里貴の妻がいった。

「ありがとう」

由子はいった。里貴は手を離さない。

「覚えておく」

その言葉を聞いてようやく、由子の腕を自由にした。里貴は小さく頷き、由子も頷き返した。

由子は息を吐き、里貴の妻に目を移した。

「木之内警視をよろしくお願いします」

「えっ。あ、はい」

妻は目を丸くし、頷いた。会釈し、由子はベッドのかたわらを離れた。背を向け、まっすぐ病室の扉に向かう。

「警視」

姉におきざりにされた弟のように、里貴の声は悲しげだった。

扉に手をかけ、ふりかえった。

「がんばって」

腹に力をこめ、いった。泣きだしてしまいそうだった。里貴が退院する前に帰ろうと決めたのは、だからだ。里貴と離れたくない自分をわかっていた。

だが今日きたことで、決心はついた。

病室をでて扉を閉じた由子は深呼吸した。

明日から自分は、志麻由子巡査部長だ。

解説

北上次郎

大沢在昌が「新宿鮫」シリーズの作者であることは知っていても、あんなに何冊もあるシリーズは読めないなあ、と思っていて、まだ読んだことがない読者がいたとしたら、ぜひ本書をすすめたい。大沢在昌という作家の本は新刊書店に並んでいる光景をいつも見ているが、あんなにたくさん著作がある作家の本の何から読めばいいのかわからないから、まだ読んだことがない、という人がいれば、その人にも本書をすすめたい。ようするに、大沢在昌の本をまったく読んだことがない人に、すすめたいのだ。いまこの文庫本を書店でたまたま手に取って、巻末の解説を立ち読みしようとしているあなた、いい機会だ。いまから大沢在昌を読み始めよう。

大沢在昌という作家が１９９４年に『新宿鮫　無間人形』で直木賞を受賞していることを知らなくても全然大丈夫（もうあれから28年か。歳月の流れは早い）。まっさらの気持ちで読めばいい。

本書の冒頭は、志麻由子が首をしめられる場面だ。連続殺人犯が出没しそうなところで囮（おとり）として張っていると、犯人がいきなり現れ、喉に固い感触の輪が食（く）い込（こ）んでくる。

もうだめだ、と思ったとき、体がぴんと跳ねて目が覚める。体を起こすと、制服姿の男が目の前に立っていて、「けいし」と呼びかけてくる。「けいし」とは誰だ。目の前に立っているのは別れた恋人だ。彼は会社員で警察官ではないはずなのに、なぜか制服姿。しかもその制服は、警察官の制服とは微妙に違っている。

部屋の中を見まわすと表彰状があり、そこに「志麻由子警視殿」とある。ヒロインは巡査部長であり、警視ではない。その表彰状には「東京市警察本部長」とあるが、東京は「都」であり、「市」ではない。「今日、何日だっけ」と尋ねると、「七月十一日、土曜日です。光和二十七年の」という。こうわ、とは何だ？「『こうわ』の前は何？」「承天です。承天五十二年に戦争が終結し、元号が光和にかわりました」

つまり、ヒロインはもう一つの世界にタイムスリップしてしまったわけである。なんだ、SFなんだと思われるかもしれないが、正しく言えば「SF的シチュエーションを導入した現代エンターテインメント」である。

この作者は、こういう「SF的シチュエーションを導入した現代エンターテインメント」をこれまで何作も書いているが、そういう知識がなくても全然かまわない。しかし本書を読みおえた人の中には、この手のものをもっと読みたいと思う人もいるかもしれないので、先に大沢在昌の「SF的シチュエーションを導入した現代エンターテインメント」のリストを念のために掲げておく。

①『ウォームハートコールドボディ』１９９２年／スコラノベルズ（現・角川文庫）
②『Ｂ・Ｄ・Ｔ〔掟の街〕』１９９３年／双葉社（現・角川文庫）
③『悪夢狩り』１９９４年／ジョイノベルズ（現・角川文庫）
④『天使の牙』１９９５年／小学館（現・角川文庫）
⑤『撃つ薔薇』１９９９年／光文社（現・光文社文庫）
⑥『天使の爪』２００３年／小学館（現・角川文庫）
⑦『影絵の騎士』２００７年／集英社（現・角川文庫）
⑧『帰去来』２０１９年／朝日新聞出版（現・朝日文庫）

　これ以外に、角川文庫『冬の保安官』に、「小人が嗤った夜」「黄金の龍」「リガラルウの夢」というローズ・シリーズ3編が入っていて、これが大沢在昌の「ＳＦ的シチュエーションを導入した現代エンターテインメント」のすべてだ。

　そんなの全部読むのは大変だという方には、『Ｂ・Ｄ・Ｔ〔掟の街〕』『影絵の騎士』という連作と、『天使の牙』『天使の爪』という連作をすすめたい。前者は犯罪都市と化した近未来の東京を舞台にしたハードボイルドで、大沢在昌がこういう作品を書くのかと驚いた作品である。続編の『影絵の騎士』は、オガサワラで隠遁生活を送っていた私立探偵ヨヨギ・ケンがふたたび東京に戻り、今度は東京湾の人工島を舞台に謎を追うというもので、前作を上回る傑作。後者は美女に脳を移植された女性刑事を主人公にしたもので、脳を移植され別人の身体になっても自分は自分でありうるのかという命題を巧みなストーリーの中に描いた傑作である。他の作品もいいけれど、この二つの連作がその完成度、面白さでは飛び抜けている。もしも、本書『帰去来』を読み終えて、もっとこういうものを読みたいと思った方は、この二つの連作をお読みになればいい。

もう少しだけ寄り道を許してもらえるなら、１９９０年代の半ばごろに、こういう「ＳＦ的シチュエーションを導入した現代エンターテインメント」が数多く書かれたことを指摘しておきたい。『天使の牙』と同年に、薄井ゆうじ『透明な方舟（はこぶね）』、北村薫『スキップ』、鈴木光司『らせん』、西澤保彦『七回死んだ男』などが書かれている。さらに北川歩実『僕が殺した女』と、東野圭吾『パラレルワールド・ラブストーリー』をここに並べてもいい。その少し前には浅田次郎『地下鉄（メトロ）に乗って』もあった。この年、いっせいに「ＳＦ的シチュエーションを導入した現代エンターテインメント」が書かれたことについて、「このとき大沢在昌を始めとして幾人かの作家がＳＦ的アイディアとシチユエーションを選択したことは、リアリズムに縛られた物語を解放し、現代エンターテインメントに躍動感を与えた」とずっと以前に書いたことを思い出す。１９９０年代半ばに、そういうムーブメントがあり、大沢在昌の諸作もこの流れの中で読みたいと思うが、しかし、こういうことを知らずに本書を読んでも全然かまわない。

ええと、何の話だ。そうだ、志麻由子がもう一つの世界で目覚めるところまでを紹介したのだった。その世界をもう少し紹介しておく。日本は、オーストラリアとの戦争には勝ったものの（アメリカは戦争に負けてメキシコに吸収されている）、長い戦いに経済は疲弊し、物資が配給制の世界になっている。エネルギー資源に乏しいので銀座は薄暗く（イスラム連合の内戦が始まってから石油は生産されず、さらにアジア連邦の資源割当抽選に負けてから、日本の電力事情は最悪になっている）、犯罪組織がはびこり、警官の汚職も多い。

新宿は東と西にわかれていて、双方に闇市があり、東を仕切っているのはツルギ会。西を仕切っているのは羽黒組。両者がぶつからないように四谷区長が庇護しているので、警察も摘発できない。ちなみに、不法滞在外国人はいないの？　という志麻由子の質問に、木之内里貴（もとの世界では由子の別れた恋人で会社員だが、こちらでは警察官で由子の部下）は、中国に渡航したがっている日本人は多いが、その逆はありえないと言う。

ここからどういう物語が始まるのかは、ここに書かない。何が書かれているのかを知ることも読書の愉しみなのである。ただ、こちらの世界には父親が生きているので会いに行くと（もとの世界の父親は警察官で10年前に死んでいる）、彼は元軍人で、しかももとの世界の父親とは微妙に違っている。全体の骨格は似ているが、目が違う。鼻すじも異なっている。あきらかに別人だ——ということを書いておきたい。ようするに、もとの世界と、もう一つの世界は、微妙に異なっているのだ。だから、物語がねじれてくる。これが滅法面白い。

その詳細はここに書かないけれど、巧みな人物造形と複雑なストーリー展開を積み重ねて、作者は実に躍動感あふれる物語を作り上げている。読み始めたらやめられない小説とは、こういうことを言う。たぶんこれ一作で、あなたは大沢在昌のファンになるに違いない。その場合は、先に紹介したＳＦ娯楽大作の中から何作かお読みになればいいし、「新宿鮫」シリーズを第一作から読み始めるのもいい。急ぐ必要はない。本はゆっくりと読めばいいのだ。

（きたがみじろう／文芸評論家）

帰去来（ききょらい）

朝日文庫

2022年２月28日　第１刷発行

著　　者　大沢在昌（おおさわありまさ）

発 行 者　三宮博信
発 行 所　朝日新聞出版
〒104-8011　東京都中央区築地5-3-2
電話　03-5541-8832（編集）
03-5540-7793（販売）

印刷製本　大日本印刷株式会社

© 2019 Osawa Arimasa
Published in Japan by Asahi Shimbun Publications Inc.
定価はカバーに表示してあります

ISBN978-4-02-265005-4

落丁・乱丁の場合は弊社業務部（電話 03-5540-7800）へご連絡ください。

送料弊社負担にてお取り替えいたします。

朝日文庫

横山　秀夫
震度0（ゼロ）
阪神大震災の朝、県警幹部の一人が姿を消した。失踪を巡り人々の思惑が複雑に交錯する。組織の本質を鋭くえぐる長編警察小説。

貫井　徳郎
乱反射
《日本推理作家協会賞受賞作》
幼い命の死。報われぬ悲しみ。決して法では裁けない「殺人」に、残された家族は沈黙するしかないのか？　社会派エンターテインメントの傑作。

恩田　陸
錆びた太陽
立入制限区域を巡回する人型ロボットたちの前に国税庁から派遣されたという謎の女が現れた！　その目的とは？　《解説・宮内悠介》

伊坂　幸太郎
ガソリン生活
望月兄弟の前に現れた女優と強面の芸能記者!?　次々に謎が降りかかる、仲良し一家の冒険譚！　愛すべき長編ミステリー。《解説・津村記久子》

浅田　次郎
椿山課長の七日間
突然死した椿山和昭は家族に別れを告げるため、美女の肉体を借りて七日間だけ〝現世〟に舞い戻った！　涙と笑いの感動巨編。《解説・北上次郎》

ディーン・R・クーンツ著／大出　健訳
ベストセラー小説の書き方
どんな本が売れるのか？　世界に知られる超ベストセラー作家が、さまざまな例をひきながら、成功の秘密を明かす好読み物。